国家出版基金项目
"十二五"国家重点图书出版规划项目

中國京劇流派劇目集成

启功题签

《中国京剧流派剧目集成》编委会 编

第 贰拾贰 集

學苑出版社

图书在版编目（CIP）数据

中国京剧流派剧目集成．第22集 ／《中国京剧流派剧目集成》编委会编． —北京 ：学苑出版社，2014.6
ISBN 978-7-5077-4551-1

Ⅰ．①中… Ⅱ．①中… Ⅲ．①京剧－剧本－作品集－中国 Ⅳ．① I232

中国版本图书馆 CIP 数据核字（2014）第 140003 号

出 版 人：孟　白
责任编辑：潘占伟
装帧设计：徐道会
出版发行：学苑出版社
社　　址：北京市丰台区南方庄2号院1号楼
邮政编码：100079
网　　址：www.book001.com
电子信箱：xueyuan@public.bta.net.cn
销售电话：010-67675512　67678944　67601101（邮购）
经　　销：新华书店
印 刷 厂：北京信彩瑞禾印刷有限公司
开本尺寸：889×1194　1/16
印　　张：14
字　　数：336千字
版　　次：2014年7月第1版
印　　次：2014年7月第1次印刷
定　　价：200.00元（精装）

序言

◎黄克

京剧向称国粹艺术，内容博大精深，剧目十分丰富，人们常以“汉唐三千宋明八百”形容其浩瀚。其中流派剧目又以演员表演的鲜明个性使剧目显得更为多彩多姿，充满魅力，既被专业人员钻研承继，也为广大戏迷喜闻乐见，遂成为京剧舞台上一大亮点。

流派

举凡表演艺术，原本就无不带有表演者的个人色彩。京剧表演艺术因其唱念做打诸多方面功夫的综合性和繁难性，表演的个性化尤为突出；加以行当的粗分、剧目的雷同，于大致相同的条件下尽显各自的千姿百态、千变万化；一招一式、一腔一韵之中可以体现不同的特色，同样一出戏，甚至同样一个戏中人物也完全可以演出不同的风采，这种充满个性化的表演，遂成为京剧竞技场上最是为人乐道而又情趣无穷的审美内涵。倘若这种富于个性化的表演为受众所认可，且代有传人，形为规范，即可自成一家，成为迥异于他人的艺术流派。以“四大名旦”（梅兰芳、程砚秋、荀慧生、尚小云）为例，虽皆工旦行，却又各有千秋。京剧大师王瑶卿就曾这样分析这四位后起之秀的独到之处：“梅兰芳的样儿，程砚秋的唱儿，尚小云的棒儿，荀慧生的浪儿。”所谓“样儿”，指梅的艺术造诣全面，要什么有什么；所谓“唱儿”，指程以行腔之新颖动听为能；所谓“棒儿”，指尚的刀马功底深厚；所谓“浪儿”，指荀的柔媚多姿、风情万种。寸长尺短，一语道破各有专擅的各家流派特点。如此成就固然来自自己的勤学苦练、苦心孤诣，更少不了观众的知音捧场、鼓励有加。因此，一个艺术流派的形成，对于创始人来说，无疑是开拓了审美追求的新境界；对于受众戏迷来讲，则更是得到了多样化审美需求的新满足。梨园行有云：唱戏的是疯子——指其追求的执着，听戏的是傻子——指其享受的痴迷。二者相得益彰、相映成趣，或许正道出京剧流派形成之三昧。

流派剧目

在京剧传承的一二百年间，随着历史的变迁、社会的发展，以及新人辈出、师承转换，荡涤旧物、崇尚新声，传统剧目中的绝大部分早已绝迹于舞台，然而，其精华部分（包括剧目中表现出来的唱念做打等程式体系）还是被完好地保存了下来，并得到长足的发展。其间，流派创始人于剧目的推陈出新做出了不可磨灭的贡献。基于对剧目乃至剧中人物的理解和认识，以及更便于发挥自己技艺特长的需要，流派创始人对浩如烟海的传统剧目进行了严格的筛选，经过了整理加工再创作，使之又焕发出崭新的韵味和光彩；随着这样剧目的增多，最终形成了自己流派所特有的剧目系列。而另外的流派又在另外的剧目系列中发挥着自己的优势，即或剧目相同，不同流派依然可以于演出中表现出自己的独特风格。总之，在其演出的剧目中，无不打上自己表演风格的鲜明烙印。京剧舞台上一度出现的这种百花齐放、争芳斗艳的盛况，实由自丰富多彩的流派剧目，这在京剧发展史上已是不争的事实。

但也应看到，如今京剧流派剧目相对于京剧的鼎盛时期，已是光景不再。个中原因很复杂，就客观因素而言，新兴的艺术形式的多种多样，人们的欣赏习惯和娱乐方式已经有了更广泛的选择余地，因而完全可以去旁骛；此外，就京剧本身而言，演出剧目之贫乏不能不说是观众锐减的重要原因之一。本来演出场所和演出场次就不多，翻来覆去又只是那几出骨子老戏，怎么能吸引观众，特别是年轻观众呢？——连那些老戏迷们也都听腻歪了。

回过头来看，今日演出剧目的贫乏和流派创始人晚年艺术景况也不无关系。他们在艺术的巅峰期——集中在上个世纪二三十年代，创作或改编了一出出新戏，直令观众赏心悦目，目不暇接。当其时，除了富连成科班或游动的散班演出些大路戏外，北京的京剧舞台几乎就是流派剧目的天下。据1932年商务印书馆出版的《五十年来北平戏剧史材》的记载，自民国十二年（1923）至十八年（1929）这六七年间，以梅派剧目为例，只“初演”的剧目——也就是自家独创的新戏或整理改编的传统戏，就有前后本《西施》、《洛神》、《廉锦风》、头二三四本《太真外传》、《俊袭人》、全本《宇宙锋》、《凤还巢》、《春灯谜》等12出戏（其中前后四本《太真外传》这四出戏是在一年多时间里陆续完成的）；同一时间段，马派“初演”的剧目也有《化外奇缘》、全本《玉镯记》、《秋灯泪》、《战宛城》、全本《火牛阵》、《鸿门宴》、全部《临江馆（“馆”应作“关”）》、全部《浣纱溪》、《范仲禹》、全本《清风亭》、头二三四本《大红袍》、全本《天启传》、《许田射鹿》、全本《十道本》等15出戏（其中《大红袍》分头二和三四本两次演出），当然，其中还不包括“初演”以外的经常性的大量的传统戏演出。试问，这些曾经轰动一时的流派创始人编创的新剧目于今又有多少出传承下来了呢？个中主要原因就在于流派创始人到了晚年一些唱做吃重的剧目已难胜任，只有将其已臻于炉火纯青的技艺凝炼到少数剧目之中，或演出或教习也只拘囿于这少数几个剧目了。而其传人也就将这几出戏奉为圭臬，全不知其鼎盛时期的所谓“文武双全”、所谓“昆乱不挡”为何事，致使一些当年的热门戏几近失传，这不能不说是梨园一件憾事。记得梅兰芳先生曾撰文论述学艺过程中的“少、多、少”，大意是初学时会的戏（包括技艺）自然是少的。随着所学剧目的增多，技艺的增长，激发起拓宽其艺术驰骋领域的热情，兼收并蓄，从而极大地丰富了自己。进而又随着审美取向的定型，艺术见识的提高，势必要对自己所学所用下一番去芜存精的工夫，扬长避短，使自己的独特技艺集中在少数几个代表剧目之中。表面看来演出的剧目是少了，但炉火纯青，在艺术创新上却达到了新境界。从少到多，从多而少，贯穿着的是继承与发展的艺术成熟的过程，也闯出了一条攀升艺术高峰的必由之路。后学者以为，学会了几出流派代表剧目便可以薪尽火传，得到了真经，孰不料缺少广博的根基，既影响个人的发展，也造成了剧目越传越少的现实。这难道不是应该汲取的教训吗？

有道是“礼失求诸野”。由于流派剧目的独特韵味及其所富有的艺术魅力，由于京剧作为自娱自乐的审美取向已深入人心，更由于迷恋传统演唱艺术者的大有人在，京剧传统剧目——包括一些已经消失于舞台的流派剧目，至今仍在京剧爱好者中间传唱不息。我们不妨到公园里看一看那一圈圈围着的戏迷，他们来自四面八方，或许彼此并不相识，只凭一把胡琴就将大家凝聚在一起，有滋有味地互相欣赏着一段段流派唱腔。更不用说那遍布全国各地乃至国外华人聚居区的票房，他们还时不时地粉墨登场，过一把戏瘾呢！这种自拉自唱、自娱自乐的红火场面，充分显示了京剧流派剧目的深厚群众基础和顽强的生命力，对于相对落寞的京剧舞台不啻一种发人深省的挑战。然而，这又何尝不是对京剧振兴的潜在的呼唤和有力的支持呢！

流派剧目集成

正鉴于其强大的生命力和深厚的群众基础，“振兴京剧”作为文化建设的国策的提出可谓正得其时。而振兴之务，首要的是挖掘和继承优秀传统剧目，以之作为发展和创新的基础和借鉴。我们编纂《中国京剧流派剧目集成》的初衷正在于此：将流派剧目演出的精彩瞬间记录于永恒，将构成流派剧目的诸多元素一一记录在案。诸如每剧的剧情本事、创始人表演特点的提要，剧中人物行当归属、服装扮相，剧本曲文、唱腔谱、伴奏谱、锣鼓经，以及身段谱等得以再现流派表演风格的内容，都力图完整地记录整理出来，为流派艺术的教学和研究提供文字的基础资料。持此，内行自可作为表演的参考，京剧爱好者也可以作为演习的蓝本。

这一工作，对于京剧剧目的基本建设虽然可谓之善举，但具体做起来却困难多多。首当其冲的就是剧目的选定。京剧剧目虽称汗牛充栋，但保存下来的资料却十分有限。京剧形成初期，以“老生三杰”又称“前三鼎甲”的程长庚、余三胜、张二奎为代表的一代固然没有留下什么音像文字资料；即或以“老生新三杰”又称“后三鼎甲”的谭鑫培、孙菊仙、汪桂芬为代表的一代除了少量的唱片外也没有完整的剧目传下来，所以我们的剧目整理工作只能从民国初年以降的“四大须生”、“四大名旦”开始。他们受熏陶于前辈艺术家，可谓传统的集大成而又能创新的一代，整理剧目以他们为重点自然最合适不过。遗憾的是这些艺术大师大都已经作古，得到他们指点和首肯已不可能，为此，我们只能通过其亲传或再传弟子来进行流派剧目的整理工作。从中我们更深地体会到抢救要及时，当初未能抢救下来现在也不要嫌晚而不为，抢救一点是一点，否则能够保存下来的精华越来越少，越加难向历史向后人交代了。

更难的则是遴选整理者。剧目的全面整理需要全面的人才。我们在组织稿件的过程中却发现这样的人手颇不易得。如果流派创始人或其传人曾在戏校任教，且有较为完整的教案保存下来，今日稍加整理即可选用，自然不是难事。不过这样的情况并不多，大量的剧目尚需要对当年的演出本进行追忆记录，加工整理。曾经受业于流派创始人或其传人的京剧工作者虽然是整理演出本的合适人选，但是他们大都是单位的骨干，忙于演出，忙于剧务，或居于领导职位，很难分出身来。即或肯于应承下一两出戏，也常有如下的情况：能演不能说，能说不能写，能写又不能打谱。因此，完成一个剧目经常需由记录者、整理者和打谱人联袂而行，倘再加上剧目的传授者和提要的撰写人，则非四五人鼎力不可。《中国京剧流派剧目集成》收入二百多出戏，每出戏即使平均两三人参加，也要组织四五百人次。其繁难可以想见，其壮观亦可以想见。当然，这还仅就整理者的数量而言，更为难能可贵的还在于参与者的无私奉献。试想，跟演一出戏或教一出戏相比，以文字整理出一出戏，不仅费时而且费力，无疑是一桩一般人不肯为也不屑为的苦差事，而我们的整理者却能甘之如饴，乐此不疲，没有为京剧事业的传承而不计个人得失的宝贵情操，是难有这种积极性的。不仅如此，随着岁月流逝，整理流派剧日益困难，更需要求助一些老专家，他们或是资深艺员、教师，或是资深票友、戏迷，而今已是硕果仅存的京剧艺术的专家、流派历史的见证人。在他们身上洋溢着一种传承京剧流派的使命感，和对振兴京剧的期待。他们热情地参加到这项工作中来，或亲自动手，为我们整理剧目；或答惑解疑，给我们工作以指导。使我们在受教于他们的同时，油然而生一种深深的敬意。

克服了上述困难，《中国京剧流派剧目集成》终于呈现在读者面前。书中，除了囊括主要流派的主要代表剧目，试图反映京剧鼎盛时期的大致面貌而外，尚有可说道者。

首先是挖掘整理出一批流派剧目，其中不乏已近失传的流派艺术精品。其中共收流派五十余家、剧目二百多出，不仅是从装扮到曲谱俱全，而且半数以上不曾整理出版过，可算是京剧剧目建设的一个不小的工程。下列剧目可为佐证。如王（瑶卿）派名剧《南天门》（今能见到的只剩下王和老谭合拍的剧照）、余（叔岩）派名剧《太平桥》（据说是老谭给余说的开蒙戏）、马派名剧《白蟒台》（写王莽被俘后向旧臣一一乞命事，老生扮演反面人物堪称奇特）、麒派名剧《斩经堂》（其中吴汉的悲剧性格曾引起过热烈争论）、荀派名剧《鱼藻宫》（写吕后残害戚姬事，乃荀派悲剧剧目之一），以及汪（笑侬）派名剧《哭祖庙》、龚（云甫）派名剧《徐母骂曹》、徐（碧云）派名剧《绿珠坠楼》、裘（盛戎）派名剧《打銮驾》等，都是难得一见的流派剧目之珍品。而以“关外唐”名世的唐（韵笙）派名剧经其家人和传人的努力竟整理出其代表作《驱车战将》、《闹朝击犬》、《好鹤失政》、《绝龙岭》、《未央宫斩韩信》、《刀劈三关》等七出之多，堪称流派剧目建设的新收获。除此之外，《中国京剧流派剧目集成》还特别着力于武戏的挖掘整理。较之文戏，武戏更难整理，需要将演员在台上的动作招式一一准确地反映出来，没有深入的钻研领会、亲身体验，很难下笔。众所周知，杨小楼作为一代武生宗师，其“武戏文唱”乃武生的不二法门，也是令人神往的一种表演境界，在武戏剧目整理中理应得到体现。资深票友朱家溍先生得其真传，整理了杨派名剧《麒麟阁》，并详细记述了前后六次观剧的心得，惜乎不及将其用工尺谱记下的昆曲吹腔翻为简谱便溘然而逝了。另一出杨派名剧《镇潭州》则是根据京剧耆儒刘曾复先生的讲授整理出来的，其中杨再兴上场的“蝴蝶霸”、和岳飞对打的“枪架子”，皆独得杨派之秘，给人以再闻《广陵散》般的惊喜。此外，高盛麟的《长坂坡》、《走麦城》，王金璐的《落马湖》、《蚆蜡庙》也都走的杨派的路子，有的就是直接跟杨宗师学的。南派大武生盖叫天武功盖世，他的剧目身后却乏人整理，多亏移居上海的原中国戏校武功教师赵雅枫先生以耄耋之年勉力整出《一箭仇》，也算保存了盖派一脉。还值得一提的是收获了一批武丑戏。叶盛章当年是以武丑戏挂头牌演大轴的第一人，勇于创新，能戏甚伙，现将其创作的名剧《酒丐》、《祥梅寺》、《打瓜园》、《徐良出世》、《三盗九龙杯》、《铜网阵》等七出代表作一并推出，既再现了叶氏当年神勇，也为乏人承继的武丑行当提供一些演习之本。尤为可喜的是我们也挖掘整理出富连成科班总教习、文丑“萧派”创始人萧长华老先生的《选元戎》、《荡湖船》、《变羊记》等已近绝迹舞台的拿手剧目。凡此，整理者挖掘流派剧目的辛勤劳作成果，均为我们编纂“集成”增添了光彩。

为了方便读者翻检使用，本书采取四五出戏合编一册的形式，这样全书约有五十册之多，并拟分三批推出。第一批为老生行的余派，以及号称“南麒、北马、关外唐”的三派，和武丑行的叶（盛章）派，计五家八册。第二批则以旦行“梅、尚、程、荀”为代表，包括老旦、刀马旦等流派。第三批是老生、小生、武生、净、丑等其他流派。

预期一两年内出齐。倘若其中有重要疏漏，又得人整理，亦可考虑编辑出版“集外集”，以满足读者的需求，也使这部“集成”更为名副其实。

当然，《中国京剧流派剧目集成》的编纂，其目的只在提供流派剧目作为研究家和后学者的参考借鉴。而流派、流派，意重在“流”。所谓流，指流行和流变。流派艺术正是在流行、流变中最终形成的，即或在最终形成之后，也还是靠流行、流变而发展的，倘若泥古不化，抱残守缺，就会失掉其鲜活的生命力，艺苑奇葩也会枯萎，这已为京剧发展史所证明。不过，流派艺术发展也需要有个前提，那就是首先要掌握渗透在表演程式唱念做打、手眼身发步中的艺术个性，而流派剧目就是其艺术个性展现的载体。继承流派艺术，不能只满足于模拟外在的“体”，更要在剧目演练中去体味其艺术个性的“魂”，这样才能促使京剧流派艺术从剧目建设到表演个性都得到发扬光大。此乃传承流派剧目的题内之义，自毋庸赘言。

目录

奚啸伯

奚延宏　整理　　李淑珍　记谱

白帝城

奚啸伯演出本

《白帝城》的故事取材于古典文学名著《三国演义》。如从“伐东吴”演起至“白帝城托孤”，情节包含八十二回至八十五回内容。

关羽、张飞亡后，刘备兴兵讨伐东吴。小将关兴、张苞阵前立功，刘备在庆功宴上慨叹昔日五虎上将所余无几，存者亦多老迈，激怒老将黄忠。他单骑杀入吴营，大败潘璋，不料误中潘部将马忠毒箭，伤重而亡。关兴追杀潘璋迷路，投宿草茅；潘璋继至，关羽显圣，助关兴杀之。刘备率蜀兵、蛮兵大败吴兵，江东震慑。孙权遣诸葛瑾押解范疆、张达至蜀营，并送还张飞首级求和，刘备不允，驱走东吴来使，设灵位哭祭关、张，斩杀范、张及傅士仁、糜芳，发誓灭吴。孙权擢用年轻将领陆逊为帅抵御。刘备轻视陆逊，不加戒备，在茂林深处扎下七百里连营。陆逊乘机使用火攻，蜀兵伤亡惨重，幸诸葛亮差赵云来救，保刘备退至白帝城永安宫。陆逊兵为诸葛亮“八阵图”所退。刘备在白帝城羞愤成疾，遂向诸葛亮托孤。

此剧又名《大报仇》、《雪弟恨》。单折演出分称《黄忠带箭》、《哭灵牌》、《火烧连营》、《永安宫》等。

据奚啸伯先生生前讲述，这出戏过去只唱《连营寨》之前的《哭灵牌》，不带后头的“永安宫托孤”，后经言菊朋先生创作，叫《吞吴恨》。奚啸伯在其基础上整理加工，改名《白帝城》。据奚啸伯先生之子奚延宏介绍：“父亲在谭（鑫培）、王（又宸）、言（菊朋）诸家的演出基础上，将《走麦城》、《造白袍》、《哭灵牌》、《连营寨》、《战猇亭》、《八阵图》、《托孤》缀连在一起，去粗存精，成为全部《白帝城》（到他晚年演出则从《哭灵牌》起至《托孤》止）。戏中的唱词，也是几经修改、提炼的。”（见《奚啸伯艺术生涯》，新华出版社 1991 年版）

20 世纪 60 年代初期，我在天津共和戏院所看的奚啸伯的《白帝城》，就是从“哭灵牌”到“永安宫托孤”。那次，他按例前三天以《失·空·斩》、《白帝城》、《杨家将》打炮，我连看了后两场。早就知道《白帝城》是奚啸伯最具代表性的保留剧目，过去也听过唱片和录音，看时剧场气氛非常热烈。《哭灵牌》和《托孤》的几个唱段彩声不绝，当时给我留下了难忘的印象。

在奚啸伯的演唱风格中，我总觉得有一种凄婉感伤的味道。如泣如诉的劲头，是他特有的，别人无法与之相比，而这一特色放在《白帝城》、《哭灵牌》和《托孤》的刘备身上，实在是太合适了，何况这还是他的呕心沥血之作。《哭灵牌》脍炙人口的〔反西皮二六〕，他以“错骨不离骨”要板甩腔的唱法，发挥唱词辙口格外宽厚、清醇的优势，唱得幽咽婉转，缠绵悱恻，字字传情，催人泪下，细腻逼真地体现了刘备发自内心深处的巨大悲痛，同时这痛彻肺腑的悲切又是他的年迈之躯所不能承受的，于是就更动人心弦。这场戏，奚啸伯不仅唱得好，而且表演也极为投入，细致入微。祭奠时，他有一个用微颤的手指轻轻抚摸帐幔，然后又依依不舍地摸拈的动作，随之面容愈加悲戚，隐隐透出一声叹息，把刘备对两位义弟的思念和眷恋之情真切地表现出来，而且是那么含蓄，那么悲切，还透着凄凉和无奈，非常传神。祭奠之后，刘备吩咐“大小三军，穿白挂孝，歇兵三日大破东吴”。关兴、张苞领命，刘备精神振作起来，把悲痛、愤恨转为决战到底的决心，神态、表情也转换得既有力度，又过渡自然，显示了老艺术家炉火纯青的表演功力。

“托孤”的〔二黄三眼〕、〔原板〕，奚啸伯先生唱来情随字出，以情带声，哀婉苍凉，沉郁低回，使人感到此时刘备已经没有了发兵时的火气和锐气，尽管余恨未消，却更多的是用兵不慎的自责和对身后事的忧虑了。其中〔二黄三眼〕，言菊朋原来只唱两句“烧得孤”，奚啸伯增加到四句，让火烧连营时的惨败景象在沉疴在身、神情恍惚的刘备眼前反复浮现，更强化了他悔恨交加、不堪回首的痛苦心情。“托孤”时的一段念白也很有特色，字字清晰，情深意切，有反思，有自责，有忧患，有嘱托，声调委婉而又语重心长，极富艺术感染力。

奚延宏先生曾经说，他父亲在这出戏上费了不知多少心血。确实，每个看过奚啸伯先生这出戏的人，都可以感受到他的倾尽心力、精雕细琢。经典之作的形成不是偶然的，大师的创造精神和艺术作品本身一样，都是留给后人的宝贵财富。

刘连群

人物行当

刘　备	正工老生	孙　权	净
诸葛亮	老生	诸葛瑾	老生
马　良	老生	陆　逊	小生
张　南	老生	阚　泽	老生
关　兴	武生	韩　当	武净
张　苞	净	周　泰	武净
沙摩柯	二武生	丁　奉	武生
沙摩夫人	武旦	徐　盛	二武生
赵　云	武生	凌　统	武净
马　童	武丑	朱　然	武净
大纛旗手	武行	范　疆	丑
马　谡	净	张　达	丑
刘　永（大太子）	小生	糜　芳	丑
刘　理（二太子）	娃娃生	傅世仁	丑
二大太监	杂	吴报子	丑
四小太监	杂	四红龙套	杂
刘报子	丑	四吴兵	武行
四白龙套	杂		
四军士	武行		
车 夫	杂		

服装扮相

刘　备　俊扮。(一）九龙冠、黑穗子、白珠、白三、黑绸条，白团龙开氅，衬米黄褶子。

(二）王帽、黑绒球，白团龙蟒、黑带。其他同前场。

(三）九龙冠、黑绒球、黑穗子，白龙箭、黑大带、黑马褂。

(四）白发绺、黑绸条。

(五）黄软王巾、香色绸条，浅黄绣花褶子、米黄色腰包、黄软带，厚底靴。

诸葛亮　俊扮。八卦巾、黪三，八卦衣，厚底靴。

马　良　俊扮。金踏镫、白三，蓝开氅、黄大带，厚底靴。

张　南　俊扮。荷叶盔、黑三，蓝箭衣、黑马褂、蓝大带，厚底靴。

关　兴　俊扮。麻冠、甩发、长白绸条，白箭衣、蓝大带、白褶子，厚底靴。

张　苞　勾专用脸。麻冠、甩发、耳毛子、长白绸条，白褶子、黑箭衣、白大带，厚底靴。

沙摩柯　俊扮。蓬头、大额子前扇、牵巾、翎、尾，白素箭衣、黑大带、白大坎肩，薄底靴。

沙摩夫人　俊扮。头面、七星额子、黑绣球、翎、尾，白改良靠，白花薄底靴。

赵　云　俊扮。夫子盔、黑三，白靠、白开氅、黑靠绸，黑彩裤，厚底靴。

马　童　勾武丑脸。黑包头、小软额子丝，白侉衣、白腰巾、白彩裤、裹腿，打鞋。

大纛旗手　俊扮。大铠帽，紫箭衣、卒坎肩、大带，薄底靴。

马　谡　勾油白三块瓦。扎巾、黑满，黑开氅、彩裤，厚底靴。

刘　永　俊扮。多子头，皎月褶子，登云履。

刘　理　俊扮。紫金冠，粉褶子，彩裤，厚底靴。

二大太监　丑扮。大太监帽，黄太监衣，彩裤，朝方靴。

四小太监　俊扮。小太监帽，黄太监衣，薄底靴。

孙　权　勾专用脸。草王盔、紫满，紫蟒，彩裤，厚底靴。

诸葛瑾　俊扮。黑纱帽、黪三，蓝官衣、玉带，厚底靴。

陆　逊　俊扮。纱帽，红官衣，厚底靴（以上为第一场穿戴）。帅盔，红蟒、苫肩，彩裤，厚底靴。

韩　当　勾老脸。扎巾盔、白满，黄蟒、黄大靠，彩裤，厚底靴。

周　泰　勾白色老脸。扎巾盔、黪满，紫蟒、紫大靠，彩裤，厚底靴。

阚　泽　俊扮。黑纱帽、黪三，红官衣，彩裤，厚底靴。

丁　奉　俊扮。虎头盔、牵巾，蓝大靠，彩裤，厚底靴。

徐　盛　俊扮。虎头盔、牵巾，紫大靠，彩裤，厚底靴。

凌　统　勾花三块瓦。虎头盔、牵巾，黑大靠，彩裤，厚底靴。

朱　然　勾碎脸。虎头盔、牵巾，红大靠，彩裤，厚底靴。

吴报子　丑扮。梢子帽，蓝箭衣、红卒坎、黄大带，薄底靴。

刘报子　俊扮。梢子帽，蓝箭衣、红卒坎、黄大带，薄底靴。

四白龙套　俊扮。白小板巾，白龙套衣，薄底靴。

四红龙套　俊扮。红小板巾，红龙套衣，薄底靴。

车　夫　俊扮。梢子帽，紫箭衣、卒坎肩、大带，薄底靴。

范　疆　丑扮。黑罗帽，黑褶子、小腰包，薄底靴。

张　达　丑扮。（同上）

糜　芳　丑扮。（同上）

傅世仁　丑扮。（同上）

四军士　俊扮。小板巾，蓝色兵衣。

四吴兵　俊扮。小板巾，红色兵衣。

道具

白绸子	四条	白色方纛旗	一面（中间有“赵”字）
单　刀	十把	各色马鞭	八把
灵　牌	两个	双头枪	两杆
香　炉	一个	二　枪	两杆
白蜡烛	一对	花　枪	两杆
云　帚	两个	白　枪	一杆
灵　帐	一份	宝　剑	五把（白穗、黑穗）
小香炉	一个	白门枪旗	四面
尚方宝剑	一把	红门枪旗	四面
令　旗	一面	桌　子	两张
报子旗	两面	椅　子	四把
惊堂木	一块	桌　围	红黄黑白色各一份
松　香	一份	椅　披	红黄黑白色各一份
火　纸	一份	三军司命红帐子	一份
车　旗	一副	朝　珠	一串
羽毛扇	一把	山石片	一个

第 一 场

〔【冲头】【快长锤】四吴兵押范疆、张达、糜芳、傅世仁“上场门”上“站门”。诸葛瑾乘马随上。

〔西皮摇板〕

诸葛瑾 （7 65 55 36 5i 32 11 65 55）

2 1 2 2 35 1 - 2 （3 21 61 2 2）
奉 王 命 去 蜀 营

3 2 - 23 2 1 2 - 2 （3 21 61
兼 程 而 走， （走向台口）

21 65 55） 3 62 1 1 62 1 2 （3
押 犯 人 去 求 和

21 61 2 2） 76 72 66 1 - ‖【住头】
两 下 罢 休。

下官（嘟～～～仓）诸葛瑾，【住头】奉了吴侯之命，押解范疆、张达、糜芳、傅世仁等并张飞首级，前往蜀营求和罢兵。军士们趱行者！

〔摇板〕

【闪锤】 （过门同前） 2 1 2 3 3 1 2 （3
但 愿 得 此 一 去

21 61 2） 12 2 - 23 2· 1 2 -
求 和 成 就，

〔【快长锤】四吴兵押人犯“插门”下，诸葛瑾走至“下场门”外角回身。

诸葛瑾 （过门同前） 5 62 1 1 63 2 21 1 -
也 免 得 我 吴 侯 终 日

〔【回头】“下场门”下。

第 二 场

〔场上设龙屏风，黄色桌围、椅披。中桌“小座”，旁跨一座。

〔锣鼓大缓【快长锤】四小太监、关兴、张苞“上场门”上，“站门”。刘备后上，走至“九龙口”停步。

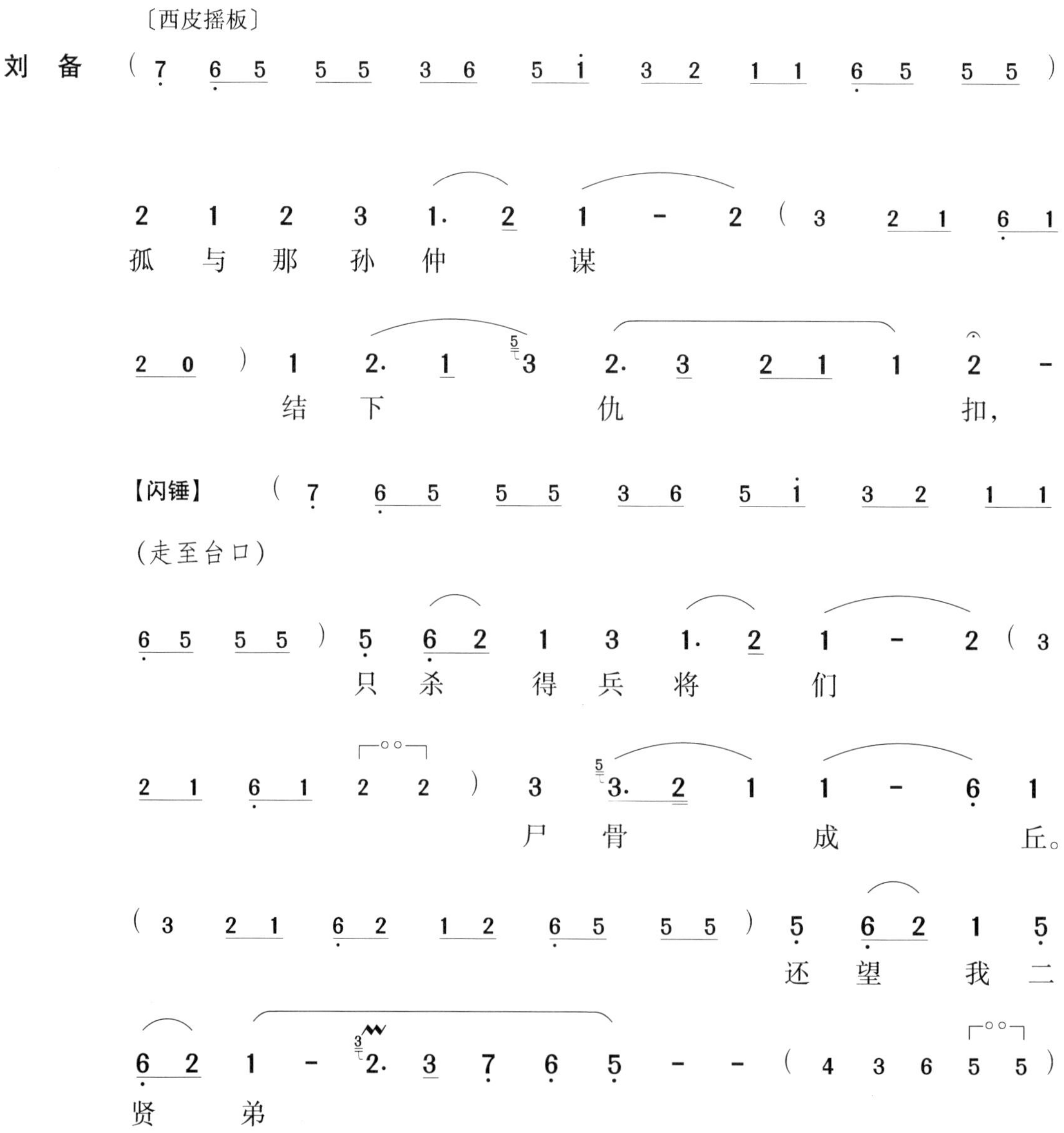

1 2' 3 2 2. 1 3 3. 2 1 2 －【反长锤】（转身入中间“小座”）
神 灵 保 佑，

（过门同前）5 6 2 1 3 2 2 2 1 6
灭 却 了 东 吴 贼

3 3. 2 1' 1 － 6 5 1 － ‖
方 肯 罢 休。

〔【快长锤】马良“上场门”上，站外角。

〔西皮摇板〕

马　良（过门同前）3 3 2 3 3 2 4 3 5 3 5 1 2 3
诸 葛 瑾 过 江 来 不 得 时 候，

（4 6 3 2 1 2 3 7 6 5 5 5）5 6 2 1 6 2 1
进 帐 去 见 主

3. 3 2' 6 2 1 2 2 1 － ‖【住头】（进门站“大边”角）
公 细 说 从（哦）头。

禀主公，东吴诸葛瑾求见。

刘　备　传。

马　良　有请诸葛瑾先生。

〔【小锣归位】诸葛瑾“上场门”上，马良“下场门”下。

诸葛瑾　全凭三寸舌，打动一片心。（进门）外臣诸葛瑾参见陛下千岁。

刘　备　子瑜平身。

诸葛瑾　千千岁。

刘　备　赐座。

诸葛瑾　慢来，慢来，陛下在此，哪有外臣的座位？

刘　备　有话叙谈，哪有不坐之理？（关兴搬座儿放“大边”）

诸葛瑾　如此谢座。【小锣二击】（入座）

刘　备　子瑜到此，必有所为。

诸葛瑾　臣弟久侍陛下，故不避斧钺，来奏荆州之事。前者吕蒙与二千岁不睦，故擅自兴兵铸成大错。今吕蒙已死，冤仇已息，吴侯命臣押解范疆、张达、糜芳、傅世仁并三千岁首级前来求和罢兵，伏乞圣裁。

刘　备　哼……（冷笑）（嘟～～～仓）东吴危急，可是孙权命你巧言做说客吗？

诸葛瑾 非臣巧言，臣以大小轻重而论之。想陛下乃大汉皇叔，不思剿灭汉贼，反为一小小荆州，累次兴兵，此乃是舍其大而就其小，舍其重而就其轻耳。

刘　备 住口！【五锤】（诸葛瑾站起，关兴撤座）孙权不仁，害孤二弟、三弟，孤早晚兴兵，踏平东吴，方消我心头之恨，若不看在我家丞相之面，先斩汝头。帐中用你不着，去吧！

关兴、张苞 出去！（八仓）

诸葛瑾 是是是，外臣告退。正是，【住头】（出门回身）

用手捧起湘江水，难洗今朝满面羞。惭愧！【回头】（“下场门”下）

刘　备 关兴、张苞，吩咐大小三军，穿白挂孝，齐至灵堂，为伯的要亲自（仓）祭奠。

关、张 遵命！

刘　备 摆驾！

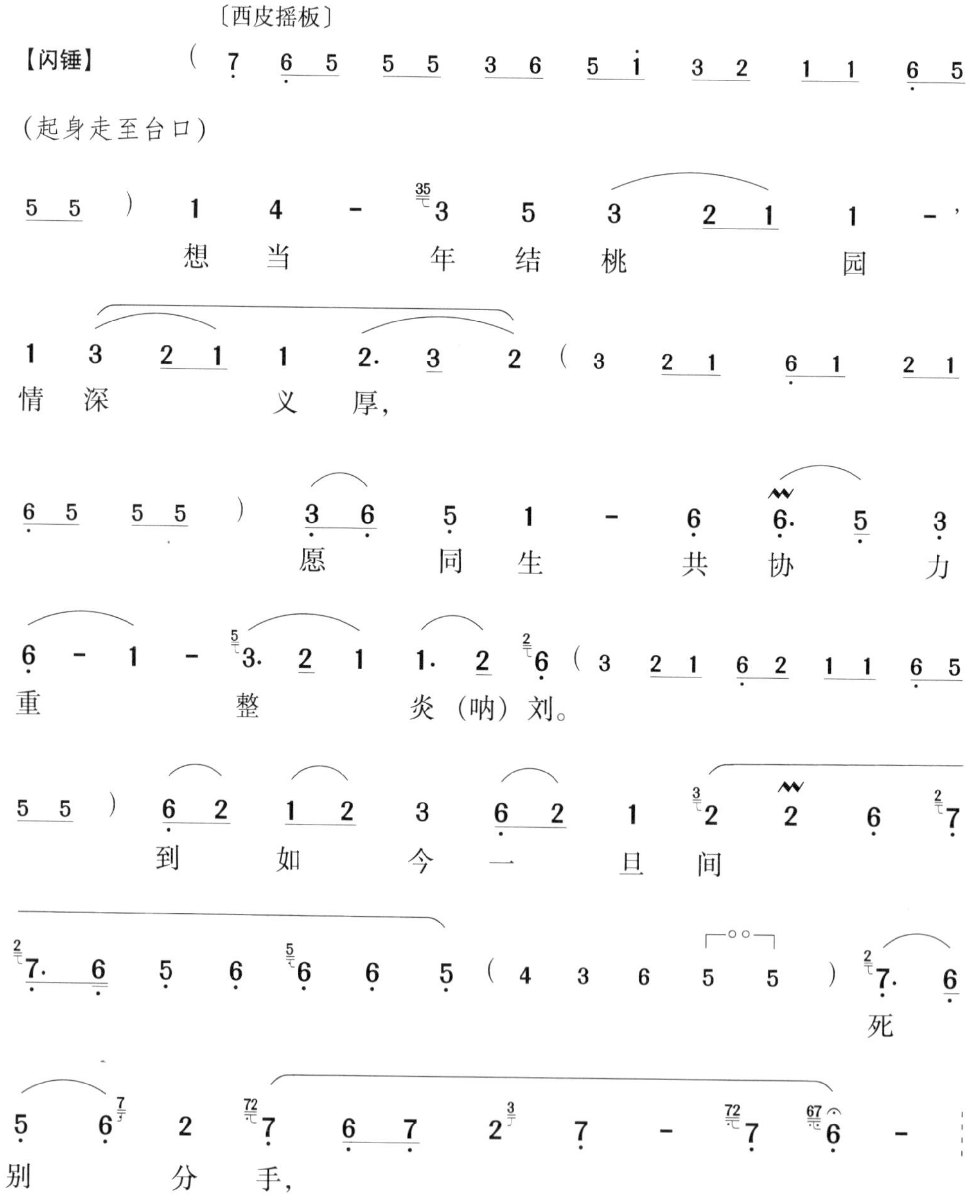

〔【快长锤】众领起“下场门”下。刘备走到“下场门”回身望天长叹。

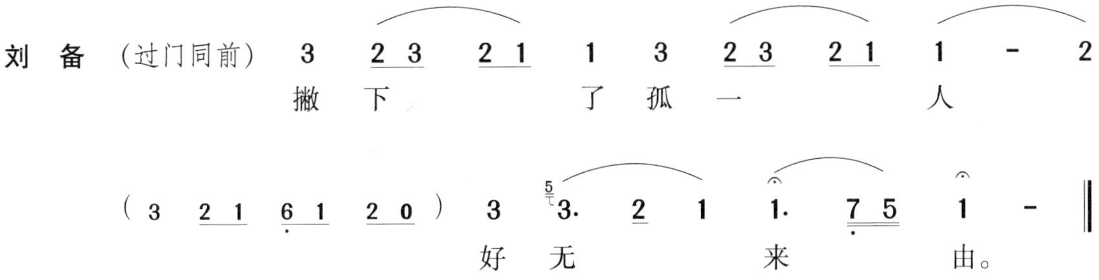

〔【大锣抽头】刘备忧伤地缓步走下。

第 三 场

（哭 灵 牌）

〔【撤锣】住，接<哭皇天>曲牌。舞台中设灵帐上有“奠”字，白蝴蝶幕、白围桌、椅披，上摆香炉、白烛。

西皮<哭皇天>曲牌中速

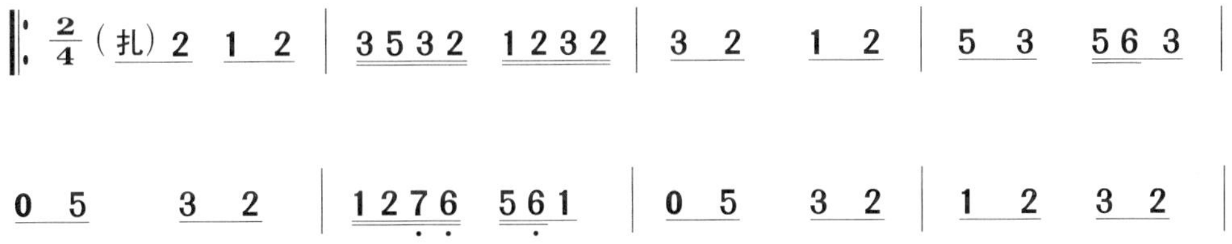

(关兴、张苞拿云帚“上场门”上，打扫灵堂，又下去，抱灵牌上放在桌正中，二

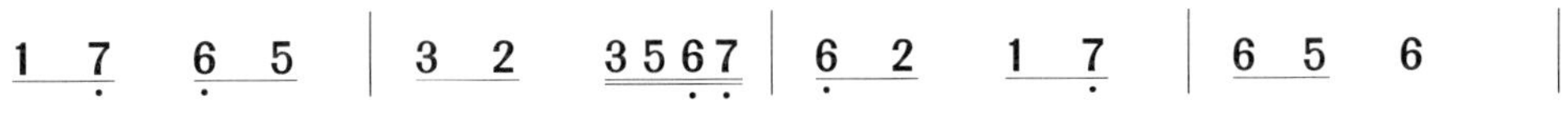

人整冠回身跪拜完站起。又退至“下场门”外角，到音乐止)

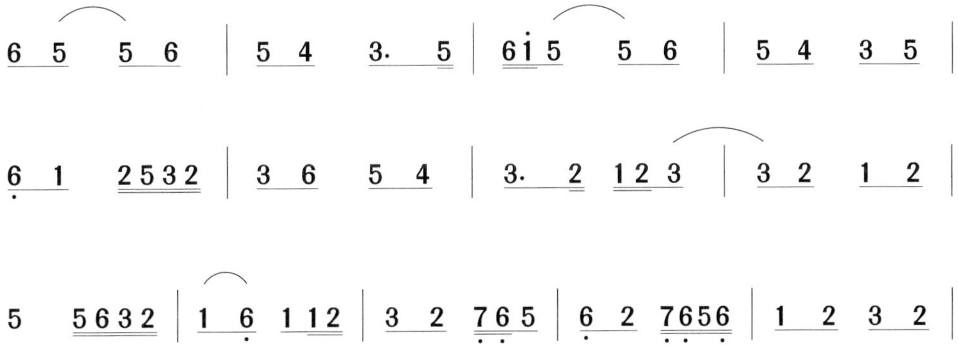

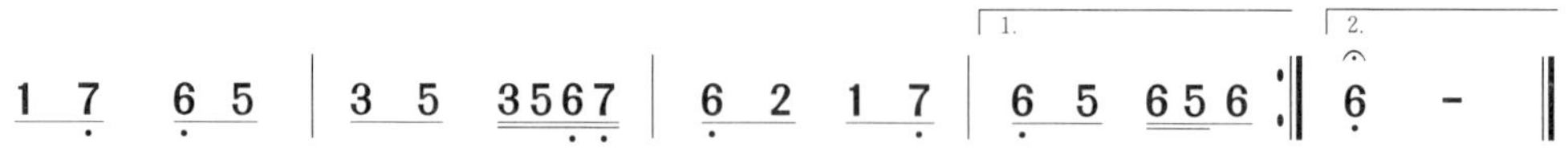

关兴
张苞 （向“上场门”）有请皇伯。（起【冲头】二人走向“上场门”下）

内唱〔西皮导板〕

刘备 【大锣导板头】

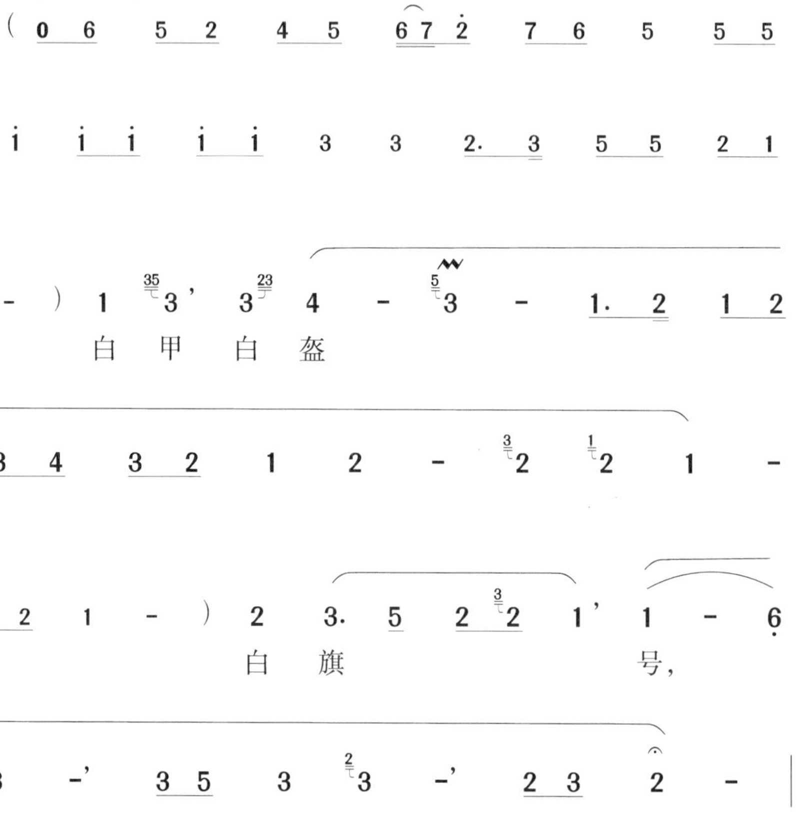

〔【扬钹】【大锣原场】四白龙套、关兴、张苞“上场门”上，站“斜门”，刘备随上，至“九龙口”。

〔西皮摇板哭头〕

刘备 【单楗凤点头】

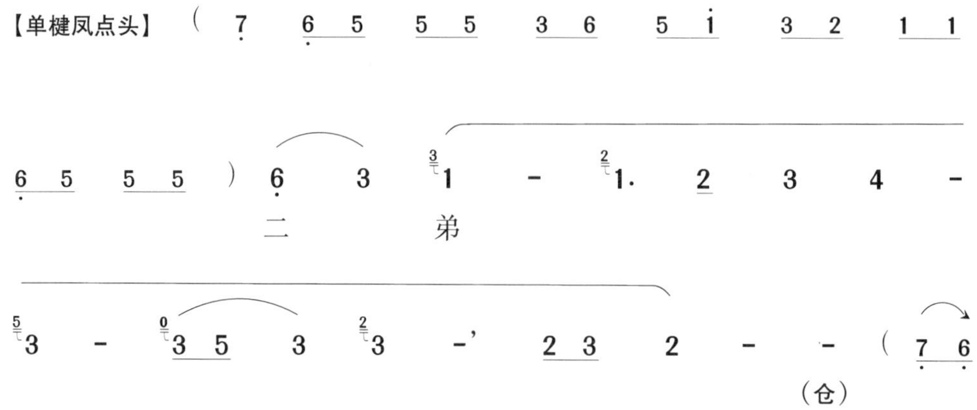

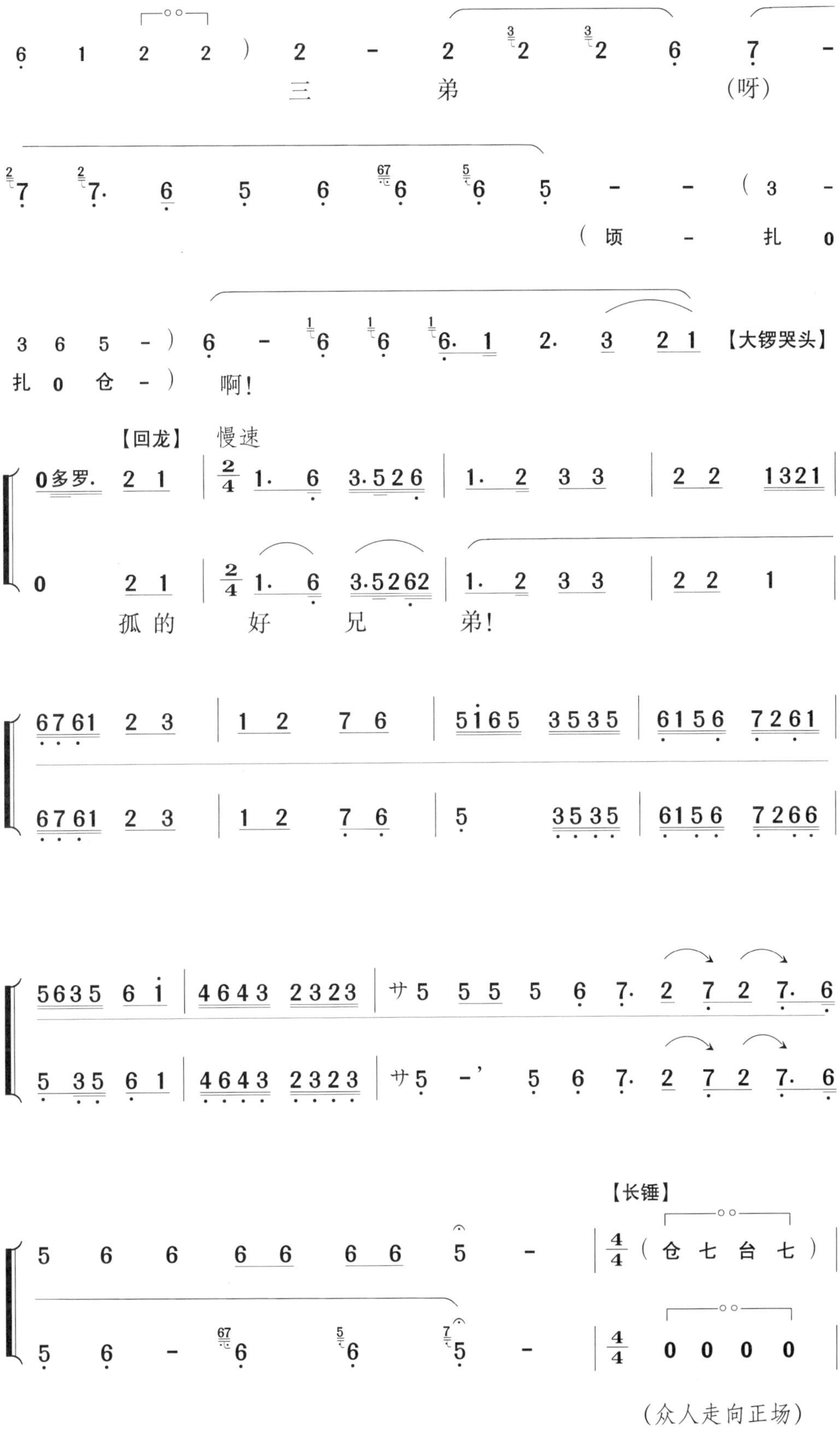
三 弟 (呀)
(顷 - 扎 0
扎 0 仓 -) 啊!
【大锣哭头】
【回龙】 慢速
0多罗.
孤 的 好 兄 弟!
サ
【长锤】
(仓 七 台 七)
(众人走向正场)

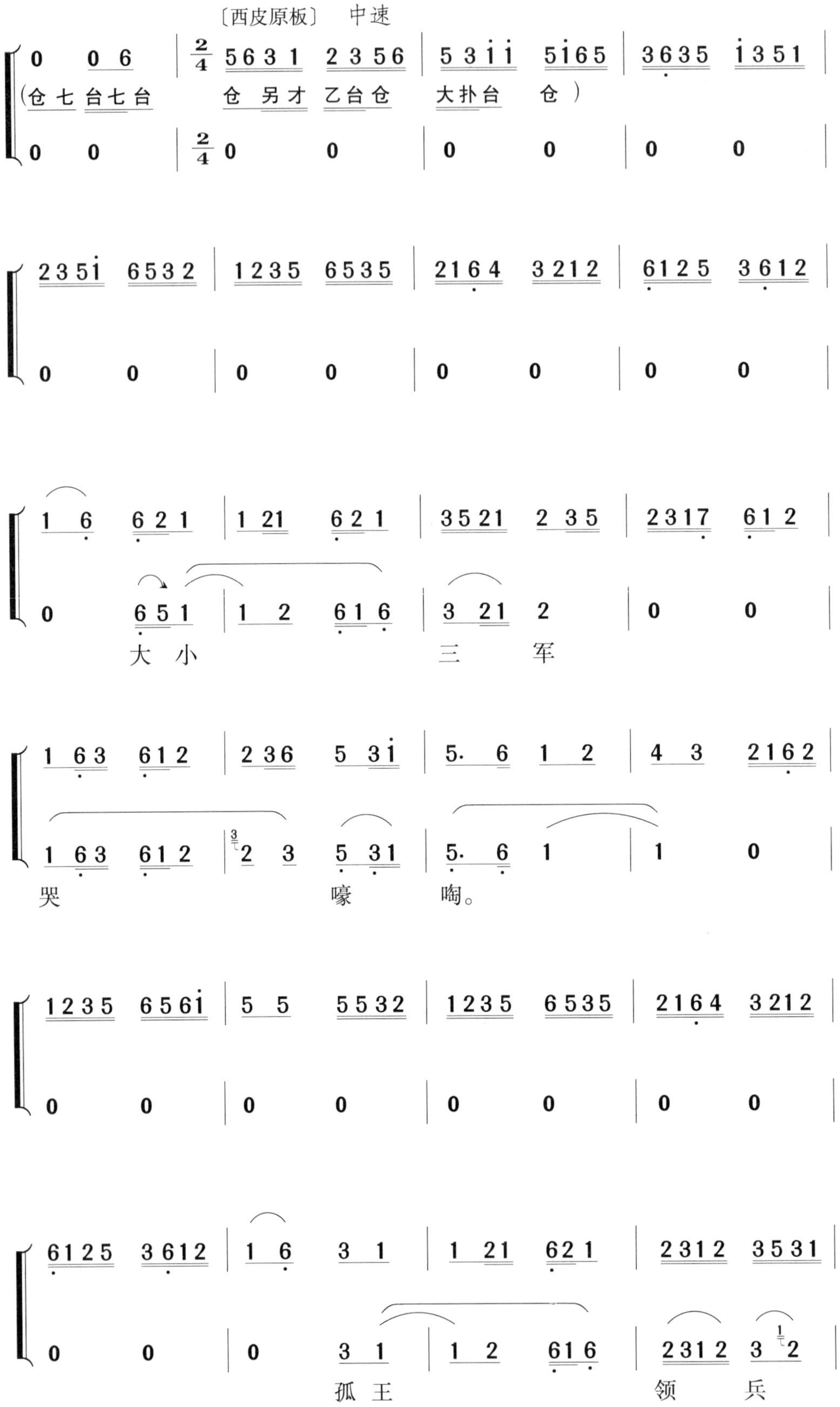
〔西皮原板〕 中速
(仓 七 台七台 仓 另才 乙台仓 大扑台 仓)
大 小 三 军
哭 嚎 啕。
孤 王 领 兵

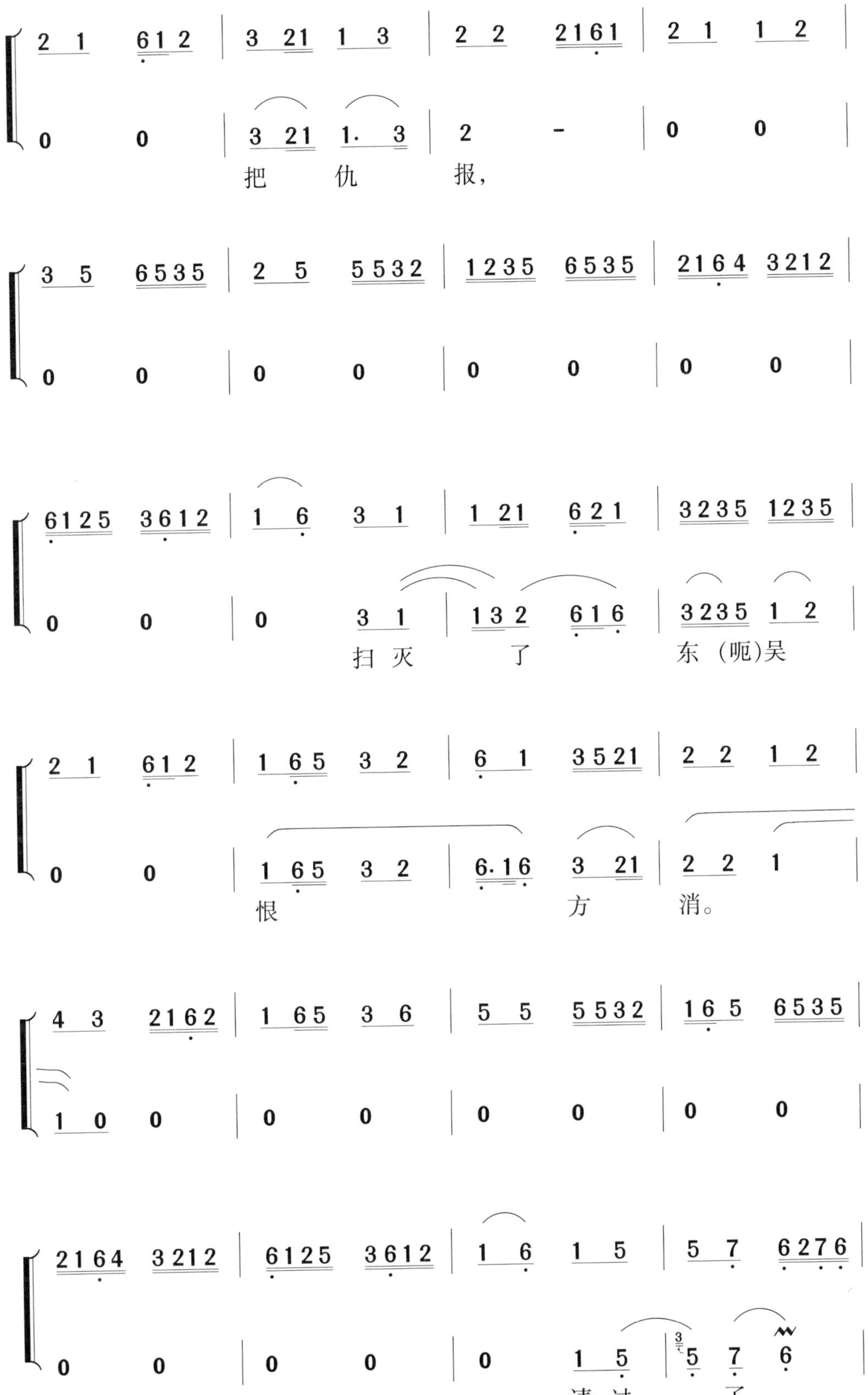

刘备白：“关兴。”

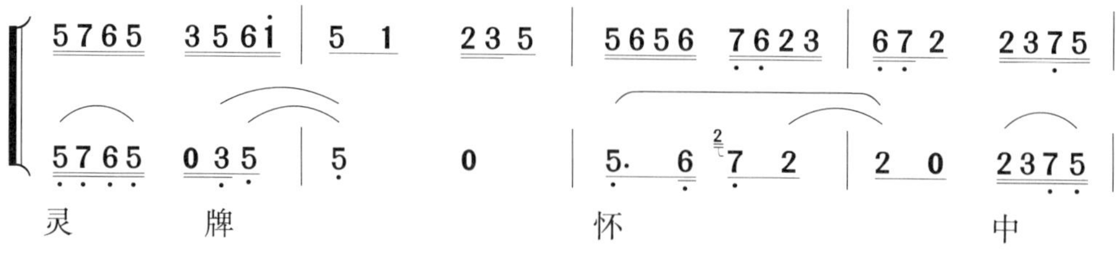

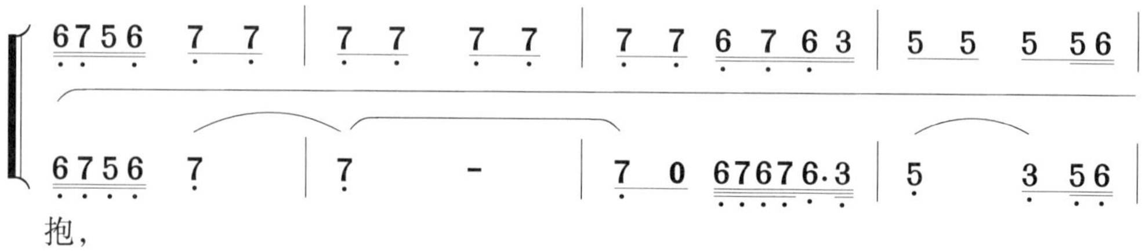

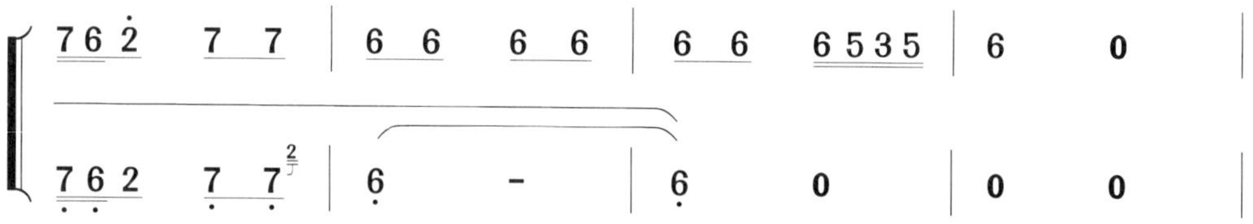

「【长锤】四白龙套分站两侧。张苞给刘备将椅子搬至“大边”外角，关兴将关羽灵牌抱来。

(仓七 台才台 | 仓另才 乙台仓)|(大 大 | 大大 大大 | 大大 衣 | 仓多罗 6 2)

(刘备接过灵牌,外场椅坐下)　　(看着灵牌哭泣)二弟呀!……(关兴跪地)

〔反西皮二六〕

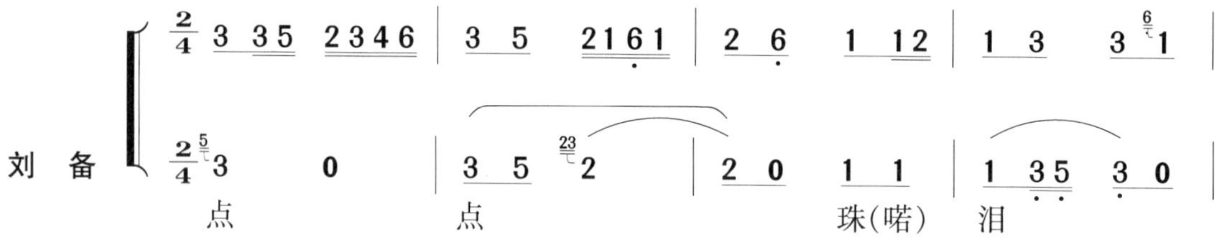

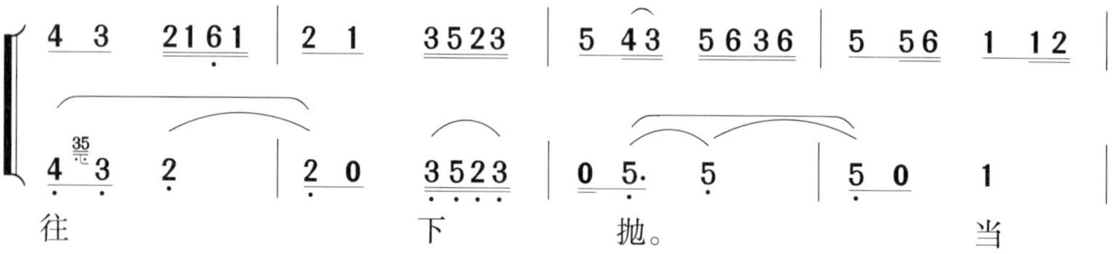

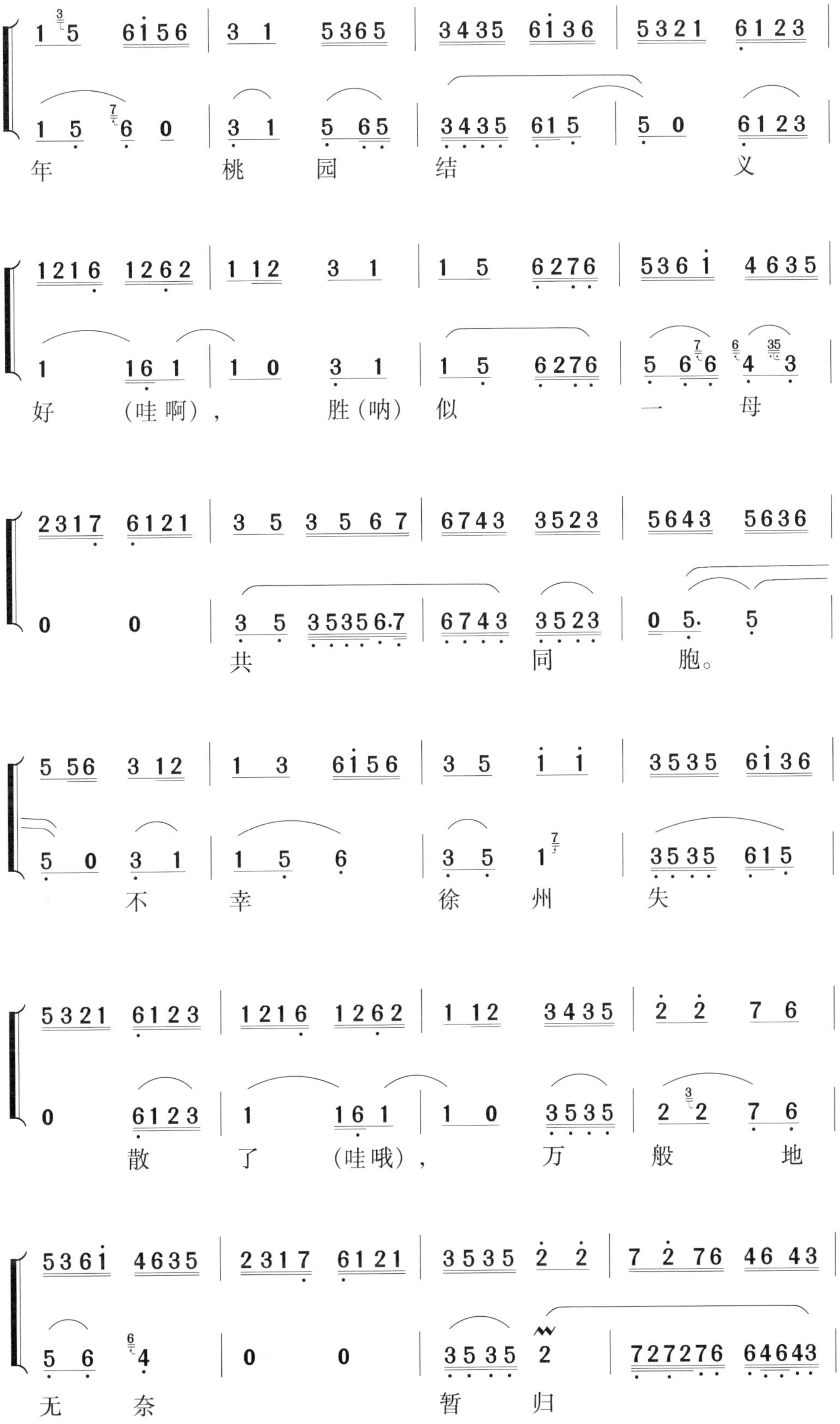
年 桃 园 结 义
好 (哇 啊), 胜(呐) 似 一 母
共 同 胞。
不 幸 徐 州 失
散 了 (哇哦), 万 般 地
无 奈 暂 归

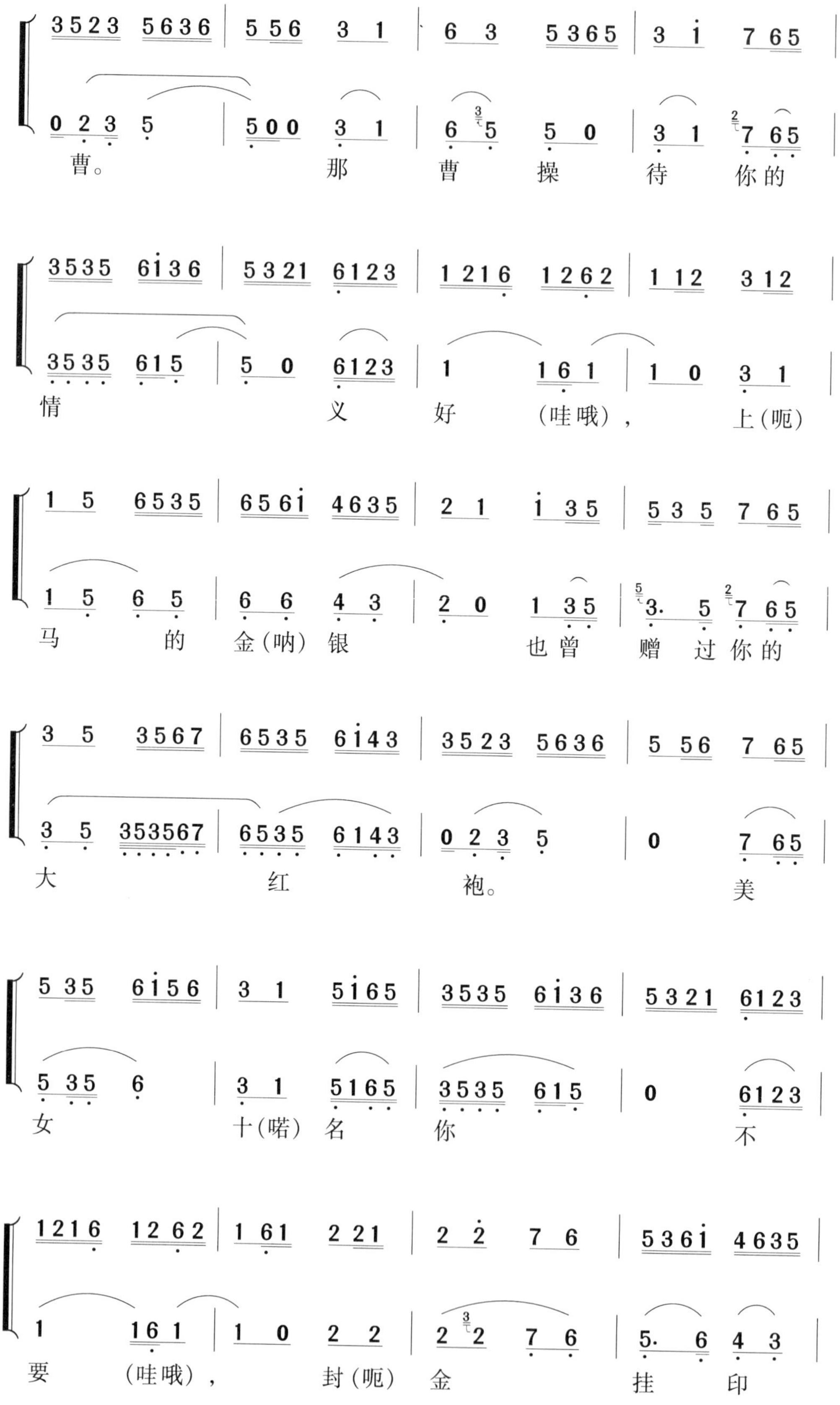
曹。 那 曹 操 待 你的
情 义 好 （哇哦）， 上（呃）
马 的 金（呐） 银 也曾 赠 过 你的
大 红 袍。 美
女 十（喏） 名 你 不
要 （哇哦）， 封（呃） 金 挂 印

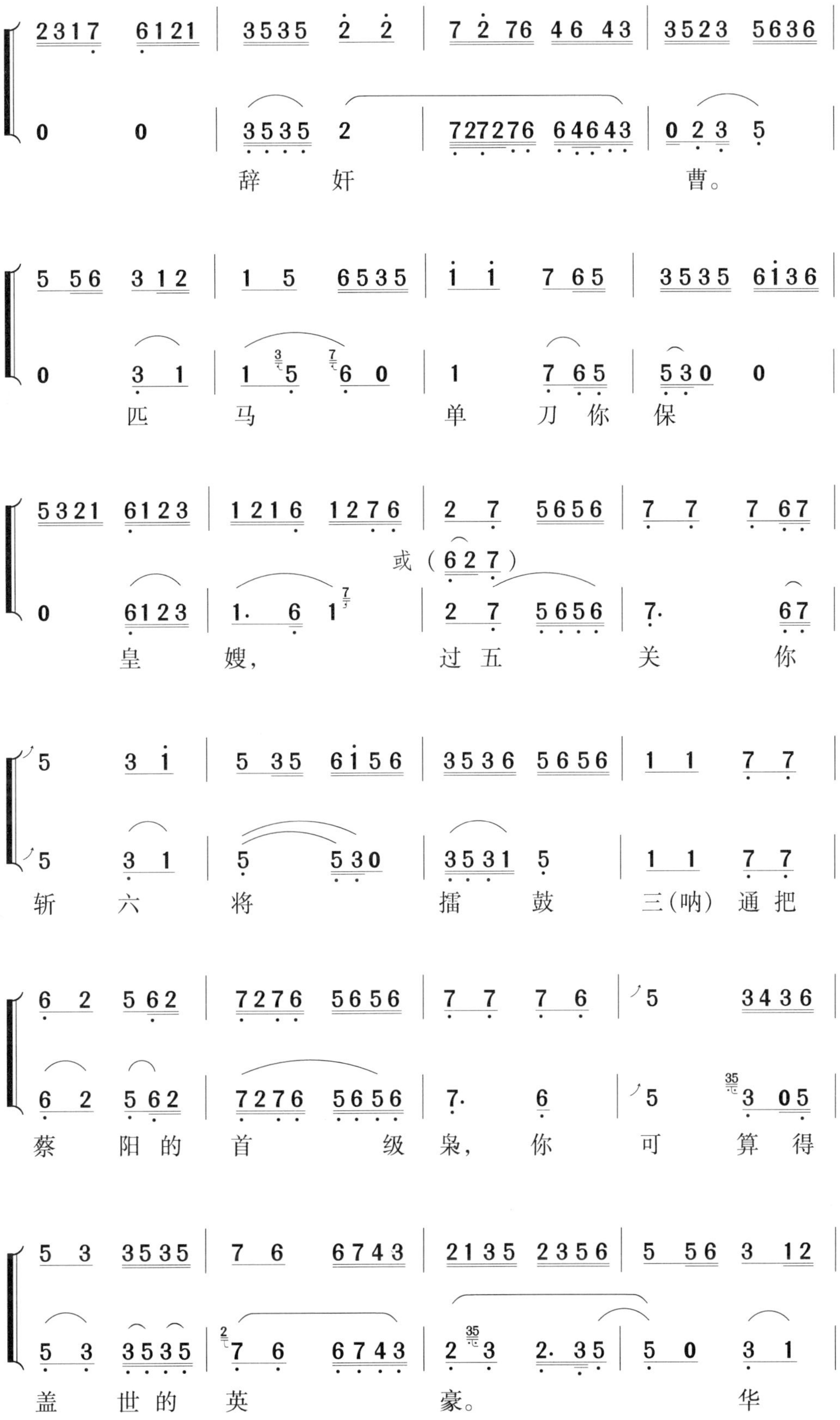
辞 奸 曹。
匹 马 单 刀 你 保
或（627）
皇 嫂, 过 五 关 你
斩 六 将 擂 鼓 三(呐) 通 把
蔡 阳 的 首 级 枭, 你 可 算 得
盖 世 的 英 豪。 华

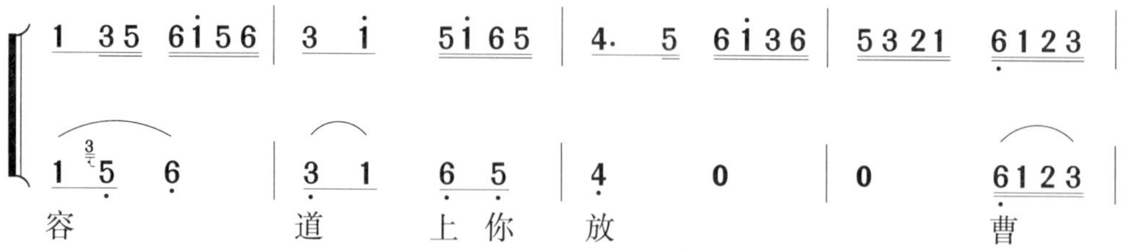

（以下随唱腔伴奏）

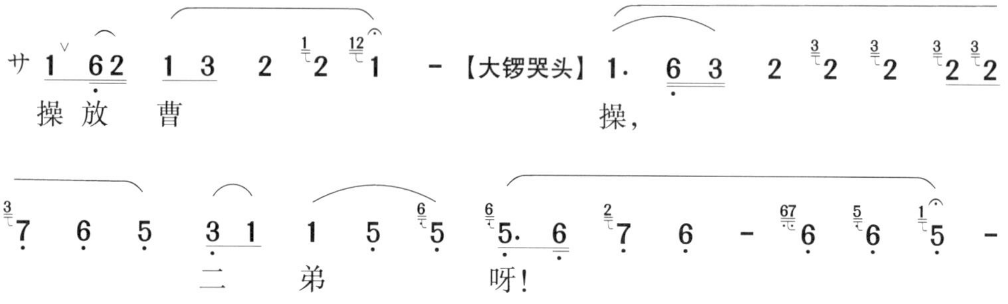

〔【反长锤】关兴接过灵牌放于桌上，刘备站起，张苞将椅放回。

〔西皮摇板〕

刘 备

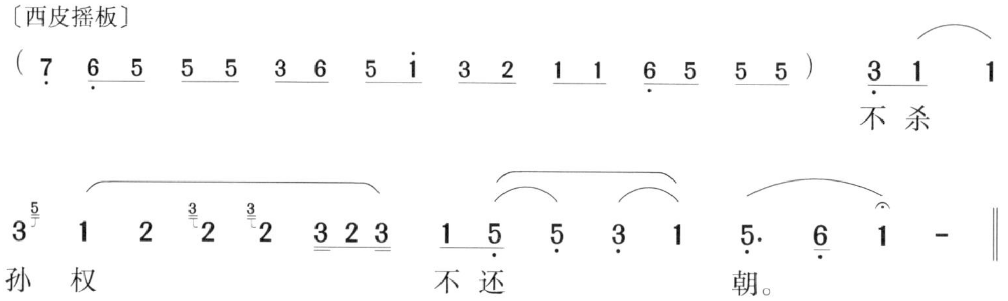

关 兴 皇伯。

〔西皮摇板〕

【大锣一击】（过门同前）

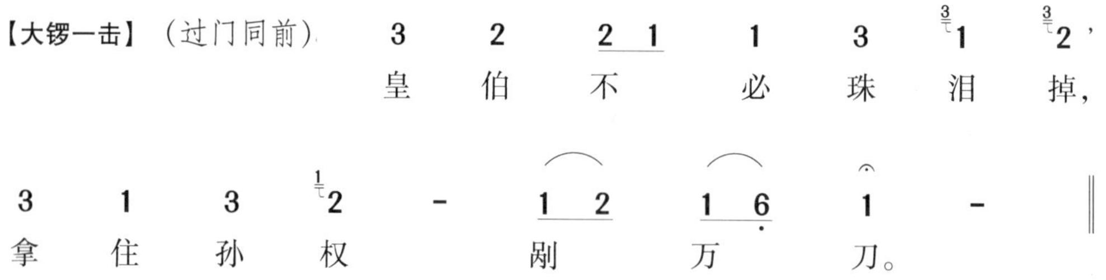

〔西皮摇板〕

刘 备 【闪锤】（过门同前）

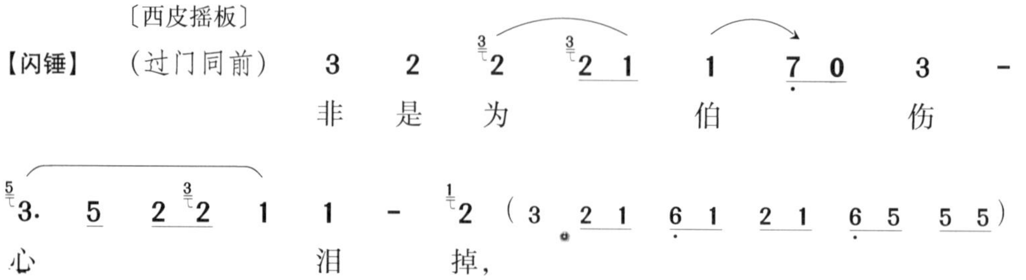

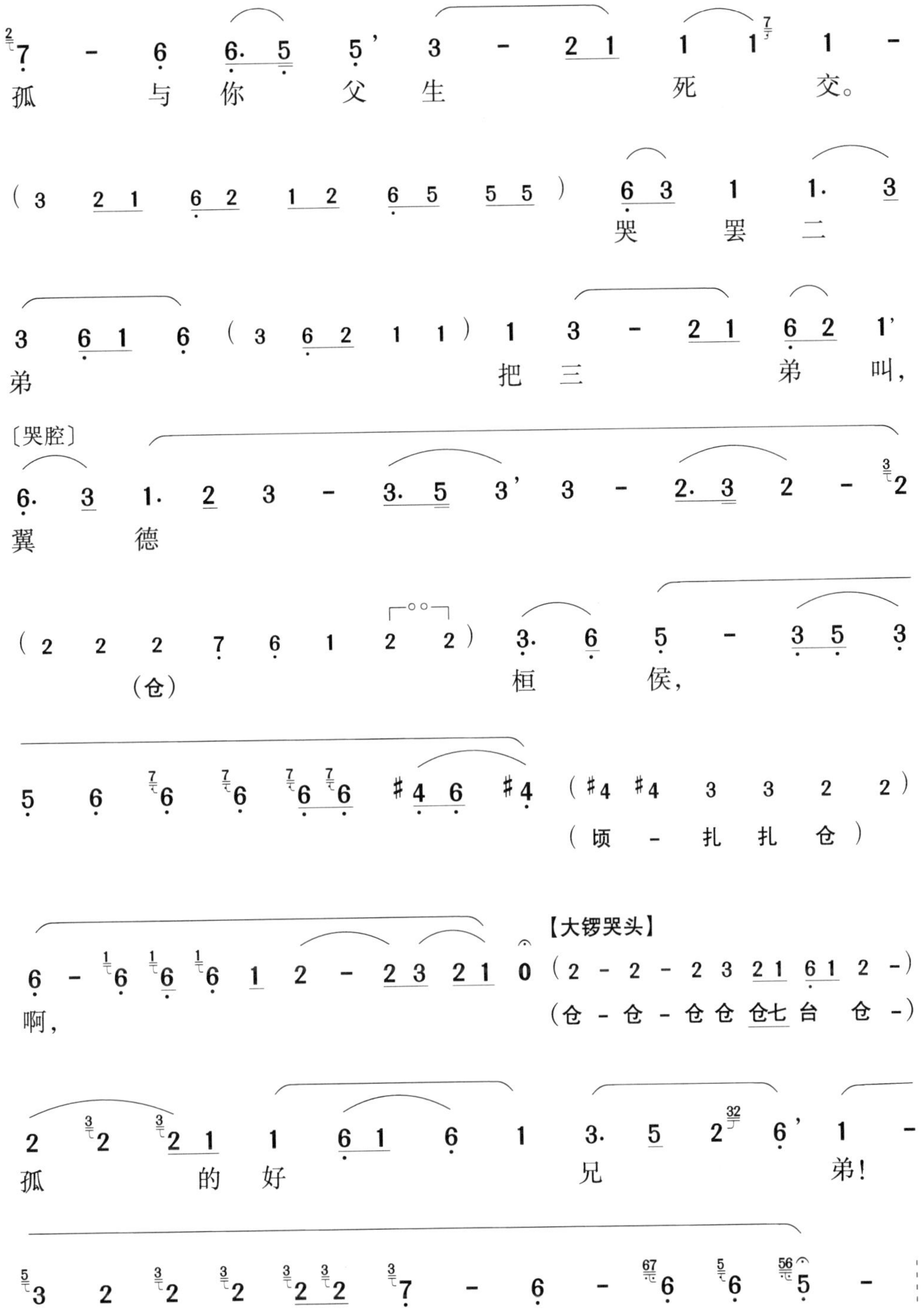

〔【长锤】关兴将椅放“上场门”外角，张苞抱张飞灵牌递给刘备，【半夺头】刘备坐下抱着灵牌哭泣。

（大大 | 大大 大大 | 大大 大大 | 大大 衣 | 仓 多罗 6 2）|

（哭）三弟！　　（张苞跪下）

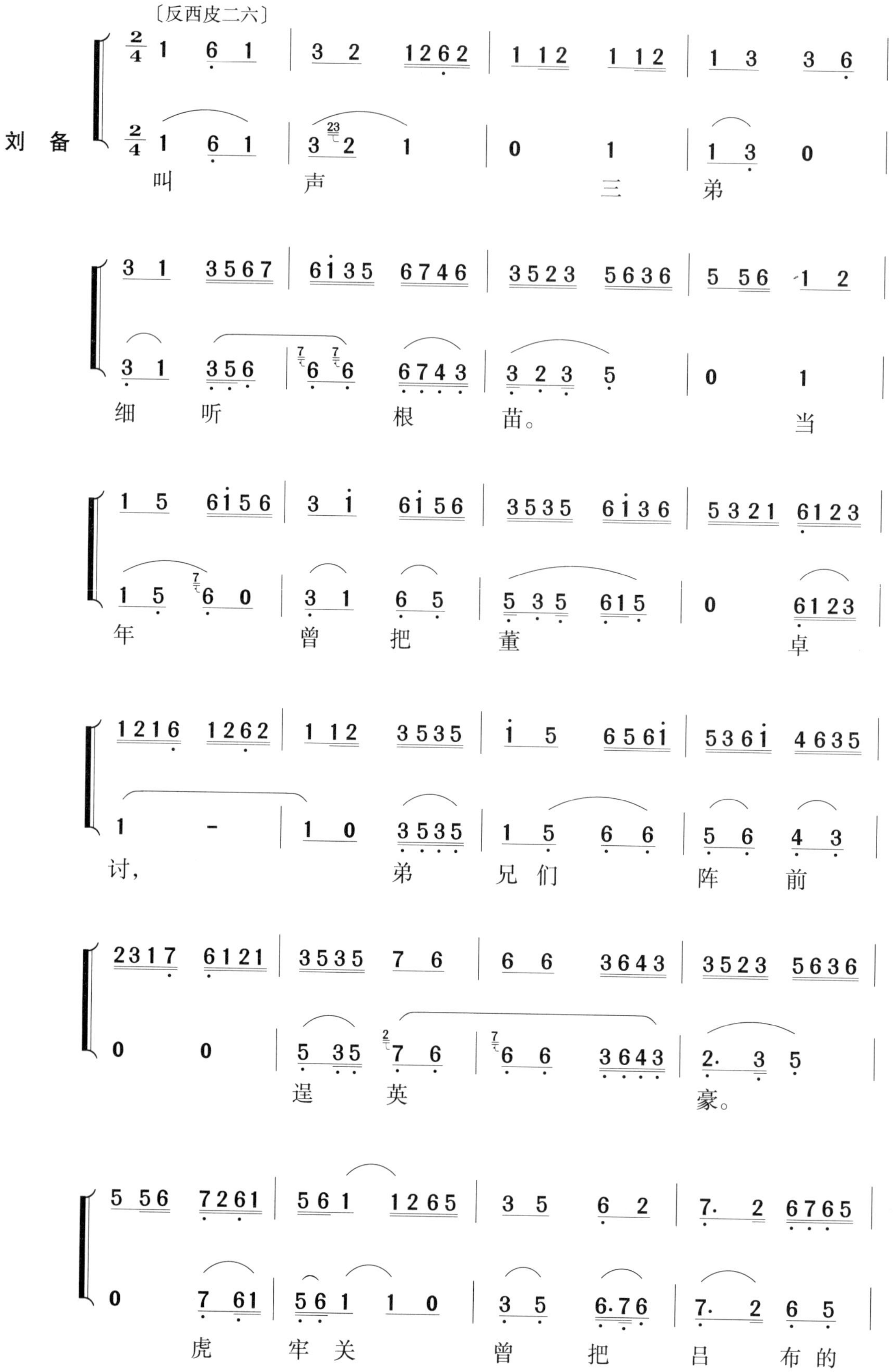
〔反西皮二六〕
刘 备
叫 声 三 弟
细 听 根 苗。 当
年 曾 把 董 卓
讨， 弟 兄 们 阵 前
逞 英 豪。
虎 牢 关 曾 把 吕 布 的

白帝城

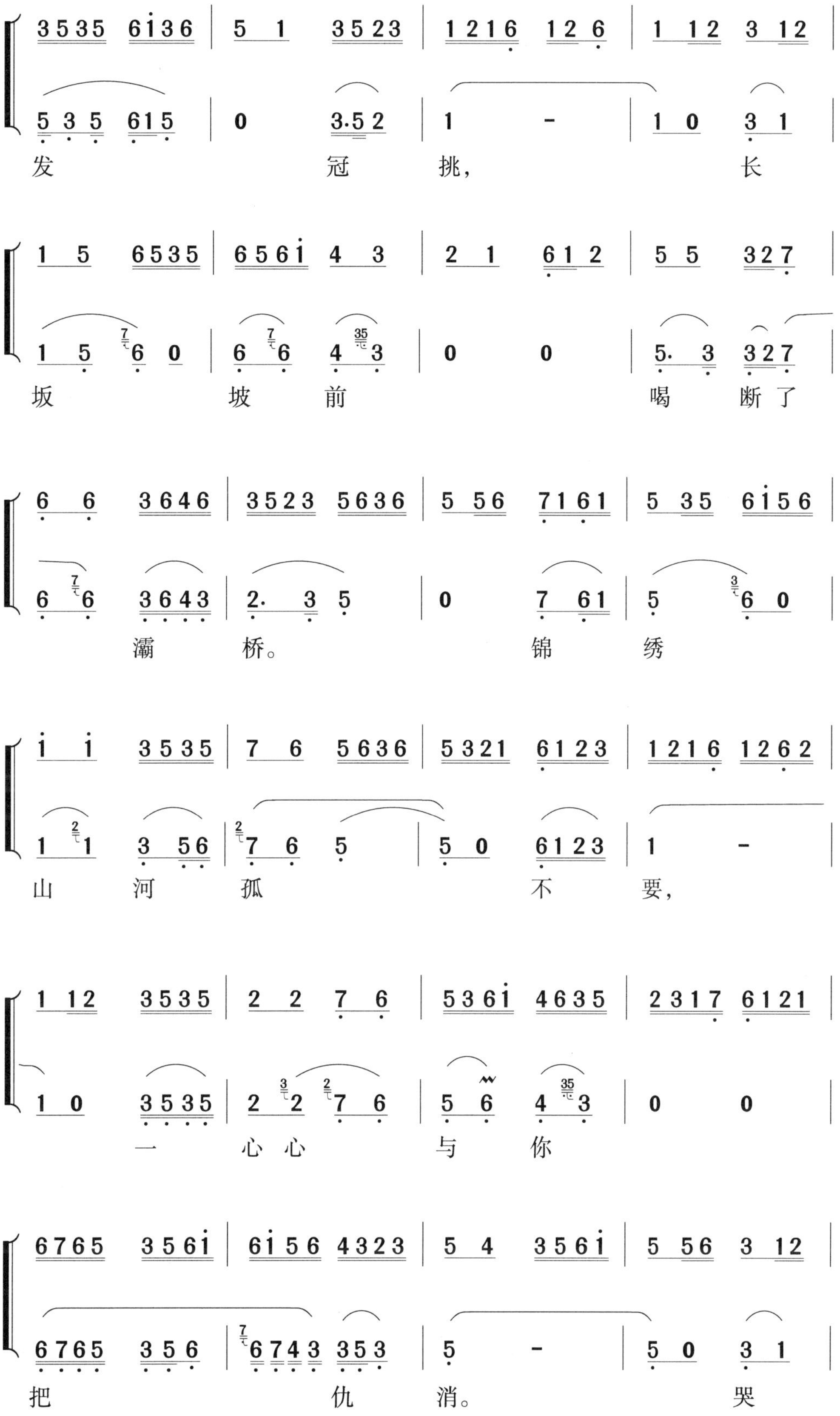

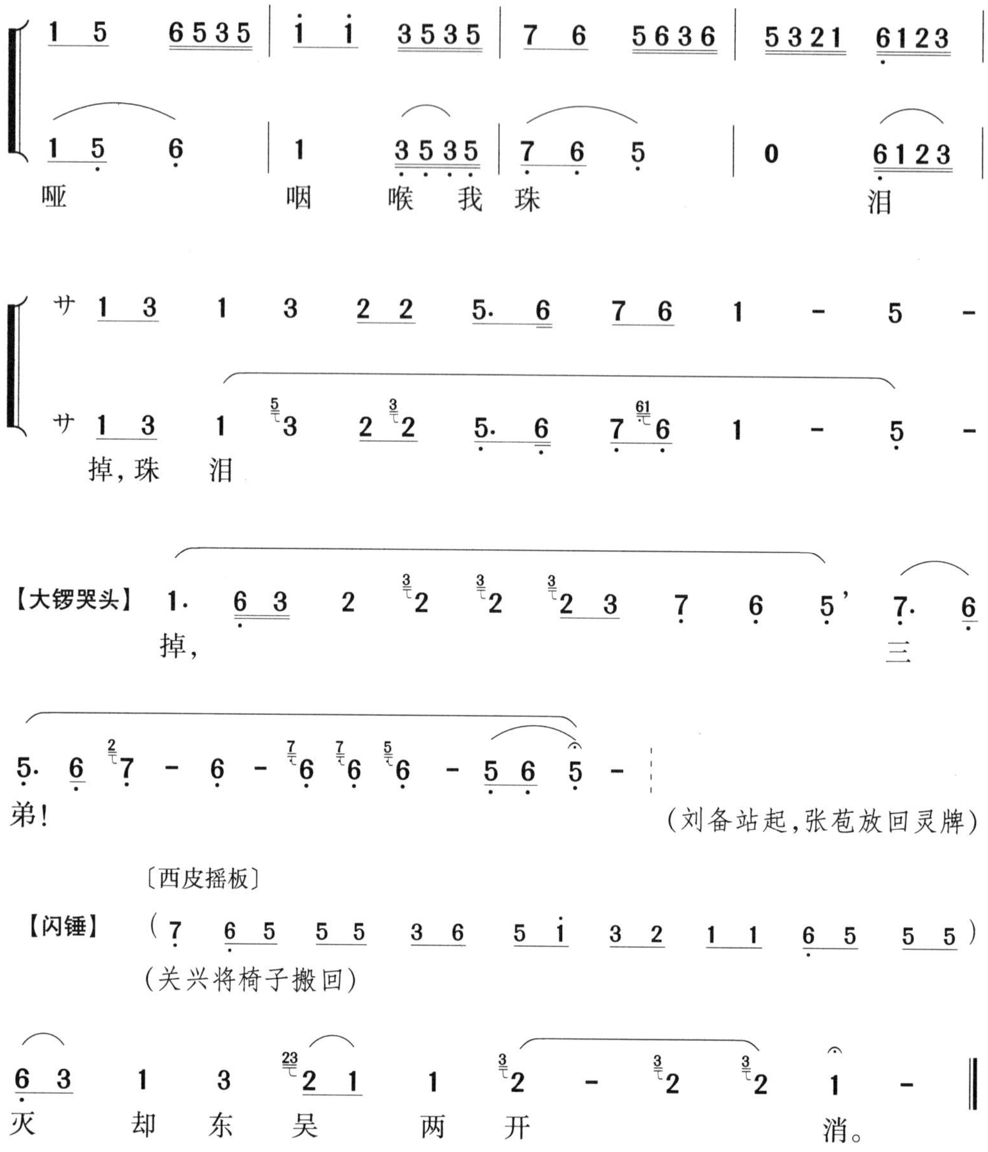
哑 咽 喉 我 珠 泪
掉，珠 泪
【大锣哭头】
掉，
三
弟！
（刘备站起，张苞放回灵牌）
〔西皮摇板〕
【闪锤】
（关兴将椅子搬回）
灭 却 东 吴 两 开 消。

张　苞　皇伯。

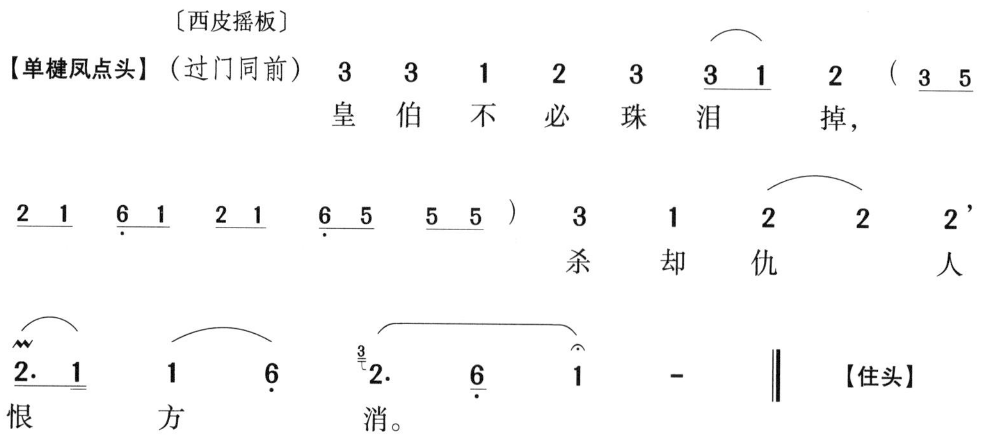
〔西皮摇板〕
【单楗凤点头】（过门同前）
皇 伯 不 必 珠 泪 掉，
杀 却 仇 人
恨 方 消。
【住头】

刘　备　关兴、张苞。

关兴、张苞　在。

刘　备　看酒来，为伯要亲自祭奠。

关、张　有道是君不拜臣，儿等代祭。

刘　备　你们要多拜几拜呀！

<哭皇天>胡琴曲牌中速

2/4 扎 2 1 2 | 3532 123 | 0 2 1 2 | 5 3 563 |

（关兴、张苞整冠跪拜。与此同时，刘备起身走在灵桌前，手颤动地抚摸着灵堂

0 5 3 2 | 1276 561 | 0 5 3 2 | 1 2 3 2 |

幔帐，并微微抽泣，极为悲切地注视灵牌，表示痛心思念，然后归入原座位）

1 7 6 5 | 3 2 356 | 6 2 1 7 | 6 5 6 3 |

6 5 5 6 | 5 4 3. 5 | 6i5 5 6 | 5 4 3 5 |

慢收

6 1 2532 | 3 6 5 4 | 3 - | 3 0 ‖

（拜祭毕，乐止）

刘　备　关兴、张苞，将一干仇人拿去开刀！吩咐下去：大小三军歇兵三日，大破东吴。

关、张　遵命。

〔**【大锣原场】**关兴、张苞等“下场门”前排成“斜八字”，刘备先下，众相继而下。

第　四　场

〔场上设红围桌、椅披“大座”，桌上摆放尚方宝剑、小香炉。

〔**【快长锤】**四红龙套“上场门”上，“站门”。阚泽、孙权上场。

〔西皮摇板〕

孙　权　（7 6 5 5 5 3 6 5 i 3 2 1 1 6 5 5 5）

2 1 2 3 3 3 - 2（3 2 1 6 1 2）

孤 与 那 刘 玄 德

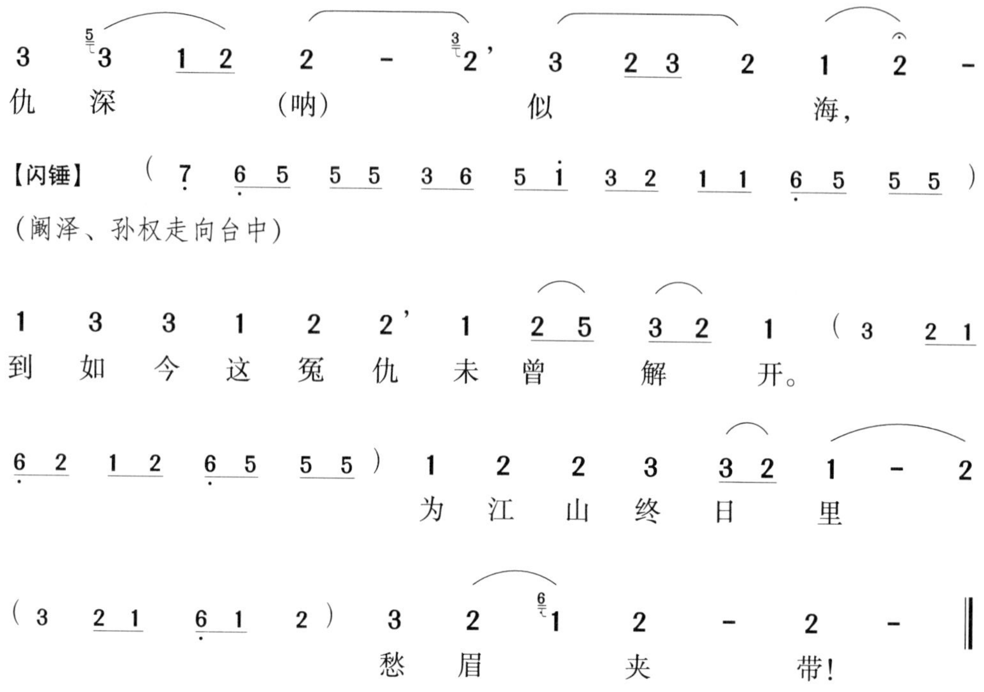

〔【扫头】众归里，孙权入“大座”。诸葛瑾“上场门”急上站“大边”。

诸葛瑾 参见主公。

孙　权 子瑜回来了！求和罢兵之事怎么样了？

诸葛瑾 那刘备执意不肯罢兵，要与东吴决一死战。(嘟~~~~~)

孙　权 噢！(仓)那刘备要与孤决一死战么？

诸葛瑾 正是。

孙　权 二卿何计安在？

阚　泽 臣保荐一人，可敌刘备。

孙　权 但不知何许人也？

阚　泽 此人乃九江太守陆绩之子，名唤陆逊。

孙　权 (嘟~~~~~仓)陆逊？

诸葛瑾 启主公，陆逊年幼恐难担此重任。

阚　泽 此人虽然年幼，胸中颇有大才，臣愿以全家性命保之。(嘟~~~~~仓)

孙　权 二卿不必争论，宣陆逊上殿，孤面试其才。

阚　泽 遵旨。(至台口)主公有旨陆逊上殿。

〔陆逊内白：“领旨”。【大回头】接【归位】上场至右台口。

陆　逊 久困未展平生志，哪知胸藏百万兵？【冲头】(进门)臣陆逊见驾主公千岁。

孙　权 卿家平身。

陆　逊 千千岁。【住头】(站“小边”)

孙　权 适才阚卿奏道，卿有孙武之才，孤有意命你带领人马抵敌刘备，不知可愿担此重任？

陆　逊 启主公：江东文武，皆主公旧臣，臣年幼恐难治之。

孙　权 卿家但放宽心，孤赐你尚方宝剑，不服者，先斩后奏，领旨下殿。

众 请驾回宫。

孙 权 退班。【回头】（孙权、众龙套下）
阚 泽
诸葛瑾 少年挂帅恭喜可贺。
陆 逊 全仗二公提携。正是：【住头】
阚 泽
诸葛瑾 但愿此去奏凯庆，
陆 逊 即日兴兵破蜀军。
「【大锣打下】诸葛瑾“上场门”下，陆、阚二人“下场门”下。

第五场

「二幕外，【长尖】韩当、周泰上。
韩 当 眼看东吴无解救，
周 泰 六郡之地一旦休。
「吴报子内：“报！”【冲头】上。
吴报子 新元帅到。
韩 当 吩咐摆队相迎。
吴报子 摆队相迎。
「奏<吹打>，报子下。
「“下场门”八字列队，四吴将、韩当、周泰迎候。
「四红龙套上“一条边”，【撕边】陆逊怀抱令旗、宝剑，骑马上。韩当、周泰，四将上前迎接，陆逊一望打马下，四龙套随下，四将后随下。（ 嘟~~~~~ 仓 ）韩当、周泰一看陆逊背影，随即托自已胡须感叹一声“嘿！”垂头丧气下。
「开二幕，四龙套、四吴将、韩当、周泰站两边。陆逊上站在台口整冠、抖袖，转身进入三军司命帐内“大座”。<吹打>乐住。
众 参见元帅。
陆 逊 众位将军少礼！（众应声肃立）【大锣五锤】本帅此番奉命抵抗蜀军，还望二位老将军协力同心，共灭刘备。
韩 当 那是自然。但不知元帅大兵至此，是先灭刘备，还是先救孙桓？
陆 逊 自然是先灭刘备，后救孙桓。
周 泰 【叫头】元帅！若是先灭刘备，那孙桓将军岂不困死城中。
陆 逊 嘟！【五锤】本帅用兵自有妙计，尔等哪里晓得？掩门！（仓）
「【冲头】陆逊“下场门”急下。
周 泰 陆逊年幼，不会用兵，这便如何是好？
韩 当 且自由他，正是：【住头】既在矮檐下。
周 泰 怎敢不低头。咳！（无奈地）
「【回头】四吴将、韩当、周泰“下场门”下。合二幕，摆放第六场桌椅。

第六场

〔开二幕：台中后方摆放一桌，一黑色椅，**【一锤锣】**四龙套、关兴、张苞“站门”上。刘备上，**【归位】**。

刘 备 带领兵和将，与弟报冤仇。（入座）

〔**【冲头】**马良上。

马 良 参见主公。

刘 备 罢了。

马 良 禀主公东吴挂陆逊为帅。

刘 备 陆逊？（**嘟～～～～ 仓**）但不知陆逊乃何许人也？

马 良 此人乃九江太守陆绩之子，名唤陆逊。

刘 备 黄口孺子何足道哉。

马 良 此人虽然年幼，胸中颇有大才，当年在麦城害二千岁一死，就是此人的诡计。

刘 备 （**嘟～～～～ 仓**）（不以为然地转开话题）啊先生，你看天气炎热，三军甚苦，孤有意将营盘移至茂林深处，待等秋后，再与那贼鏖战。

马 良 主公既要移营，就该说与丞相知道。

刘 备 孤用兵久矣，些许小事，何必去问丞相。

马 良 有道是“兼听则明，偏听则暗”，陛下思之。

刘 备 （**嘟～～～～ 仓**）就命卿家画一四至八道地理图形，送与丞相观看，不得有误。

马 良 遵命。

刘 备 关兴、张苞。吩咐下去，随孤移营去者[①]。

〔**【一锤锣】**众“下场门”前排成“斜八字”，刘备先下，众随下。（合二幕）

第七场

〔开二道幕，舞台中设山坡、景片，后面摆堂桌、高台椅及侧椅。

〔**【快长锤】**吴兵、吴将、韩当、周泰上“站门”，陆逊骑马上。

〔西皮摇板〕

陆 逊 (7 65 55 36 5 i 32 11 65 55) 3 36
探 马

5 5 5 7 6' 6 6 6 36 5· 3 6 -
报 刘 玄 德 茂 林 下 寨，

---

① 按此场戏之后，紧接是马良奉命持画成的扎营地理图送至军师处，诸葛亮看后说，献此计的人当斩。马良说明是主公刘备之意。孔明无奈地说：“看来天亡我蜀！”随命马良速调赵云前来救驾，并说明须早摆下八阵图，以防不测。奚啸伯先生认为全部《白帝城》戏的篇幅太大，场次过多，自20世纪50年代就将这场戏及后面《八阵图》一折戏均精减不演了。

【闪锤】（7 6 5 5 5 3 6 5 i 3 2 1 1 6 5 5 5）

（陆逊走向台中）

i 6 3 6 5 5 6 6’ 3 6 5 i. 2 5 6
天 助 我 成 功 劳 喜 笑 颜

5（5 6 5 3 6 5 i 3 2 1 1 6 5 5 5）3 3 6 5
开。数 日 里

5 7 - 6’ 6 6 6 3 6 5 - 3 6 -
未 出 兵 将 士 不 解，

〔【快长锤】走小圆场至右台口一望，锣鼓切住，陆逊上山，（扎扎）单起【长锤】（渐快）。

陆 逊 （过门同前）5 i 6 6 6 3 6 5 6’
站 山 顶 观 动 静

3 6 5 3 5 3 5 6 6 5 - ‖
再 把 兵 排。

〔起战鼓声，紧接【急急风】刘备、关兴、张苞、沙摩柯夫妇、张南、众军士，移营过场下。【回头】、【撕边】刘备上远望，再打马下。

陆 逊 （见刘备移营过后）哈哈哈！（嘟~~~~~ 仓）

韩 当
周 泰 元帅因何发笑？

陆 逊 今观刘备移营茂林深处，待本帅略施小计，定要他全军覆没。韩当、周泰听令。

韩 当
周 泰 在！（嘟 ~~~~ 仓）

陆 逊 你二人多备硫磺烟硝，准备顺风放火，听我令下！

〔<风入松·头段>陆逊摇旗传令。

韩 当
周 泰 得令！【冲头】（“下场门”急下）

陆 逊 凌统、朱然听令，你二人将人马埋伏茂林两侧，见火光一起奋力截杀，听我令下。

〔<风入松·二段>陆逊摇令旗。

朱 然
凌 统 得令！【冲头】（从“上场门”下）

陆 逊 众将官，随同本帅追杀刘备，听我号令者！

〔<风入松·合头>陆逊摇旗、众兵将做身段舞蹈亮相。紧接【急急风】合幕。

第 八 场

（火烧连营）

〔幕启，中场“小座”【回头】四龙套、四军士、关兴、张苞、沙摩柯夫妇上“站门”。刘备“上场门”上【归位】。

刘 备 胸中怒气冲霄汉，要把东吴踏平川。（归台中）

张 南 【冲头】（“上场门”上）禀主公，东吴人马缕缕而来。

刘 备 沙摩柯夫妇前去迎敌。

沙摩柯 得令！【冲头】（同夫人带四军士“下场门”下）

刘 备 乌合之众，何足道哉。

〔内战鼓声。报子内白：“报——”【快冲头】报子急上。

报 子 前营失火！

刘 备 再探！【五锤】（报子下）关兴速速前去救火。

关 兴 遵命。【冲头】（“下场门”急下）

刘 备 前营失火乃军中造饭自不小心。（内战鼓声）

报 子 【冲头】（上）后营失火！

刘 备 （嘟仓）张苞前去救火。

张 苞 遵命。【快冲头】（与报子同“上场门”下）

刘 备 后营失火乃军中大不幸也。（内战鼓声大振）

报 子 报——【快冲头】（上）满营火起！

刘 备 （八仓）再……再探【冲头】（报子下）

〔【滚头子】刘备出营看火势，张南将椅搬下，拉马上。

刘 备 （念〔扑灯蛾〕数板，如下）

看、看、看，满营火起，烈焰飘、烈焰飘；【滚头子】（看背后火势动作）

听、听、听，战鼓如雷，人马嚎、人马嚎；【滚头子】（看火势）

顷、顷、顷，顷刻我军一旦消，快快与孤带龙骠。【收头】

〔（嘟～～～八 大 仓）张南带马，刘备上马。速起【急急风】吴兵吴将、韩当、周泰追上，张南迎敌，刘备逃下。众吴兵吴将追下。【急急风】四军士、沙摩柯夫妇上“站门”领起与吴兵、吴将上，走“二龙出水”，双方兵将分左右下。

〔紧起【急急风】韩当、周泰与沙摩柯夫妇对阵小开打，又引上四吴将接“六股档”，吴将杀死沙摩柯夫妇，双抄亮相分头下场。接【三通鼓】

〔火彩【乱锤】刘备“上场门”打火退上，退至“大边”台口单腿跪，站起后退，三小倒步起“吊毛”倒地。抬腿左右各一下，起来走至“上场门”“小边”台口，又单腿站立向“下场门”蹦退，打火，退向“下场门”再向左外角“抢背”，起身跪步，打火右退，再走向台中，左、右打火然后抓左手箭衣腿、右手箭衣腿，里转身“僵尸”（嘟～～～仓）倒地。

〔【乱锤】中“上、下场门”分上关兴、张苞找刘备。

关　兴
张　苞　（喊叫）皇伯！

〔二人双“望门”，转回又走至台中见刘备，扶起，呼叫“皇伯！”，刘备醒，招手要马。

〔张苞带马，刘备上马。吴兵将追上，关兴挡住，刘备、张苞“下场门”退下，关兴下，吴将等追下。

〔内战鼓声不断，缓鼓点起【急急风】马童上，翻三翻。

〔【四击头】上赵云和大纛旗，【急急风】走到“下场门”外角，停住下马，迎刘备，【阴锣】关兴、张苞扶刘备上。

赵　云　赵云接驾。

刘　备　（嘟~~~~~仓）（用袖拭眼一惊）你……你是四弟吗？

赵　云　正是。

刘　备　（精神一振，然后用手左右撸袖）杀呀！【冲头】（关、张扶刘随下）

赵　云　（站正场）马童。

马　童　在。

赵　云　带马。

〔【急急风】【四击头】赵云上马，马童下。【急急风】赵云引周泰上打“小快枪”亮相。

〔【急急风】打四吴将“抢背”，最后拨“倒脱靴”，四吴将一一败下。

〔锣鼓加强，赵云耍“枪下场”。马童“下场门”翻上。【四击头】二人亮相。【急急风】二人下场。

〔接【阴锣】关兴、张苞扶刘备“下场门”外角下马，再归正中。【急急风】马童、赵云上“一条边”，下马。马童接马【冲头】快步至“下场门”外角。赵云上前。

赵　云　赵云接驾来迟，死罪呀死罪（嘟~~~~~仓）（跪下）。

刘　备　哎呀四弟呀！【五锤】孤被他们烧坏了哇！（嘟~~~~~仓）（扶起赵云）

赵　云　主公保重要紧。

刘　备　前面什么所在？

赵　云　（一看）（嘟~~~~~仓）白帝城。（刘备意外惊喜）

刘　备　（八仓）白帝城！好，吩咐兵撤至白帝城，带马、带马！【冲头】（张苞带马刘备上马，关、张随下）

赵　云　带马！

〔【急急风】马童拉马赵云上马。【四击头】赵云上马亮相，马童翻，拉马【急急风】“下场门”下，赵云随下。合二幕。

第 九 场

〔开二幕，中桌“小座”，黑色桌围椅披。

〔【慢长锤】诸葛亮“上场门”上。转【夺头】

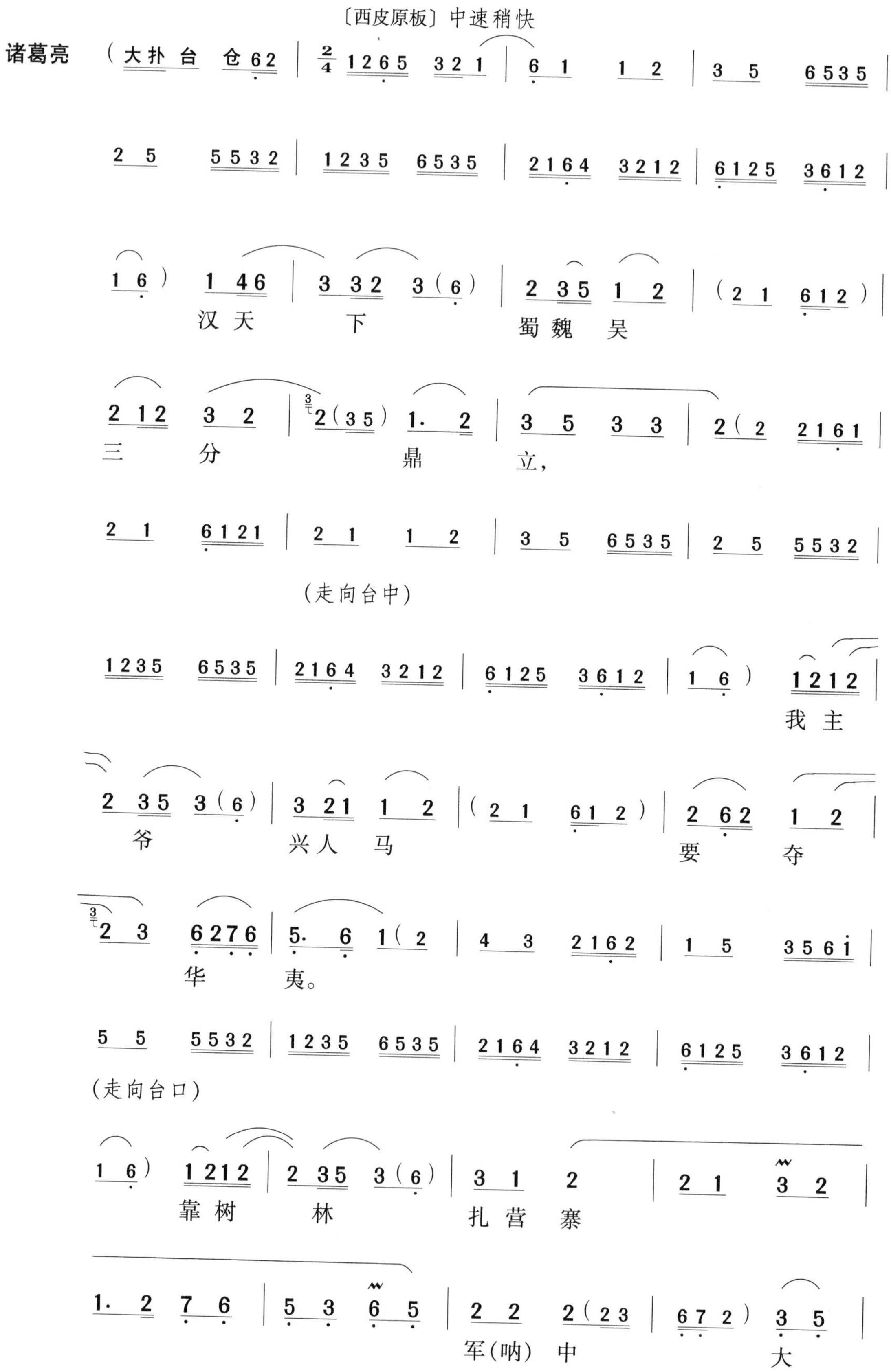
〔西皮原板〕中速稍快
诸葛亮
大扑台 仓
汉天下 蜀魏吴
三分 鼎 立，
(走向台中)
我主
爷 兴人马 要 夺
华 夷。
(走向台口)
靠树 林 扎营寨
军(呐) 中 大

白帝城

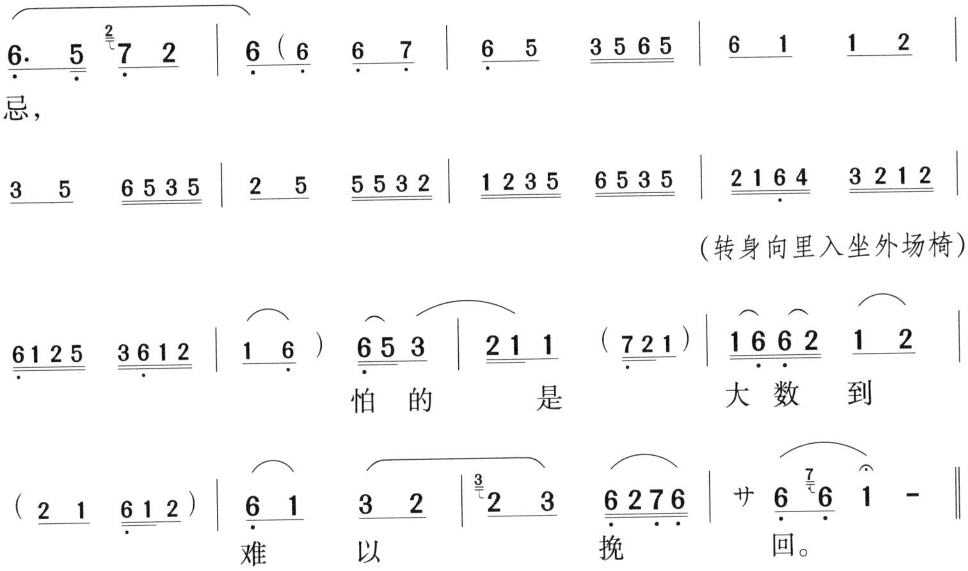

〔【快长锤】马谡“上场门”上站“小边”外角。

〔西皮摇板〕

马　谡　（过门同前）

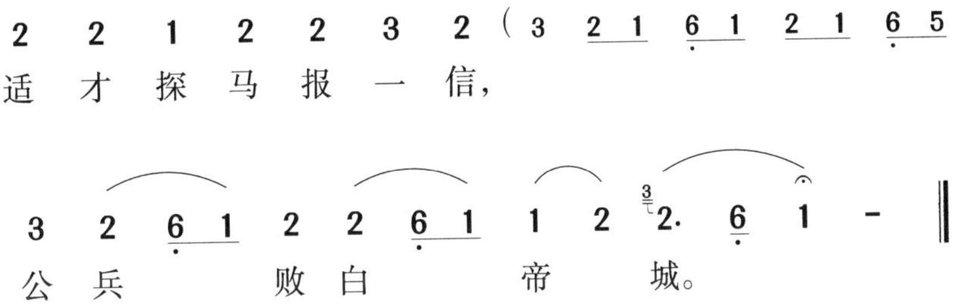

（【住头】进门站“大边”）

参见先生。

诸葛亮　参谋进帐何事？

马　谡　今闻主公兵败白帝城，身染重病，请先生带领二位太子前去议事。

诸葛亮　不、不、不好了！

〔西皮散板〕

【快纽丝】

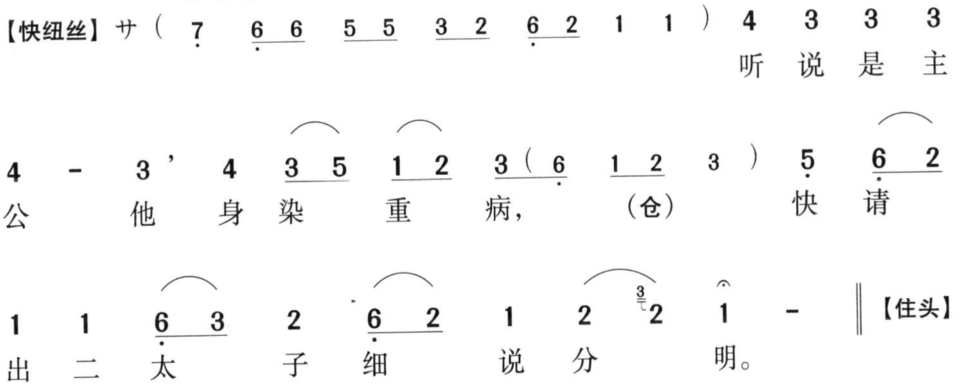

马　谡　有请二位太子。

〔【小锣五锤】刘永、刘理上，走至台口。

刘　永
刘　理　忽听先生唤，上前问根源。（进门）【小锣二击】参见先生。

诸葛亮　太子免礼。

刘　永
刘　理　将我弟兄唤来，有何事议？

诸葛亮　今闻主公兵败白帝城，身染重病，命山人带领二位殿下前去探问。

刘　永
刘　理　就依先生。

诸葛亮　吩咐外厢车辆伺候。（起身）

马　谡　外厢车辆伺候。

〔西皮摇板〕

诸葛亮　【闪锤】（过门同前）2 1 2 2 1 (5)3 2' 1 (2)2 (23)2. 1 1 2 -
带 领 着 二 太 子 刘 理、刘 永，

〔【快长锤】众出门"下场门"下，车夫上，诸葛亮上车至"下场门"外角。

诸葛亮　（过门同前）1 3 2 6 2 1 3 - 2' 6 2 1 2 2 1 - ‖
永 安 宫 见 主 公 探 问 安（呐）宁。

〔【大锣原场】诸葛亮"下场门"下。合二幕。

第十场

（白帝城托孤、归天）

〔【撤锣】开二幕幕。堂桌内"大座"椅，另备一"跨"椅。龙屏风、黄桌围椅披。

〔刘备内白："搀扶！"

〔二黄慢三眼〕

【铙钹夺头】6 3 2 | 4/4 1 6 5 3 2 3 3 6 |

5 6 565 5 4 3643 | 2 3 235 3 32 3276 |
（大 衣另 才 0 衣 大 乙
（二大太监扶刘备上， 走向"九龙口"）

5 2 325 2321 6561 | 5 3 235 3 2 3276 |
台 ）

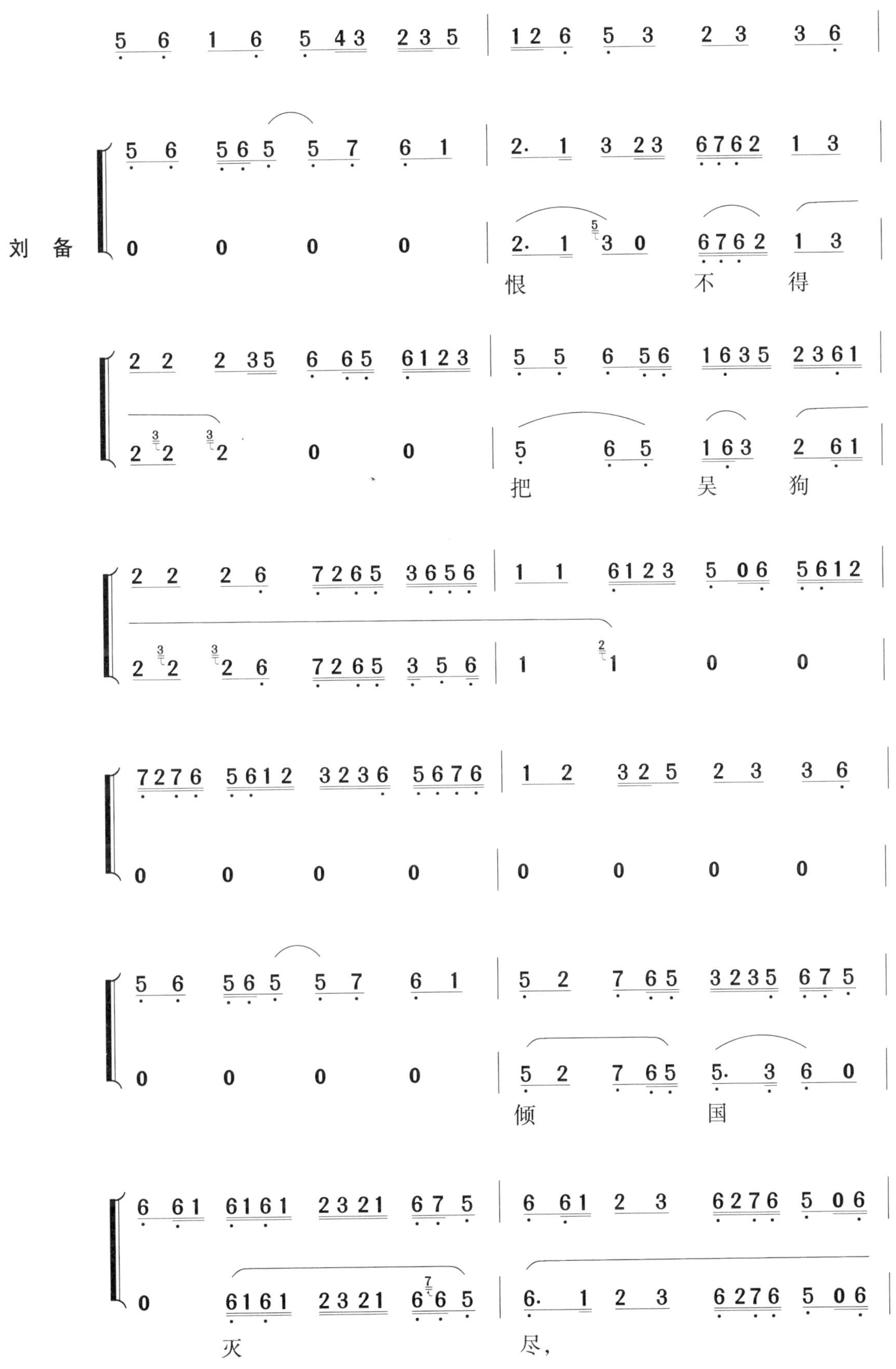
刘备
恨 不 得
把 吴 狗
倾 国
灭
尽，

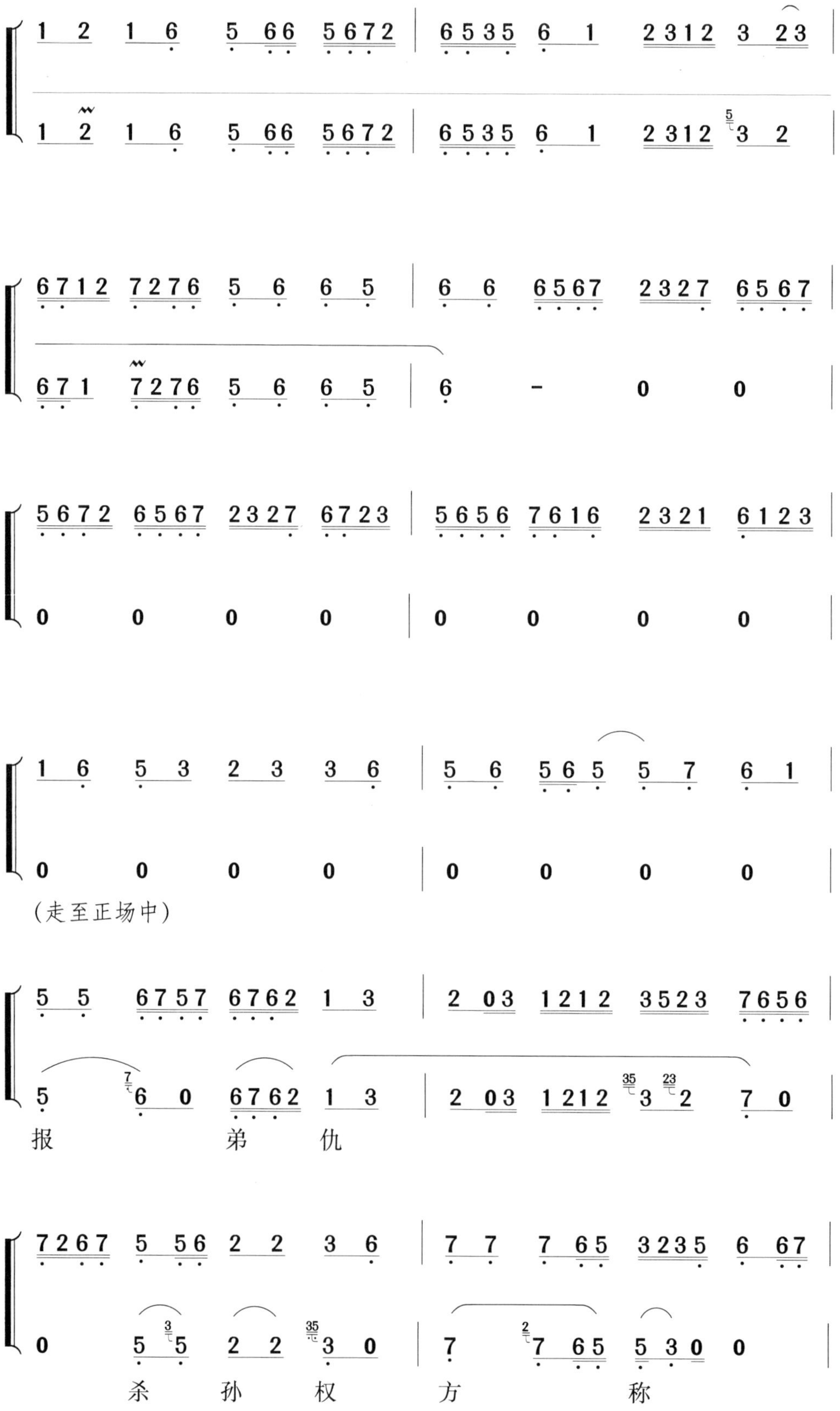
(走至正场中)
报 弟 仇
杀 孙 权 方 称

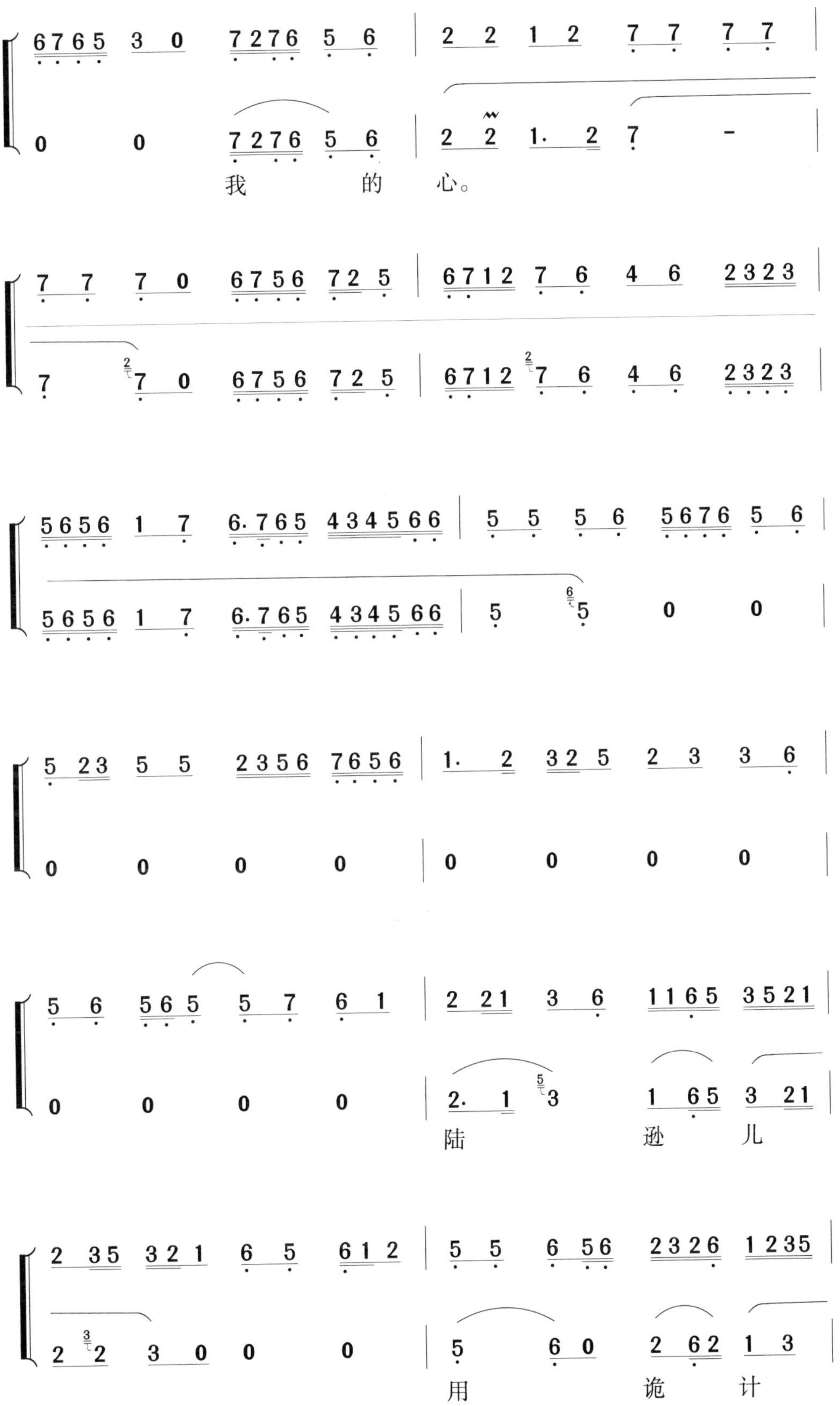
我 的 心。
陆 逊 儿
用 诡 计

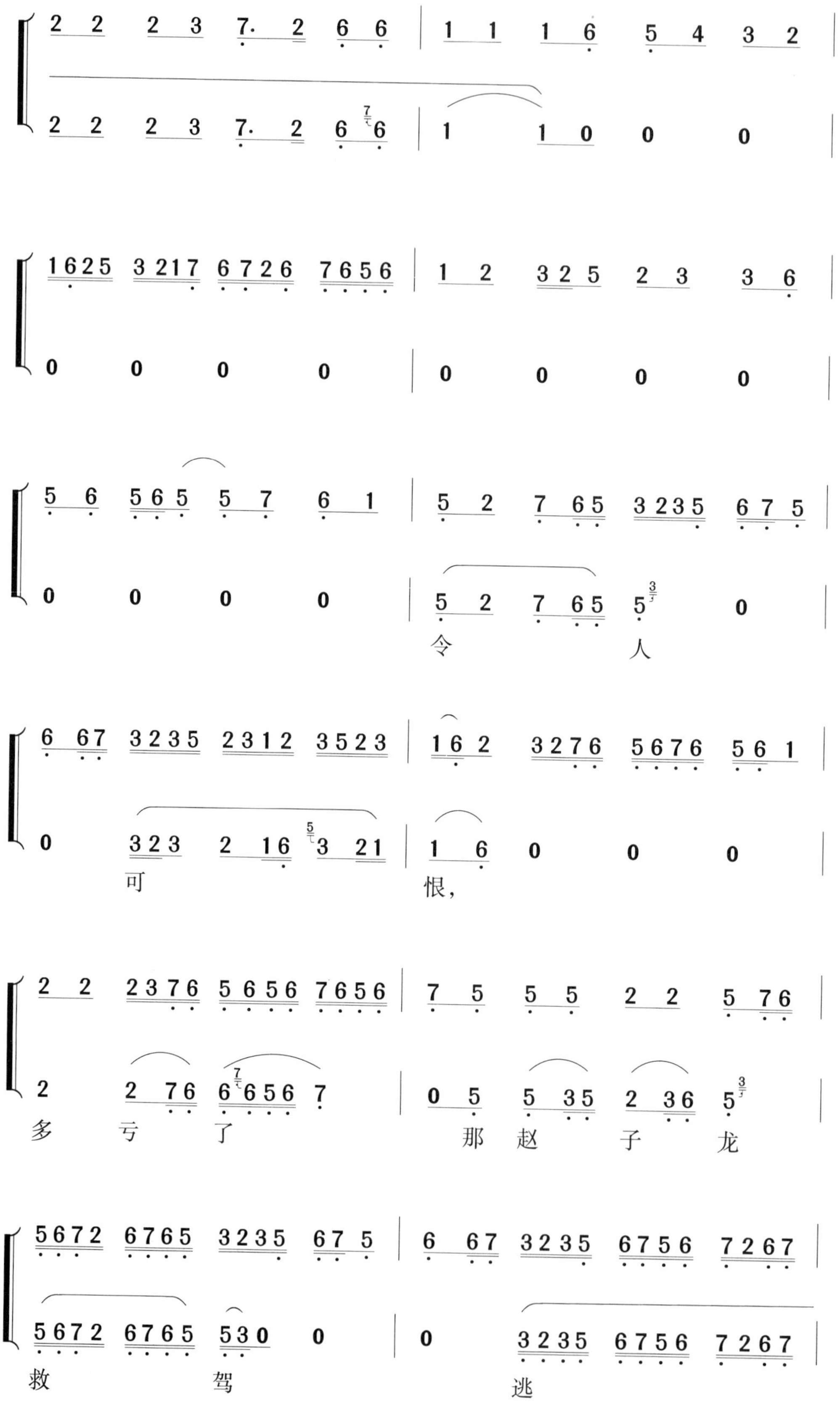
令 人
可 恨，
多 亏 了 那 赵 子 龙
救 驾 逃

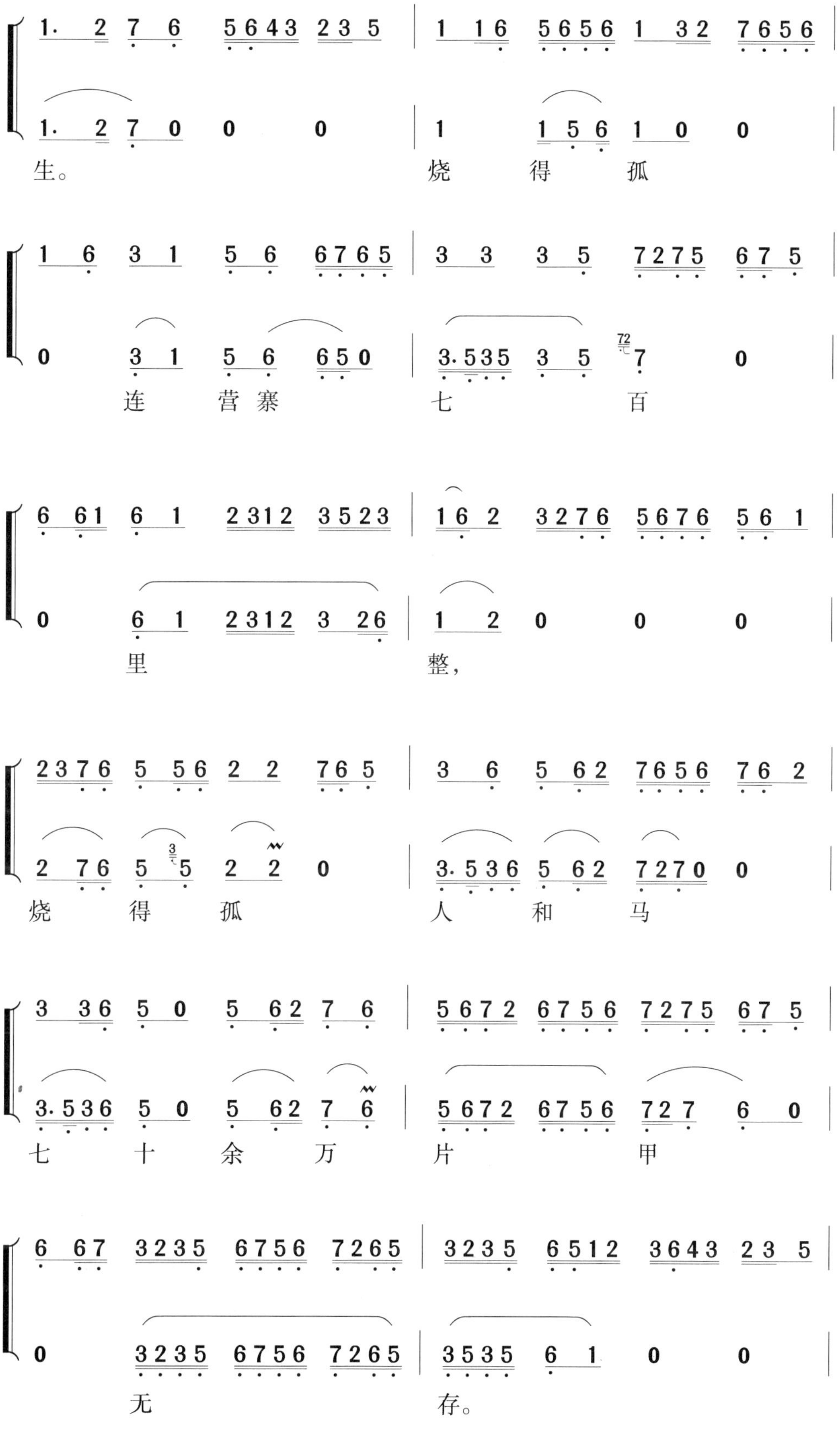
生。
烧 得 孤
连 营 寨
七 百
里
整，
烧 得 孤
人 和 马
七 十 余 万
片 甲
无
存。

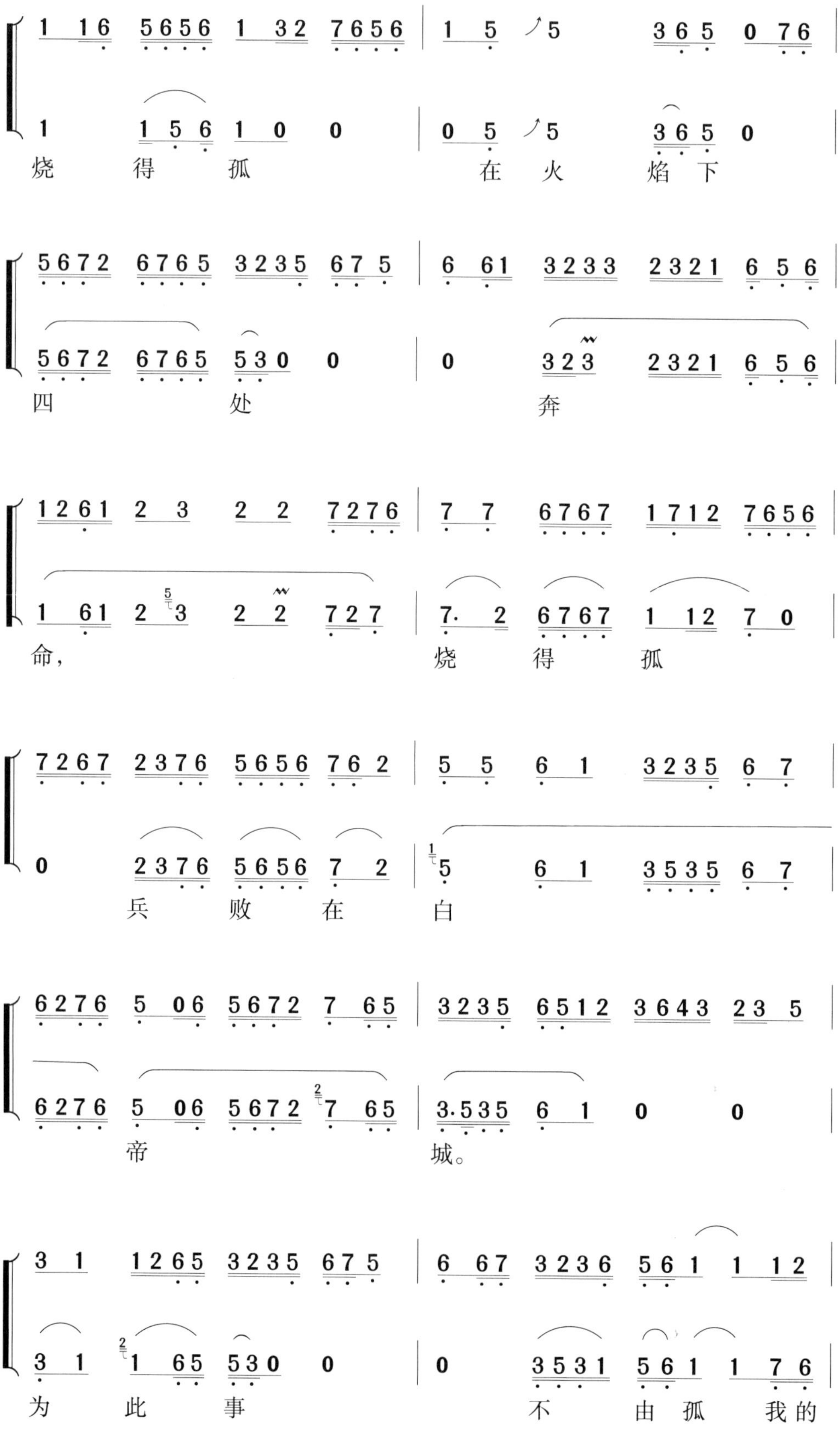
烧 得 孤 在 火 焰 下
四 处 奔
命， 烧 得 孤
兵 败 在 白
帝 城。
为 此 事 不 由 孤 我 的

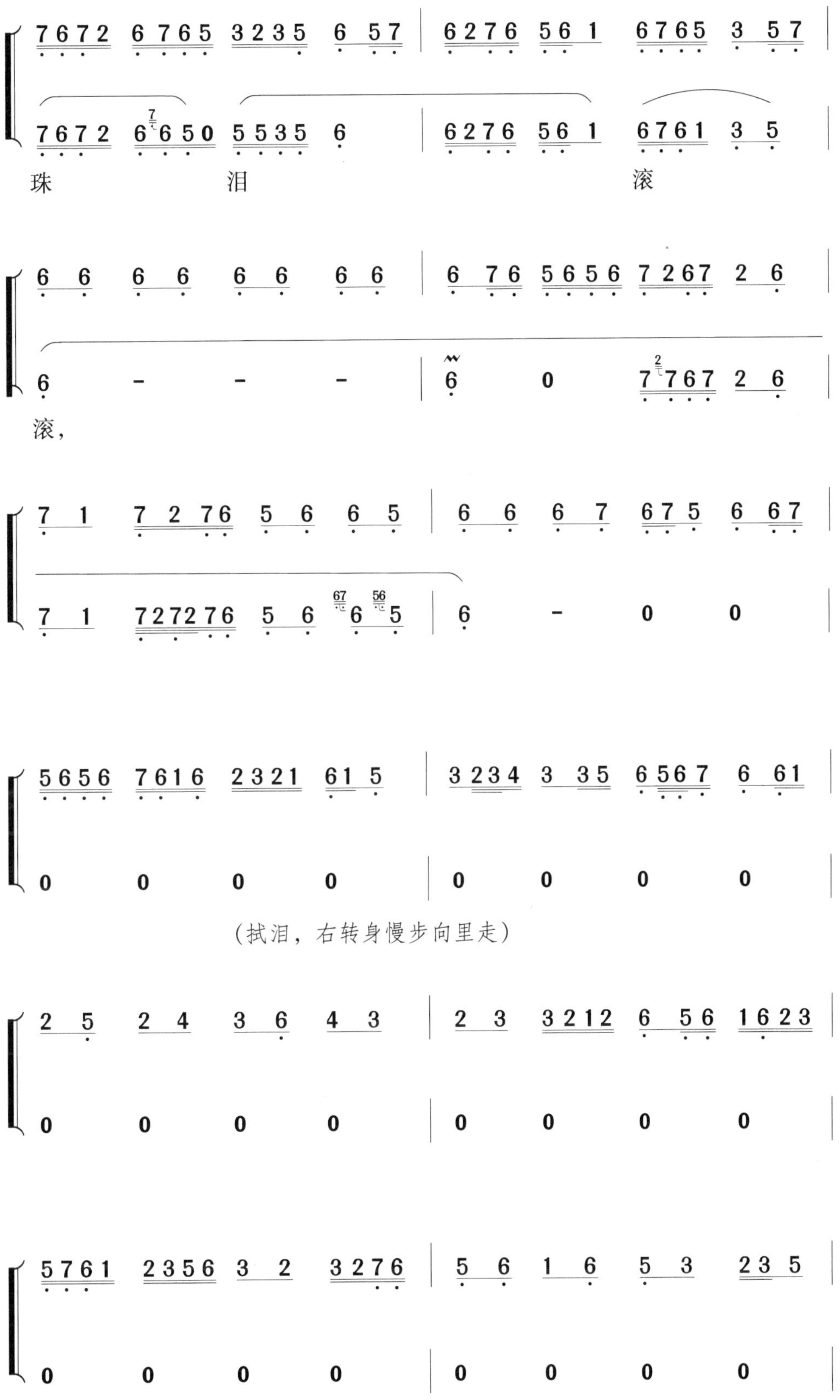
珠
泪
滚
滚，
（拭泪，右转身慢步向里走）

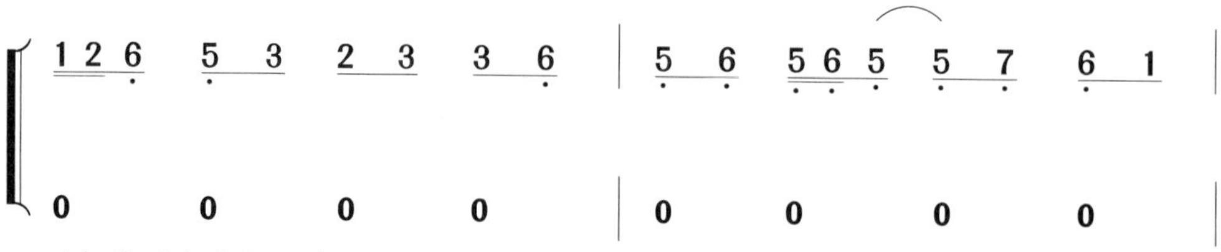

（走进“大座”，坐下）

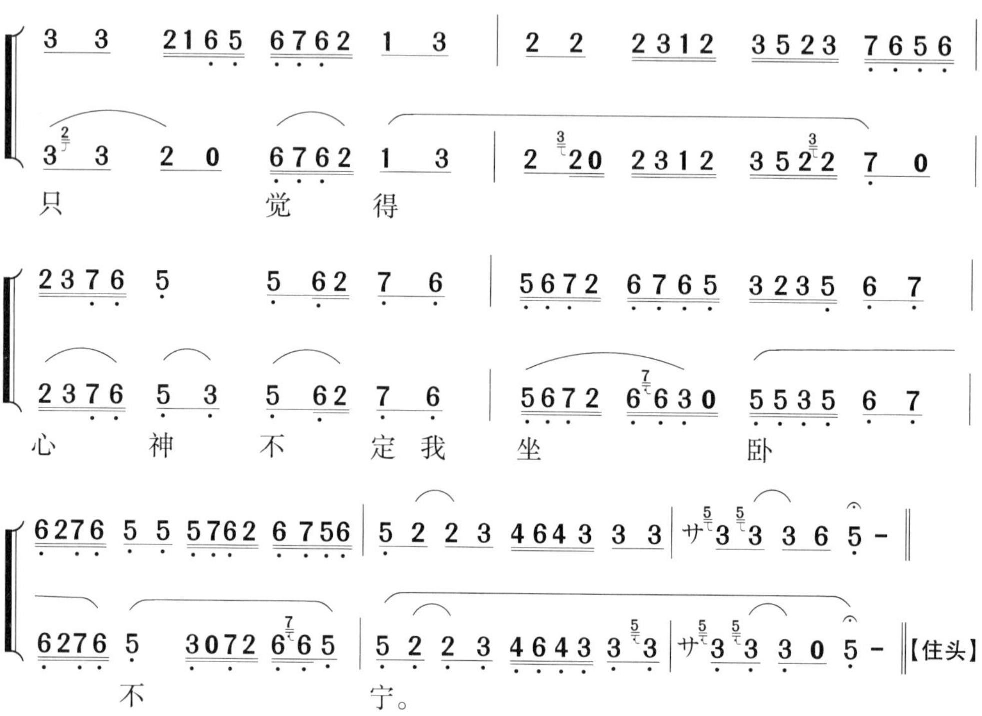

（大大 大大 大大 衣仓）

唉！　实只望与二弟、三弟报仇，杀得东吴堪堪就要大败，不想中了陆逊小儿用火之计，烧孤连营七百余里，因此兵败白帝城，身染重病。这几日常见二弟、三弟在孤面前不离左右，大料孤不久（仓）于人世了哇！

〔二黄原板〕中速

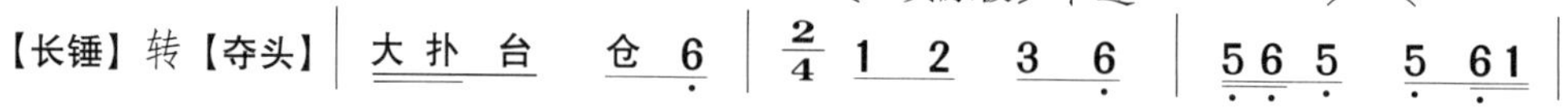

（擦泪）

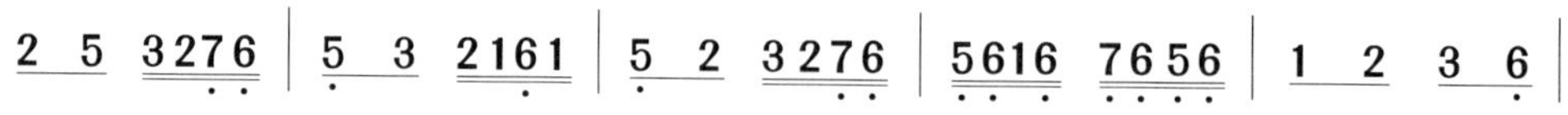

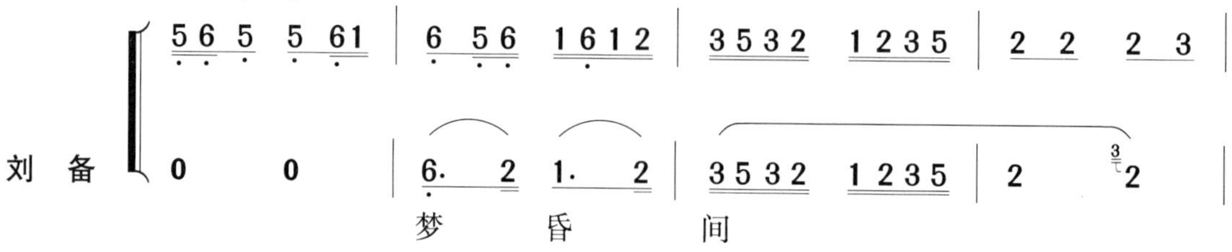

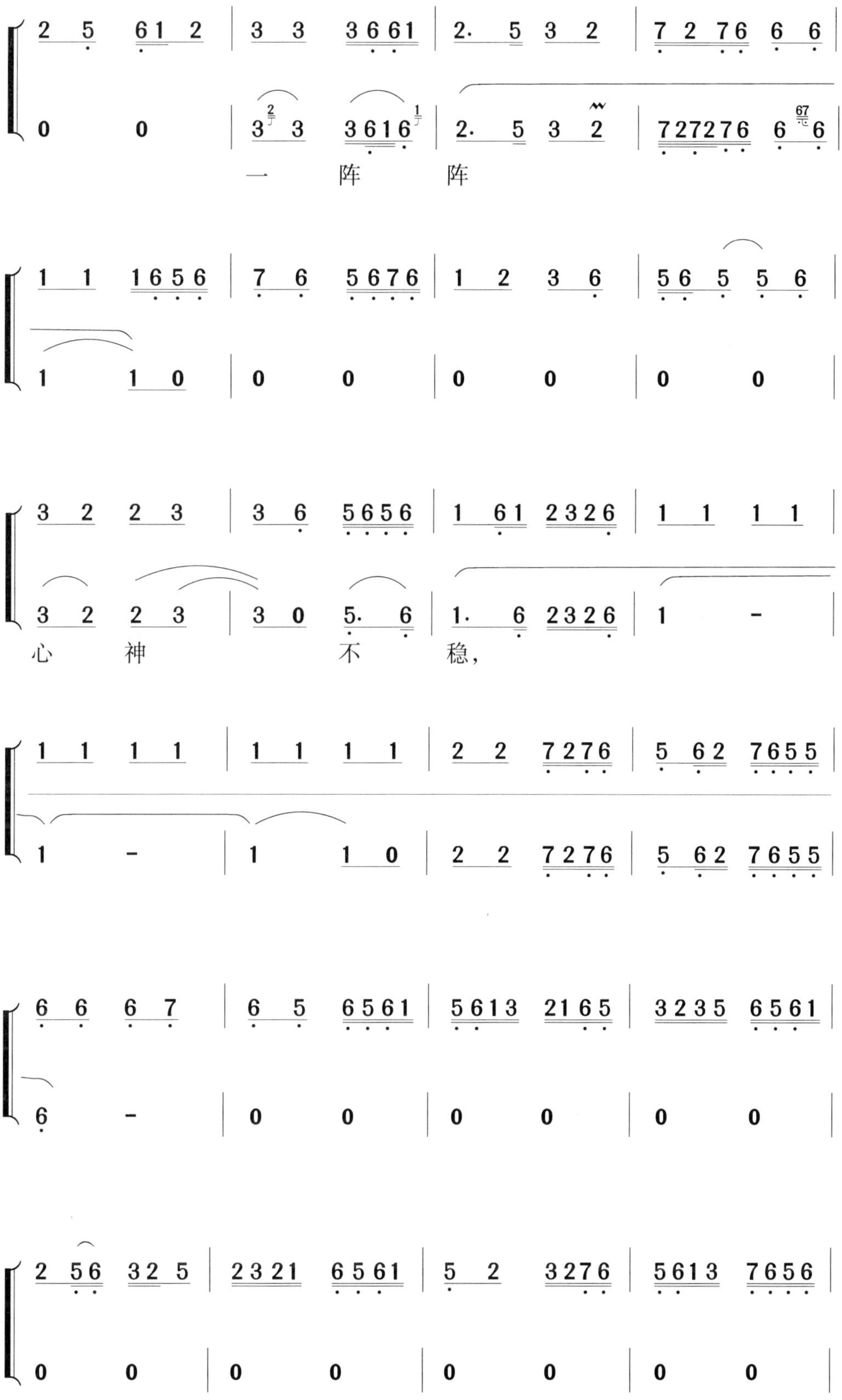
一 阵 阵
心 神 不 稳，

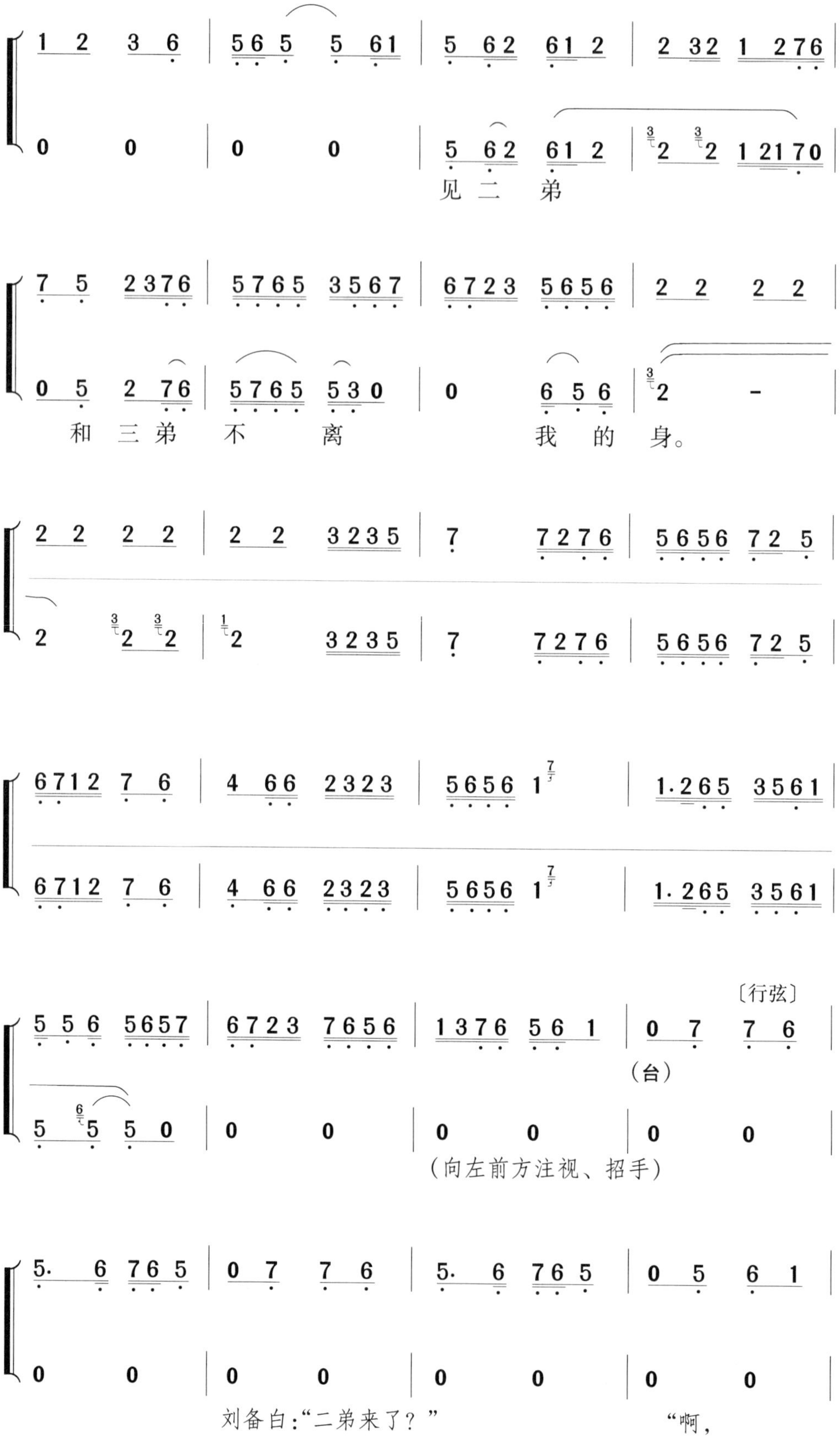
见二　弟
和三弟不　离　我的身。
〔行弦〕
（台）
（向左前方注视、招手）
刘备白：“二弟来了？”
“啊，

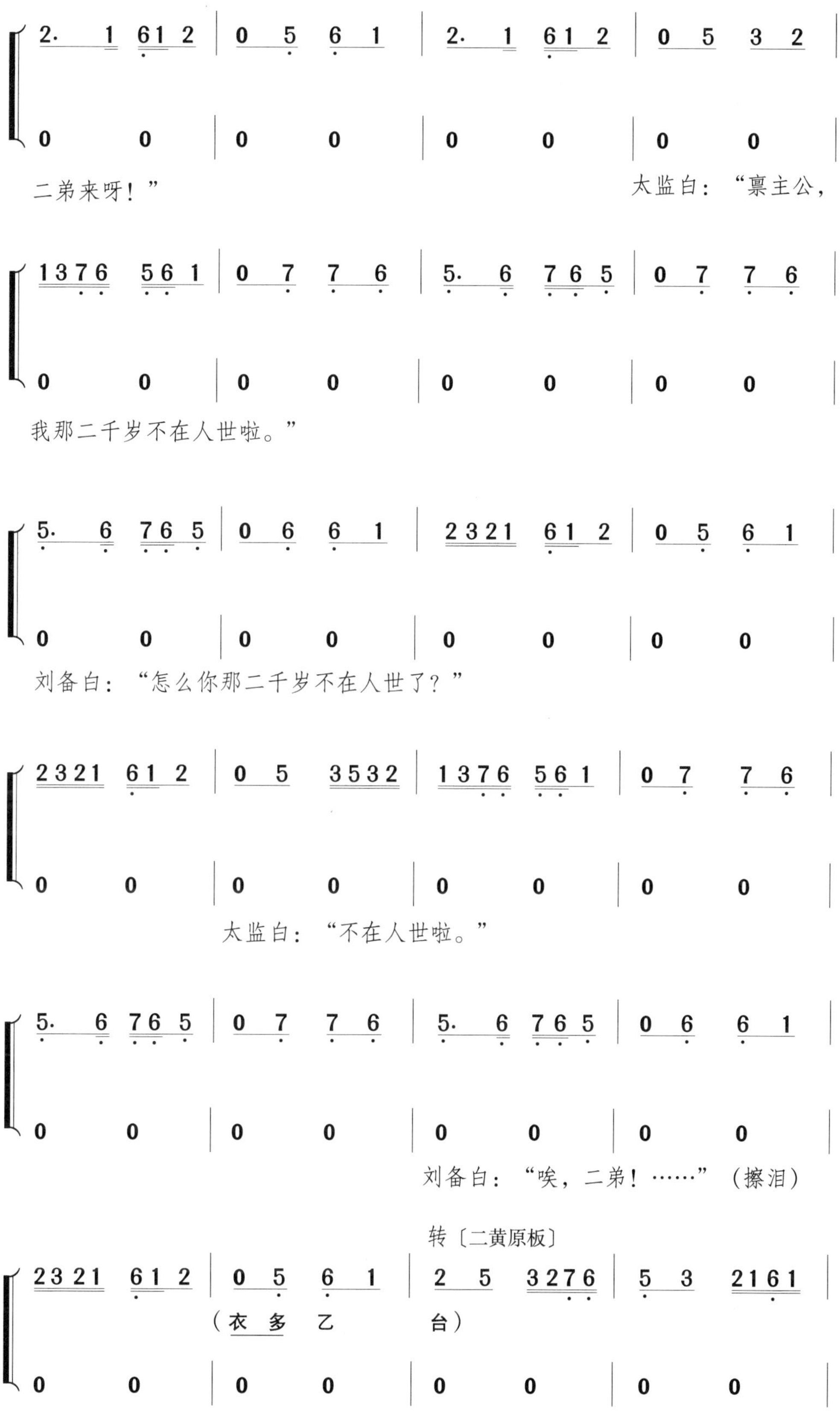
二弟来呀！”
太监白：“禀主公，
我那二千岁不在人世啦。”
刘备白：“怎么你那二千岁不在人世了？”
太监白：“不在人世啦。”
刘备白：“唉，二弟！……”（擦泪）
转〔二黄原板〕
（衣 多 乙 台）

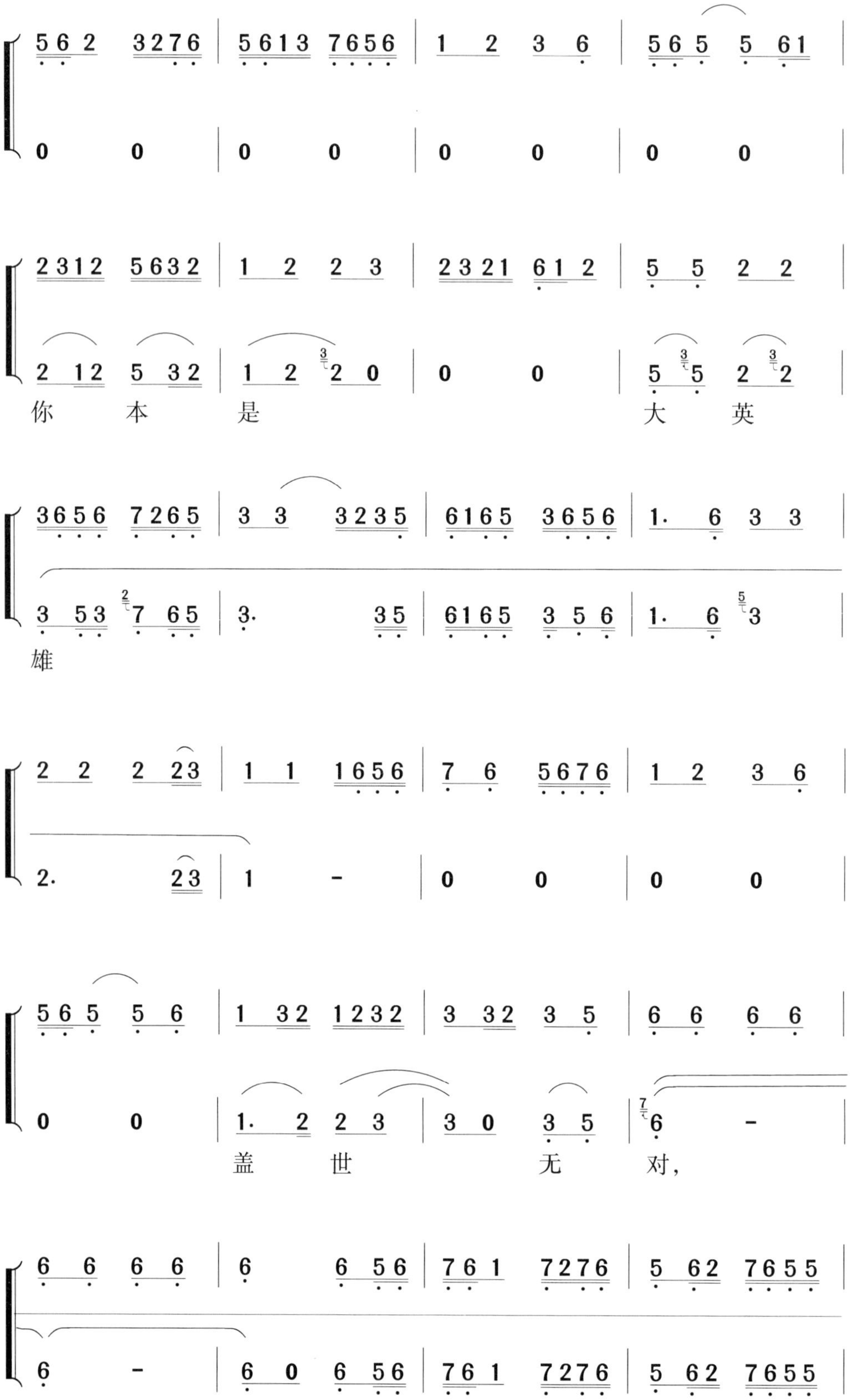
你 本 是 大 英
雄
盖 世 无 对，

白 帝 城

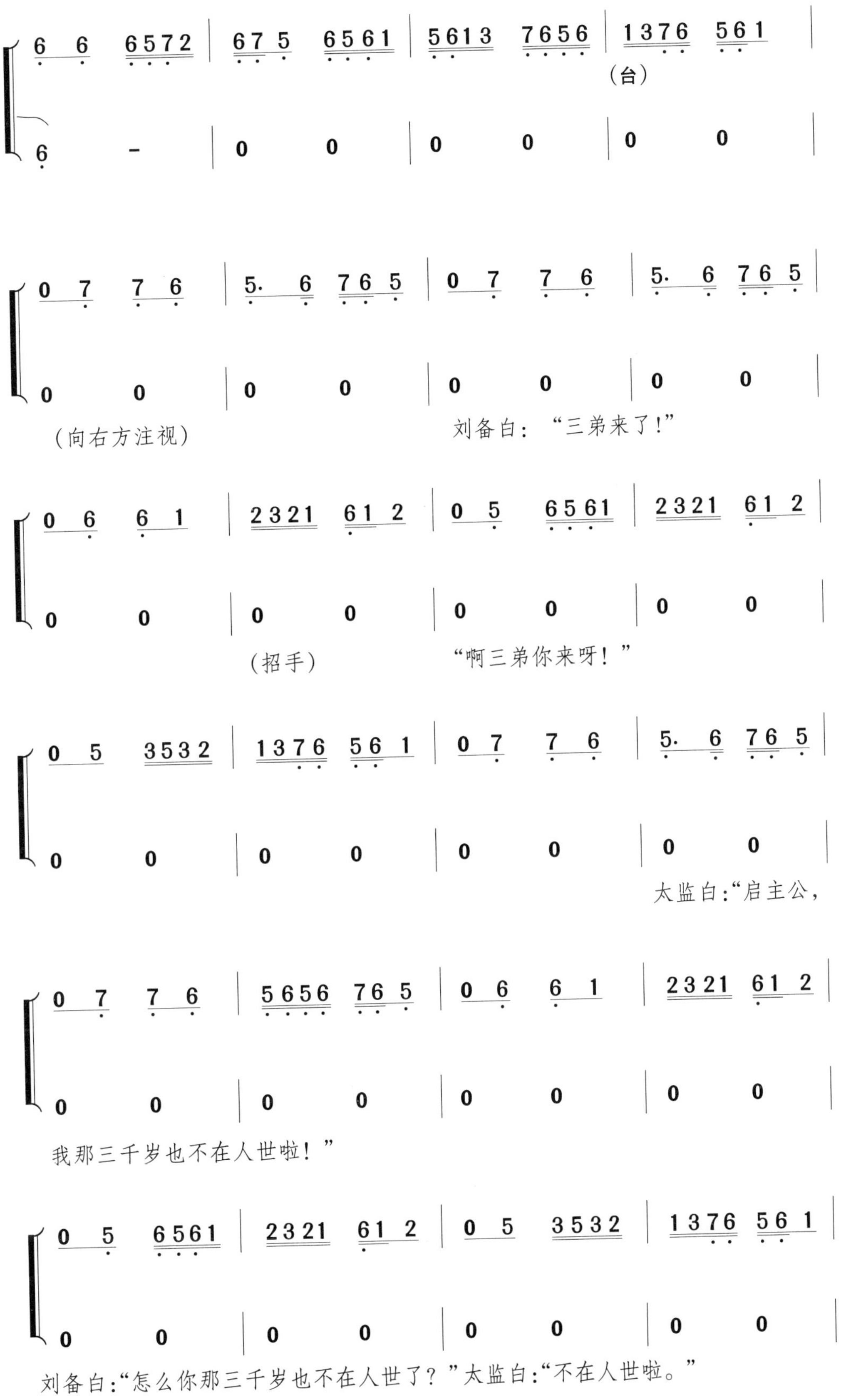
(台)
(向右方注视)
刘备白："三弟来了!"
(招手)
"啊三弟你来呀!"
太监白:"启主公,
我那三千岁也不在人世啦!"
刘备白:"怎么你那三千岁也不在人世了?"太监白:"不在人世啦。"

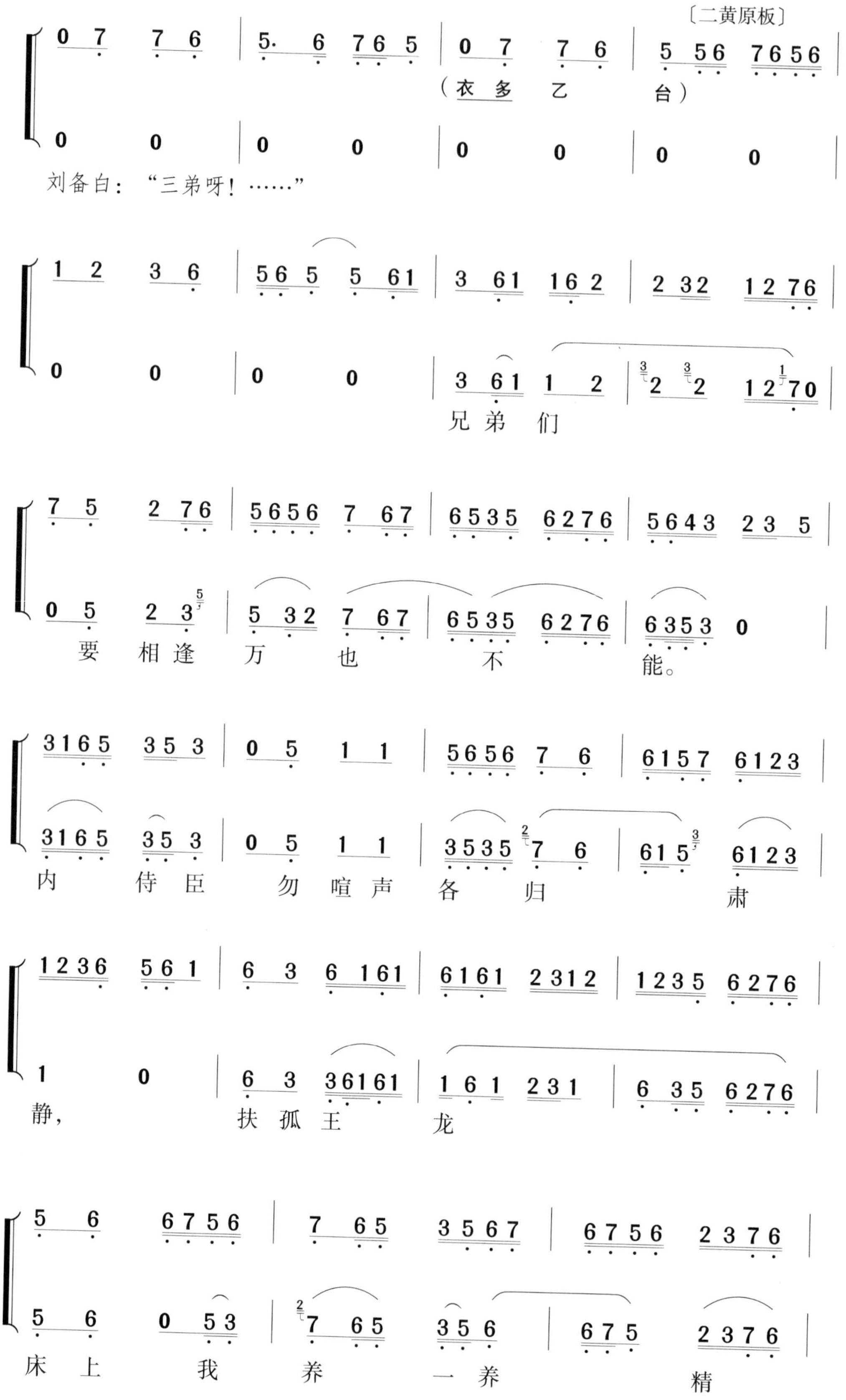
〔二黄原板〕
（衣 多 乙 台）
刘备白：“三弟呀！……”
兄 弟 们
要 相 逢 万 也 不 能。
内 侍 臣 勿 喧 声 各 归 肃
静，扶 孤 王 龙
床 上 我 养 一 养 精

5656 725656 | 7265 456 | 5 - ‖
慢
5656 725656 | 7265 456 | 5 - ‖
神。

（刘备用手扶桌睡着）
（二太监侍立左右）

┌【撞金钟】马谡、刘永、刘理“上场门”上，站“一条边”。诸葛亮上。

〔二黄散板〕

诸葛亮 サ（5 5 3 2 2 3 3 2. 1 6 6 5 - ）6 2
带

1 2 2 1 3 2 6 2 1 2 1 1 2 3 1 -
领 殿 下 永 安 宫 进，

┌【撞金钟】两太子进宫挖至“上场门”，诸葛亮、马谡挖至“下场门”“大边”。

（5 5 3 2 2 3 3 2. 1 6 6 5 - ）2
问

2 1 2 3 -’ 2 3 2 1 6 1 1 2 - ‖
声 主 公 可 安 宁？

众 主公醒来。

〔二黄小导板〕

刘 备【金钟板凤点头】サ（5 5 3 2 2 3 3 2. 1 6 6 5 - ）

1 - 3 - 2 1 2 2 2 5 2 2 2 1. 2 7 -
耳 边 厢 又 听 得

6 6 6 6. 5 3 0（6 5 5）6 1 6 1 3. 5 2 2
人 声

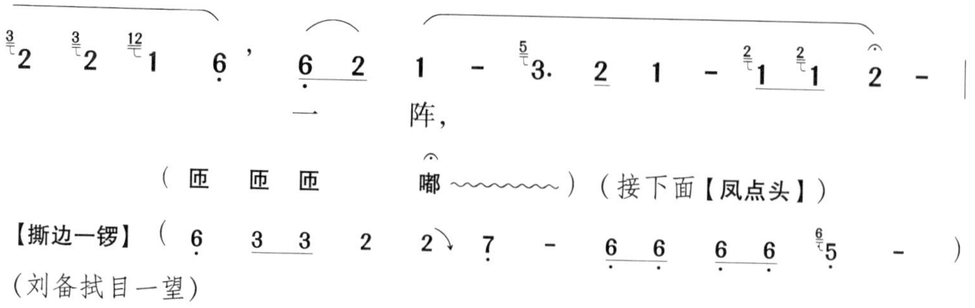

众　人
两太子（同白）主公。
父皇。（众人拭泪）

刘　备

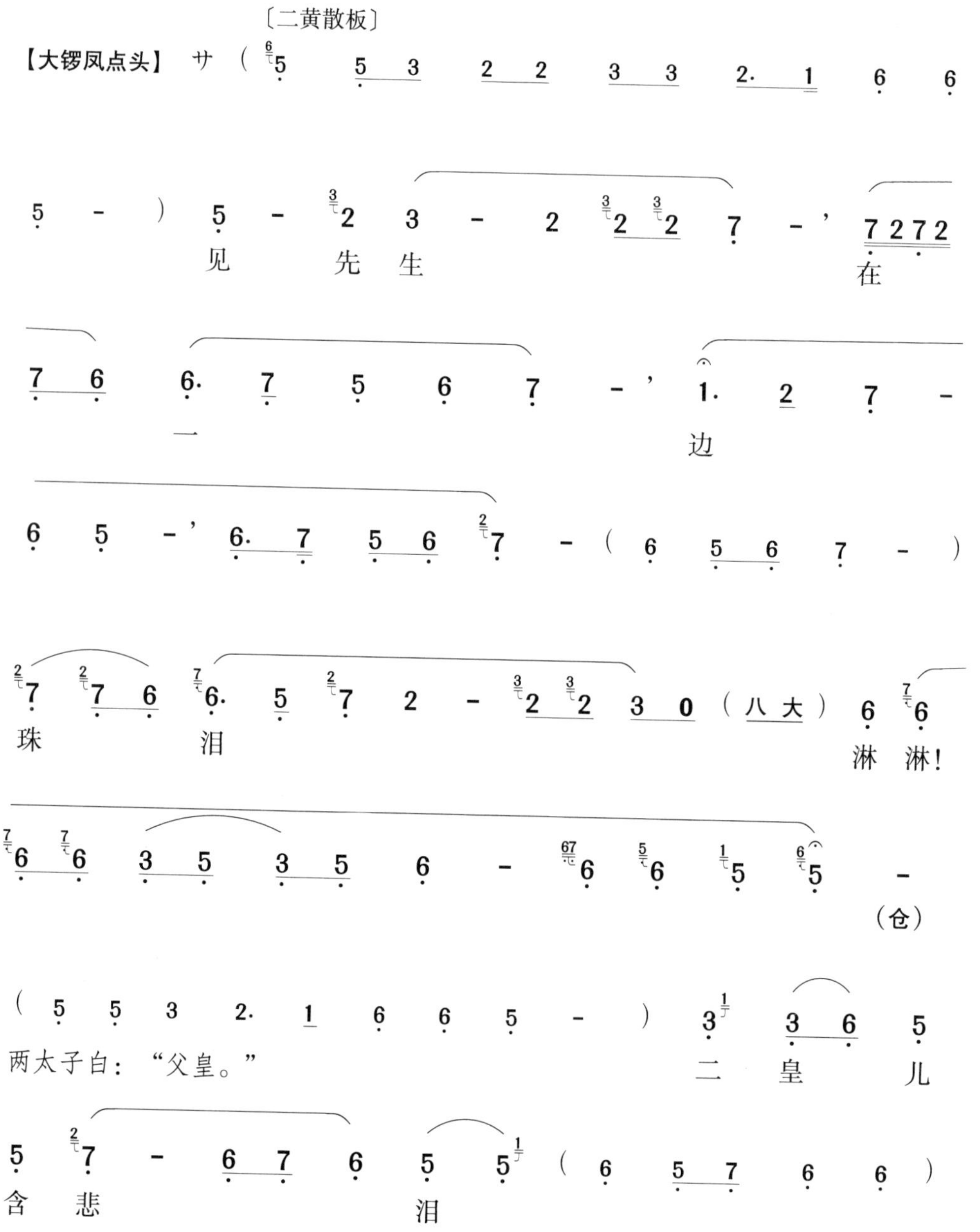

3· 6 5 6 ⁱ6 ⁱ6 2 1 ²1 ²1 - （6 5 5）
一 旁 站 （呐） 定， （仓）

7 7 6 1 7 2 7 1 - ²7 5 6 6 -
孤 又 （哇） 惭 孤 又 愧

（6· 6 5 6 7 2 6） 7· 6 5’ 5 - 3 5 3 5
孤 又

7 - ²7· 6 5 6 - ⁶⁷6 ⁵6 5⁶ 5 - ‖
伤 心。

〔【住头】太监搬座放在“大边”，刘备让诸葛亮坐下。

诸葛亮 主公近日病体如何？
刘　备 悔不听先生之言，有此大败，损兵折将，乃孤王之罪也。
诸葛亮 军家胜败古之常理，主公保重要紧。
马　谡 是呀！主公保重要紧。
刘　备 （嘟~~~~~仓）哦参谋言得极是，宫外伺候。（示意让马谡出去）
马　谡 遵旨。【五锤】接（嘟仓）（马谡出门回身一望“下场门”下）
刘　备 啊先生。
诸葛亮 主公。
刘　备 你看马谡人才如何？
诸葛亮 幼常虽然年幼，颇有才华乃国家栋梁也。
刘　备 不然哪，不然！孤看马谡，言过其实终无大用，若委重任，他必有过失。先生你要牢牢谨记。
诸葛亮 是。
刘　备 二皇儿。
两太子 父皇。
刘　备 朕亡后，军国大事，全仗先生。汝弟兄视先生要视之若父，向前去拜过你相父。
两太子 遵命。

〔二黄散板〕
两太子 【大锣凤点头】（过门同前） 3. 6 5 6 6’ 6 3 5 6 1 - - |
走 向 前 来 忙 跪 定，（仓）

诸葛亮 （6 5 5） 2 2 1 2 2 1 3’ 2 1 1 ⁶1 2 - ‖
搀 起 刘 氏 后 代 根。
（此时，赵云由“下场门”上）

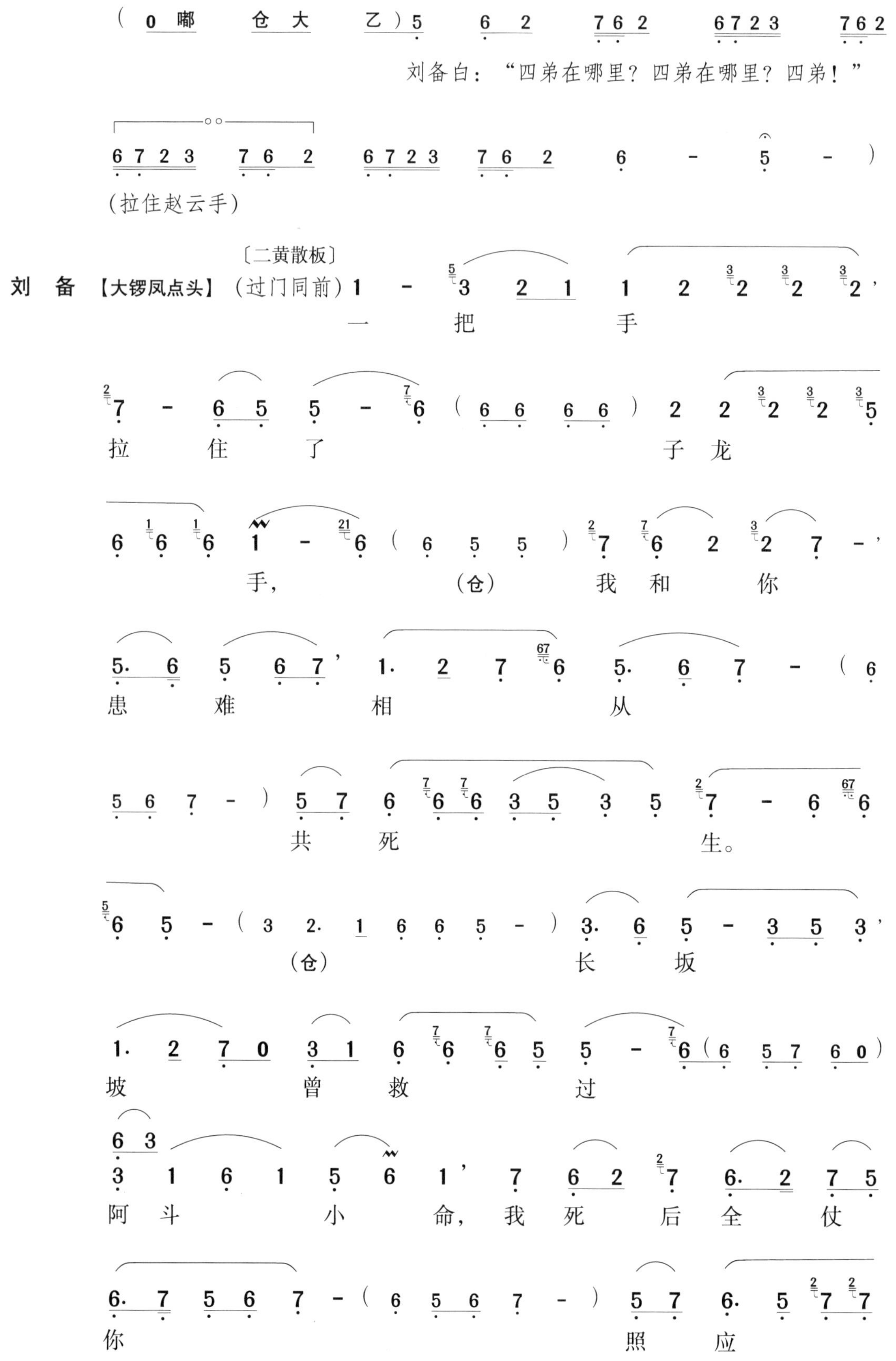
（0 嘟 仓 大 乙）
刘备白："四弟在哪里？四弟在哪里？四弟！"
（拉住赵云手）
刘备 【大锣凤点头】〔二黄散板〕（过门同前）
一 把 手
拉 住 了 子 龙
手，（仓）我 和 你
患 难 相 从
共 死 生。
（仓）长 坂
坡 曾 救 过
阿 斗 小 命，我 死 后 全 仗
你 照 应

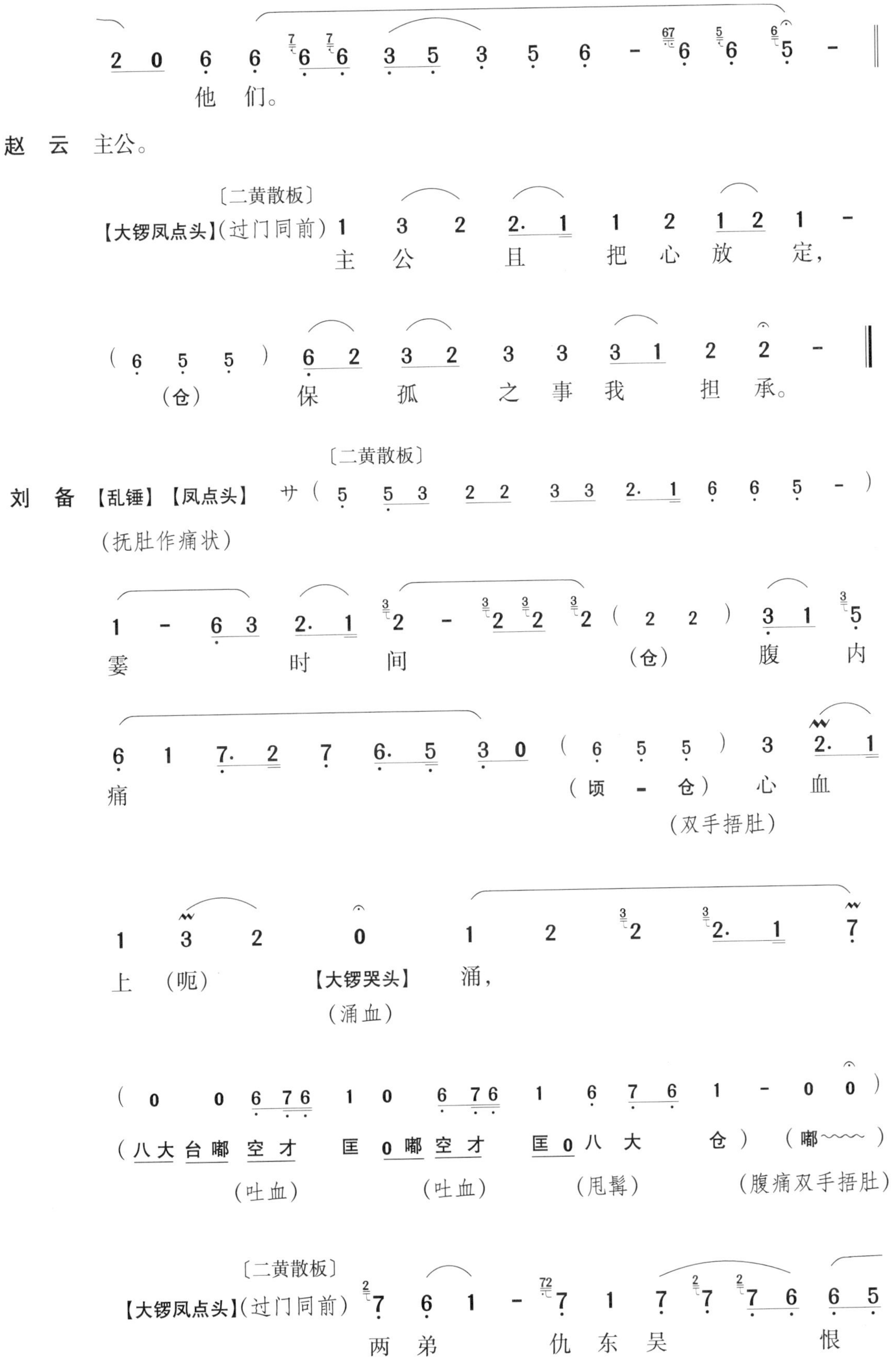
他 们。
赵 云 主公。
〔二黄散板〕
【大锣凤点头】(过门同前)
主 公 且 把 心 放 定,
(仓) 保 孤 之 事 我 担 承。
〔二黄散板〕
刘 备 【乱锤】【凤点头】 サ
(抚肚作痛状)
霎 时 间 (仓) 腹 内
痛 (顷 - 仓) 心 血
(双手捂肚)
上 (呃) 【大锣哭头】 涌,
(涌血)
(八大台嘟 空 才 匡 0 嘟 空 才 匡 0 八 大 仓) (嘟~~~~)
(吐血) (吐血) (甩髯) (腹痛双手捂肚)
〔二黄散板〕
【大锣凤点头】(过门同前)
两 弟 仇 东 吴 恨

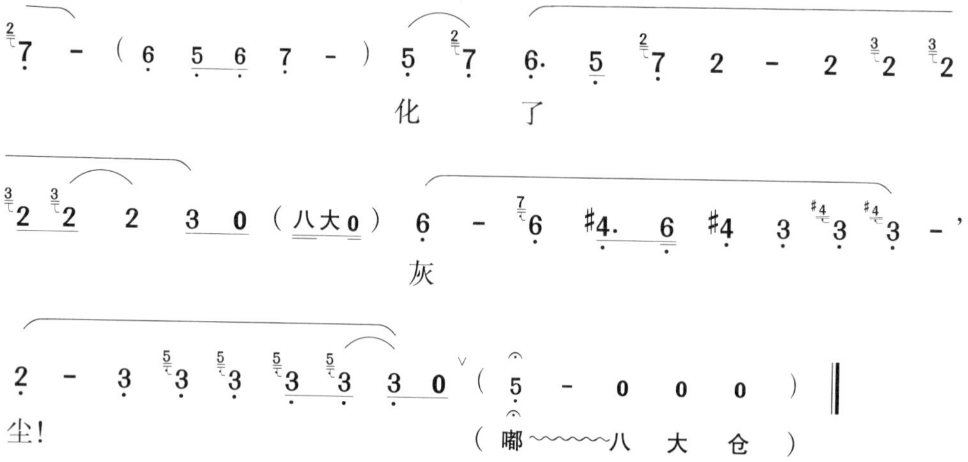

(双水袖向外一甩搭在桌上,头伏下死去)

众 (跪哭)呜……

刘永
刘理 父王!

众臣 主公!

〔唢呐慢奏<尾声·合头>合大幕。

——剧 终

附　录

《八阵图》一折戏，奚啸伯先生在50年代末已经不演了。(见第六场下注释）为介绍全剧的原貌，我们把演出过的《八阵图》结尾附录如下，以供参考。

「刘备兵撤永安宫下。【急急风】四红龙套引陆逊追上，站“骨牌对”停住。

陆　逊　前道为何不行？

众军士　乱石挡路。

陆　逊　暂停追赶，带我前去查看。

「众军士走“反卷帘”下，陆逊打马进阵被困。

哎呀！（唱）〔西皮散板〕飞沙走石扑人面，

杀声隐现响耳边。

定神勒马细察看，【撕边一击】

黄承彦　（内）哈！……

陆　逊　（唱）【凤点头】〔西皮散板〕见一老丈现山前。（白）老丈请下山来。

黄承彦　来了。（上）【小锣抽头】上唱〔西皮摇板〕小婿入川摆此阵，今日果作十万兵。

陆　逊　啊老丈，晚生有礼了。

黄承彦　还礼还礼。

陆　逊　请问老丈上姓？

黄承彦　老夫乃诸葛孔明之岳丈黄承彦是也。（嘟仓）

陆　逊　哎呀呀！原来是前辈老先生，失敬了。

黄承彦　岂敢。

陆　逊　啊老丈，请问此阵何名？

黄承彦　此阵名曰“八阵图”，乃小婿孔明入川之时设摆此阵，是他言道：日后若有东吴大将困于阵中，不可引他出去。适才我在山头观见将军从死门而入，料你不识此阵。老夫本上天好生之德，不忍见将军困死阵中，故而现身，引你出阵，随我来。

「【水底鱼】“小龙摆尾”，走至“下场门”外角，同时四龙套从“上场门”上，站“一条边”。（嘟仓）

陆　逊　多谢老丈指点。啊老丈，可能将此阵传授于晚辈？

黄承彦　此阵变幻莫测，奥妙无穷，难学得很。你我后会有期，请了，请了。【冲头】(下）

陆　逊　【叫头】且住！看来诸葛亮早有提防，大军不可再赶，众将官！回营！

「【大锣原场】陆逊上马从“上场门”下，众兵等分左右转身下。

——剧　终

孟筱伯　整理　　许俊德　记谱

十道本

奚啸伯演出本

京剧《十道本》(一名《宫门带》)是一出名剧，许多著名的老生演员都演过。汉剧、徽剧、秦腔、河北梆子等地方戏剧种也都有此剧目。剧情是唐高祖李渊听信张、尹二妃谗言，传旨欲斩其次子秦王李世民。大臣谏奏，不但不准，反而一同问罪。在此危急时刻，褚遂良挺身而出，连上十道本，冒死保奏。李渊终于醒悟，降下赦旨，并对褚遂良加以封赏。这出戏表现了正义战胜邪恶的主题，宣扬了直言敢谏、无所畏惧的精神，可以说是一出思想积极的传统戏。在艺术上则唱、念、做并重，很吃功夫。当年马连良先生曾与周信芳先生合演此剧，马饰李渊，周饰褚遂良；又曾与谭富英先生合演此剧，马饰褚遂良，谭饰李渊。诸名家热衷于演出《十道本》，由此可见一斑。

奚啸伯先生是一位杰出的京剧表演艺术家，是“四大须生”（马连良、谭富英、奚啸伯、杨宝森）之一。奚先生虽是票友出身，但由于他“腹有诗书”，勤奋苦学，广采博取，钻研深入，所以不仅艺术功力过人，而且终于水到渠成，独树一帜，在继承前人和广泛借鉴的基础上创立了奚派京剧老生表演艺术，为京剧宝库增添了新的财富和光彩。他在演出《十道本》时，一人担起两个角色，前饰褚遂良，后饰李渊，无论其唱、念、做综合表演之有声有色，还是唱工方面之讲究和富于韵味，皆足以与其他名家在此剧中的表演相媲美，并展现出特色。石昭先生说：“此剧原为京剧界前辈刘景然先生之杰出剧目。奚啸伯先生在前人的基础上，提出了一些个人的心得，把褚遂良的学识、书法等修养融在其中，形成了他自己的人文风范。演出白口清楚有力，连贯有序，咄咄在理，身上利落，交代明白；神态斯文中有点矫饰，虽是‘疯癫’但极有分寸，分明是一派装疯假魔。令人观后只觉褚遂良可信可赖，而奚啸伯也可钦可亲。”

奚先生具备全面的艺术实力。他在演褚遂良闯上金殿奏上十道本的过程中，营造了浓郁的戏剧气氛；唱、念则独具韵味，浓如醇醺，雅如秋菊。这与他擅长适当运用多种艺术技巧是分不开的：诸如语音之轻与重的准确而灵活的配合，唱念上声字时的适度上滑……演唱中对擞音和顿挫音之妙用，对“呀”、“呃”等语气词的精心安排，在唱腔上整体情调与细部点染互相呼应之和谐，这些都是使观众得到美的享受的支撑点。褚遂良上场后所唱第一段〔西皮散板〕就堪称字斟句酌，精雕细刻，不仅生动地唱出了人物既激昂而又冷静的情绪，而且唱出了一种艺术上的精致感。另外，奚先生在这出戏中对其表演的整个艺术构思也颇具匠心。开头部分（褚遂良从出场到装疯上殿）演得如龙头之突现，声容并茂，醒目抓人；中间部分（褚遂良奏十道本至李渊传下赦旨）则演得跌宕生姿，同中见异，丰富多彩而又似熊腰之充实和丰满；结尾部分（改饰李渊，表演李渊对李世民和褚遂良的慰勉和封赏）也不潦草终场，而是又由动而静，以大段〔二黄原板〕为全剧画上了一个圆满的句号，直如豹尾之有力，使观众得到鉴赏上的充分满足。

我年轻时曾多次见到奚啸伯先生，他留给我的印象是：渊博、健谈，平易近人、待人以诚……为此我曾在 1994 年写过一篇文章，题目是“我对奚啸伯先生的几点印象”。此文发表后我看到编辑先生将文章题目改成了“我与奚啸伯先生的交往”。其实当时我还是一个中学生，每次去奚先生家都是带着一种拜谒老前辈的心情去的，所以“交往”一词绝不敢当。这次重温奚先生在《十道本》中的表演，使我更加感受到奚先生在表演艺术上的苦心孤诣和不同凡响。他所创造的奚派艺术及其所蕴含的既幽雅细腻而又潇洒醇厚的美感，在今日看来不仅没有过时，而且依然受到观众的喜爱。

刘 琦

人物行当

李　渊	老生	程咬金	丑
李世民	小生	张　妃	旦
褚遂良	老生	刘　妃	旦
长孙无忌	老生	二大太监	丑、生
徐　勣	老生	四小太监	杂
秦叔宝	老生	四大铠	杂

服装扮相

李　渊	俊扮。九龙冠、黪三，褶子、黄帔，红彩裤，厚底靴。
李世民	俊扮。太子盔、甩发，浅绿褶子、粉蟒，浅绿彩裤，厚底靴。
褚遂良	俊扮。忠纱、黑三，褶子、赭官衣，红彩裤，厚底靴。
长孙无忌	俊扮。忠纱、甩发、黑三，褶子、红官衣，红彩裤，厚底靴。
徐　勣	俊扮。古铜相貂、绸条、黪三，褶子、古铜蟒，古铜彩裤，厚底靴。
秦叔宝	俊扮。帅盔、黑三，褶子、红蟒，厚底靴。
程咬金	丑扮。二郎叉子、黑二涛（或黑五嘴），褶子、绿蟒，黑彩裤，朝方靴。
张　妃	俊扮。梳大头、凤冠，黄帔、白腰包，彩裤，彩鞋。
刘　妃	俊扮。梳大头、凤冠，黄帔、白腰包，彩裤，彩鞋。
二大太监	一丑扮、一俊扮。大太监帽，大太监服，红彩裤，朝方靴。
四小太监	俊扮。小太监帽，小太监服，黑彩裤，薄底靴。
四大铠	俊扮。大铠帽，大铠服，红彩裤，薄底靴。

道具

桌　子	一张	椅　子	三把（用黄桌围椅披）
文房四宝	一份	惊堂木	一块
圣　旨	一件	尚方宝剑	一口
云　帚	两把	腰　刀	四把
白绫带	三条		

第　一　场

〔堂桌外椅“小座”。

〔【撤锣】接【小锣抽头】大太监先上，站“大边”。李渊上，至“九龙口”抖袖。

李　渊　（笑）哈……

〔二黄摇板〕

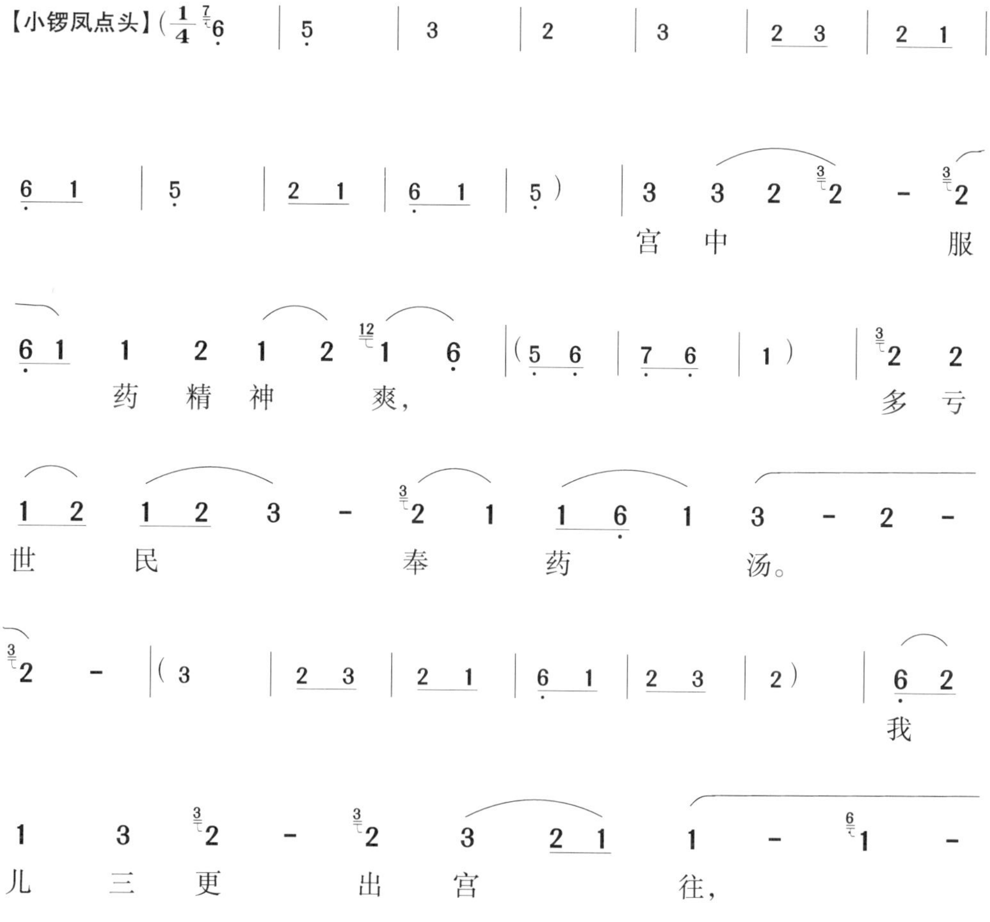

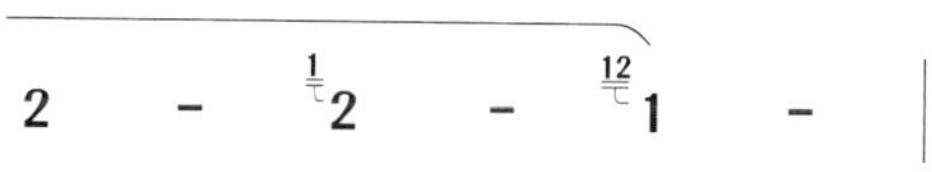

（李渊在【小锣凤点头】中左转身归里，右转身坐“小座”；大太监随之归里，站“大边”）

〔二黄摇板〕

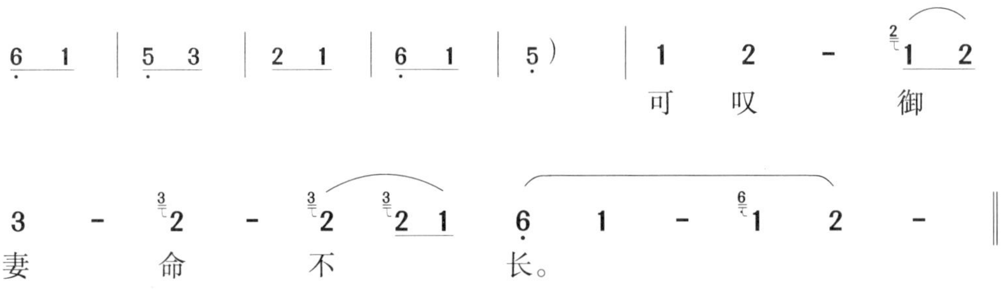

〔【冲头】张妃手执玉带在前，刘妃在后随之从“上场门”同上，“挖门”进，分左右面向内，边哭边跪。

张　妃
刘　妃　（同）喂呀，万岁呀…… 【撕边一击】

李　渊　（捋髯一望）啊！梓童因何这般模样？

张　妃　今有二主秦王，二更二点，进宫调戏我姐妹，万岁做主啊…… 【撕边一击】

李　渊　哎……想那世民为人正直，寡人不信。

张　妃　万岁不信，现有玉带（举带）为证。

李　渊　呈上来。【大锣五击】（大太监接带呈李渊，李渊接带一看，【撕边一击】又一看【撕边一击】）

好奴才！（将玉带交大太监，站起。张、刘二妃也站起，大太监将玉带放椅后）

〔二黄散板〕

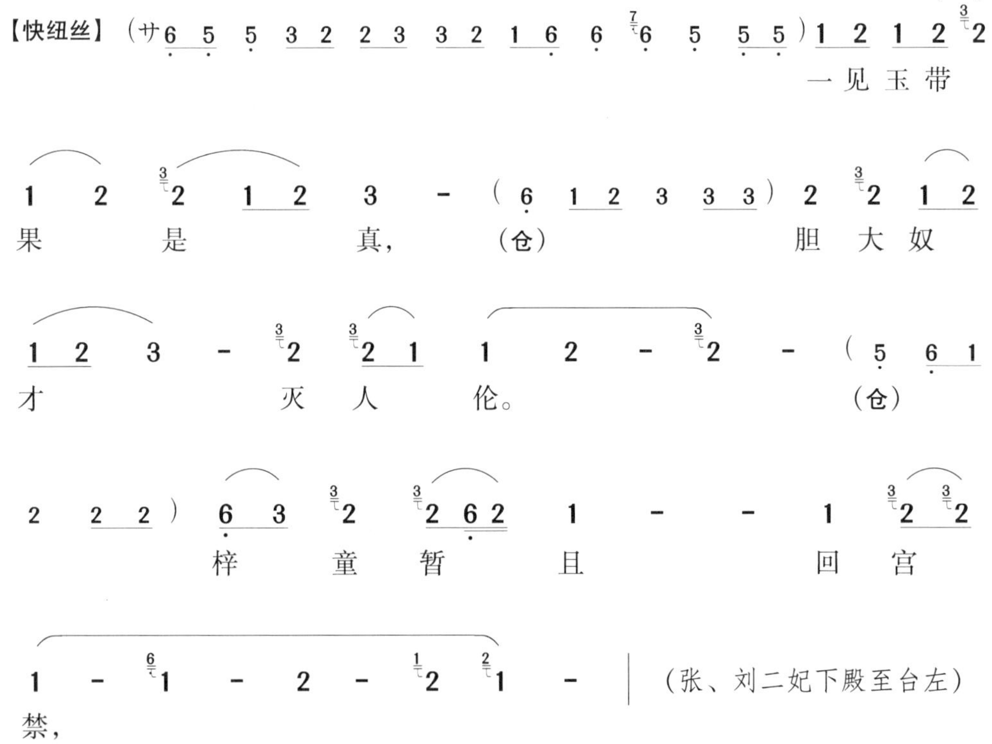

（回身坐下）

十 道 本

〔二黄散板〕

刘妃
张妃 【大锣凤点头】（过门同前）7 6 5 6 7 7 7 6（5 6 7 7 7）6 5 3 5

万 岁 中 了 巧 计

7. 6 5 6 6 6 - 5 5 - ‖（张、刘二妃对面搭袖同由“下场门”下）

生。

〔二黄散板〕

李渊 【快纽丝】サ（2 3 3 2 2 3 3 2 1 6 6 6 5 5 5）2 1 6 1

内 侍

1 2 2 1 3 2 1 2 1 6（6 5 5 5）1 2

臣 快 把 旨 传 定，（仓） 唤 上

（李渊起身向前，四小太监“两边”上，归里，“大边”一太监将“小座”

1 2 1 2 3 - 2 2 2 1 6 1 2 - ‖ 【撕边一击】

世 民 见 寡 人。（右转身归里，坐“大座”）

搬桌内为“大座”）

大太监 （走至台中念）万岁有旨，李世民上殿哪！（仓）（归原位）

〔李世民内白：“领旨。”【纽丝】穿蟒无玉带，“上场门”上，至“小边”台口抖袖。

〔二黄散板〕

李世民 （过门同前）i i 5 5 6 - 6 3 5 6 i - -（6

忽 听 父 王 降 旨 临，（仓）

5 5 5）2 2 7 6 5 6 2 7 - 6 7. 2 6 5

急 忙 上 殿 问 分

5 5 6 - 6 - 5 5 5 ‖【大锣住头】（上殿面朝内）

明。

儿臣世民见驾父王万岁。（面朝内单腿跪）

李渊 下跪可是世民？

李世民 正是世民。

李渊 掌起面来，（李世民抬头【撕边一击】李渊一望）好奴才！

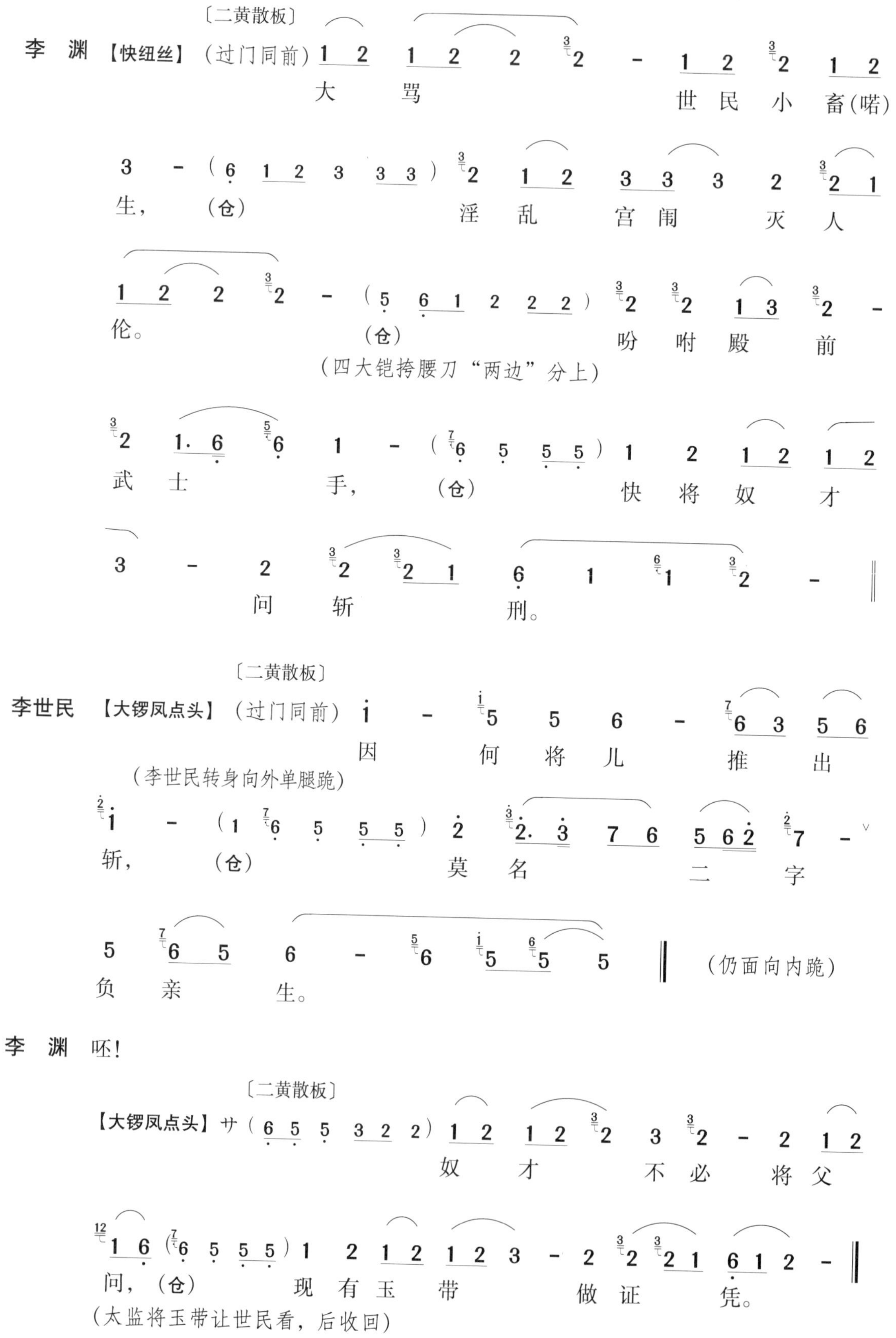
〔二黄散板〕
李　渊　【快纽丝】（过门同前）
大骂世民小畜（喏）生，（仓）淫乱宫闱灭人伦。（仓）吩咐殿前
（四大铠挎腰刀“两边”分上）
武士手，（仓）快将奴才问斩刑。
〔二黄散板〕
李世民　【大锣凤点头】（过门同前）
因何将儿推出
（李世民转身向外单腿跪）
斩，（仓）莫名二字负亲生。
（仍面向内跪）
李　渊　呸！
〔二黄散板〕
【大锣凤点头】
奴才不必将父问，（仓）现有玉带做证凭。
（太监将玉带让世民看，后收回）

十道本

李世民 （看带一惊）哎呀！（八大仓）

〔【冲头】四大铠“合龙口”，左右两个小太监来给脱蟒，“小边”另一个小太监摘盔，并给挂上白绫带，然后李世民至“小边”略朝外跪，四大铠分开仍站两边。

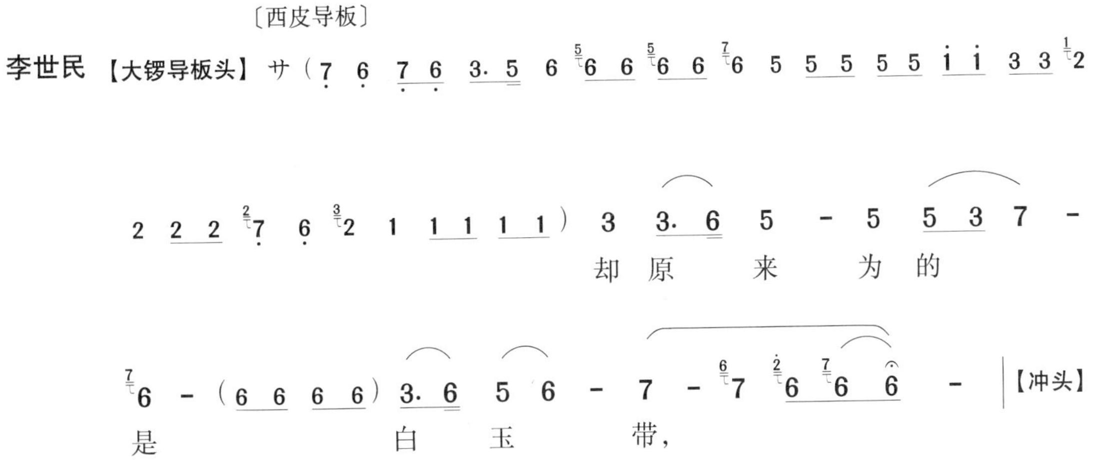

【叫头】父王，我父，父王啊！……

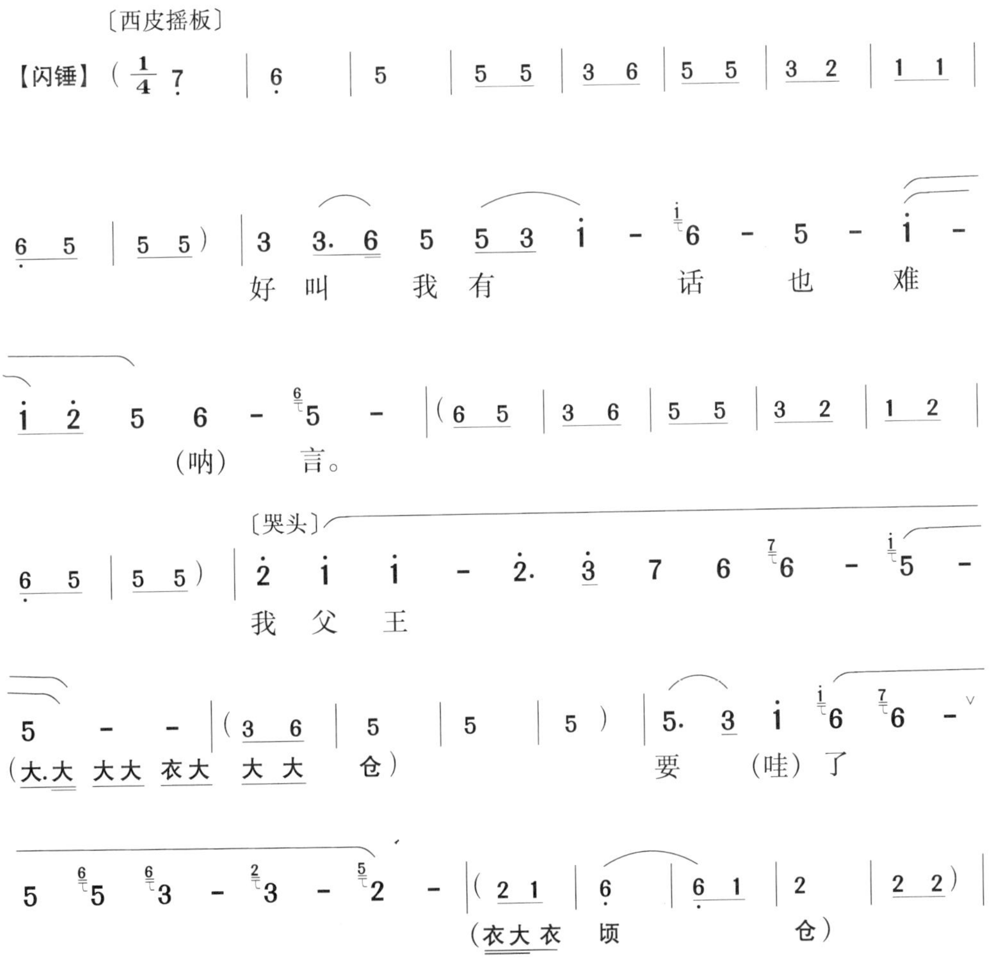

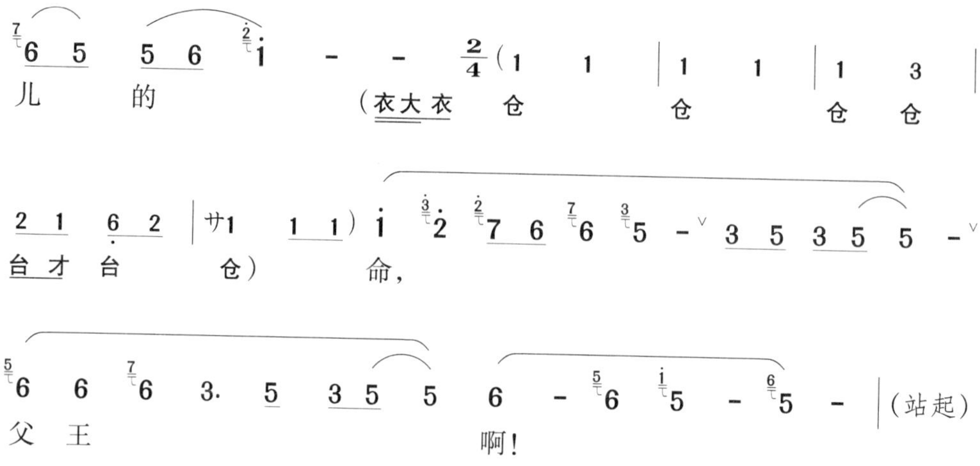

〔西皮摇板〕

【单楗大锣凤点头】（过门同前）

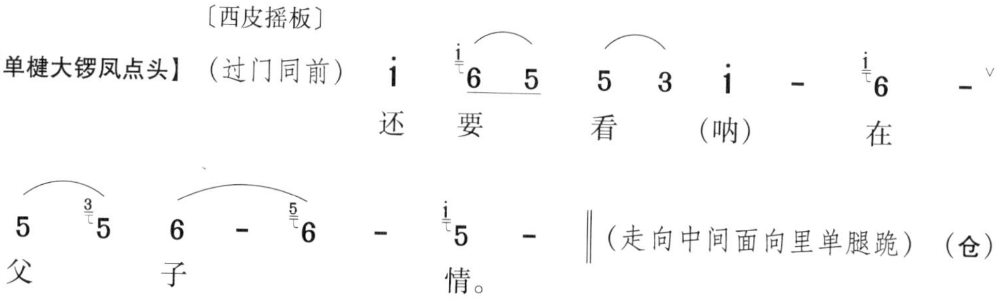

李 渊 定斩不赦！

〔亮弦〕

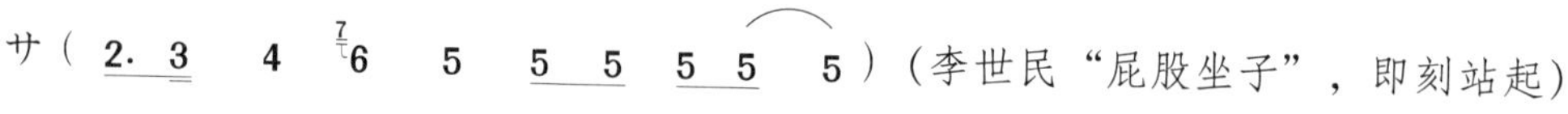

〔西皮摇板〕

李世民 【单楗大锣凤点头】（过门同前）

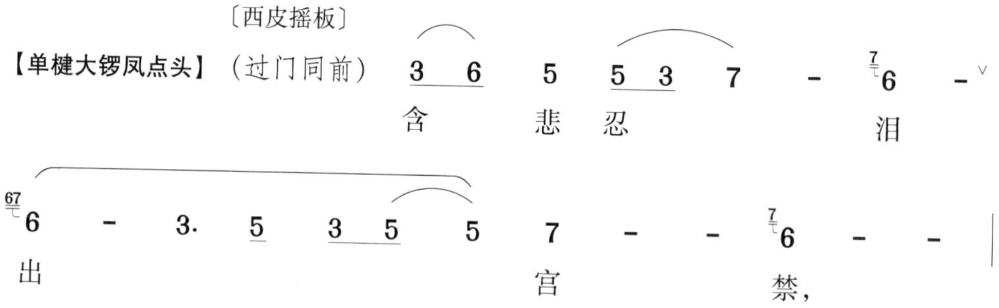

「**【闪锤】**世民下殿，向“小边”走两步，回身抖袖，上两步。

〔西皮摇板〕

（过门同前）

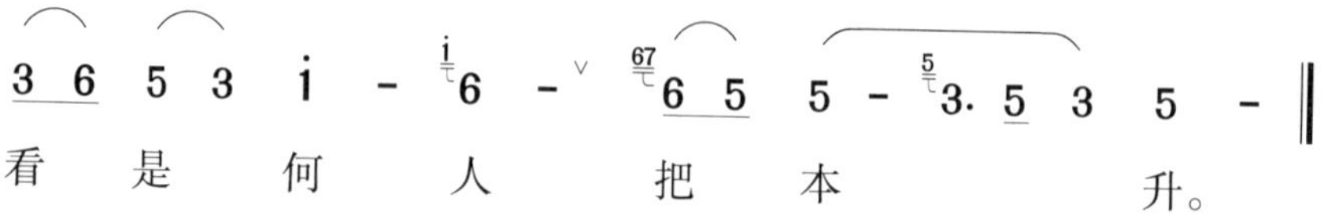

「**【快长锤】**“大边”两个大铠上前领李世民由“下场门”下，“小边”两个大铠在后押下。

厂（锣鼓连打）长孙无忌“上场门”急上，至台中翻右手水袖。（锣鼓切住）

长孙无忌 刀下留人！

〔亮弦〕

サ（2 3 6 5 55 55 5）|（左手抱牙笏右手抖袖面向外）

〔西皮散板〕

【大锣凤点头】 サ（76 65 53 22 76 2 1 11）2 2 32 2 –
擦 袍 端 带

2 – – 2 2. 1 1 – 2 – **【大锣凤点头】**（过门略）62 1
龙 廷 进，（左转身进殿，至“小边”）品 级

13 2 – 7 2 6 – 1 – ‖ **【大锣住头】**（走至台中，面向内，双手抱牙笏）
台 前 臣 见 君。

臣长孙无忌见驾，吾皇万岁！

李 渊 卿家平身。

长孙无忌 万万岁！

李 渊 卿家上殿有何本奏？

长孙无忌 （双手抱牙笏）二主秦王身犯何罪，为何推出午门问斩？

李 渊 奴才不正，淫乱宫闱，故而问斩。

长孙无忌 万岁呀！

〔西皮摇板〕

【单楗大锣凤点头】（$\frac{1}{4}$ 7 | 6 | 5 | 55 | 36 | 55 | 32 | 12 |

65 | 55）| 63 2 21 1 – 61 1 2 – |（21 | 61 |
二 主 大 战 王 世 充，

21 | 65 | 55）| 63 2 21 1 2 2 – 7 2 6 6 1 – ‖
才 保 我 主 坐 龙 廷。

李 渊 嗯！

〔西皮摇板〕

【单楗大锣凤点头】（过门同前）3 2 21 1 – 62 1 – 2
（四大铠“两边”暗上） 吩 咐 殿 前 武 士 手，

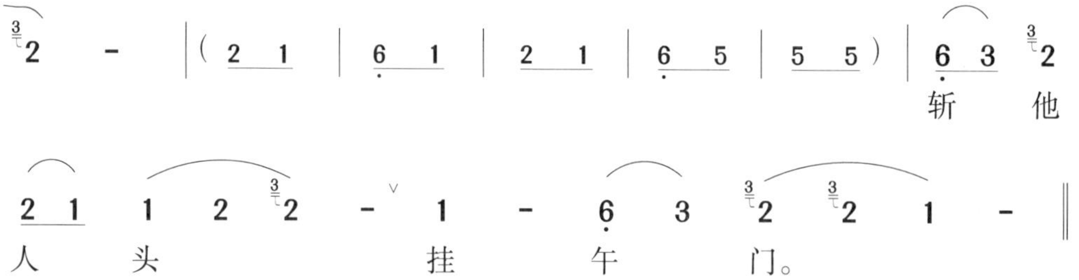

〔【快长锤】“小边”二大铠一个收牙笏一个给戴上白绫带，“大边”两个大铠领长孙无忌，“小边”两个大铠随着由“下场门”押下。（这时应拉闭二道幕，若无二道幕时，则太监两边暗下，李渊由“下场门”暗下）

〔徐勣随着长孙无忌下场的【快长锤】锣鼓，急由“上场门”上到台中抖袖。

徐 勣

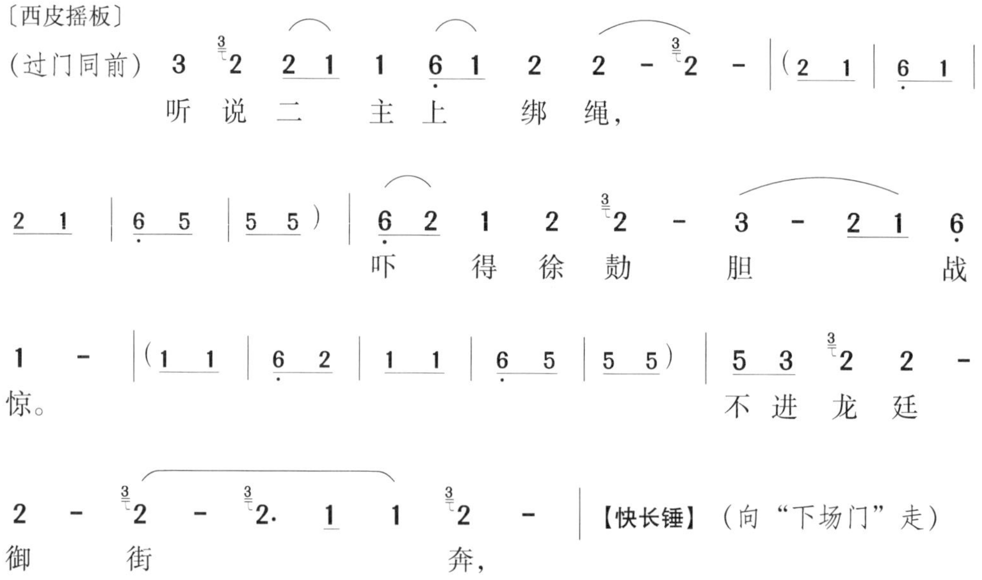

〔【快长锤】中秦琼、程咬金上，见徐勣急呼：“先生！”徐勣停步回身，互相抱牙笏拱手。

秦 琼
程咬金

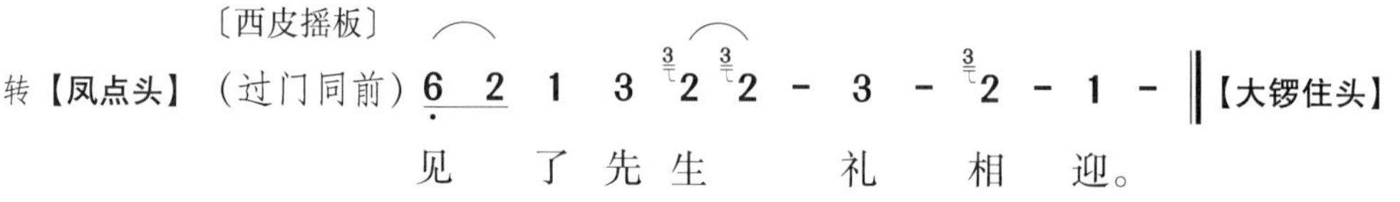

徐 勣 二位国公，慌慌张张为了何事？

秦 琼 先生有所不知，只因二主秦王，不知身犯何罪，推出午门问斩，我等上殿保本。

徐 勣 此本你我保不下来。

秦 琼 何人保得下来？

徐 勣 自然有人前来保本，你我暂退朝房。

徐 勣
秦 琼
程咬金
（同白）请（呐）！（三人同拱手、抖袖）

〔西皮摇板〕

秦　琼　（大.大　大大　衣大　大大　仓）（$\frac{1}{4}$7̣ | 6̣ | 5 | 5 5 | 3 6 | 5 5 |

3 2 | 1 2 | 6̣ 5 | 5 5）| 2 1 3. 5 1 – 2 – 2
先　生之　　言　　　　　我

2 – 2. 1 1 2 – |（秦琼先由“下场门”下。程咬金向“下场门”走几步，转身抖袖）
等　　　　信，

〔西皮摇板〕

程咬金　【单楗大锣凤点头】（过门同前）6̣ 2 1 2 2 – 3 2 – 1 – ‖
千　万莫要　误时　辰。（走下场）

〔西皮摇板〕

徐　勣　【闪锤】（过门同前）2 1 5 3 12 2 – 2 – 2. 1 1 2 – |（大大衣仓）
撩袍　我　把　朝　房　进，（撩袍正欲下场）
（将牙笏交右手，左手指朝房）

〔褚遂良内白：“先生（仓）慢走——”

〔徐勣在听见叫“先生”时即停步，转身一看，再向“上场门”走几步，一看。

徐　勣　噢！

〔西皮散板〕

【双楗大锣凤点头】（サ7 6 6 5 i 3 2 2 7̣ 6̣ 2 1 1 1）1 2
那旁

（牙笏交左手，右手捋髯后握拳伸出拇指指向“上场门”）

2 1 1 2 – 2 – 3. 21 1 – 6̣ 5 6̣ 1 – ‖【一锤锣】（转身“下场门”下）
来　了　　　　保　　本　　　臣。

第　二　场

〔二道幕外，或在合二道幕后将桌椅撤下，在**【急急风】**中将二道幕拉开。

〔**【急急风】【撕边】**褚遂良左手水袖抬高遮面，右手抓住左袖下口，**【撕边】**中由“上场门”出场后，紧接**【急急风】**，划步行至台口，**【急急风】**切住。在（八大仓）中将水袖放下亮相。紧接在**【撕边一击】**中翻右水袖上左步向左一望，再在**【撕边一**

击】中翻左水袖上右步向右一望，再在【撕边一击】中正绕双袖在胸前一拍，再在【撕边】（八大仓）中反绕双袖向身后一背向左甩髯。

褚遂良 反了哇，（仓）（抖右水袖）反了哇！（投左水袖，再双抖袖）

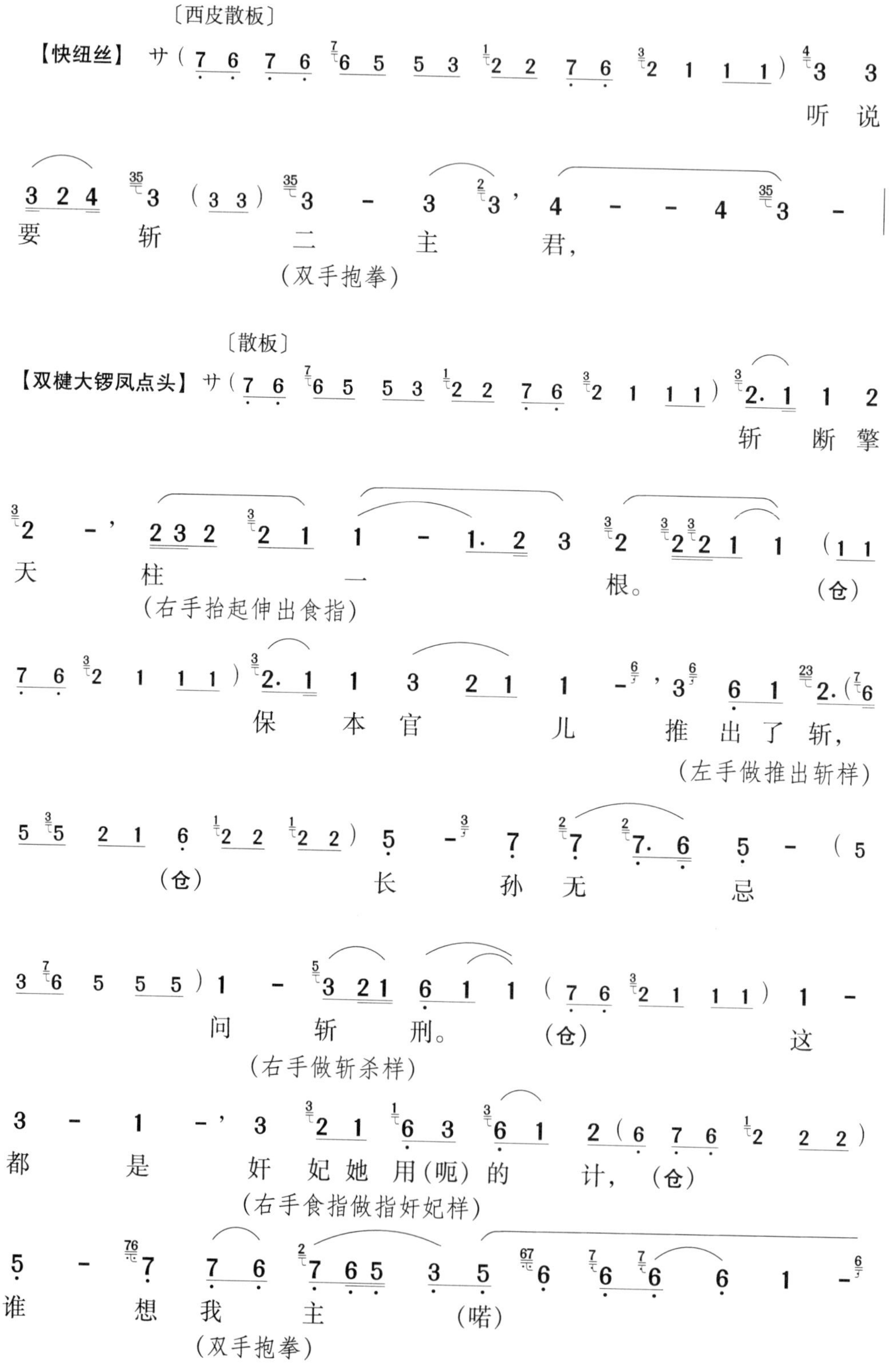

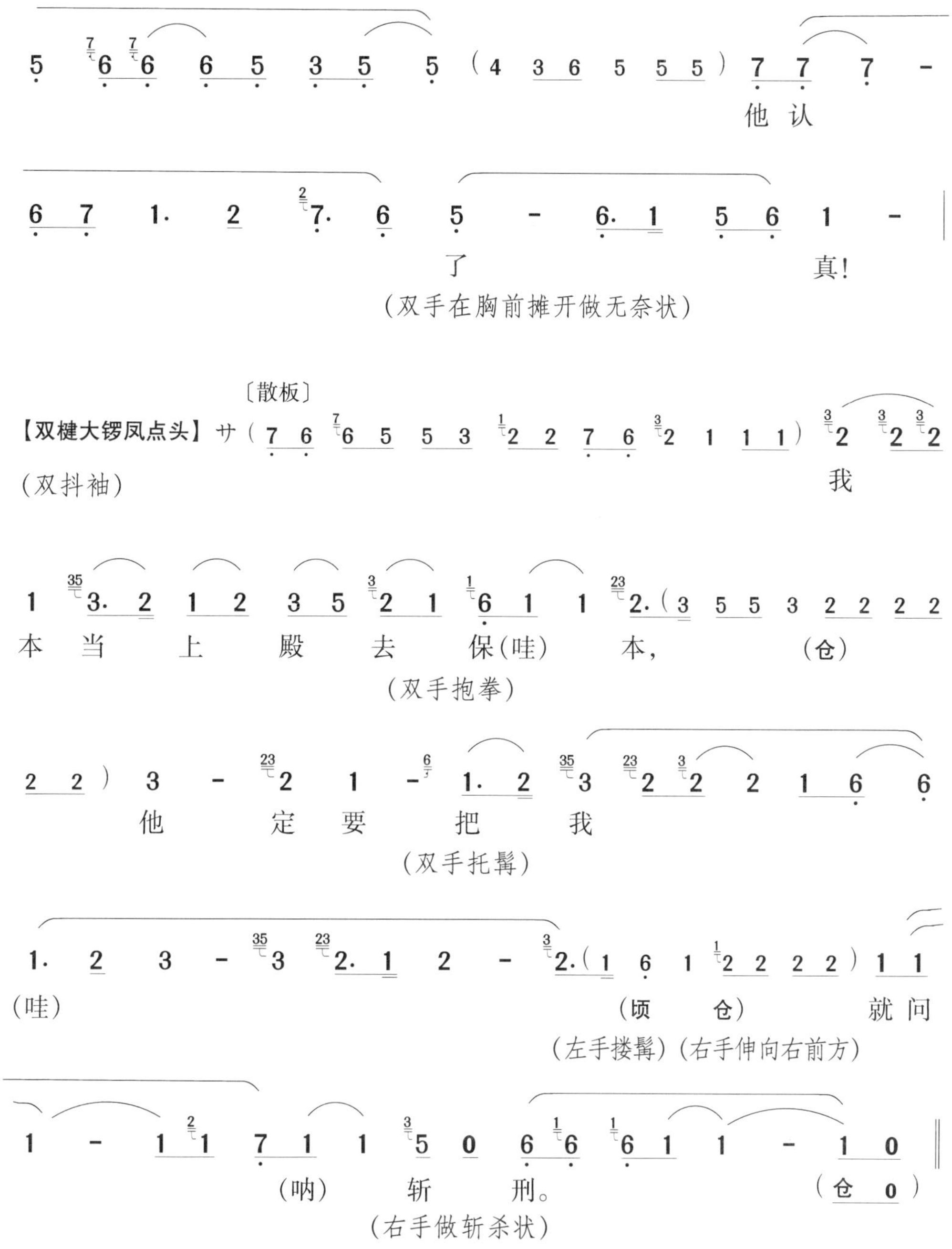

哎呀!【乱锤】(双手摊开,右手在额前做抚摸思索状,向"上场门"方向走几步,又转身回来,用左手做抚摸左额状,回至"台口",右手捋髯,示已胸有成竹,【乱锤】切住,抖袖)

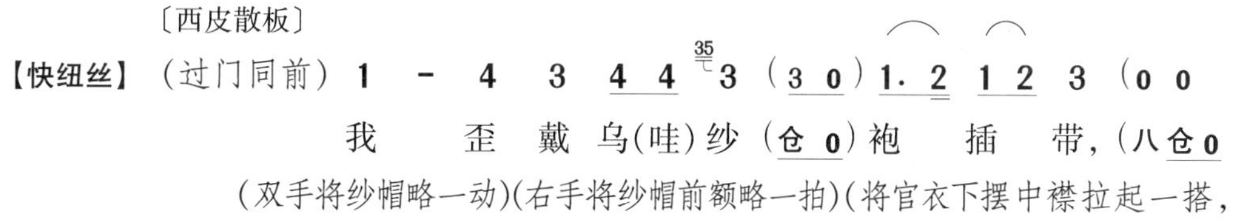

1 2 3 0）1 5 6 1 6 3 ³2 1 6 1[①]（7 6 ³2 1
匝 匝 匝） 装 一 个 疯 魔 去 见 君。 （仓）
搭在玉带上） （双手抱拳）

1 1 1 1）1.2 1 2 ³⁵3 2 0 （2 1 6 6 ¹2 2 2 2 2）³2
大 摇 大 摆（呀） （顷 仓 0） 龙
（翻右手水袖）

2 - - ³2 ³21 - ⁶1 2 - |【纽丝】（抖右手水袖后又将水袖抓起慢步上殿到“大边”。锣鼓切住）
廷 （呐）进，

〔亮弦〕
（4 3 1 2 2 2 2）（右手反翻水袖向李渊一望再将袖抖下）
（仓 匝 匝 匝）

〔散板〕
【双槌大锣凤点头】（过门同前）2 3 3 21 1 6 3 - 1 3 3 2 1 1 6（7 6
（左转身面向外） 与他 个 君 不 君 来

³2 1）³⁵3 21 0 1 - 1 2 3 3 2 ³2 ³2.1 6 1 1 ‖【大锣住头】
臣 不 臣。

臣（仓）褚遂良见驾，吾皇万岁。（拱手）啊万岁，你请了哇！（反挽水袖，向后拱手）

李　渊　【撕边一击】啊！大胆褚遂良，衣冠不整上殿见君，莫非你疯了吗？

褚遂良　嘿嘿，臣倒不曾疯，只怕万岁你昏了哇！（双手收回后，以右手水袖向李渊一抖）

李　渊　哎，寡人昏于何处呢？

褚遂良　二主秦王身犯何罪，为何推出斩首？

李　渊　奴才不正，淫乱宫闱，故而问斩。

褚遂良　想那二主秦王，东挡西除，南征北剿，有十大汗马功劳，只可以赦，不可以斩。你若将他斩首，你这君心何忍？我这臣心何安呐？

---

① 当褚遂良唱到“装一个疯魔去见君”时，如是大舞台，在二道幕外唱，此时拉开二道幕即可；如果闭过二道幕，撤去桌椅又拉开二道幕时，此时就合二道幕，摆上桌椅，李渊与太监等都坐好站好，再拉开二道幕。如小舞台无二幕，李渊、太监等都暗下时，此时又都暗上，坐好站好即可。此场桌上应放上文房四宝和圣旨。

十 道 本

〔西皮流水〕（顶板唱）

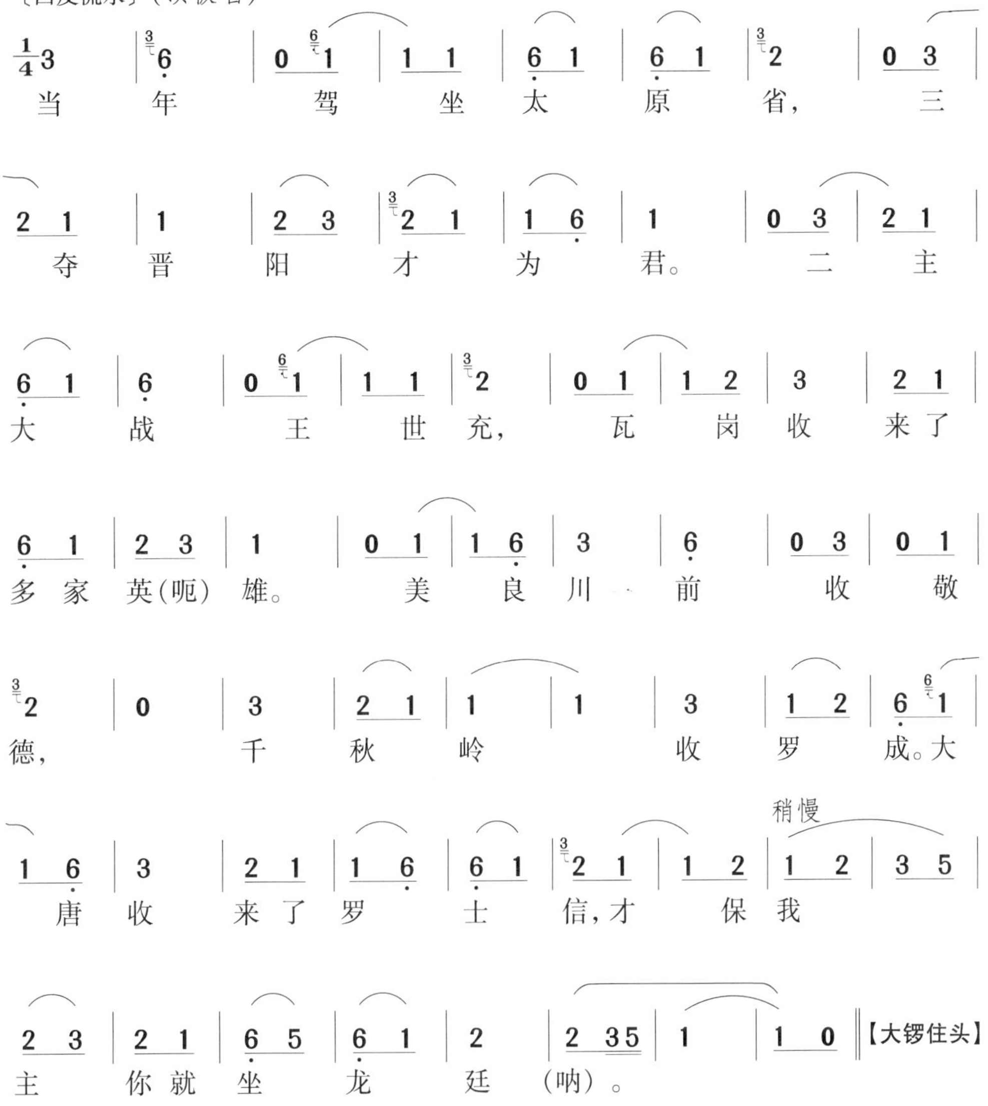

李　渊　胆大褚遂良，竟敢出言抗君，哪里容得！殿前武士，推出斩了！**【撕边一击】**

〔两边大铠均上前，褚遂良急到台中，**【撕边一击】**先用左手抓住右袖向“大边”大铠摇手示意，“大边”大铠后退至原位；**【撕边一击】**再用右手抓住左袖向“小边”大铠摇手示意，“小边”大铠也后退至原位。**【五锤锣】**褚遂良双抖袖转身站回“大边”。

褚遂良　臣启万岁，臣有十道条陈，容臣奏完再斩不迟。

李　渊　有本呈上龙书案。

褚遂良　臣修本不及乃是口奏。

李　渊　好，奏来。

褚遂良　容奏。**【大锣归位】**（将衣、冠整理好）臣这道条陈奏的是夏禹王坐了一十七代香烟，四百五十八载，后出一君名曰桀王，宠爱一妃名唤妹喜，那桀王听信妹喜之言，以酒为池，以肉为林，忠臣良将，俱已遭害，到后来乎——

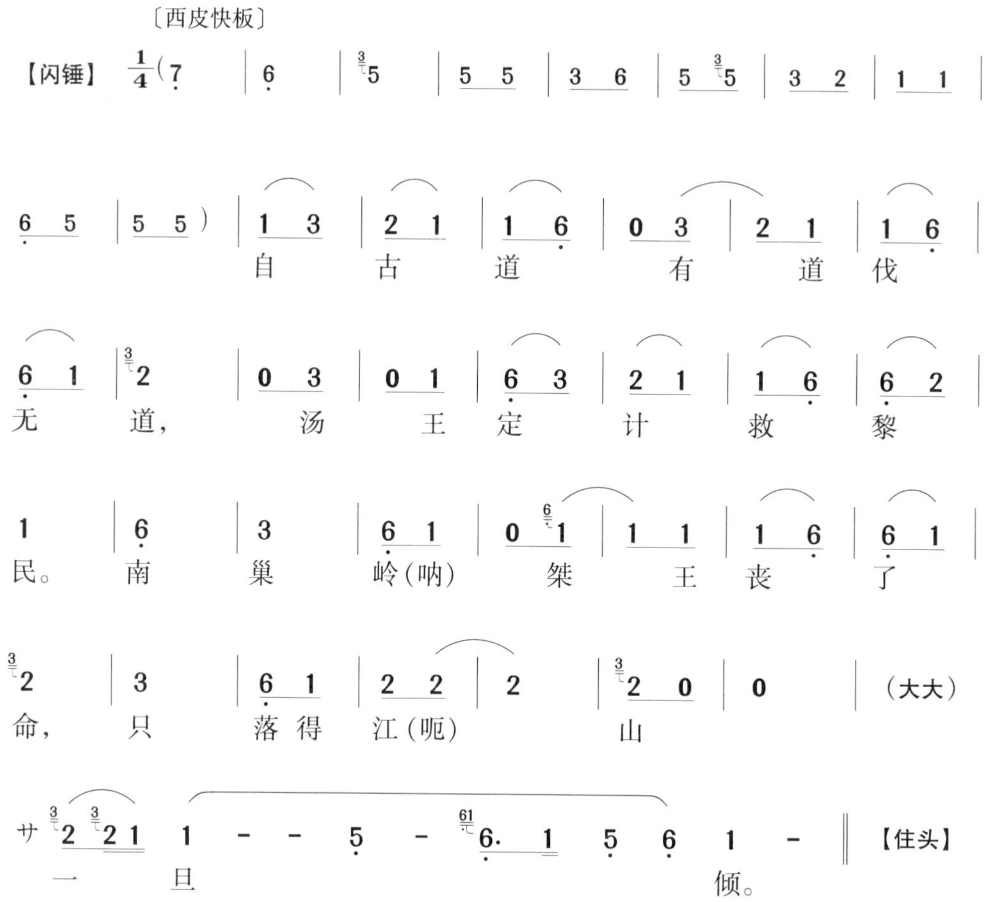

李　渊　孤道什么太平本章，原来谤君之言。殿前武士，斩了！

［【撕边一击】褚遂良摇右手示意“小边”大铠，大铠退回；【撕边一击】摇左手示意“大边”大铠，大铠退回。【五击头】先抖左袖、再抖右袖、再双抖袖后归“大边”。

褚遂良　臣启万岁，臣十道条陈刚刚奏完一道，还有九道未奏，容臣奏完再斩不迟。

李　渊　好，往下奏来。

褚遂良　容奏。【五击头】臣这道条陈奏的是成汤王，得了桀王的天下，后出一君名曰纣王，宠爱一妃名唤妲己。那纣王听信妲己之言，盖造一台名曰摘星楼台。喏，比干丞相剖心而死，贾氏夫人坠楼而亡，姜后娘娘剜目刖手，东宫太子一命遭除，黄家父子反出了五关（边说边走到“小边”）。到后来姜尚兴兵伐纣，可叹那纣王只落得火焚摘星楼台而亡。万岁你看，这也是听信谗言、宠爱奸妃无道的昏君！

李　渊　嗯！……

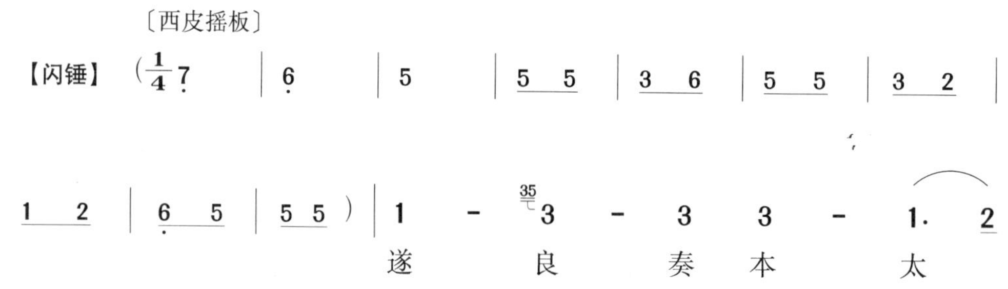

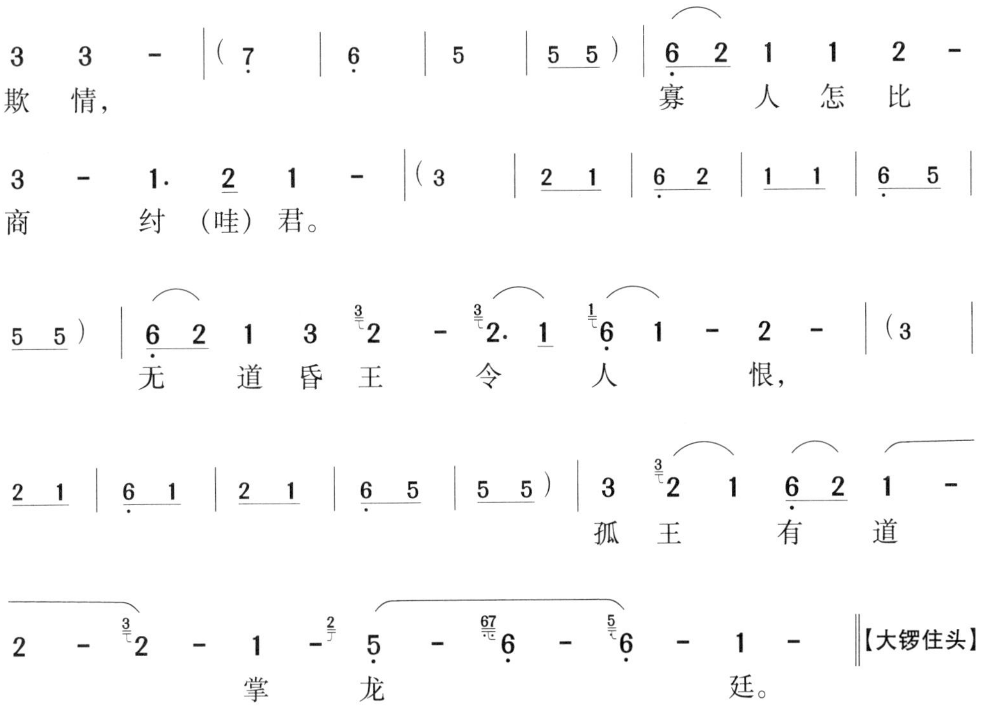

此本不准，往下奏来。

褚遂良 容奏。**【五击头】**臣这道条陈奏的是周幽王宠爱一妃，名唤褒姒。那褒姒生的是面貌如花，怎奈进宫以来，她是从不言笑。那幽王无计可施，他驾前有个谗臣名唤虢石父，上殿奏道："啊万岁，要娘娘发笑却也不难，可在骊山设筵，火焚烟墩"。幽王听信虢公所奏，在骊山设筵，火焚烟墩，边庭众家诸侯看见烟墩火起，想是国家有了大难，一个个（边念边走向"大边"）顶盔擐甲兵临城下，观见他君妃正在那里饮酒取乐。一个个是有兴而来无兴而去，那褒姒一见是呵呵地大笑哇。后来犬戎国造反，那幽王又将烟墩点起，边庭众家诸侯说道，想是他君妃又在那里饮酒取乐，你我各保汛地要紧。啊万岁，你看那幽王为褒姒一笑不值紧要，失落了周室家邦，还死在乱军之中了！

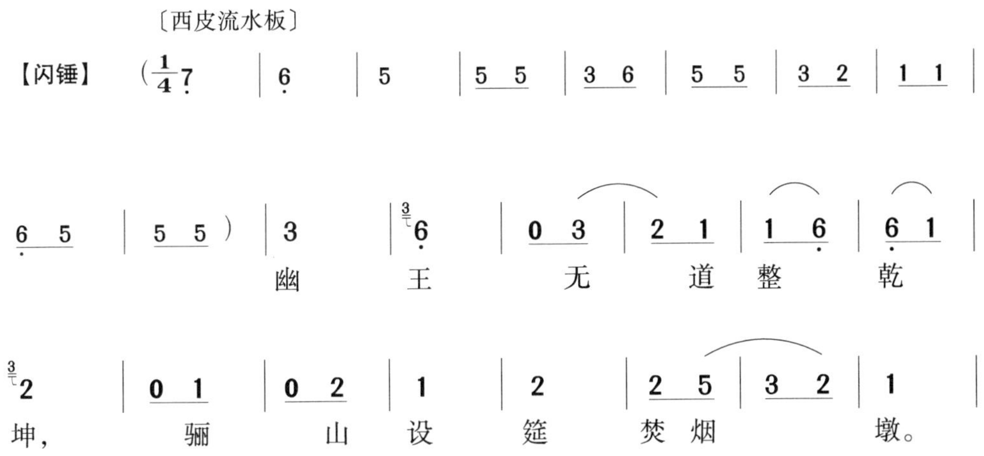

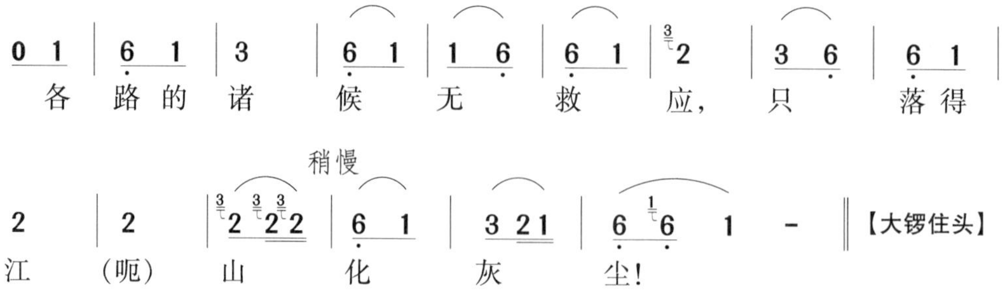

李 渊 那幽王只为褒姒一笑，在骊山设筵，火焚烟墩，戏耍诸侯，到后来失落家邦，怎能与孤王相比。此本不准，往下奏来。

褚遂良 容奏：【五击头】臣这道条陈奏的是晋献公。宠爱一妃名唤郦姬。前妃所生二子，长子申生，次子重耳。那郦姬在献公台前搬弄是非，要害申生太子一死，晋献公是执意地不听呐。那郦姬一计不成又生二计，用蜂蜜擦头，去到御花园观花，命申生太子保驾其后（边说边走到“小边”）。采花蜜蜂围绕鬓上，申生太子在后面不解其意用扇赶开（用右水袖做赶状），晋献公在楼台之上观见申生太子果有戏母之意，心中大怒，吩咐将申生太子推出斩首。来在午门，众大臣拦路言道：“千岁有满腹冤枉，为何不奏予父王知道？”申生太子说道：“小王若奏知父王，父王必然大怒。将郦姬斩首不值紧要，有日我父王思念郦姬成疾，岂不是小王之过？小王只可以死，不愿做那不忠不孝之人。”啊万岁，依臣看来，我朝二主秦王与前朝申生太子是一般无二啊！

大太监 着哇！

李 渊 嗯！

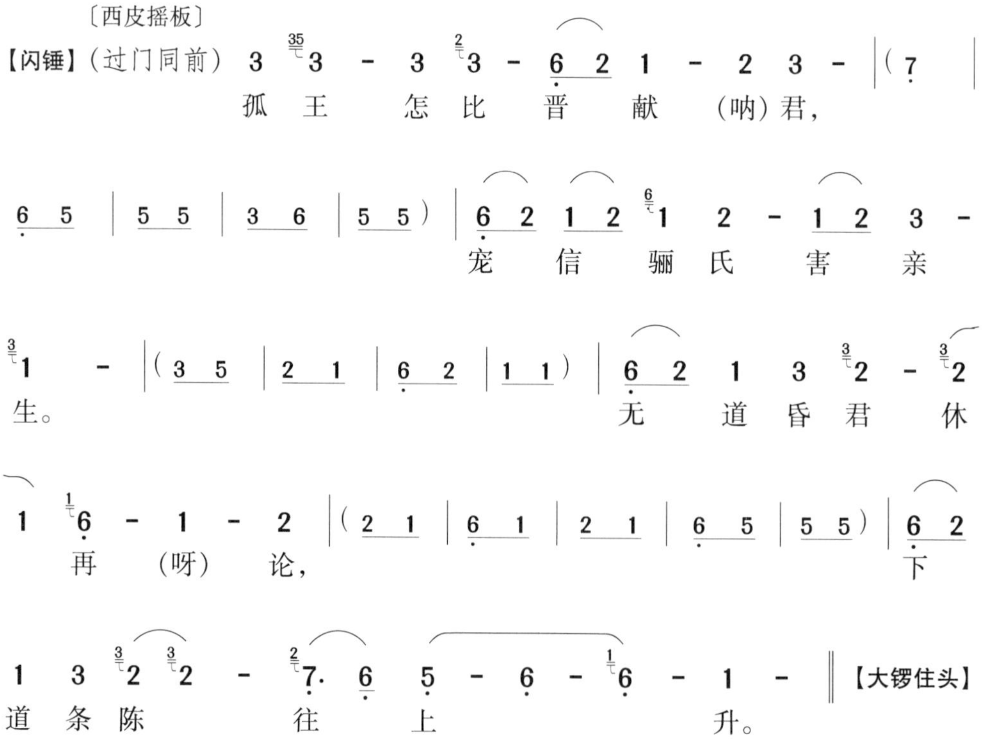

此本不准，往下奏来。

褚遂良 容奏。【五击头】臣这道条陈奏的是楚平王，在临潼会斗宝，多亏伍子胥，力举千斤鼎，压倒了各国，到后来秦楚结亲。那平王听奏五香女生的是天姿国色，有意纳娶，怎奈不好启齿。他驾前有个谗臣名唤费无忌，奉旨往各国迎亲。行至钟离山前（边说边走到“大边”），将金顶轿换为了银顶轿，五香女改为了马昭仪。好一个伍子胥，保定他皇家四口，反出了昭关，去往吴国借兵报仇。可叹那平王死后，只落得鞭尸三百乎——

〔西皮流水板〕

李 渊 想那楚平王无道，信用谗臣费无忌，只逼得伍子胥逃往外国，到后来鞭尸三百有余，似这等昏王，怎能与寡人相比，此本越发不准，往下奏来。

褚遂良 容奏。【五击头】臣这道条陈奏的是姑苏吴王宠爱一妃名唤西施。他驾前有个谗臣名唤伯嚭，盖造一台名曰姑苏台，选取天下绝色的女子，去往楼台之上饮酒取乐，那吴王（边说边走到“小边”）日饮千杯不醉，夜战十女不衰，啊万岁，你看他也是听信谗言的昏王啊！

李 渊 哼！

〔西皮摇板〕

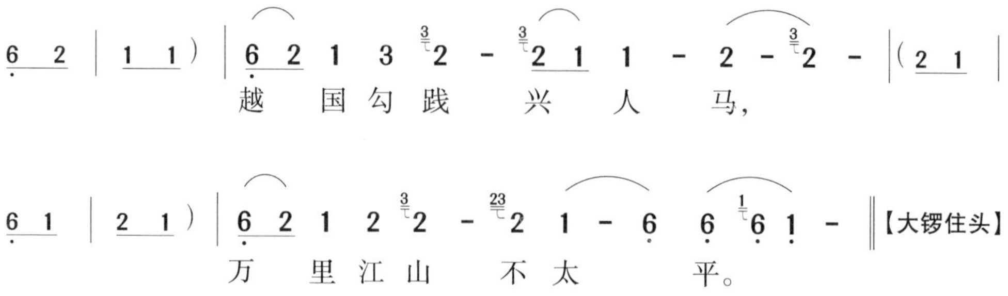

这等昏王提他作甚，此本不准，往下奏来。

褚遂良 容奏。**【五击头】**臣这道条陈奏的齐宣王在桑园射猎，收来一妃名唤钟无盐，手执春秋大棒压倒了各国。只因宠爱一妃名唤夏迎春，那无盐娘娘身怀六甲，夏迎春讨下了收生代劳的旨意。用金丝狸猫剥去皮尾，上殿奏道无盐娘娘产生妖魔。齐宣王心中大怒，吩咐殿前武士，将无盐娘娘推出斩首。多亏满朝文武苦苦地保奏，才得打入了冷宫。后来吴起伐齐，只落得，（笑）呵呵，跪门求救哇！

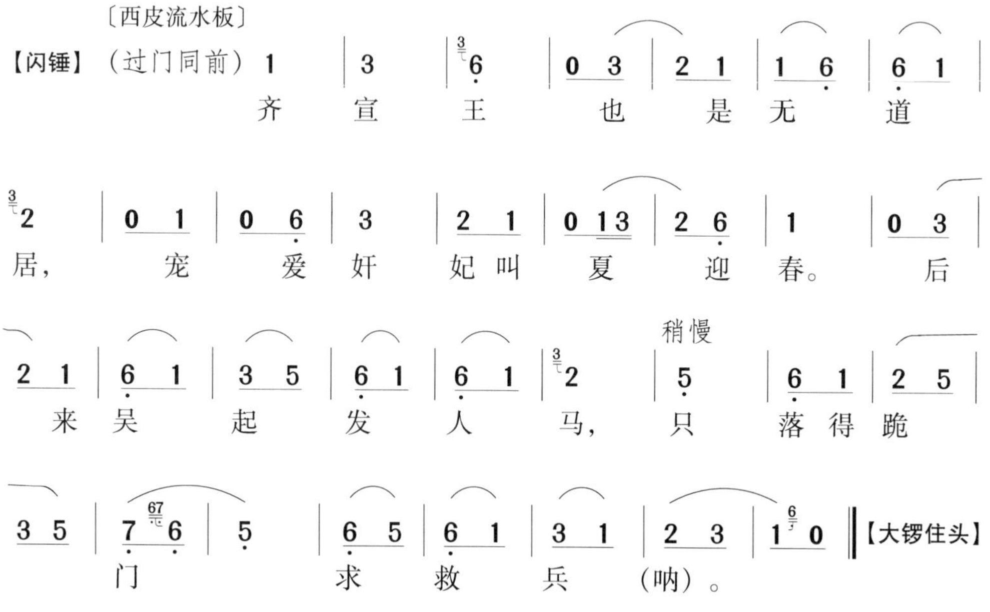

李　渊 想那齐宣王宠妃夏迎春谋害钟无盐，到后来，吴起兴动人马，只落得跪门求救，似这等昏君再休提起。此道本章不准，往下奏来。

褚遂良 容奏。**【五击头】**臣这道条陈奏的是齐湣王宠爱一妃名唤邹赛花，要害东宫太子一死，后来乐毅兴兵前来追赶，那湣王有家难投，有国难奔。戮杀湣王，万剐邹妃，啊万岁，你看他也是听信谗言的昏王啊！

李　渊 哼！

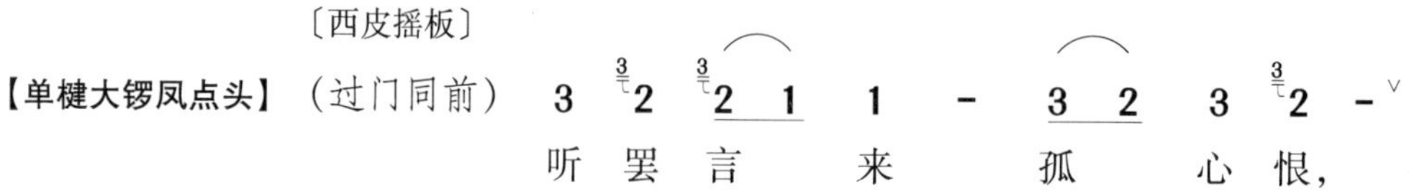

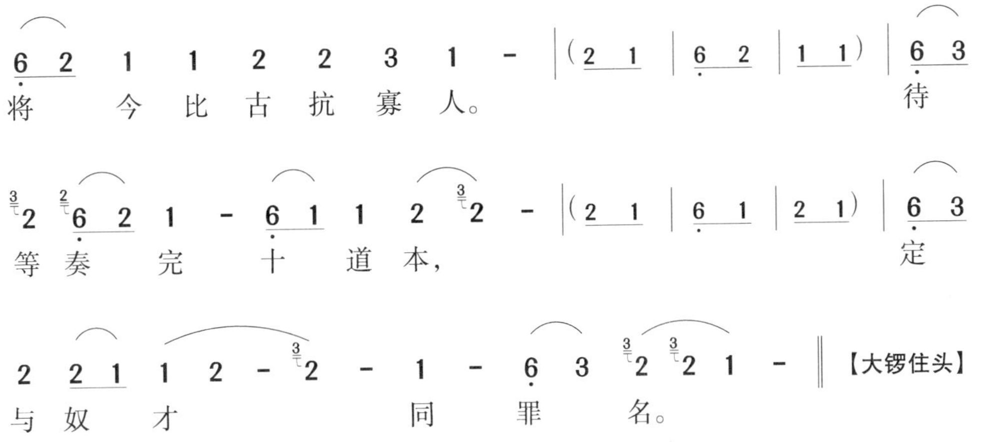

此本越发地不准。往下奏来。

褚遂良 容奏。【五击头】臣这道条陈，奏的是本朝杨广，欺娘奸妹的昏王乎——

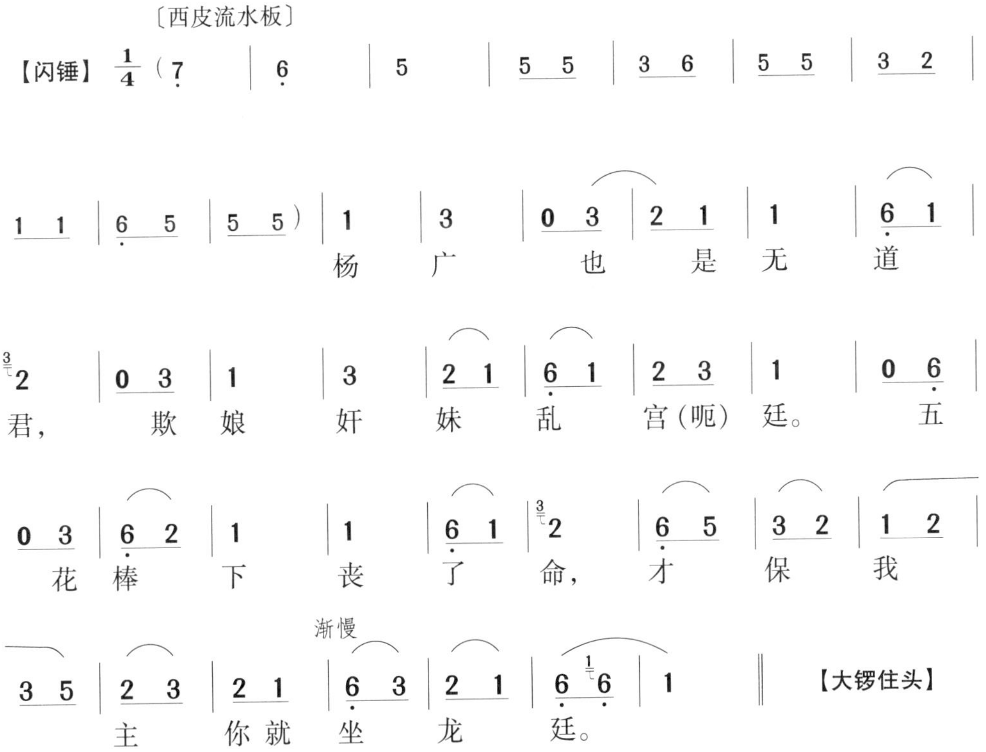

李　渊 等你奏完十道条陈，寡人将你碎尸万段！

褚遂良 （八大仓）这个…… 【乱锤】（双手摊开，颤动，做思索状，无奈双手合于玉带前）

太　监 褚大人，十道本章已奏九道，还有一道未曾奏完，只管往下奏来，都有咱家我呐！【撕边一击】

褚遂良 （听后边稍有所思）【冲头】【叫头】万岁，臣这十道条陈，奏的是前朝昏王与本朝皇帝一般无二！【撕边一击】

李　渊 怎么讲？

褚遂良 一般无二。

李　渊　嘟！

〔西皮散板〕

【快纽丝】 サ（7 6 ⁷6 5）6 2 1 1 2 3 ³2 1 6 1 2 －（7 6 1 2）

武　士 与　孤 忙　绑　定，（仓）

（褚遂良摘下乌纱放龙书案上）

1 3 ³2 1 1 2 － ³2 1 － 6 3 ³2 ³2 1 －‖

斩 他 人　头　　　挂　午　门。

〔【一锤锣、原场】“小边”的大铠给褚戴上白绫带，褚走到中场台中喊。

褚遂良　冤枉！【撕边一击】

李　渊　招回来。

褚遂良　【冲头】（回来归“小边”）多谢万岁不斩之恩呐。

李　渊　【撕边一锣】哎！非是孤不斩于你，你为何口喊冤枉？

褚遂良　臣有一事不明，要在万岁驾前请教。

李　渊　何事不明，只管讲来。

褚遂良　二主秦王什么时候进宫问病？

李　渊　一更一点。

褚遂良　什么时候煎汤熬药？

李　渊　二更二点。

褚遂良　什么时候才得出宫？

李　渊　三更三点。

褚遂良　二位皇娘奏道抓袍夺带，在什么时候？

李　渊　这个……

太　监　在二更二点呐！

褚遂良　却又来。【五击头】想那二主秦王，一更一点进宫问病，二更二点煎汤熬药，三更三点才得出宫，二位皇娘奏道抓袍夺带在二更二点，岂不是大大的冤枉。

李　渊　【撕边一击】这个……现有玉带你拿去看来。（太监将带交褚）

褚遂良　待臣看来。（接过玉带仔细一看【撕边叫头】万岁，想这抓袍夺带，必是他这么一扯，（大仓）（将玉带双手拿着向外转几个圈）我这么一拉，（大仓）（将玉带向内转几个圈）臣看这玉带之上并无半点伤痕，岂不是大大的冤枉！

李　渊　待孤看来。（太监将玉带接过呈李渊）

褚遂良　万岁请看。

李　渊　（接过玉带）【撕边一击】（一看）【撕边一击】（再一看）【撕边一击】嘿嘿！（将玉交给太监，太监将玉带仍放在椅后）

褚遂良　嘿嘿！（自己将乌纱取回，掸掸土戴上，仍站“小边”）

〔西皮散板〕

李　渊　【快纽丝】 サ（7 6 ⁷6 5 i 3 ¹2 2 ²7 6 ³2 1 1 1 1 1）3 ³2

观　罢

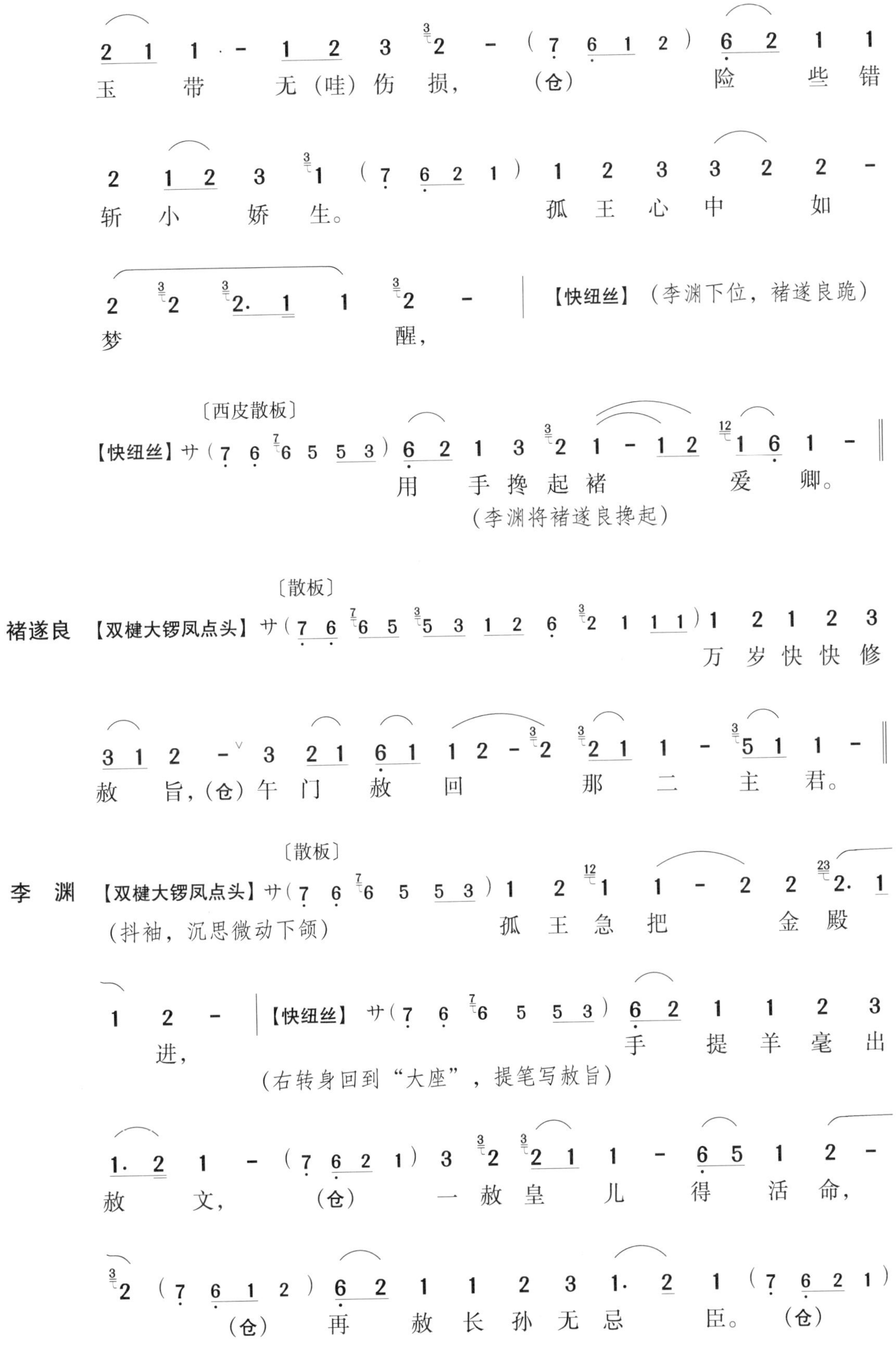
玉带无（哇）伤损，（仓）险些错
斩小娇生。孤王心中如
梦醒，
【快纽丝】（李渊下位，褚遂良跪）
〔西皮散板〕
【快纽丝】
用手挽起褚爱卿。
（李渊将褚遂良搀起）
〔散板〕
褚遂良
【双槌大锣凤点头】
万岁快快修
赦旨，（仓）午门赦回那二主君。
〔散板〕
李渊
【双槌大锣凤点头】
（抖袖，沉思微动下颌）
孤王急把金殿
进，
【快纽丝】
手提羊毫出
（右转身回到“大座”，提笔写赦旨）
赦文，（仓）一赦皇儿得活命，
（仓）再赦长孙无忌臣。（仓）

2 2 1 3 - 2 2 - 2. 1 1 2 - |
修 罢 本 章 诸 款 定，

〔散板〕

【双键大锣凤点头】サ（76 6 5 53 12）6 2 1 33 2 2 1 - 61 61 - ‖
（转睛再看褚遂良） 有 劳 卿(呐)家 走 一 程。

褚遂良 谢万岁。（躬身面向台里）

〔【大锣原场】李渊将敕旨交大太监，以手示意退班。大太监下来交褚遂良。小太监两边分下，李渊“下场门”下，大太监随下（或合二道幕留褚遂良一人在场）。

〔西皮导板〕

【大锣导板头】 サ（0 6 56 72 76 5 55 55 i i i i

i i 33 1 21 7 2 1 11 11）3 3 32 3（33
手 捧 圣 旨
（褚遂良左手举敕旨面向内，唱）

33）353 3 - - 33 33 33 23 3 - - |【撕边】
下 龙 廷，
（右手翻水袖，顺势转身向外唱）

〔内“搭架子”白：“哈哈哈哈！……”【一锣】

〔西皮散板〕

褚遂良 【双键大锣凤点头】サ（76 6 5 5 3 12 2 76 2 1 11 11）1 -
笑

3. 2 1 2 1 2 -（2 2 2 2）353 3 1. 2 3
坏 两 旁 文 武

2 2 2 1 -（76 2 1 11）1 - 3 2 2 21 61
臣。 （仓） 文 班 中 笑 坏
（左手举敕旨，右手捋髯后，向左

1 3 21 63 61 2（6 5 5 23 43 21 6 22
了 先 生 徐(呀) 勣 等， （仓）
指，眼神向左看）

2 2) 5 - 1 1 1 6 6 2 1 3 - 2 1 7 2 5 6

武 班 中 笑 坏 了 叔 宝 程 咬

（将赦旨交右手举着，左手捋髯后向右指，眼神向右看）

1 （7 6 2 1 1 1）3 2 6 1 6 6 2 1 1 2 21 2 - 2 2

金。（仓） 都笑 我 不 怕 死 （呃）

（将赦旨又交左手，右手托髯）

2 2 6 6 7 - 7 7. 6 5 6 - 6 6 5 -（4 3 6 5）

2 7 5 6 7 - 6 5 5 - - 6 6 - | （右手托髯起【叫头】三笑）

褚遂 良。

哈哈，哈哈，啊，哈哈……

〔【扫头】最后一笑时，无意将圣旨失落地下而未发现，走到“下场门”时，【扫头】切住，忽发现不见圣旨，急停转身（八大仓）夹白：“哎呀！”【乱锤】焦急地寻找，搓手，倒手，忽发现圣旨，（仓）【撕边】高兴地双耍手袖，抓起官衣下摆，蹉步到圣旨前，左手拾起圣旨，（仓）（八大仓仓仓）右手为圣旨掸尘，（嘟……八大仓）耍右手袖，转身，右手抓水袖，左手举圣旨，【冲头】“下场门”下。）

第 三 场

〔【纽丝】四大铠挂腰刀“上场门”上站“斜门”，长孙无忌、李世民上。

〔西皮散板〕

李世民 【纽丝】（过门同前） 3 6 5 5 7 6 - 5 7

父 王 传 旨 如 山

7 - 2 6 -（6. 5 3 3. 5 6 6 6）3 2 1 2 1 -

震，（仓）（长孙无忌唱） 听 信 谗 言

（“大边”二大铠走向“大边”归正“站门”，李世民归“中站”，长孙无忌站“大边”）

2 1 3. 21 6 1 -（7 6 2 1 1 1 1 1）5 7 - 7 65

斩 忠 臣。（仓）（李世民唱） 含 悲 忍

5· 3 ⁷6 ⁷6 5 6 7 － 2̇ － 7 － ⁷⁶7 ⁶7 ⁷6 － |
泪　　法 场 进，

〔【纽丝】（"小边"二大铠由里走向"大边"里面，和"大边"二大铠在"下场门"站"斜门"，李世民走向斜门中，长孙无忌站"斜门大边"）

〔西皮散板〕

长孙无忌　【纽丝】 サ（7̣ 6̣ ⁷6 5 5 3 1 2 6̣ ³2 1 1 1）6̣ 2 1 2
两　眼 睁

³2 － 3· 5 ²³2· 1 1 － ⁶1 － ‖ 【大锣住头】
睁　等　时　辰。

〔褚遂良内白："赦旨下！"

李世民　接旨。

〔曲牌〈工尺上〉褚遂良手捧赦旨"上场门"上，归中，"小边"二大铠由内走向"小边站门"，长孙无忌由"大边"走到"小边"，李世民在"大边"向内跪。曲牌止。

褚遂良　听宣读。诏曰："孤误听谗言，错斩皇儿与长孙无忌，多亏褚遂良苦苦保奏，将皇儿与长孙无忌赦回金殿加官受爵。"旨意读罢，望诏谢恩。

李世民
长孙无忌　（同）万万岁。（〈工尺上〉同站起，"大、小边"各一大铠上前为李世民、长孙无忌取下白绫带）

褚遂良　请过圣命。

〔李世民接过赦旨，交身边一大铠，即归正中。褚遂良归"小边"，长孙无忌在"大边"。曲牌止。四大铠两边撤下。

李世民　多蒙先生保本，（李世民与长孙无忌同向褚拱手）当面谢过。

褚遂良　（拱手还礼）岂敢。臣保本来迟，千岁恕罪。

李世民　岂敢。

褚遂良　一同上殿复旨。

李世民
长孙无忌　（同）请。

〔【一锤锣】李世民转身由"下场门"先下，长孙无忌随下，褚遂良亦随下。

第　四　场

〔场上一桌一椅"大座"，左右另备椅各一把，尚方宝剑一把放于桌上。

〔胡琴奏〈西皮小开门〉（散起）四小太监上"站门"，二大太监持云帚上，"站门”。李渊上，至“九龙口”抖袖，行至台中。

李　渊　（念）恼恨奸妃心忒狠，淫乱宫闱败人伦。

〔李渊右转身入“大座”。褚遂良“上场门”上至台口。

褚遂良　（念）忙将赦旨事，奏与万岁知。

〔褚遂良进殿，站中间面向内，跪拜。李渊用手示意平身。褚遂良起身后归“大边”站。曲牌止。

褚遂良　臣启万岁，二主秦王与长孙无忌赦回，现在殿角候旨。

李　渊　宣他二人冠带上殿。

褚遂良　领旨。（到台中）万岁有旨，二主秦王与长孙无忌冠带上殿。（传旨后回“小边”）

〔李世民、长孙无忌内同白：“领旨。”**【小锣单上场】**李世民上，长孙无忌随上，至台口。

李世民　（念）法场得活命，

长孙无忌　（念）死而又复生。**【小锣二击】**（上殿，李站“大边”，长孙站“小边”，同面内）

李世民　儿臣李世民，

长孙无忌　臣长孙无忌，

（同白）谢万岁不斩之恩。（边说边跪）

李　渊　皇儿平身，赐座。

李世民　谢父王。（站起，“大边”的大太监搬椅，世民坐龙书案左方“大边”椅上）

李　渊　长孙无忌，为皇儿误受一绑，加升三级，免朝一月，下殿去吧。

长孙无忌　谢万岁。**【小锣五击】**（长孙起身下殿，由“下场门”下）

李　渊　褚遂良听封。

褚遂良　臣不愿加官受爵。

李　渊　愿者何来？

褚遂良　愿我主查明此事以靖宫闱。

李　渊　好，就命卿家查明此事回奏。赐座。

褚遂良　谢座。**【小锣住头】**（“小边”的大太监搬椅。褚坐于龙书案右侧）

李　渊　皇儿，你二姨母怎样苦害于你，一一奏来。

李世民　父王啊！……（哭泣，用袖拭泪）

〔二黄原板〕

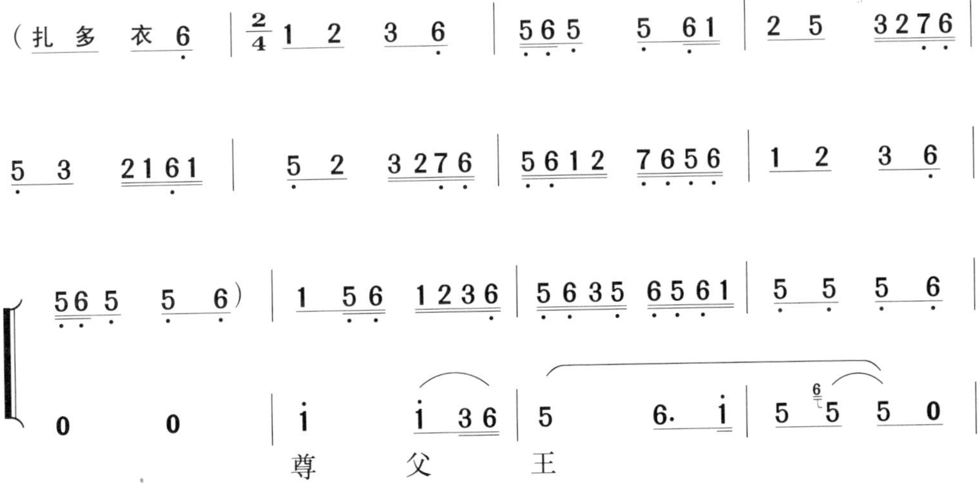

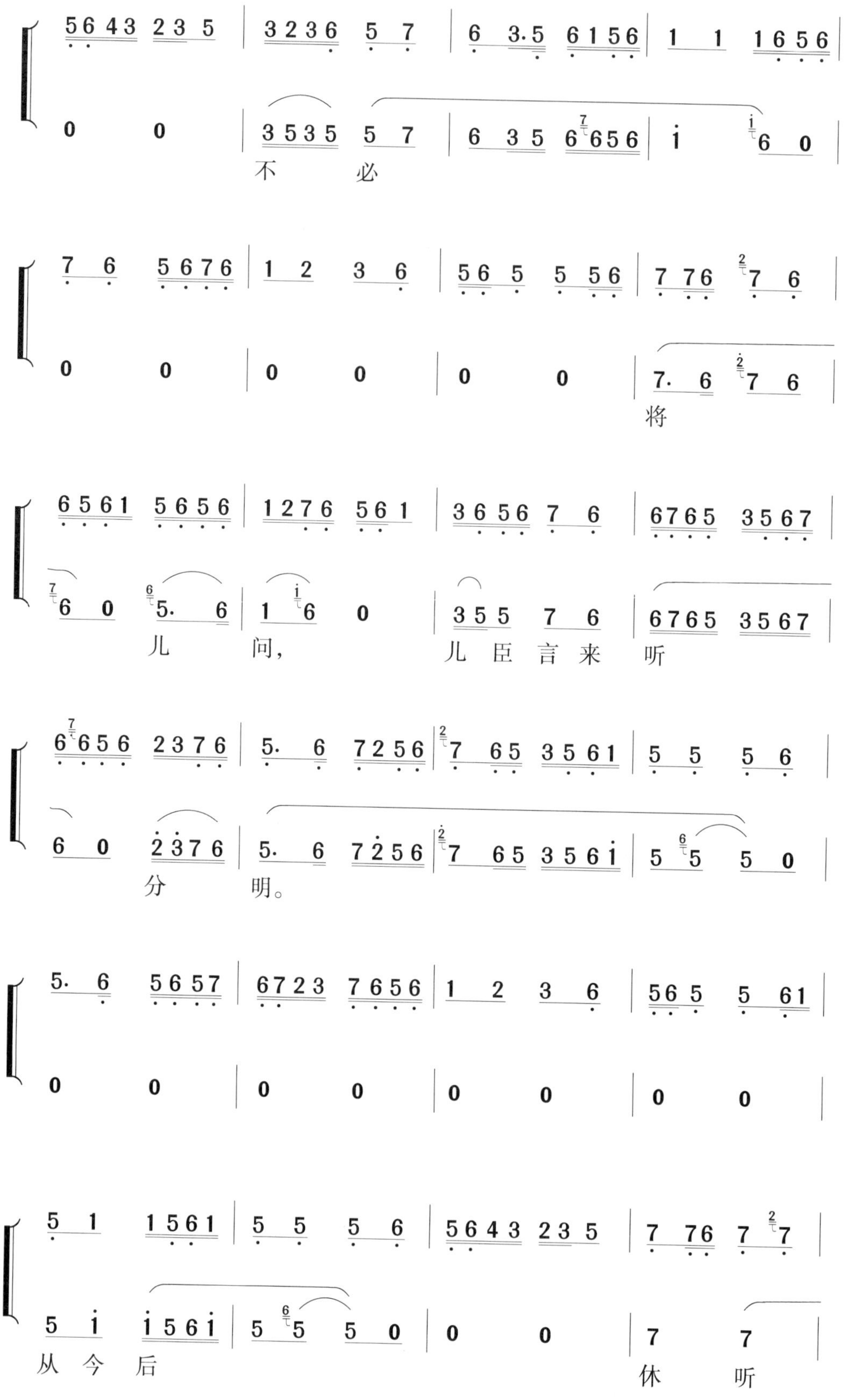
不 必
将
儿 问，
儿 臣 言 来 听
分 明。
从 今 后
休 听

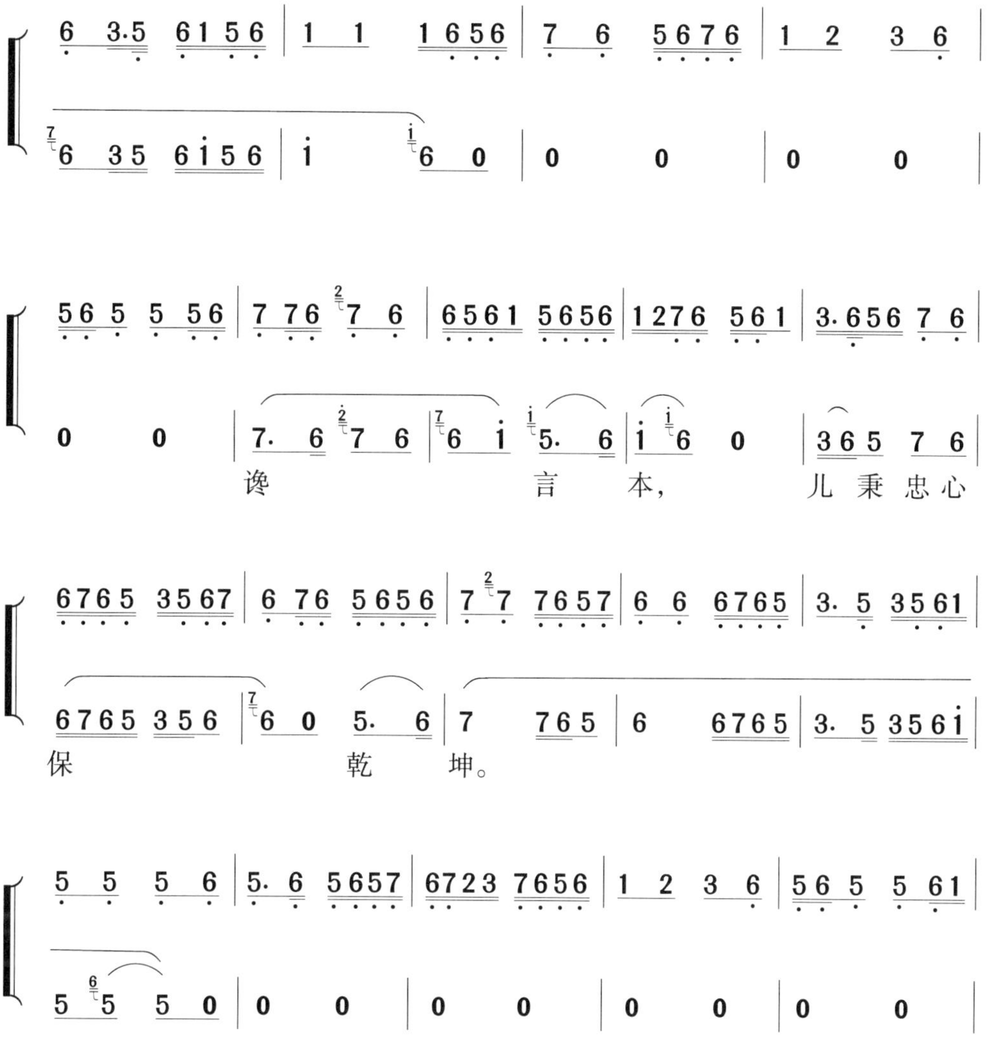

李渊 皇儿。

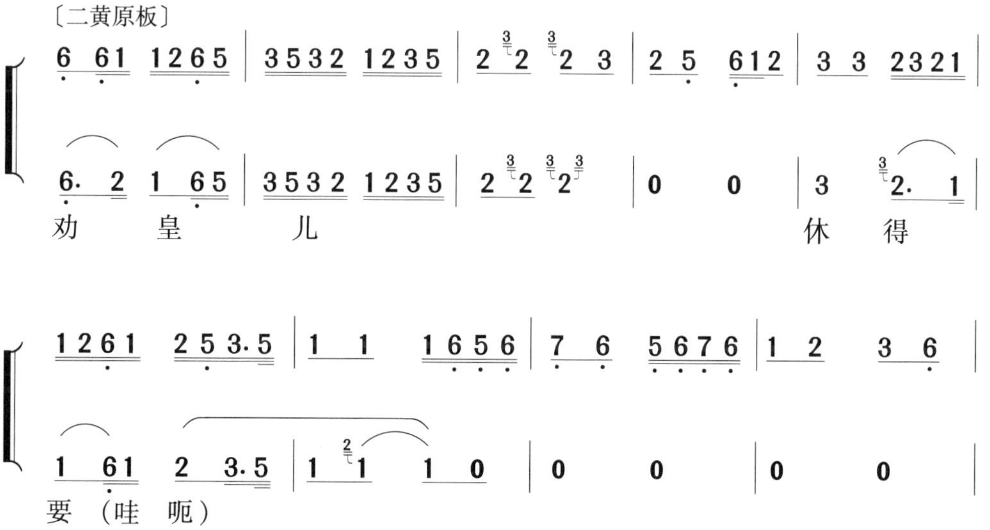

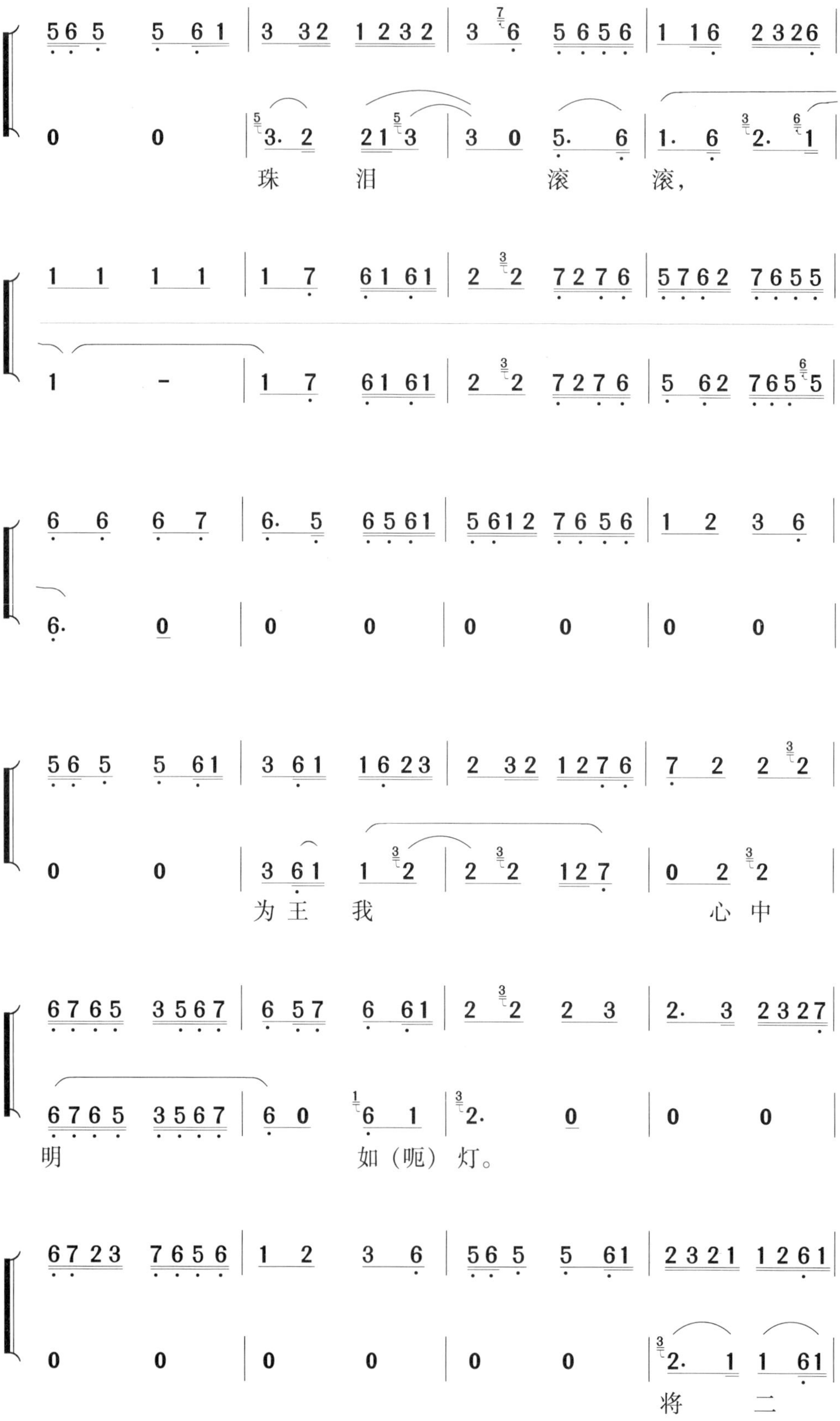
珠 泪 滚 滚，
为王 我 心 中
明 如（呃）灯。
将 二

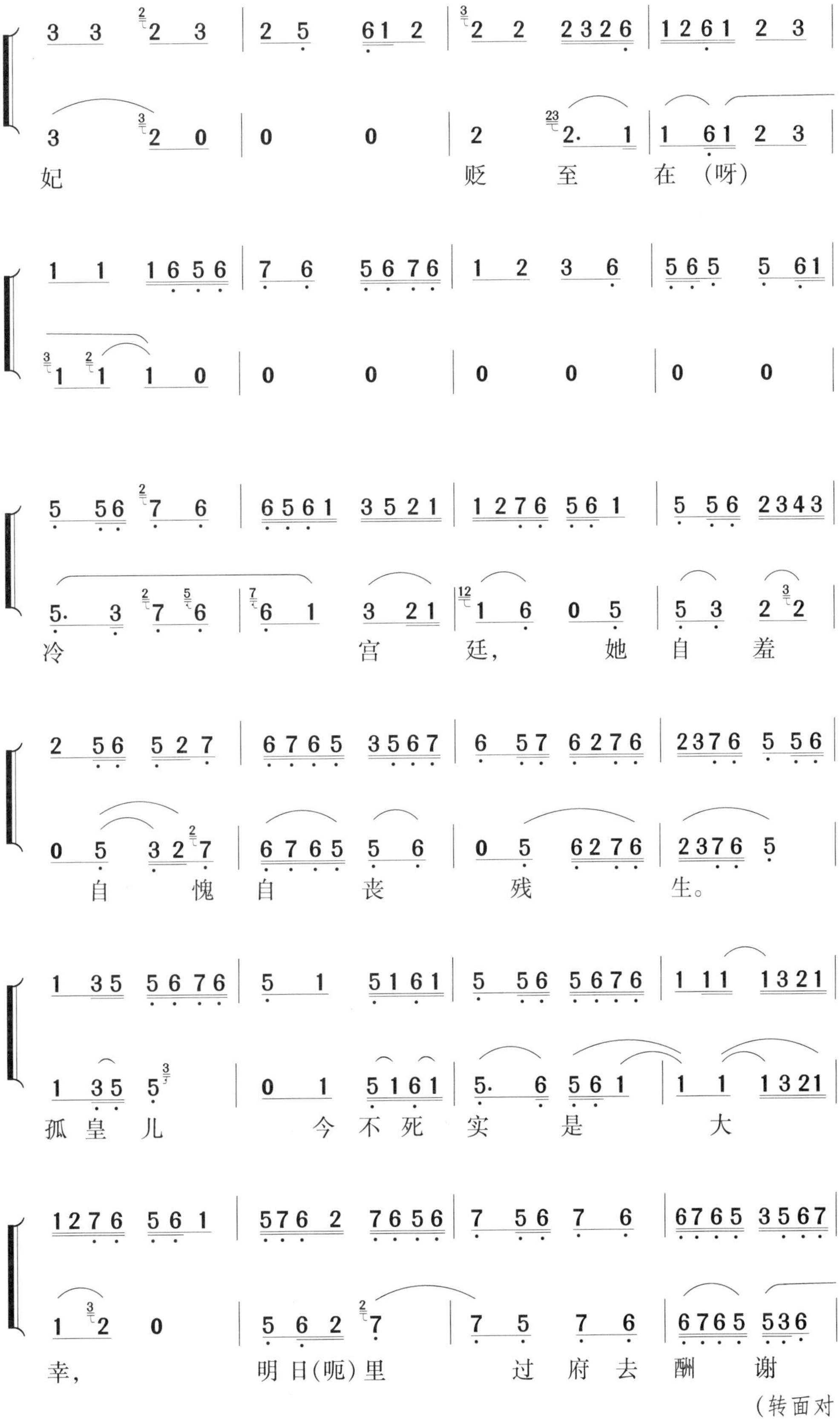
妃 贬 至 在（呀）
冷 宫 廷，她 自 羞
自 愧 自 丧 残 生。
孤 皇 儿 今 不 死 实 是 大
幸，明 日(呃)里 过 府 去 酬 谢
（转 面 对

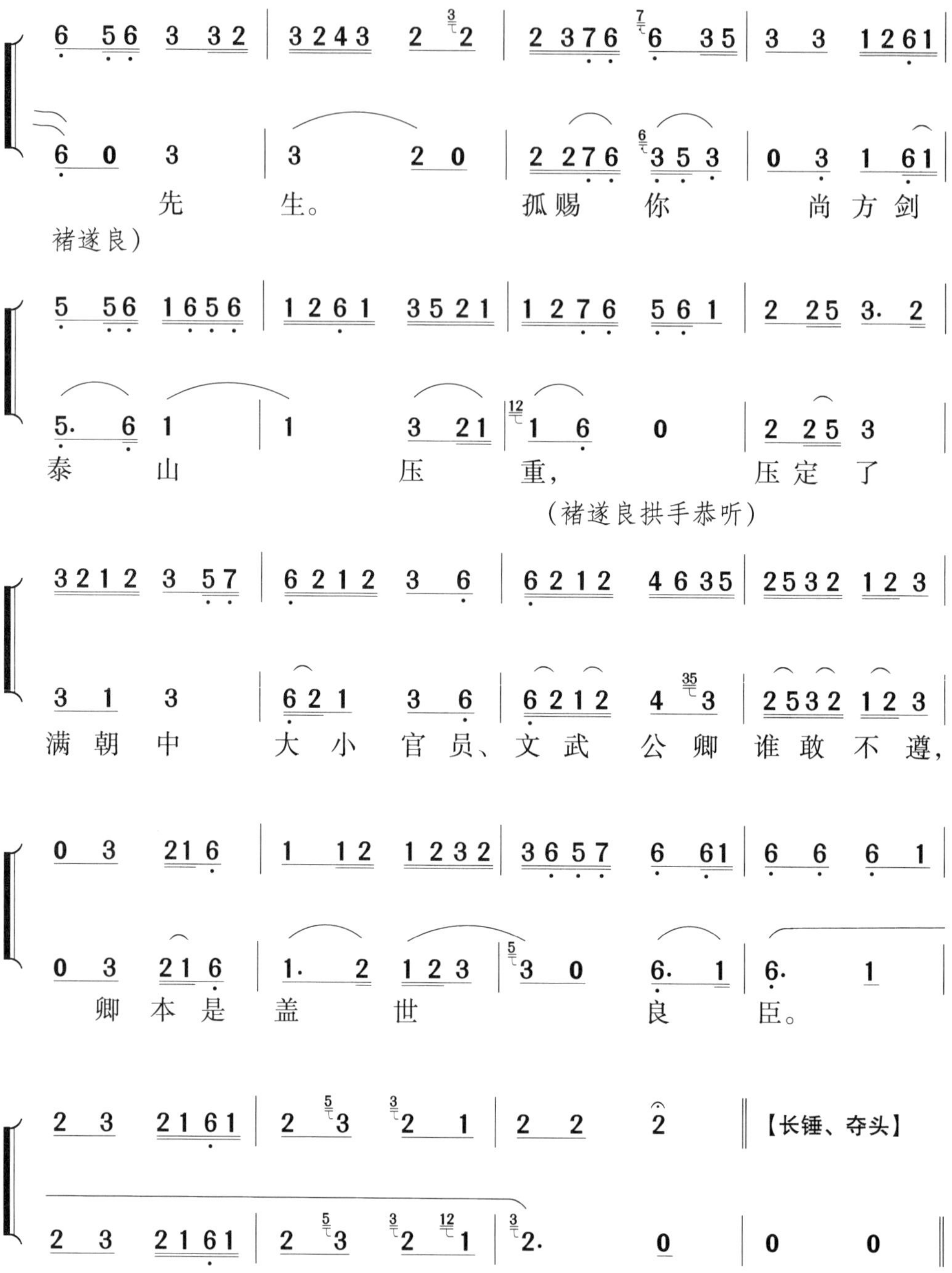

〔“小边”的大太监将剑交褚遂良，褚站起接剑，交左手抱剑，在【夺头】中向李渊躬身施礼。

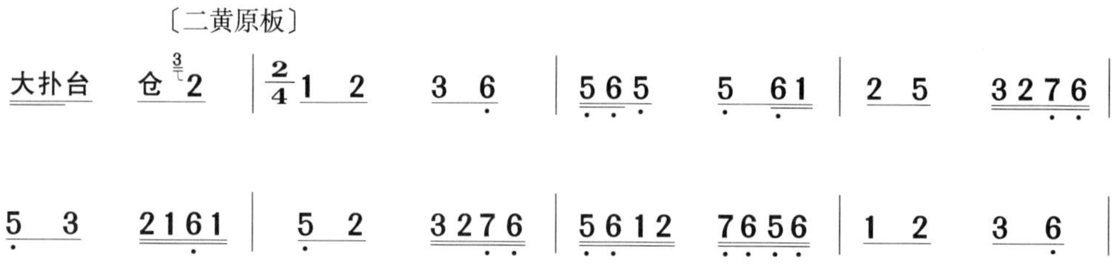

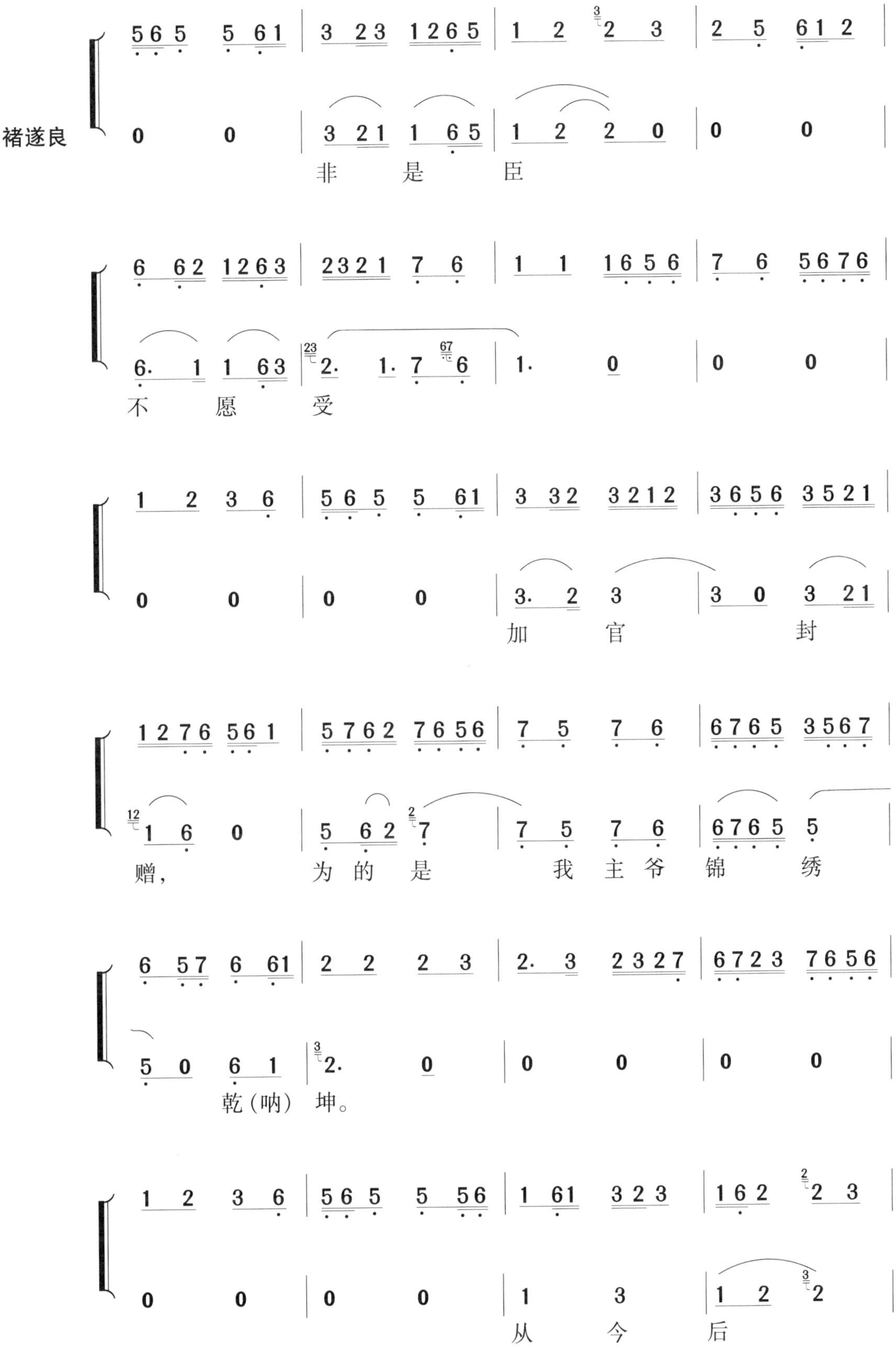
褚遂良
非是臣
不愿受
加官封
赠，为的是我主爷锦绣
乾（呐）坤。
从今后

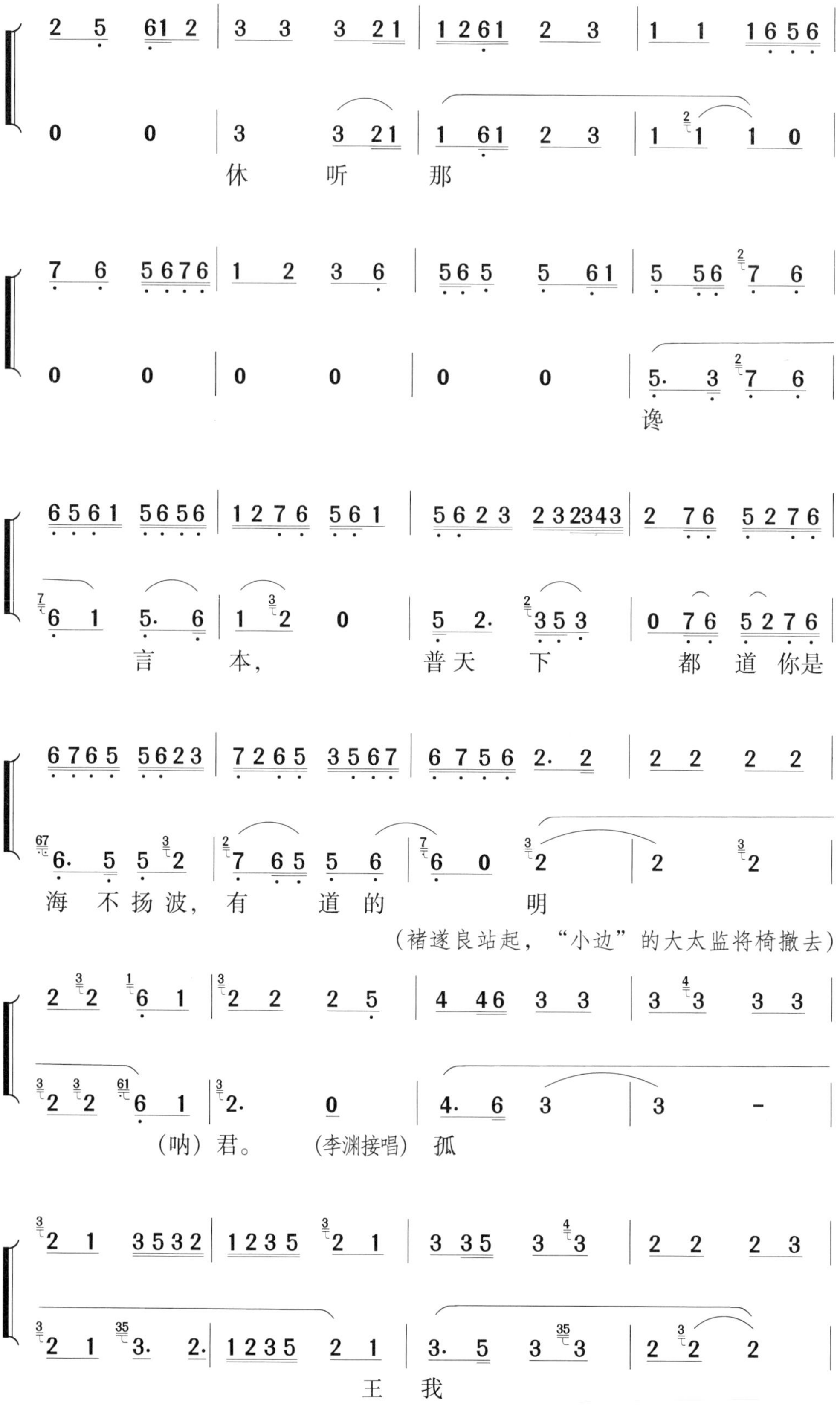
休 听 那
谗
言 本， 普天 下 都 道 你是
海 不扬 波， 有 道 的 明
（褚遂良站起，“小边”的大太监将椅撤去）
（呐）君。 （李渊接唱） 孤
王 我

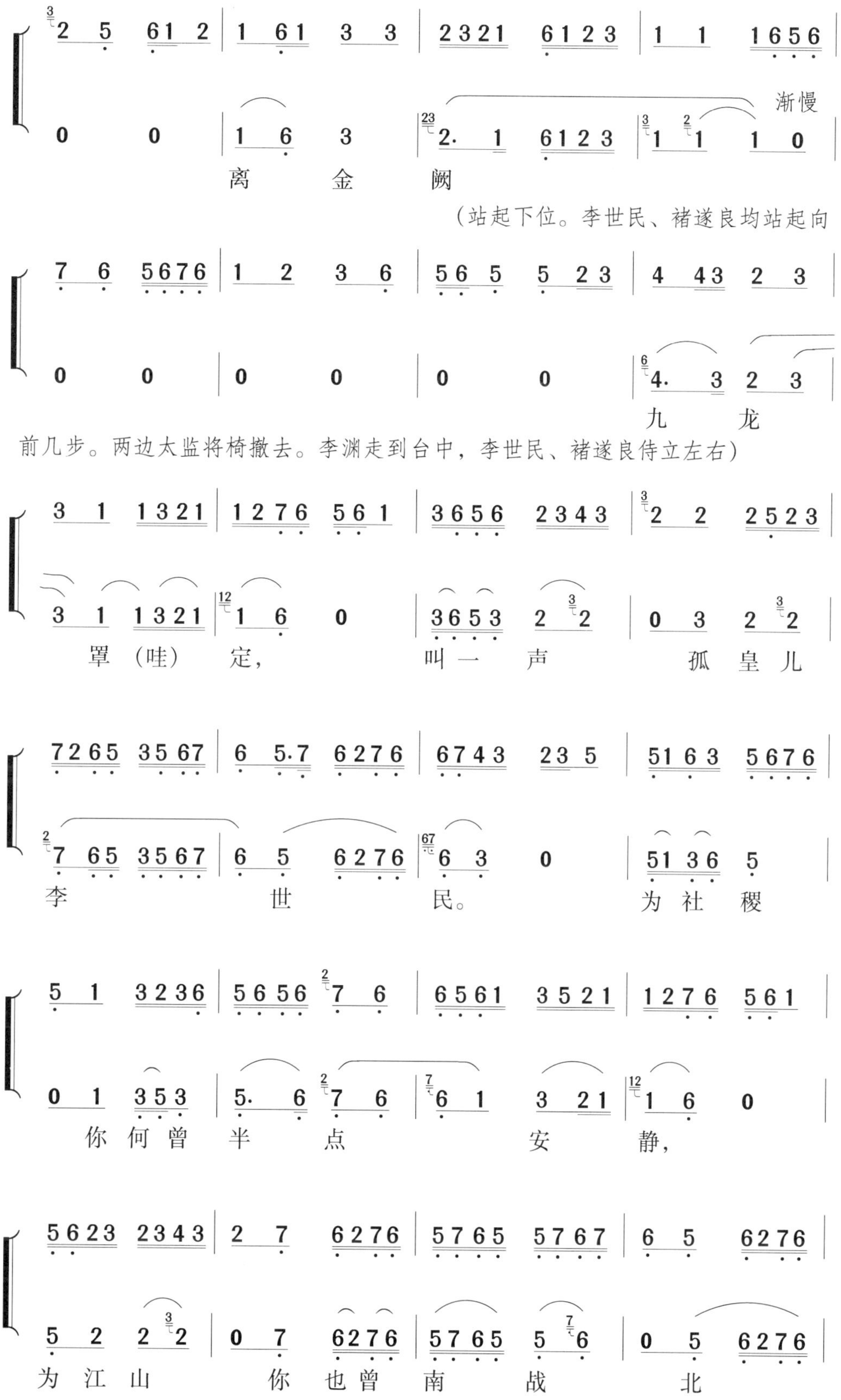
渐慢
离 金 阙
（站起下位。李世民、褚遂良均站起向
九 龙
前几步。两边太监将椅撤去。李渊走到台中，李世民、褚遂良侍立左右）
罩（哇）定，
叫一 声
孤 皇 儿
李 世 民。
为社 稷
你 何 曾 半 点 安 静，
为 江 山 你 也 曾 南 战 北

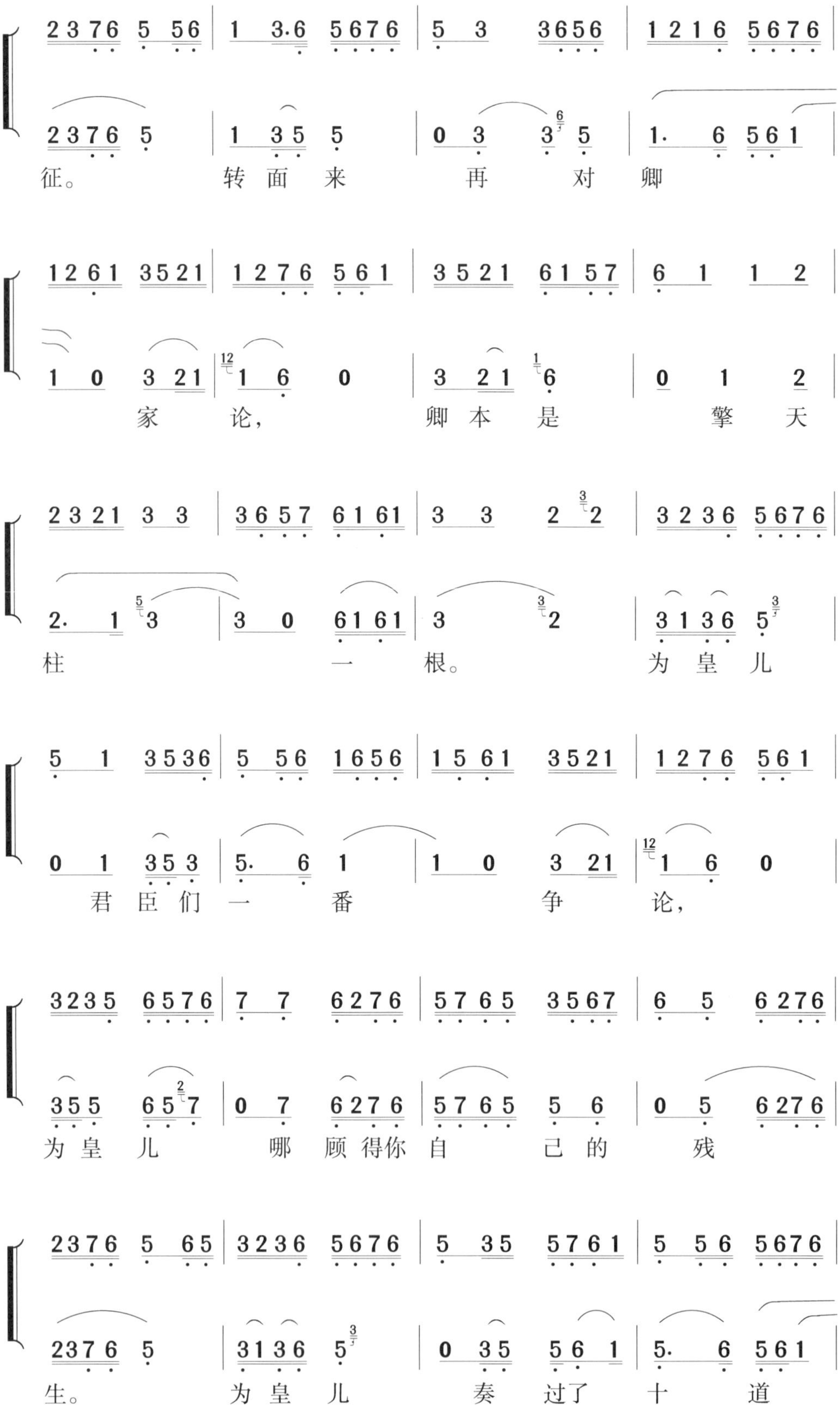
征。 转 面 来 再 对 卿
家 论， 卿 本 是 擎 天
柱 一 根。 为 皇 儿
君 臣 们 一 番 争 论，
为 皇 儿 哪 顾 得你 自 己 的 残
生。 为 皇 儿 奏 过了 十 道

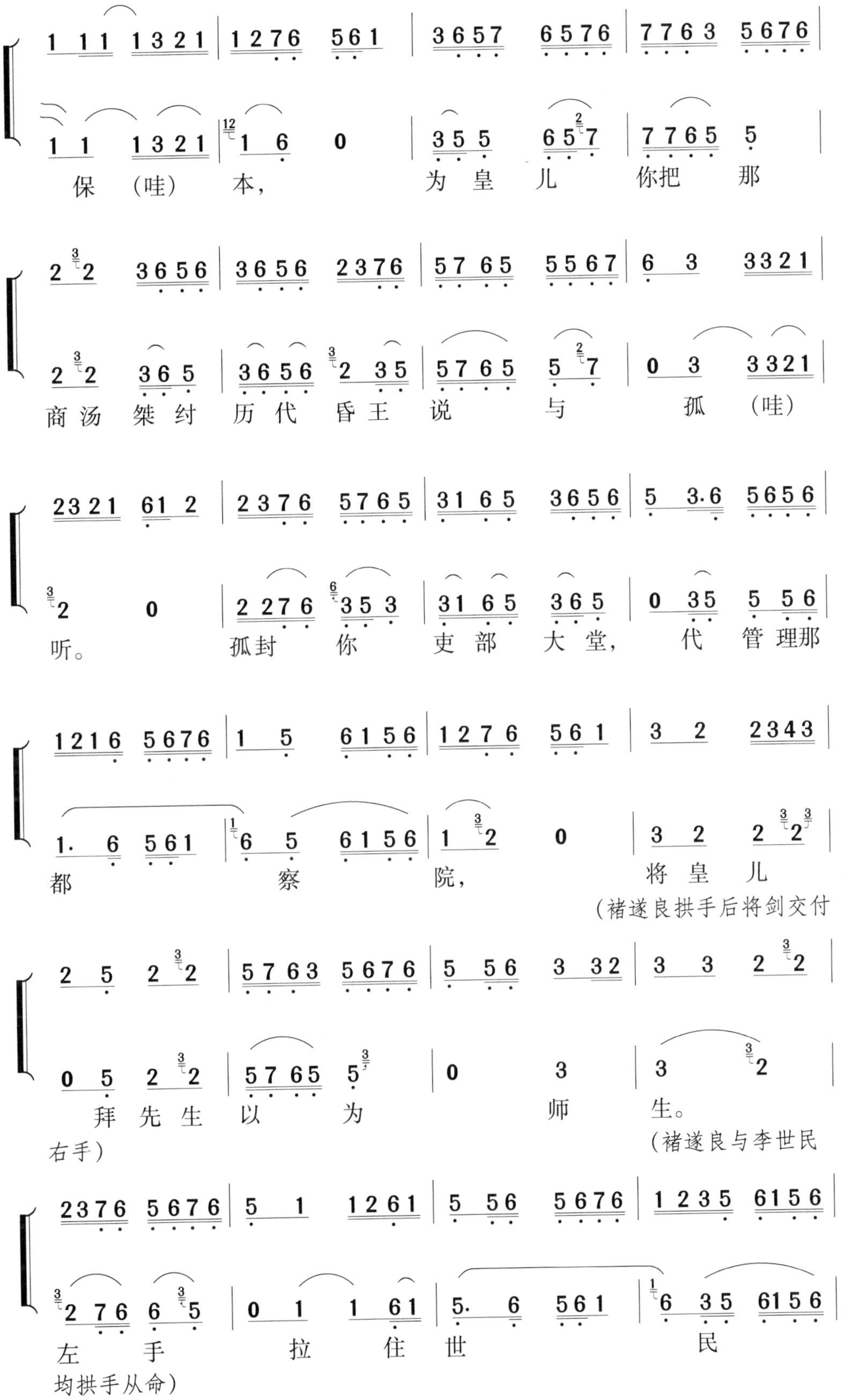

保 （哇） 本， 为 皇 儿 你把 那
商 汤 桀 纣 历 代 昏 王 说 与 孤 （哇）
听。 孤 封 你 吏 部 大 堂， 代 管 理 那
都 察 院， 将 皇 儿
（褚遂良拱手后将剑交付
拜 先 生 以 为 师 生。
右手）
（褚遂良与李世民
左 手 拉 住 世 民
均拱手从命）

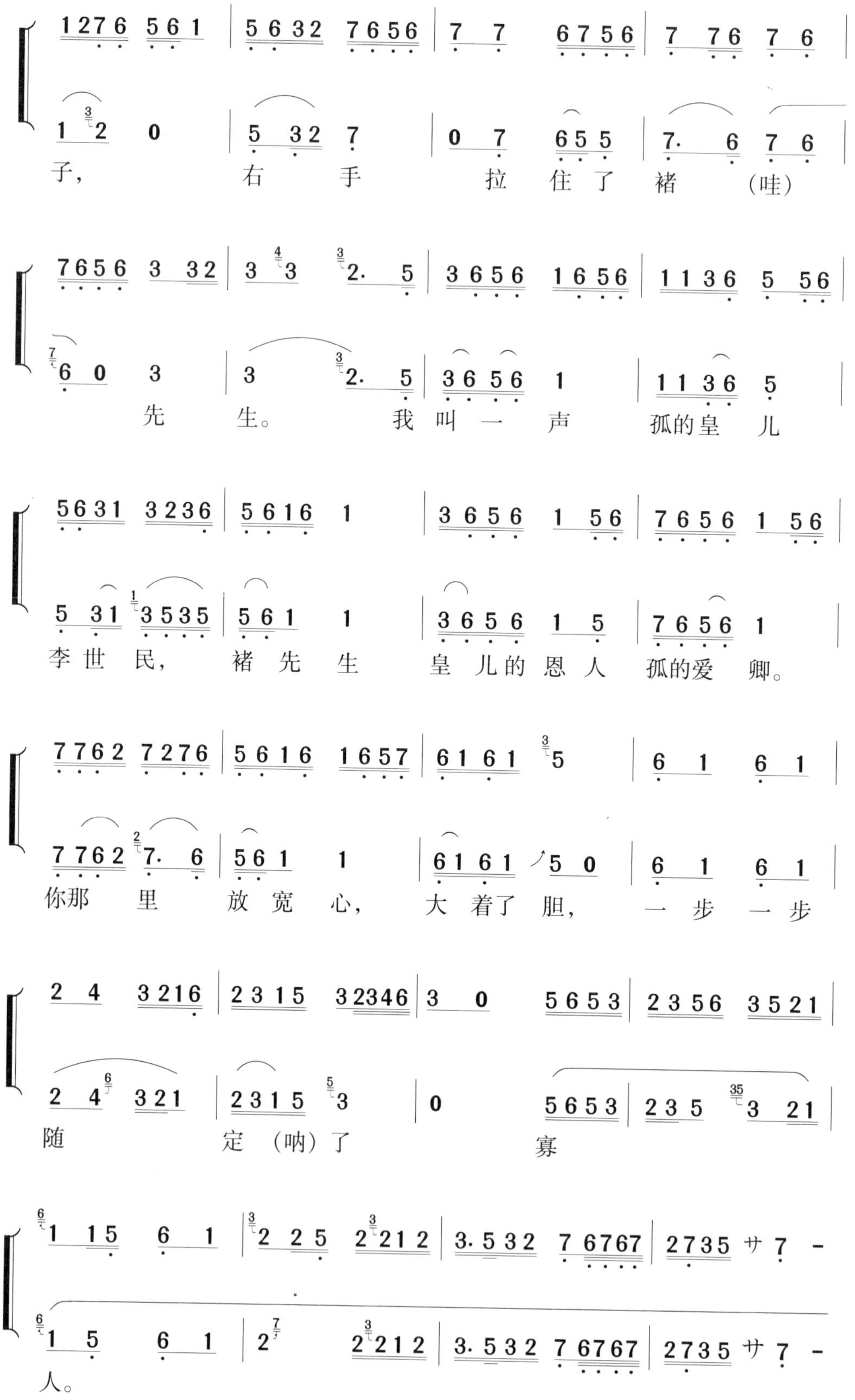
子，右手拉住了褚（哇）
先生。我叫一声孤的皇儿
李世民，褚先生皇儿的恩人孤的爱卿。
你那里放宽心，大着了胆，一步一步
随定（呐）了寡
人。

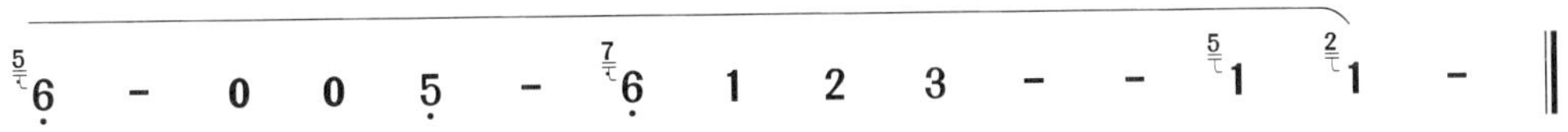

〔曲牌〈尾声〉褚遂良躬身施礼，李渊翻右袖搀起，李世民躬身施礼，李渊翻左袖搀起。接**【一锤锣】**李渊转身先由“下场门”下。李世民随下。褚遂良一望二人身影，最后缓步“下场门”随下。

——剧终

奚延宏　整理　　李淑贞　记谱

碰　碑

奚啸伯 1963 年演出本

《碰碑》是京剧传统剧目《杨家将》前半部中老生唱做并重的剧目，单唱时又名《李陵碑》、《两狼山》。故事见《杨家将演义》第十八回，《孤本元明杂剧·八大王开诏救忠》及《昭代箫韶》。

宋时，潘洪挂帅御辽，保荐杨继业为先锋，命其率子六郎、七郎出战，却不发援兵。杨氏父子被困两狼山。杨继业遣七郎突围回雁门关求救，潘洪报七郎打死己子潘豹之仇，用酒将其灌醉，乱箭射死。杨继业知子惨遭不测，又令六郎回朝。救兵不至，人马冻饿，杨继业悲愤交加，碰死在李陵碑下。

《碰碑》是一出京剧老生传统剧目，经过谭鑫培的加工、整理，精雕细琢而成为他的代表作之一，后来谭、余系统的老生演员，基本上都宗谭的唱法，但根据自身的条件和对人物的理解，又有所变化，形成了不同的演唱风格。奚啸伯就是其中个性鲜明的一家。奚演《碰碑》，经常与《审潘洪》连演，前饰杨继业，后饰寇准，戏名《杨家将》，这也成了奚派的保留剧目。

《碰碑》表现的是一个悲剧故事，因遭奸臣陷害而八子四亡，最后自己也含悲忍恨自尽沙场的杨老将军是一位悲剧人物。该剧的悲剧气氛很浓，但不同流派的艺术家演来，又给观众以不同的感受：有的突出悲愤，有的显示悲壮，而我当年看到的奚啸伯先生的这出戏，留下的印象较深的是悲凉。他那细致入微的表演和如泣如诉的声腔，不知不觉中就把你带进了西风萧瑟、寒气袭人的古战场，倾听那沉痛而又不平的叙述，声调不高，却极富感染力，对身陷绝境的老将军的关切、同情随之油然而生，深受感动。

奚派是以细腻委婉、雅致清新、感情深沉著称的，声腔玲珑而含蓄，柔婉而醇厚，故而被誉为有“洞箫之美”。第一场，〔二黄导板〕、〔回龙〕接〔原板〕，均不以激越、刚烈取胜，而是寓刚于柔，于沉郁中见力度。如〔原板〕的第一句“七郎儿回雁门搬兵求救”，和一般谭、余唱法不同，“兵”字平放，不往上挑；“救”字的拖腔也没用立音，而是用奚派特有的小腔灵动迂回，刻画了人物内心深处的忧虑与悲凉之情。但总的来看，又悲而不弱，在深沉中显现苍劲。下面“怕的是”的“怕”字，“手指潘洪发恨声”的“发”字，还有结尾〔散板〕“把我这老命与尔拼”的“拼”字，都有特别的处理，加大力度，有的用了强有力的喷口，这样就使唱句乃至全段唱腔保持了相当的气势和劲头，是符合杨继业的老将军身份、气质的。

奚啸伯先生曾经说过：“《洪羊洞》、《碰碑》行腔比较细腻，字的收音重一点，使悲剧气氛浓重。”这一主张在后面的〔反二黄〕唱腔中，体现得尤为明显。“四下里众番兵犹如海潮，多亏了延昭儿他一马来到（喔）！”“四下里”即开始用力，“来到”后面加了一个把声音放开的“喔”，这就不仅是“悲剧气氛浓重”，而是在悲凉中糅入了悲壮。到“有老夫二次里也闯贼道”，节奏越唱越紧，“那时我东西杀砍、左冲右突、虎撞羊群，被困在两狼山”，赶板垛字，语调铿锵，字字沉着，“山”字和下面的“盼兵不到，眼见得我这老残生”的“生”字，用很重的舌音干脆有力地掷出。还有后面的〔散板〕“恨石虎把我的战马绞倒”的“绞”

字用了一个上滑音，先往下沉，再朝上挑，字音咬得很重，这种强化力度的唱法，在奚派其他戏中听到的不多，可以品味到艺术家在保持自身流派风格的同时，为更准确、充分地表现特定剧情和人物所做的特别处理，别具匠心。

《杨家将》中的《碰碑》一折，是经过了奚啸伯先生精心锤炼的，从唱法到唱词都有独到的处理。如〔二黄导板〕的“金乌坠”，按流行的余派唱法，“金乌”是断开唱的。“乌”与“坠”连着唱出，而奚啸伯认为“金乌”（太阳）是一个名词，两字不宜分开，所以连着唱，这和杨宝森先生的唱法不谋而合。后面的念白、唱词也有所改动，原来的〔反二黄散板〕最后一句大都唱“寻一个避风所再作计较”，他改为“但愿得救兵到好把贼消”，突出老将军雄心未泯、不屈不挠的战斗意志，显然经过了认真的思考和斟酌。

通过流派艺术塑造人物，而不是利用人物表现流派；在继承的基础上，从声腔、表演以及文字，都根据自己的艺术特点和体验，有新的追求、新的锤炼，这是奚啸伯先生的《碰碑》给我留下的难忘印象。

刘连群

人物行当

杨继业	正工老生	**四老军**	杂
杨延昭	里子老生	**四辽兵**	武行
韩　昌	武净	**老军报子**	丑

服装扮相

杨继业　俊扮。白三、金踏镫、黄绸条、白发髻，黄靠、苫肩、大带、红龙箭衣，米黄色彩裤，厚底靴。

杨延昭　俊扮。黑三、荷叶盔，白箭衣、黑马褂、苫肩，黑彩裤，厚底靴。

韩　昌　勾脸。双龙鞑帽、牵巾、大辫子，红龙箭衣、黄马褂、苫肩、大带，红彩裤，靴子。

四老军　杂扮。红大板巾，各戴白色“八字”、“吊搭”、“白三”、“白五嘴”，蓝布箭衣、红卒坎、黄大带，薄底靴。

四辽兵　揉脸。大辫子、小鞑帽，紫箭衣、苫肩、扣带板，薄底靴。

老军报子　丑扮。大板巾、白五嘴，蓝布箭衣、红卒坎、黄大带，大袜子，方口皂靴。

道具

象鼻刀	一把	**弓**	一张
提　灯	一盏	**马　鞭**	一根
二　枪	一杆	**花　枪**	四杆
单　刀	一把	**宝　剑**	一口
三角旗	一面	**李陵碑**	一座
桌　子	一张	**椅　子**	两把
红围桌椅披	一份		

第　一　场

〔【冲头】起堂鼓声（慢奏）“上下场门”各上四辽兵穿过成一排，持枪左右巡视，互相穿过，鼓声逐渐稍快，四辽兵分别从各自上场的地方下场。鼓声停止，静场。

〔场上设堂桌内摆“大座”椅，桌右前一椅。起一更鼓（冬匡）

〔杨继业内唱。

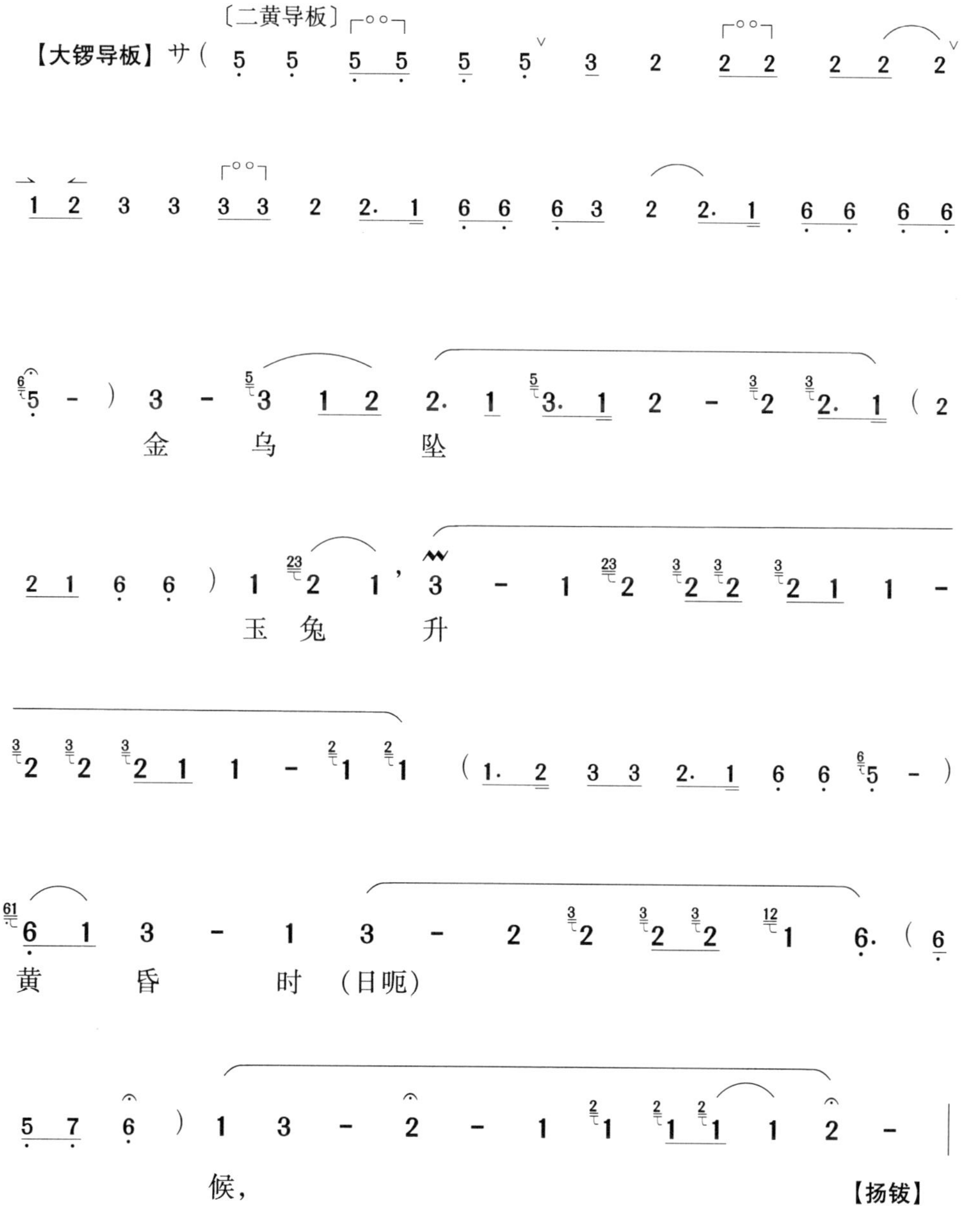

〔【一锤锣】杨继业慢步从“上场门”上场，稍停，上步至“九龙口”止步。

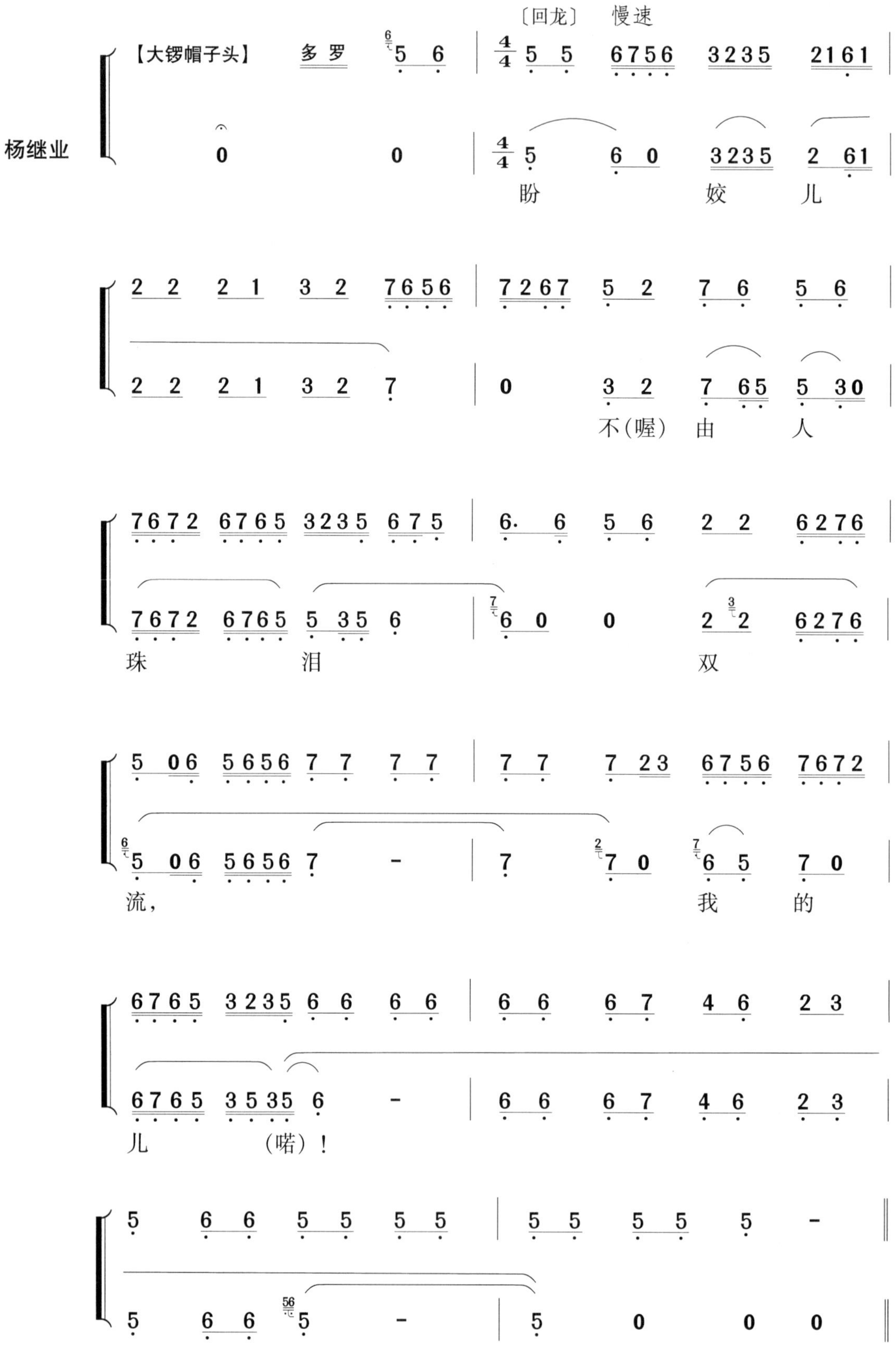
〔回龙〕 慢速
【大锣帽子头】
多 罗
杨继业
盼 姣 儿
不(喔) 由 人
珠 泪 双
流，
我 的
儿 (喏)！

碰　碑

厂【慢长锤】杨继业拭泪，托靠甲缓步前行，至台中。锣鼓转【夺头】

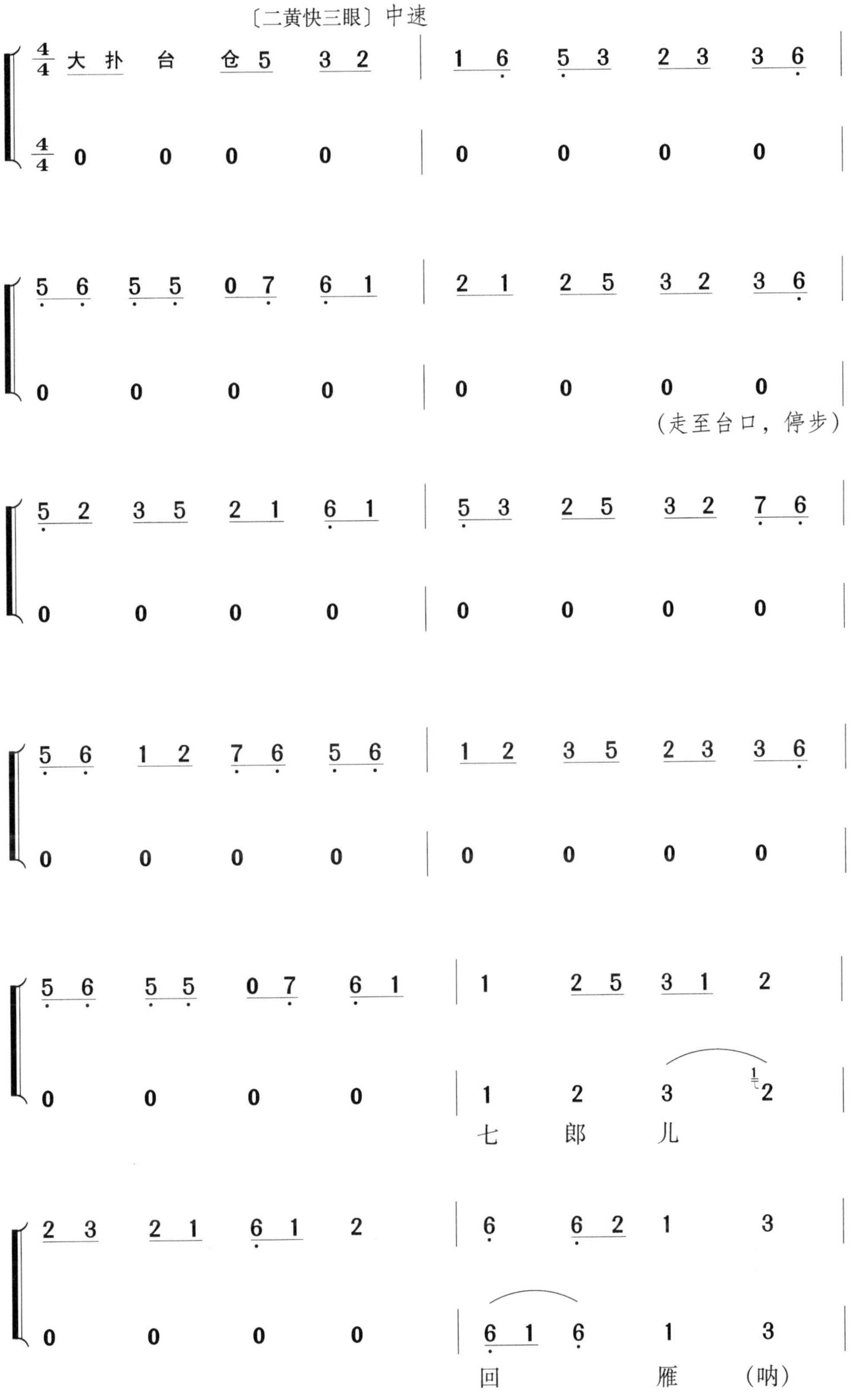

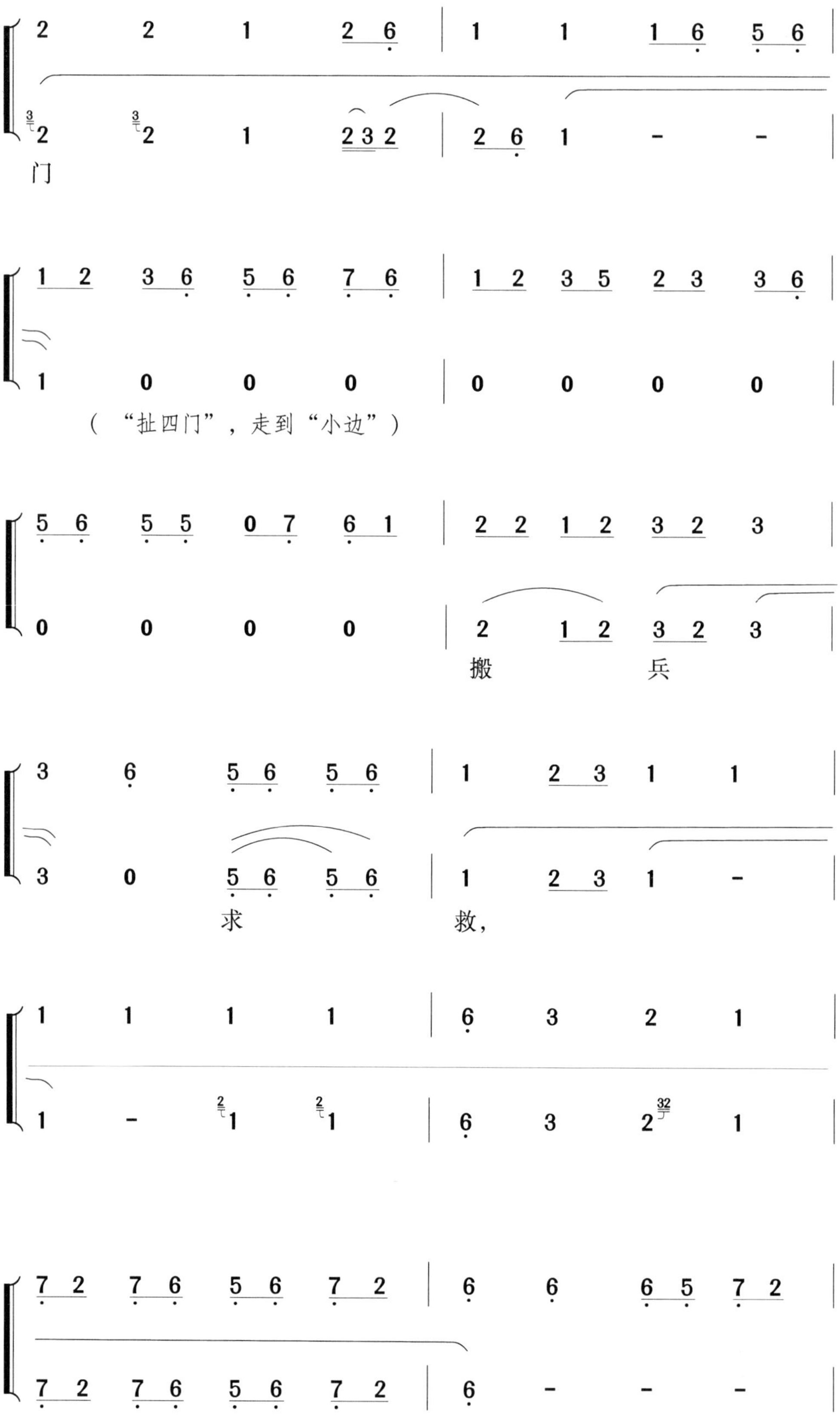
门
（“扯四门”，走到“小边”）
搬
兵
求
救，

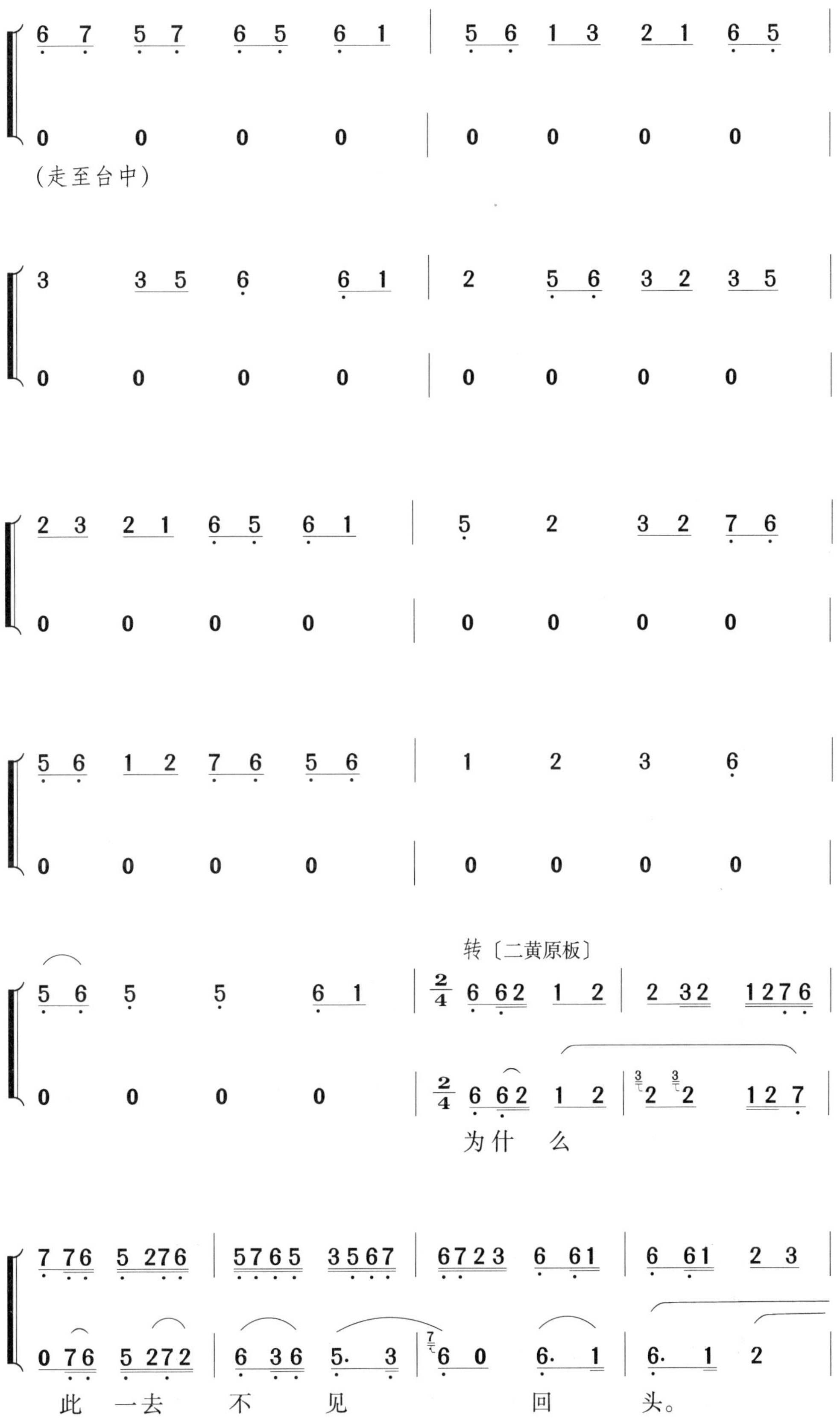
(走至台中)
转〔二黄原板〕
为什么
此一去不见回头。

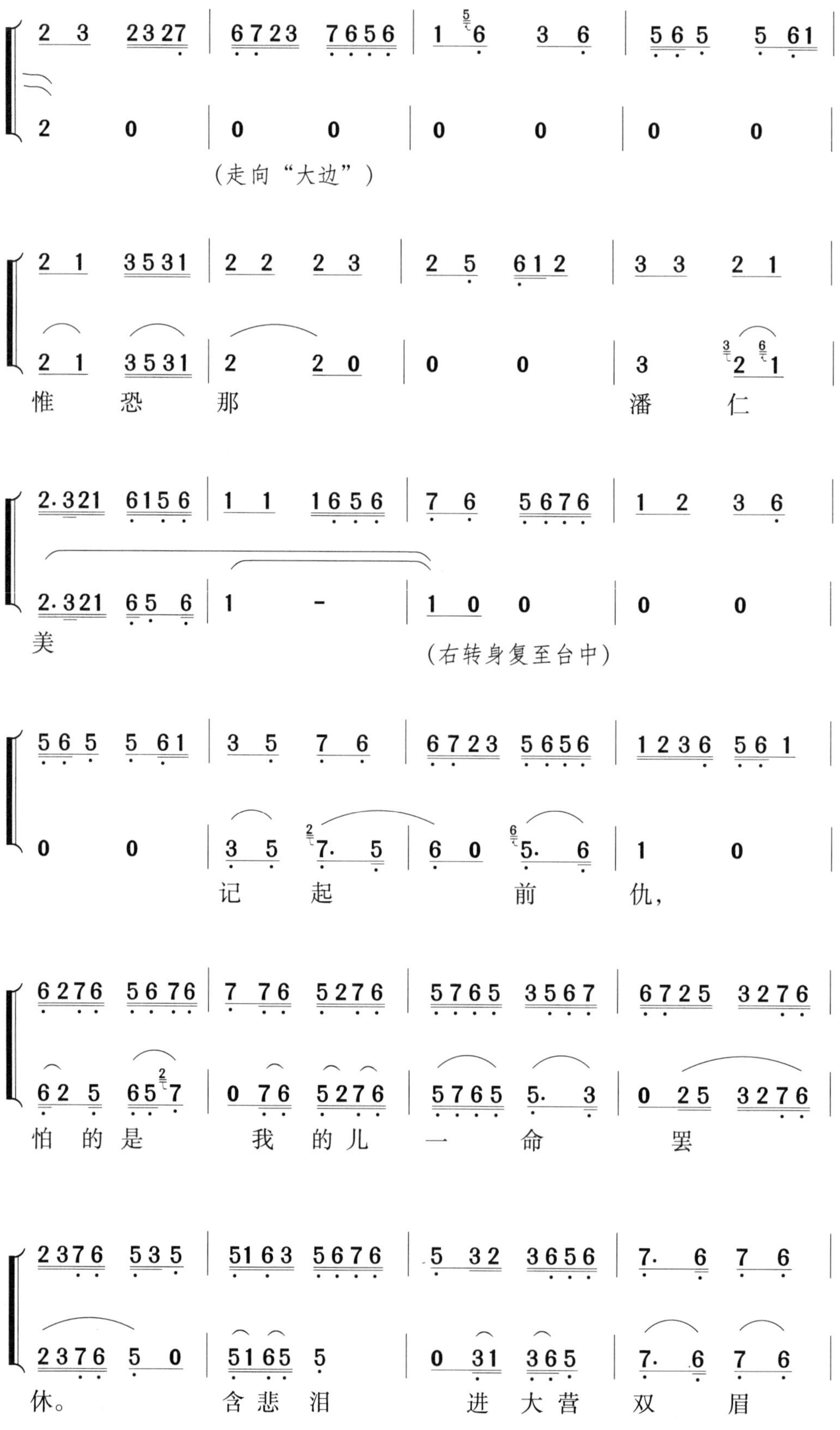
（走向“大边”）
惟 恐 那 潘 仁
美
（右转身复至台中）
记 起 前 仇，
怕 的 是 我 的 儿 一 命 罢
休。 含 悲 泪 进 大 营 双 眉

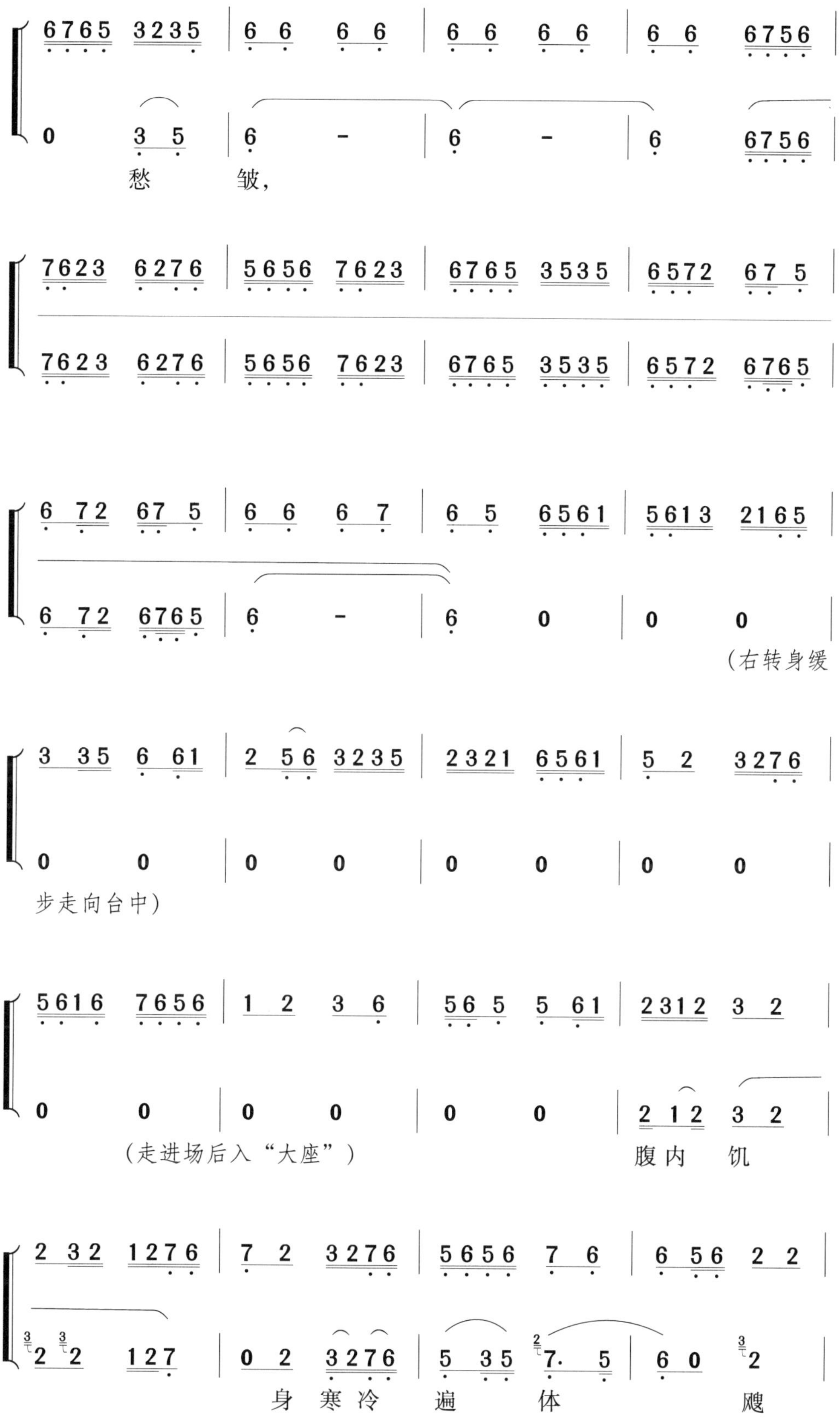
愁　皱，
（右转身缓
步走向台中）
（走进场后入“大座”）
腹内　饥
身　寒冷　遍　体　飕

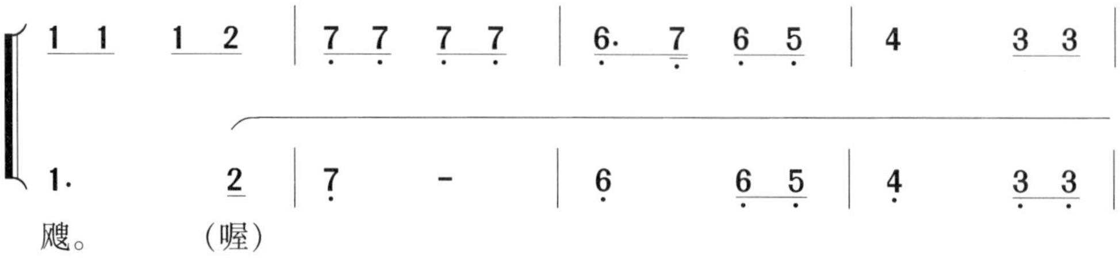

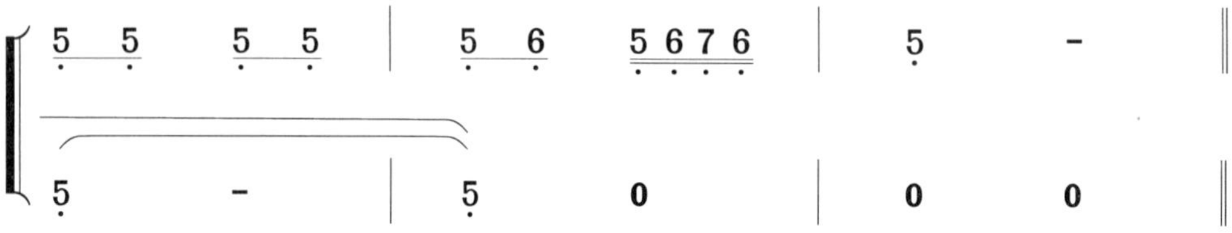

（稍做搓手，右手握拳支头部做入睡状）

「【长锤】杨延昭提灯挎剑巡视，左手提着斗篷上场。【夺头】

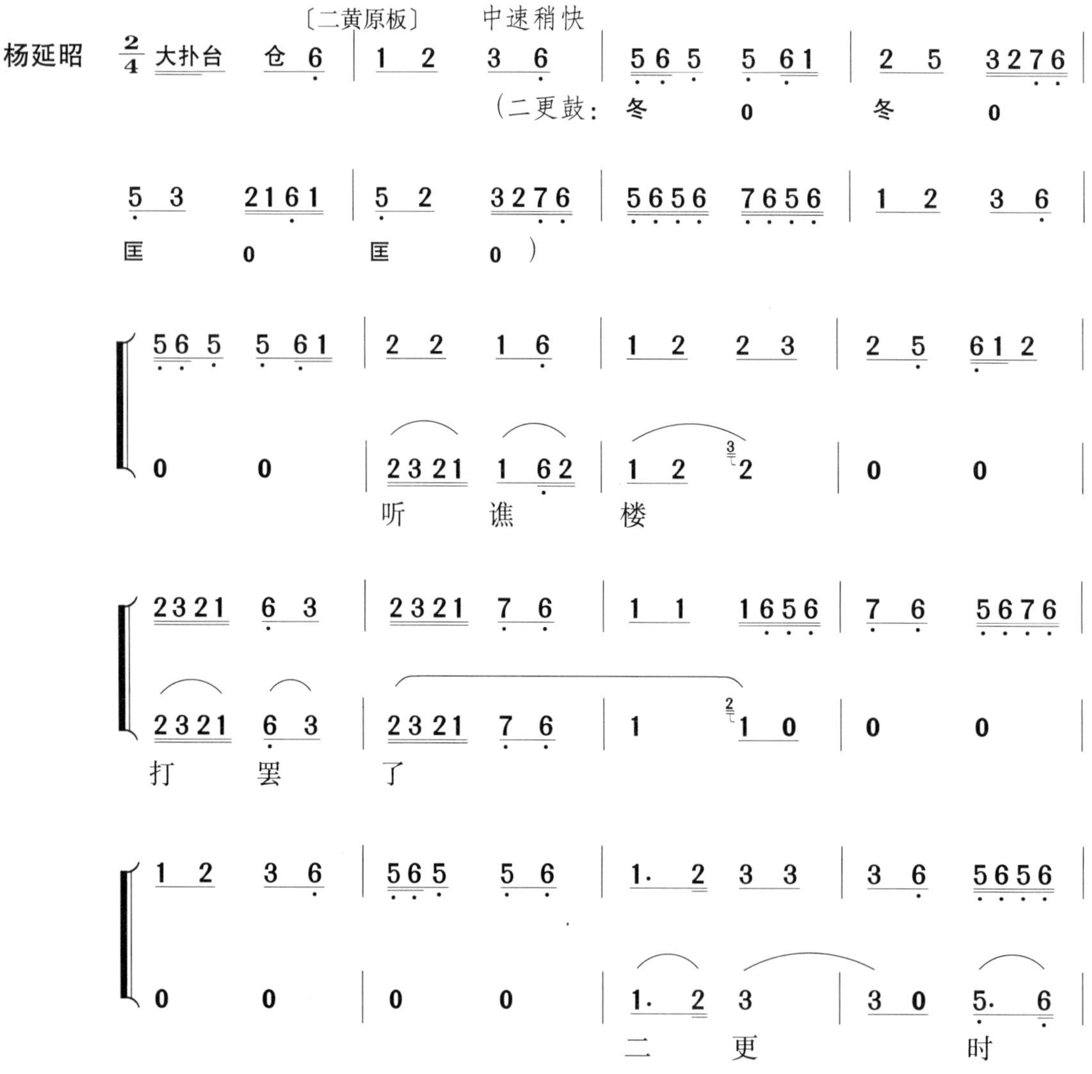

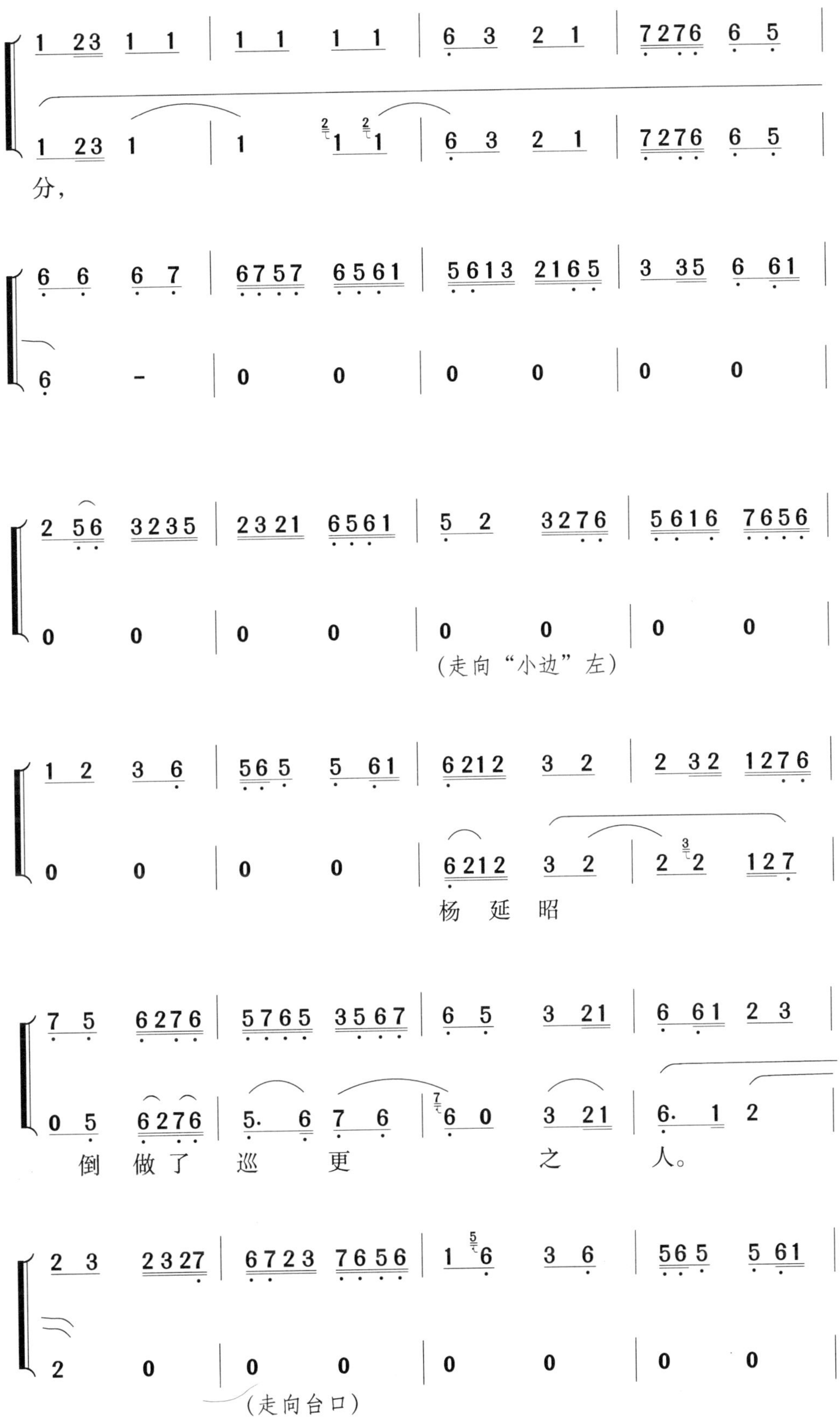
分，
（走向“小边”左）
杨 延 昭
倒 做 了 巡 更 之 人。
（走向台口）

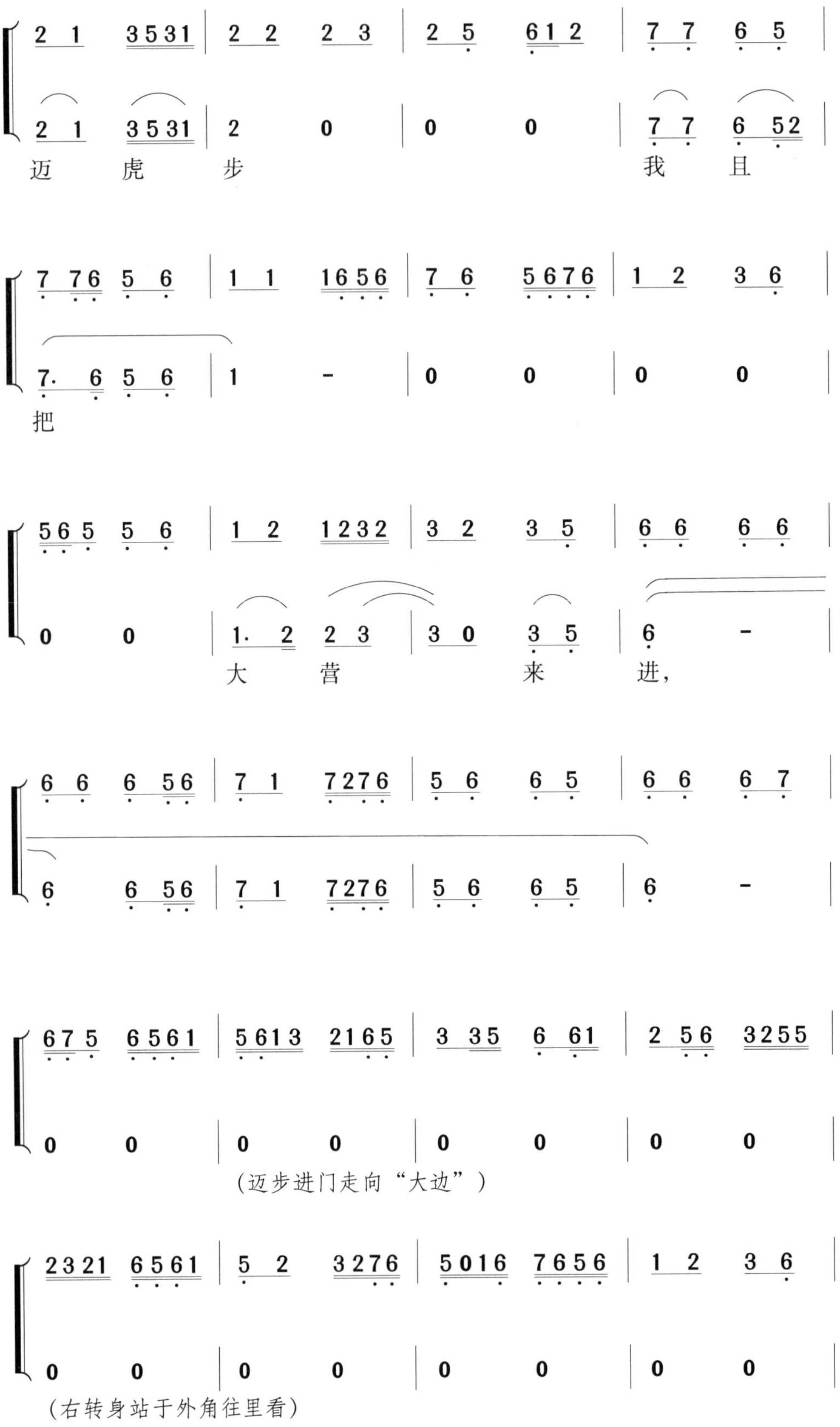
迈 虎 步
我 且
把
大 营 来 进，
（迈步进门走向“大边”）
（右转身站于外角往里看）

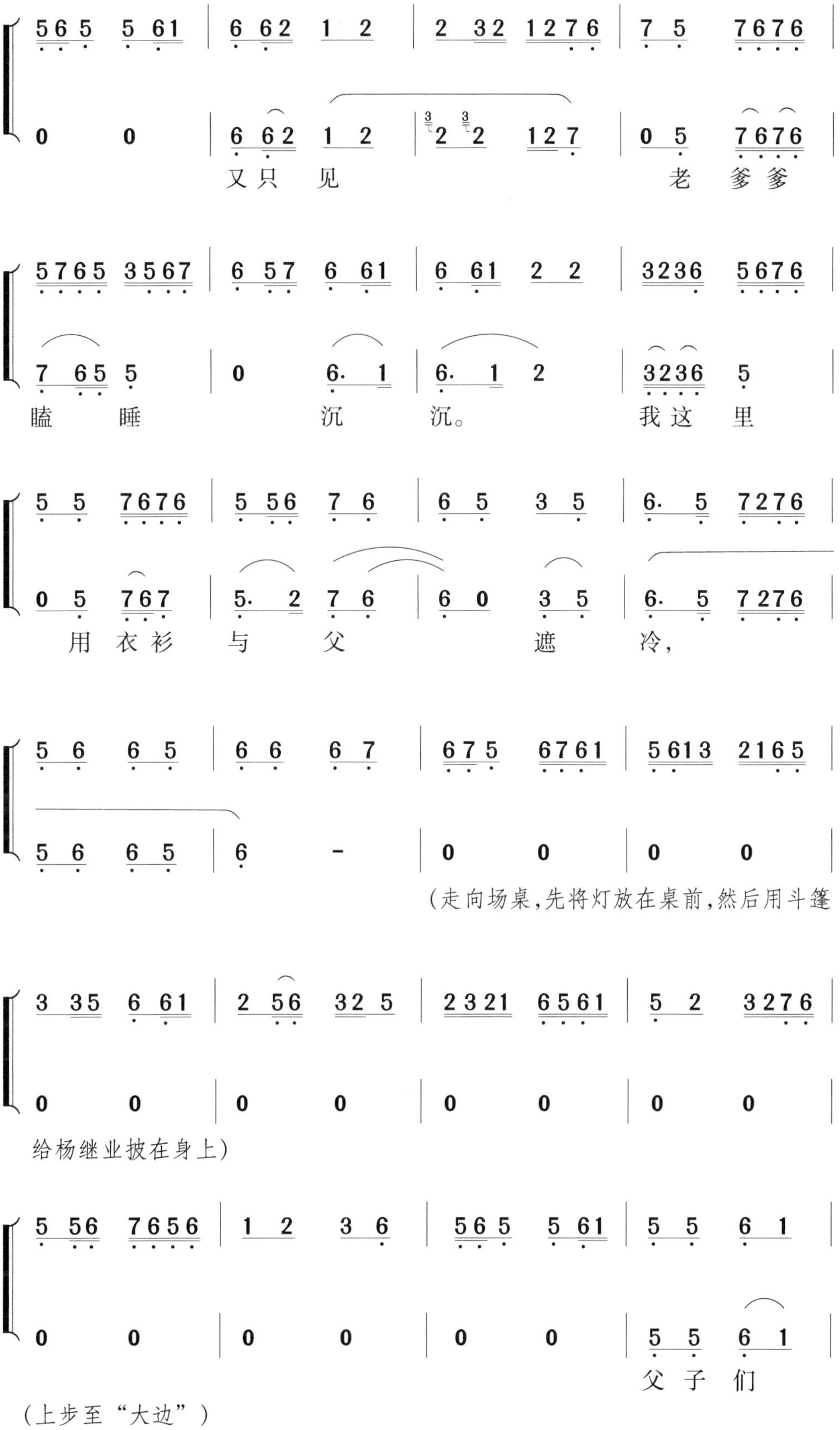
又只见
老　爹爹
瞌　睡
沉
沉。
我这　里
用衣衫与　父
遮
冷，
（走向场桌，先将灯放在桌前，然后用斗篷
给杨继业披在身上）
父　子　们
（上步至“大边”）

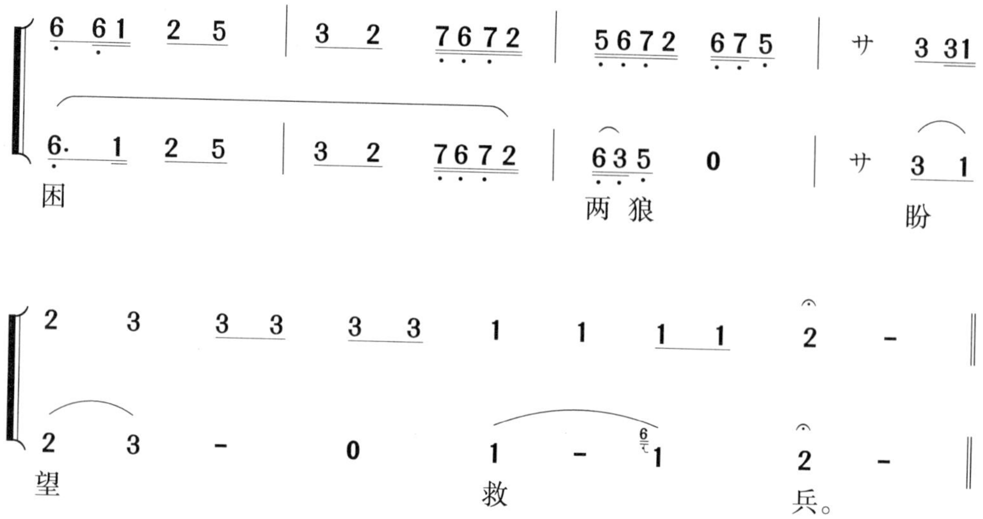

「轻击堂鼓，杨延昭走至“小边”靠椅入睡[①]。

〔二黄小导板〕

杨继业 【导板头】

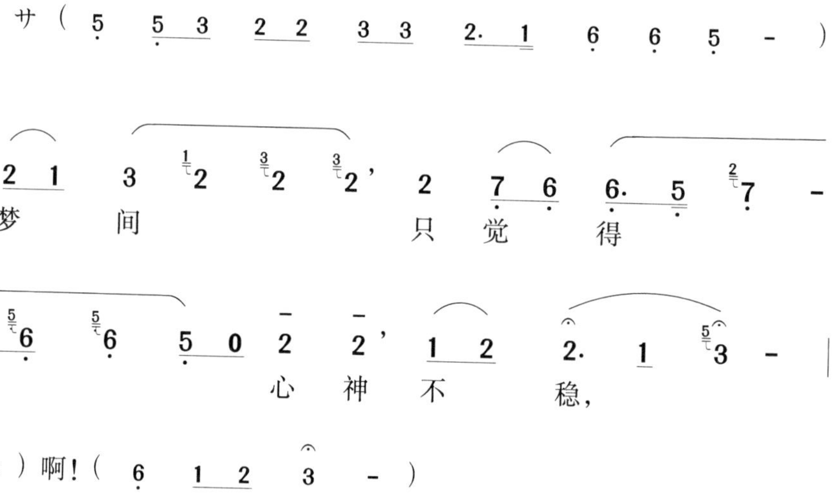

【快纽丝】

（站起走出桌站“大边”）

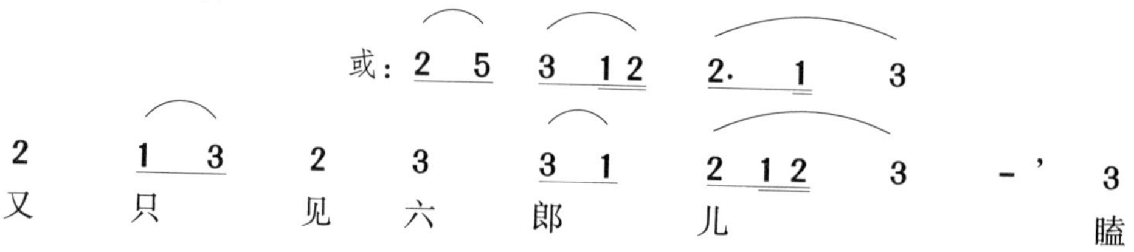

① 杨延昭入睡后，堂鼓也可加打【三更鼓】。

碰 碑

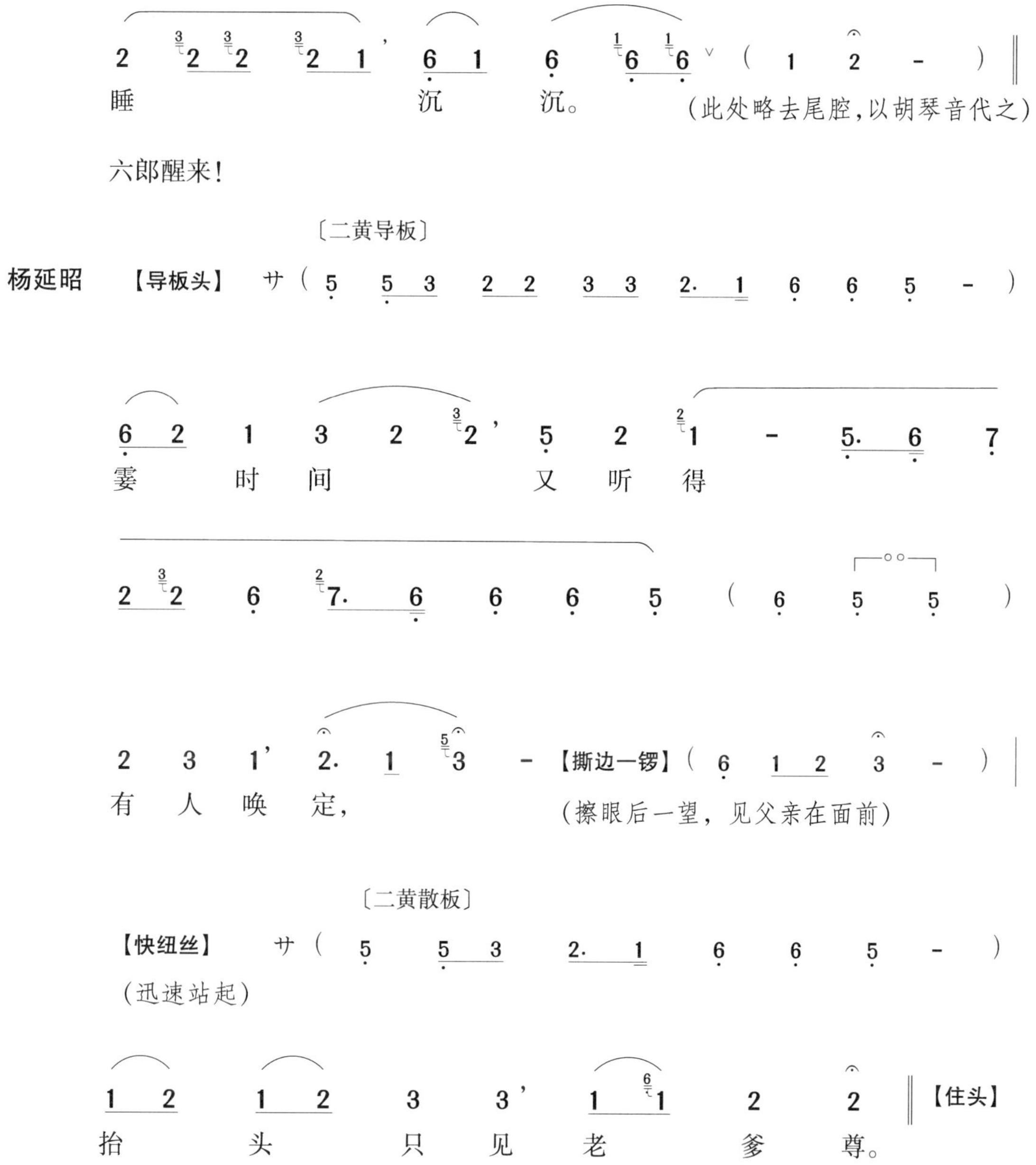

杨延昭 啊爹爹将儿唤醒为了何事?

杨继业 儿呀，今日巡营瞭哨可有你七弟的音信哪?

杨延昭 启禀爹爹，想我七弟回营搬兵，不久就要回来，爹爹但放宽心才是。

杨继业 为父有意命我儿回转雁门探听你七弟下落，及早回来为父也好放心哪。

杨延昭 孩儿不去。

杨继业 因何不去?

杨延昭 爹爹年迈孩儿放心不下。

杨继业 为父么【撕边一击】(托须)虽然年迈身体么，嗯，到还康健，我儿只管前去就是。

杨延昭 孩儿不去。

杨继业 当真不去。

杨延昭 当真不去。

杨继业 哎，儿啊！**【五锤】**为父倒有父子之情，难道说我儿就无手足**【大锣一击】**之义呀**【撕边一击】**。（拭泪）

杨延昭 爹爹不必如此，孩儿前去就是。

杨继业 快快上马去罢。

杨延昭 爹爹呀！

〔二黄散板〕

【凤点头】サ（ 5 5 3 2 2 3 3 2· 1 6 6 5 – ）

1 2 1 2 2，2 1 1 2 1 1 2 1 –（ 1
倘 若 胡 儿 来 骂 阵，

6 5 – ） 1 2 1 2 1· 2 3 –，2 2 1 1 1
（仓） 紧 守 大 营 莫 出

3· 3 2 （ 2 2 ） 3 6 5 6 – 6 6，6
兵。 （仓） 辞 别 爹 爹 跨

3· 21，1 – 1 2 – 2 2 1 –
金 镫，

〔**【纽丝】**杨延昭出门，杨继业随后出门，站台口。延昭拉马、上马走至“下场门”外角回身。

〔二黄散板〕

杨延昭 サ（ 5 5 3 2 2 3 3 2· 1 6 6 5 – ）

1 2 3 1· 2 3，3· 21 1 1 2 ‖
雁 门 关 前 搬 救 兵。

〔**【快收头】**接**【快冲头】**杨延昭至“下场门”前勒住马回身。**【叫头】**

杨延昭 （同）爹爹，
杨继业 （同）六郎，

杨延昭 （同）我父，**【住头】**唉，爹爹呀！**【乱锤】**罢。**【撕边一锣】**（打马转身）**【冲头】**（六郎急速下）
杨继业 （同）延昭，

碰　碑

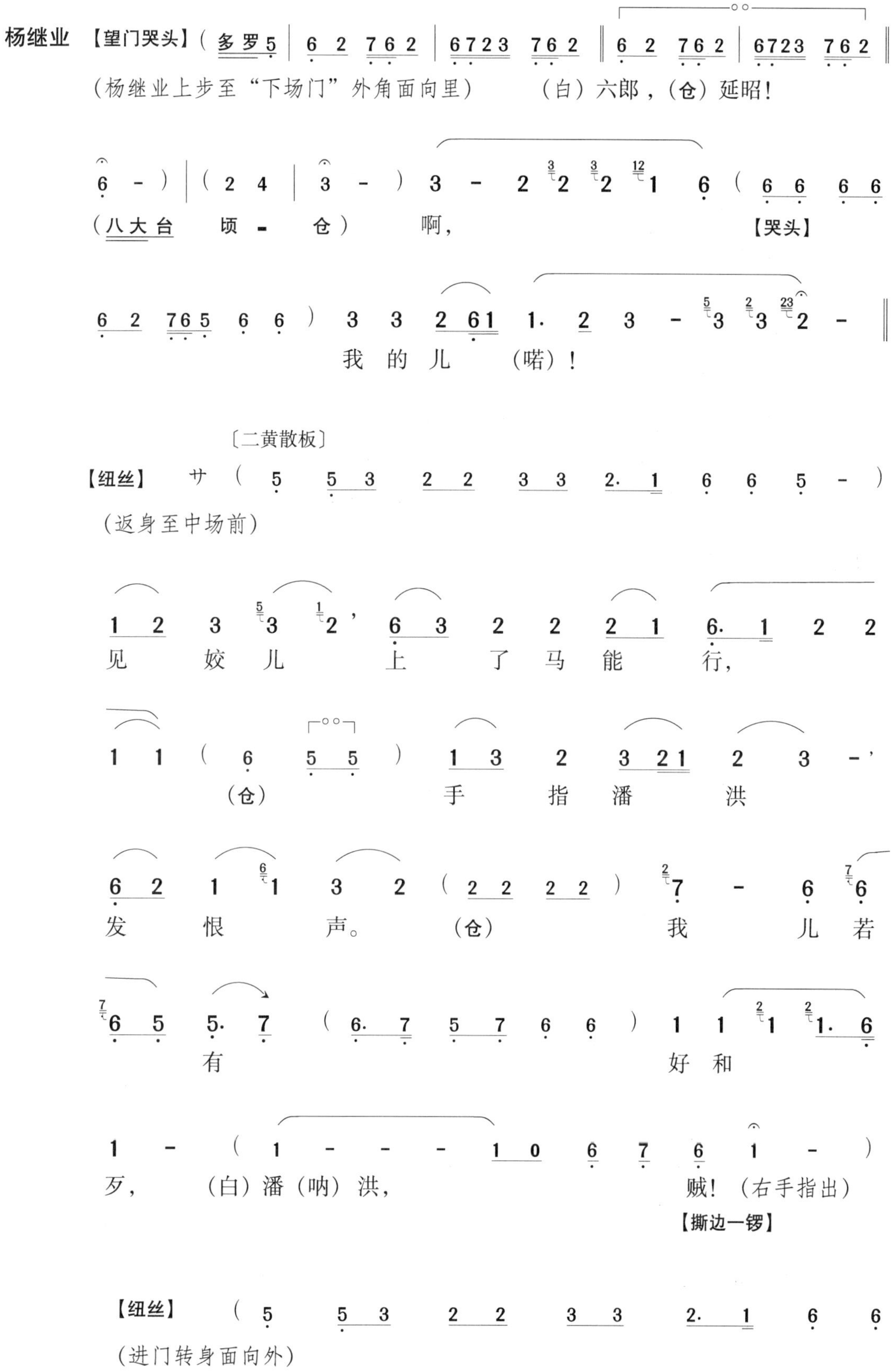

杨继业
【望门哭头】
多罗
(杨继业上步至“下场门”外角面向里)
(白)六郎，(仓)延昭！
八大台 顷 仓
啊，
【哭头】
我的儿 (喏)！
〔二黄散板〕
【纽丝】
(返身至中场前)
见姣儿上了马能行，
(仓)
手指潘洪
发恨声。
(仓)
我儿若有好和
歹，
(白)潘(呐)洪，
贼！(右手指出)
【撕边一锣】
【纽丝】
(进门转身面向外)

5 － ） 1 2 1 2 3 1 2 2. 1 3 （ 6 1 2 3 ）
把 我这老 命

3 1 2 2 － 2 2 2. 1 1 1 2 － ‖
与 儿 （喏） 拼。

〔【扬钹】杨继业白:“儿啊！”拭泪。接【大回头、原场】杨继业慢步“下场门”下。

第二场

〔【长尖】杨六郎持剑上，转【急急风】韩昌持枪追上，二人半个“过合”。韩向里“盖”。杨延昭转身接“上下”败走，“下场门”下。韩昌追下。

〔内【三通鼓声】杨延昭（八大仓）上，接【水底鱼】急走至台中回身向“上场门”一看，挑髯起【叫头】。

杨延昭 休赶哪！休赶！（一指）【快纽丝】（返身）

〔二黄散板〕

サ（ 5 5 3 2 2 3 3 2. 1 6 6 5 － ）

1 3 － 2' 1 3 2 2 2 1 1. 2 3 －
打 开 玉 笼 飞 彩 凤，

1 － 【快纽丝】（走至“下场门”返身）（ 5 5 3 2 2 3 3

2. 1 6 6 5 － ） 1 2 3 1 2 2 3 －'
斩 断 金 锁

2 3. 2 1 6. 1 2 － ‖【撕边一锣】（打马、扬鞭）
走 蛟 龙。

〔【大锣打下】杨延昭急速下。

第 三 场

〔众老军内白：“冷哪！……”

〔**【慢长锤】**四老军分别持弓、扛旗、扛青铜大刀（二人一前一后），慢慢走上，分开站。杨继业随上，走至“九龙口”，倒右步、弹髯，小八字步站，（锣住，起风声）双手抱肩做冷状。（**大大大大大大衣仓**）同时四老军亦做冷状。

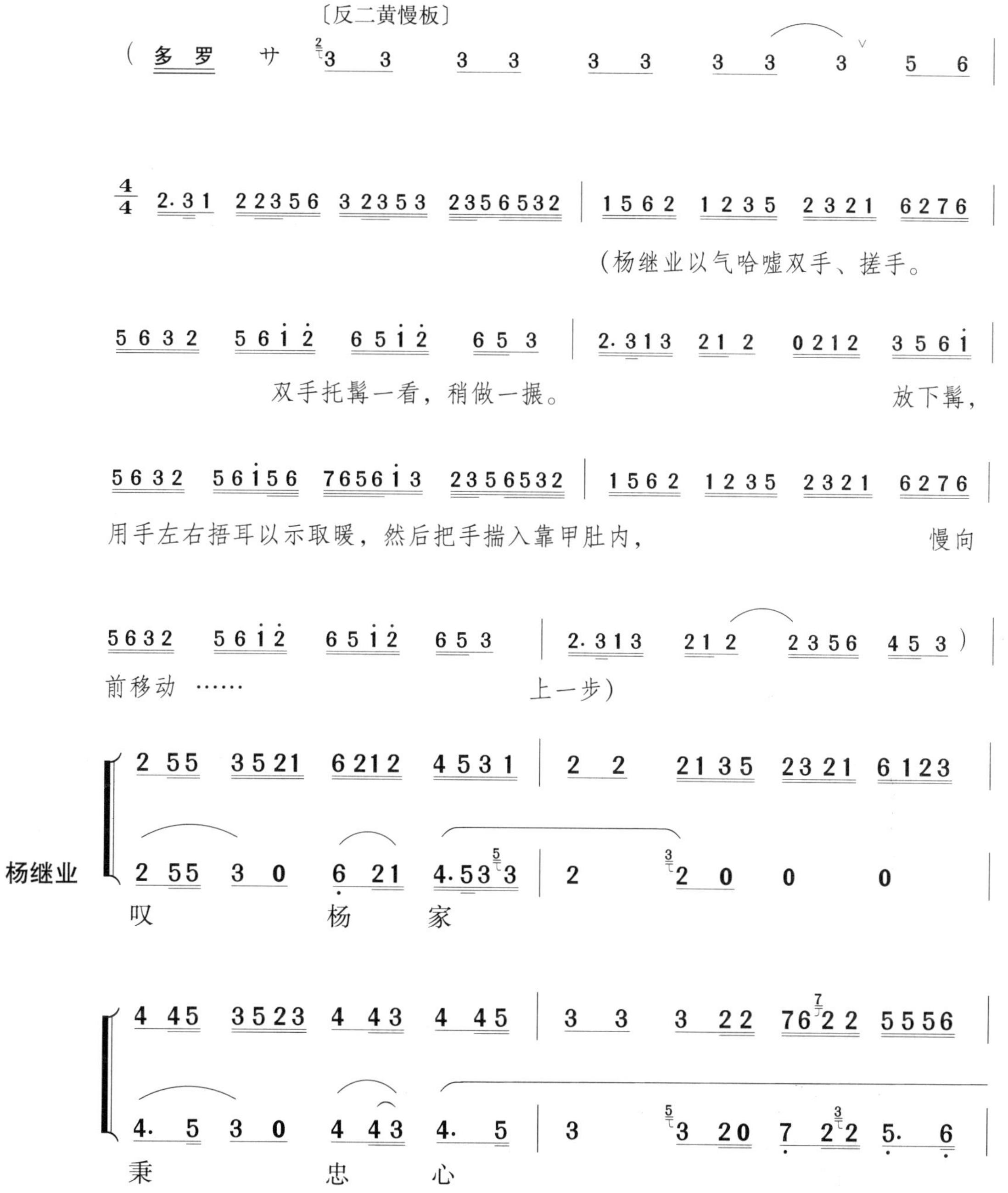

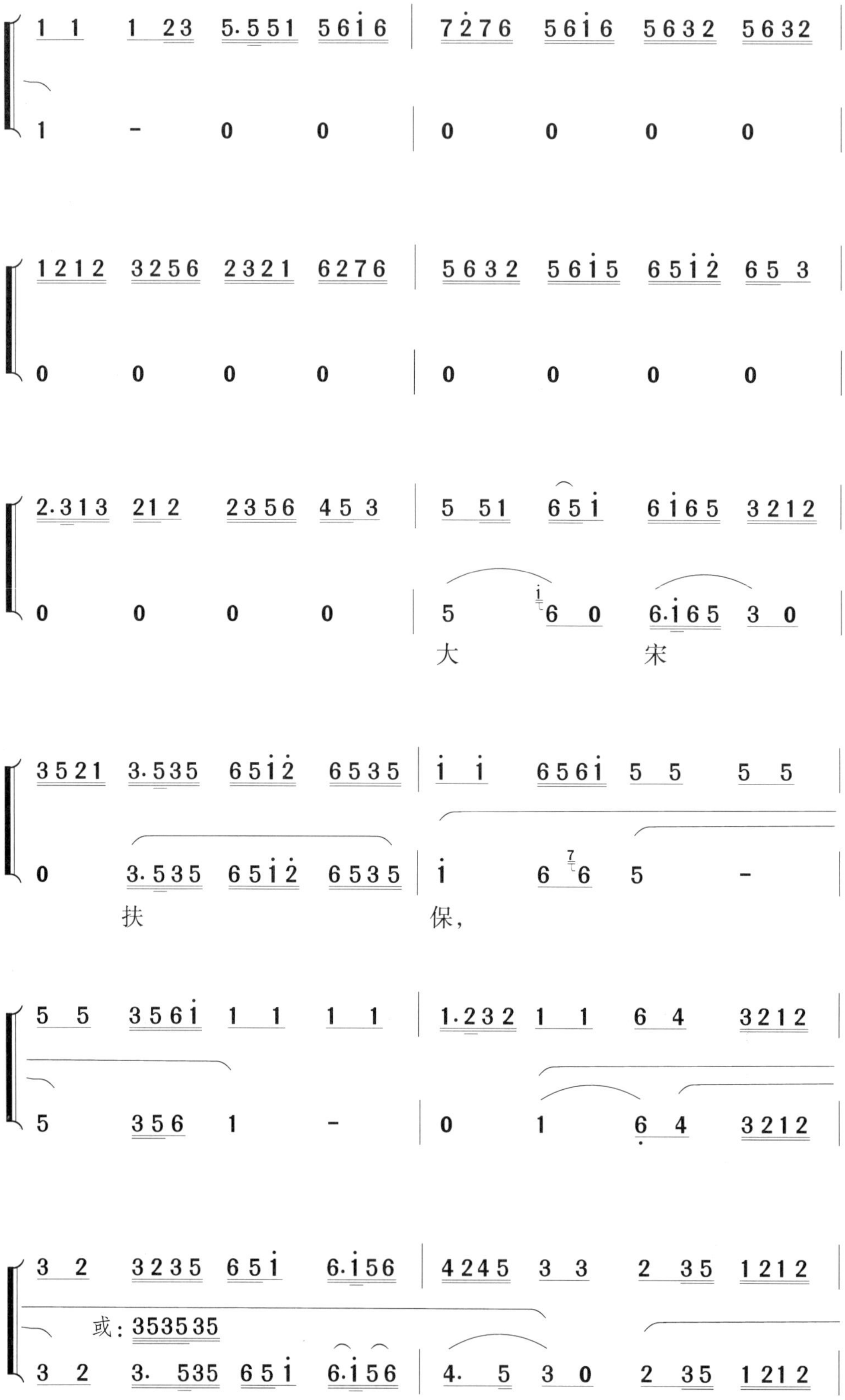
大
宋
扶
保,
或:353535

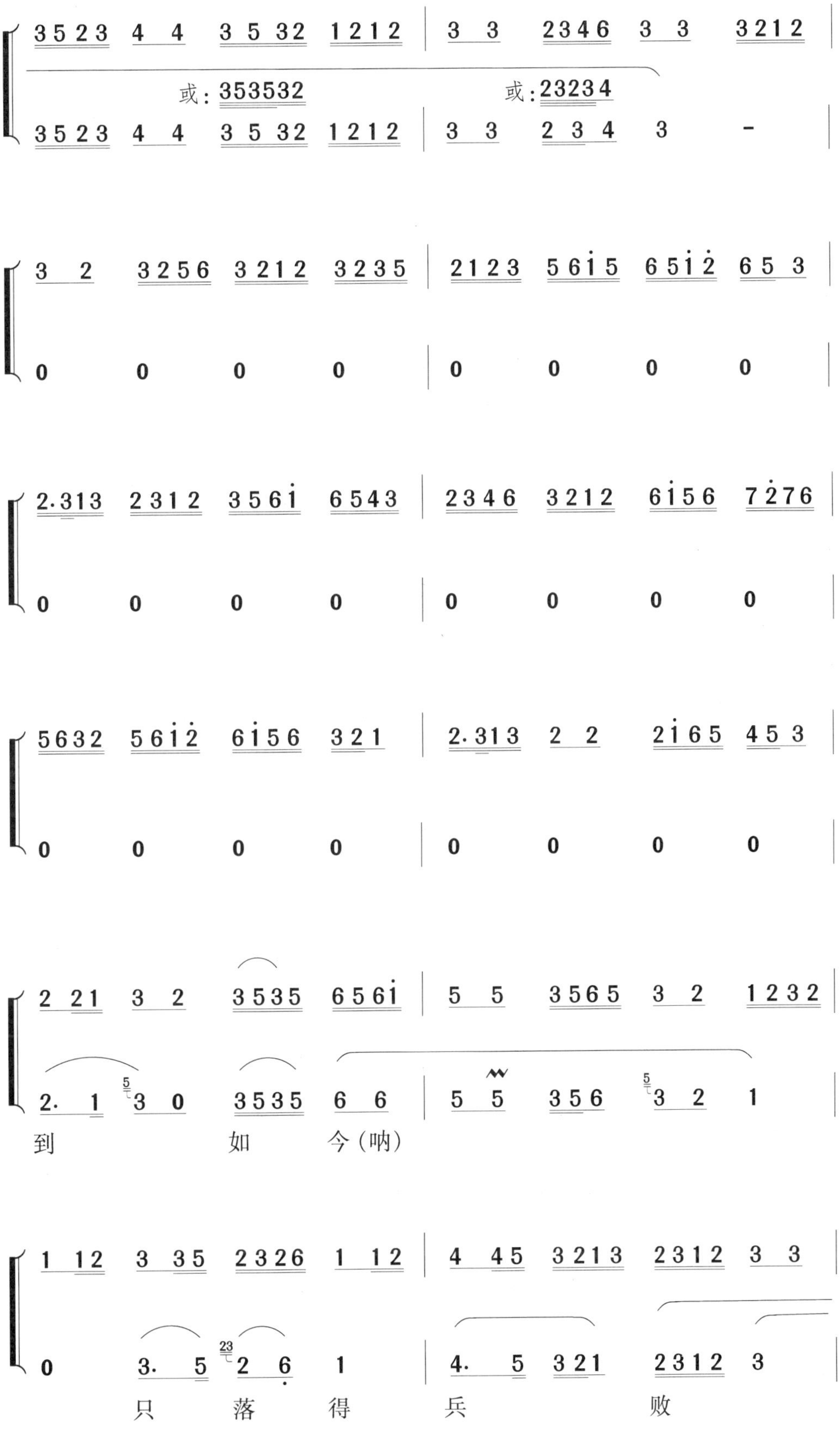
或：353532
或：23234
到　如　今（呐）
只　落　得　兵　败

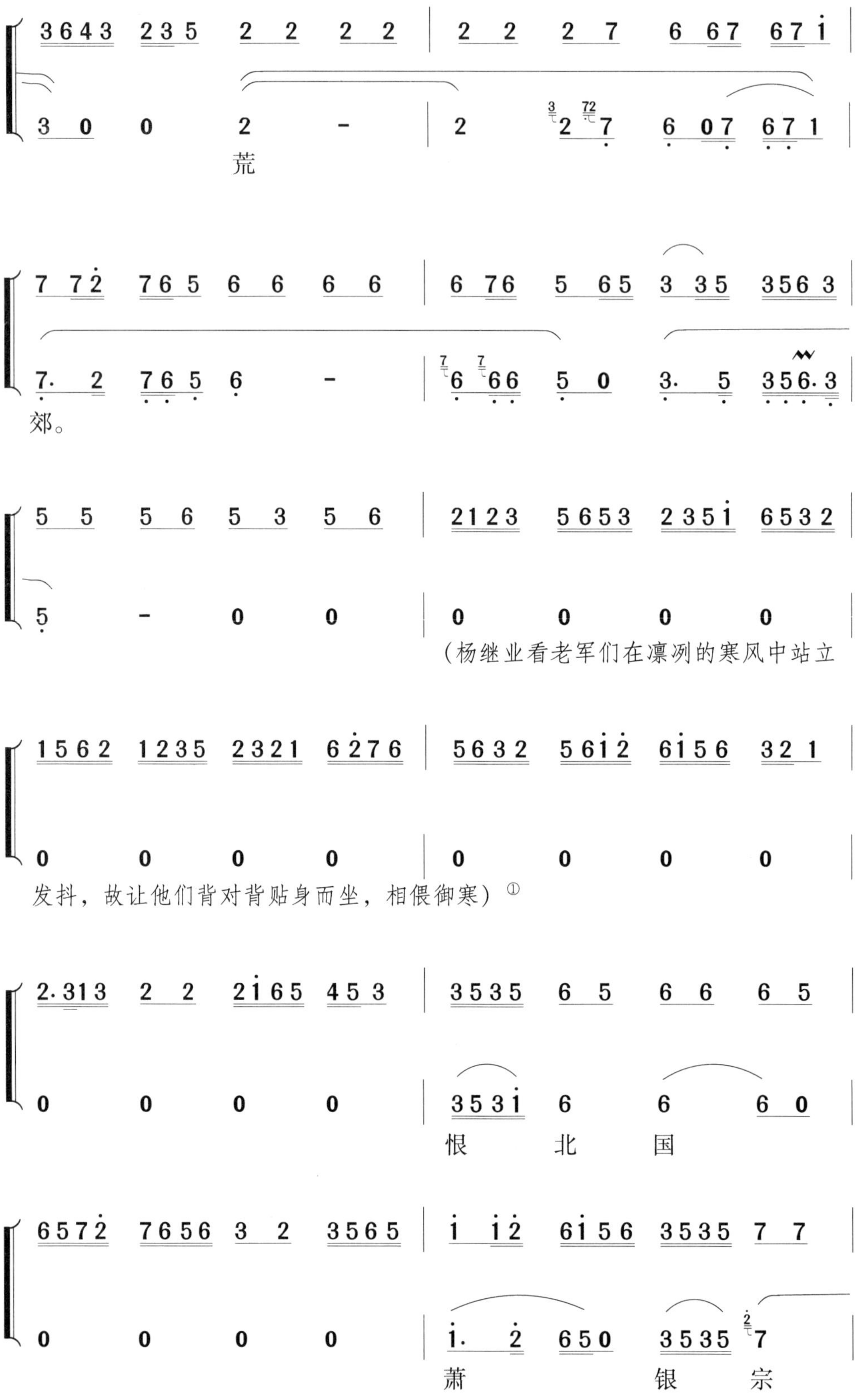

① 奚派唱此大段〔反二黄〕唱腔时，场上众人均不走“扯四门”动作。这是与一般不同的处理。

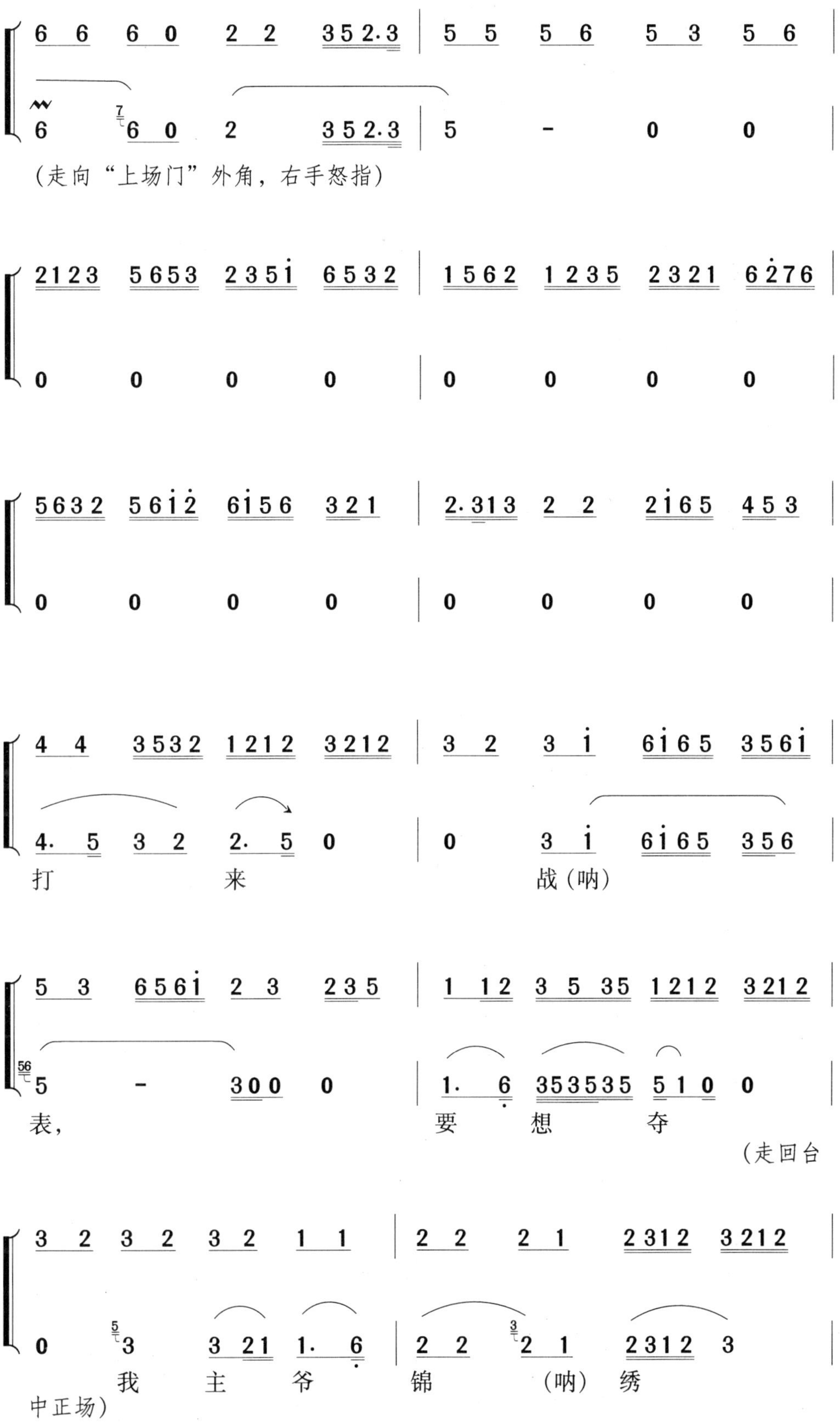
（走向“上场门”外角，右手怒指）
打
来
战（呐）
表，
要
想
夺
（走回台
中正场）
我
主
爷
锦
（呐）
绣

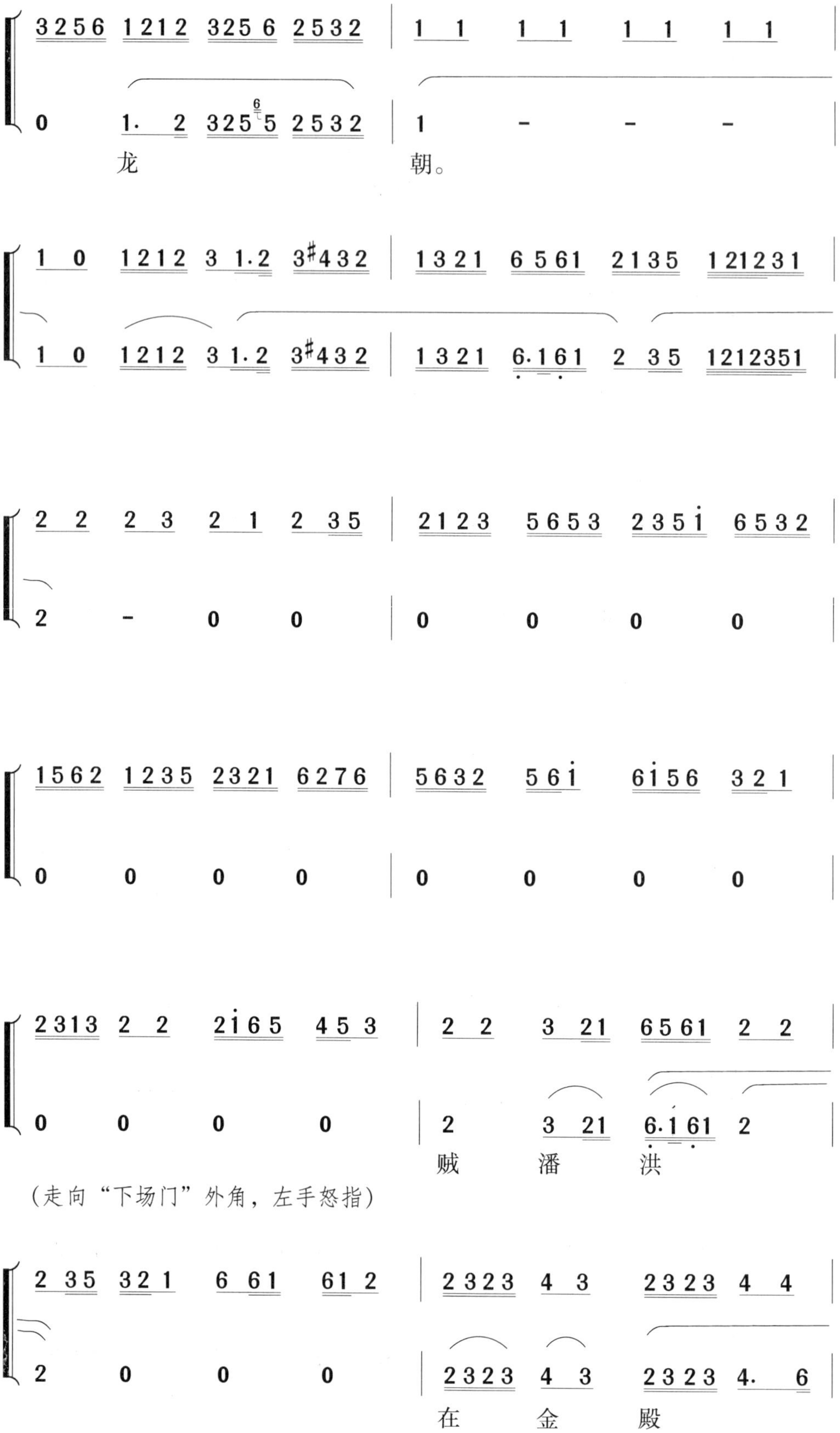
龙
朝。
贼 潘 洪
(走向“下场门”外角，左手怒指)
在 金 殿

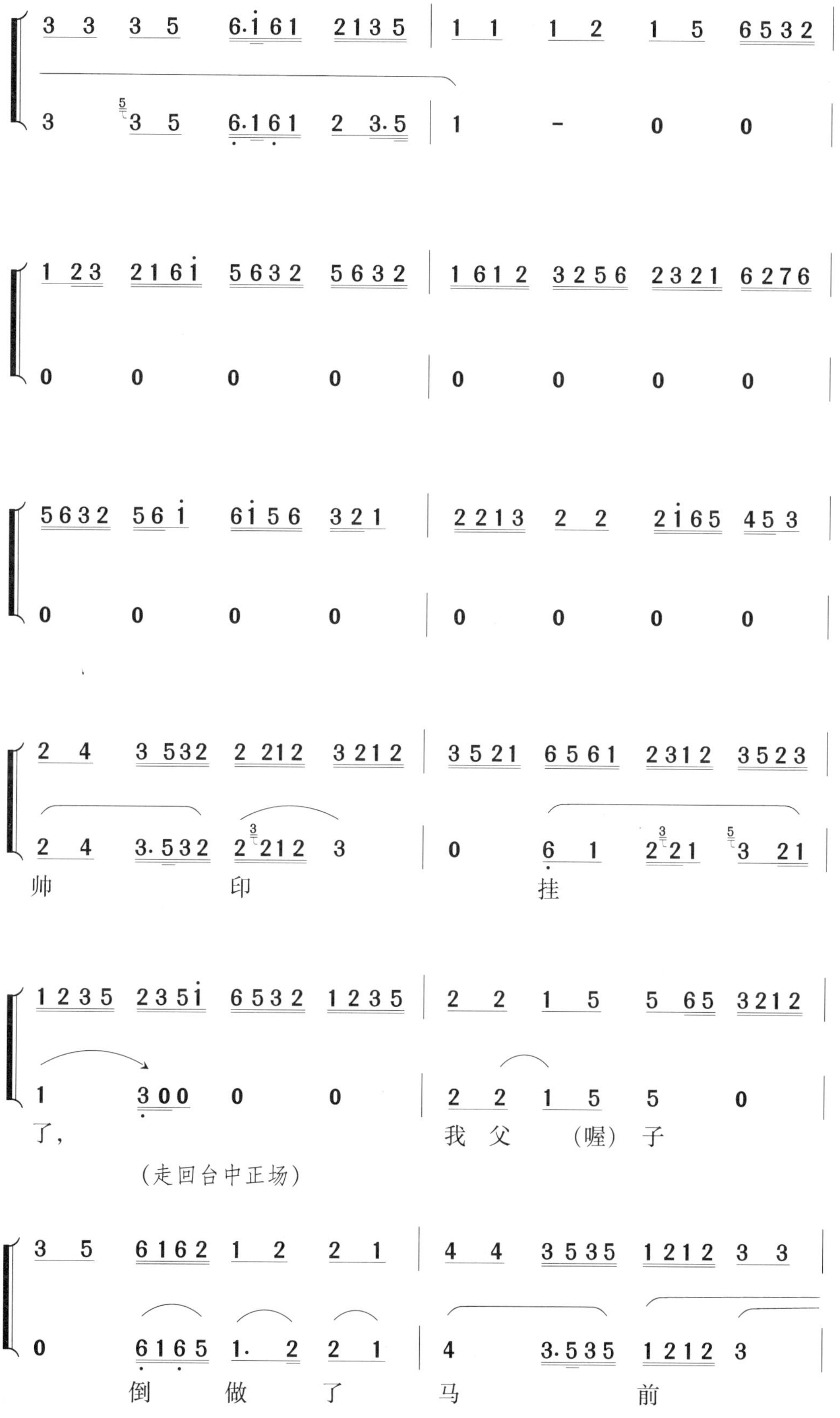
帅 印
挂
了，
（走回台中正场）
我 父 （喔） 子
倒 做 了 马 前

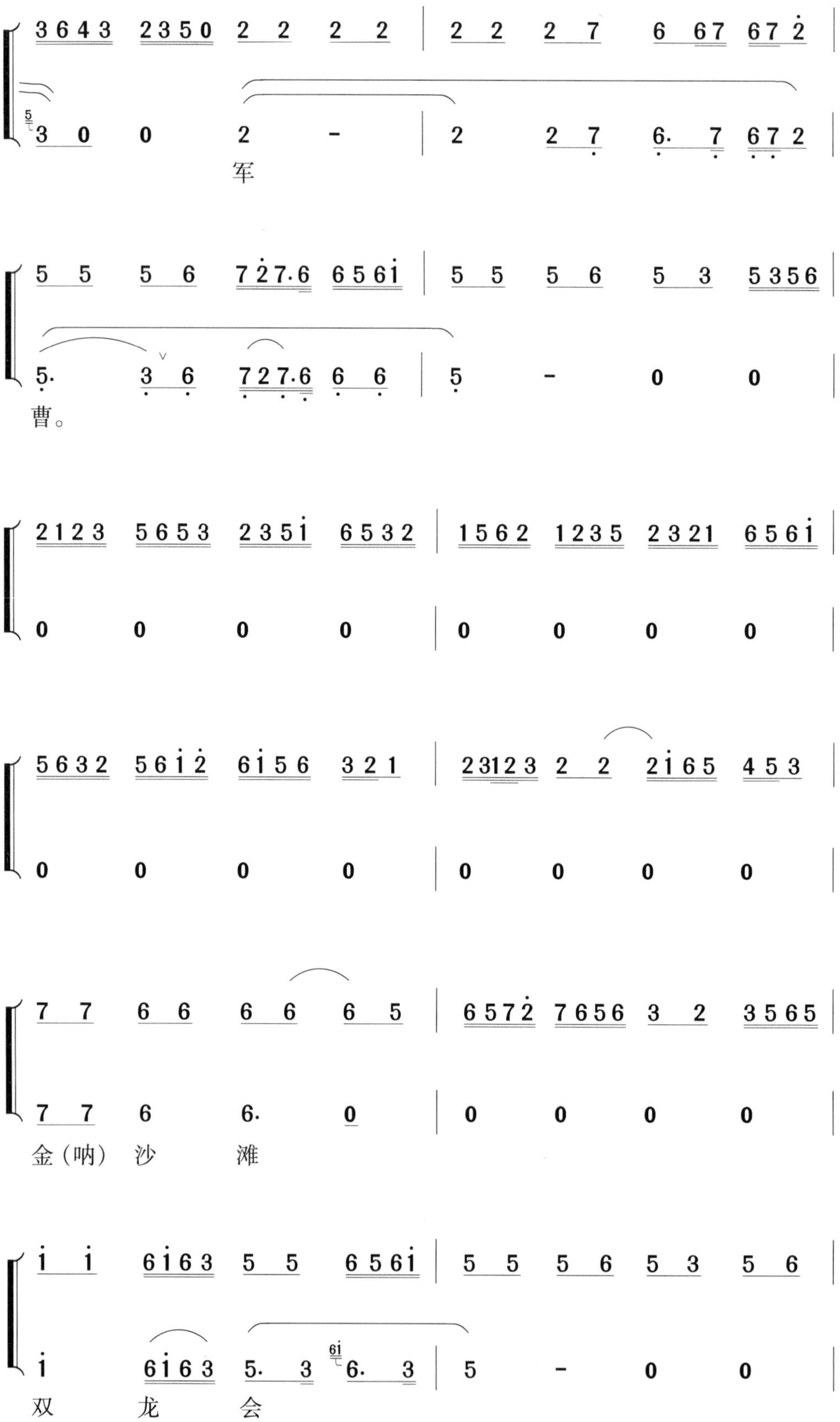
军
曹。
金（呐）沙 滩
双 龙 会

碰碑

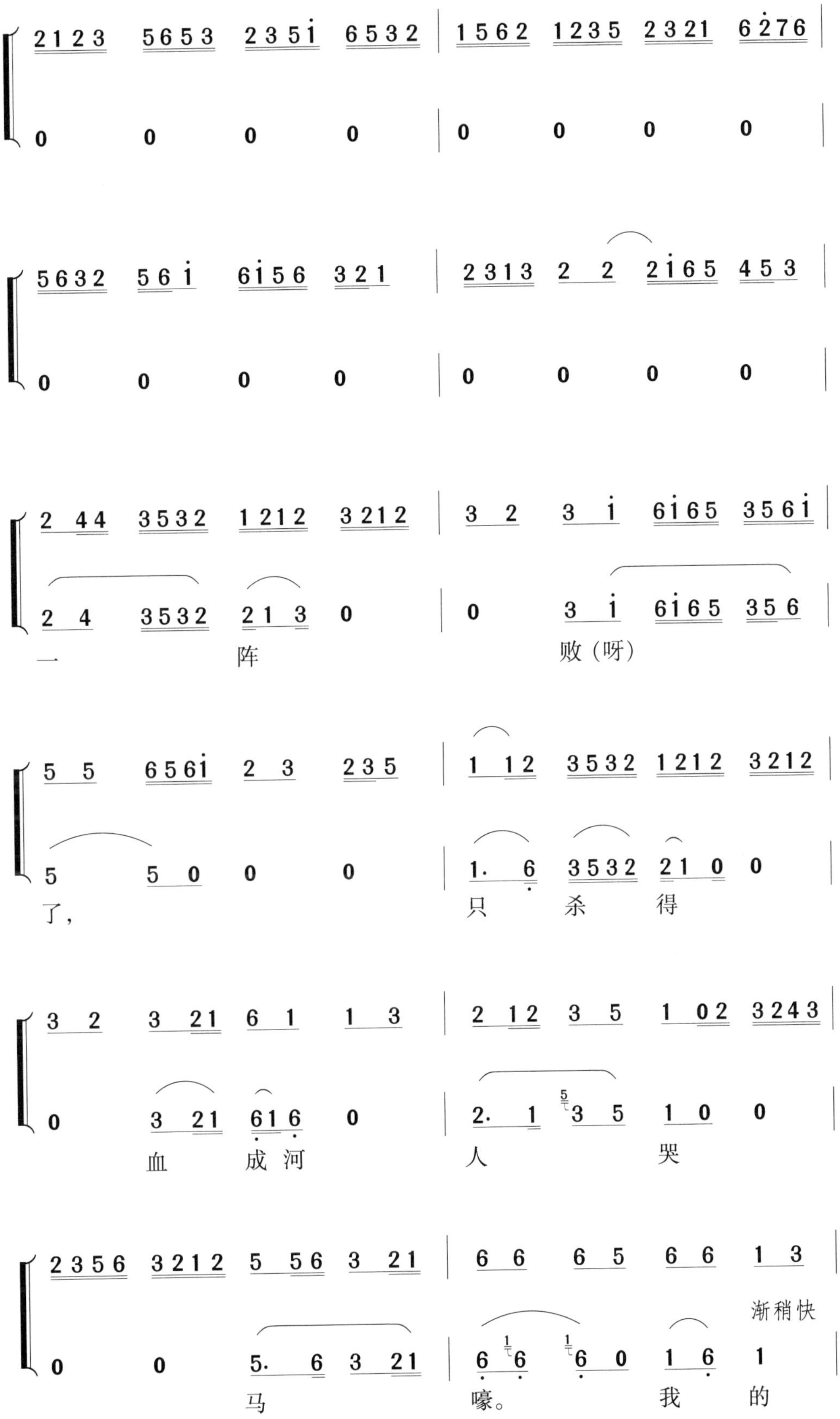

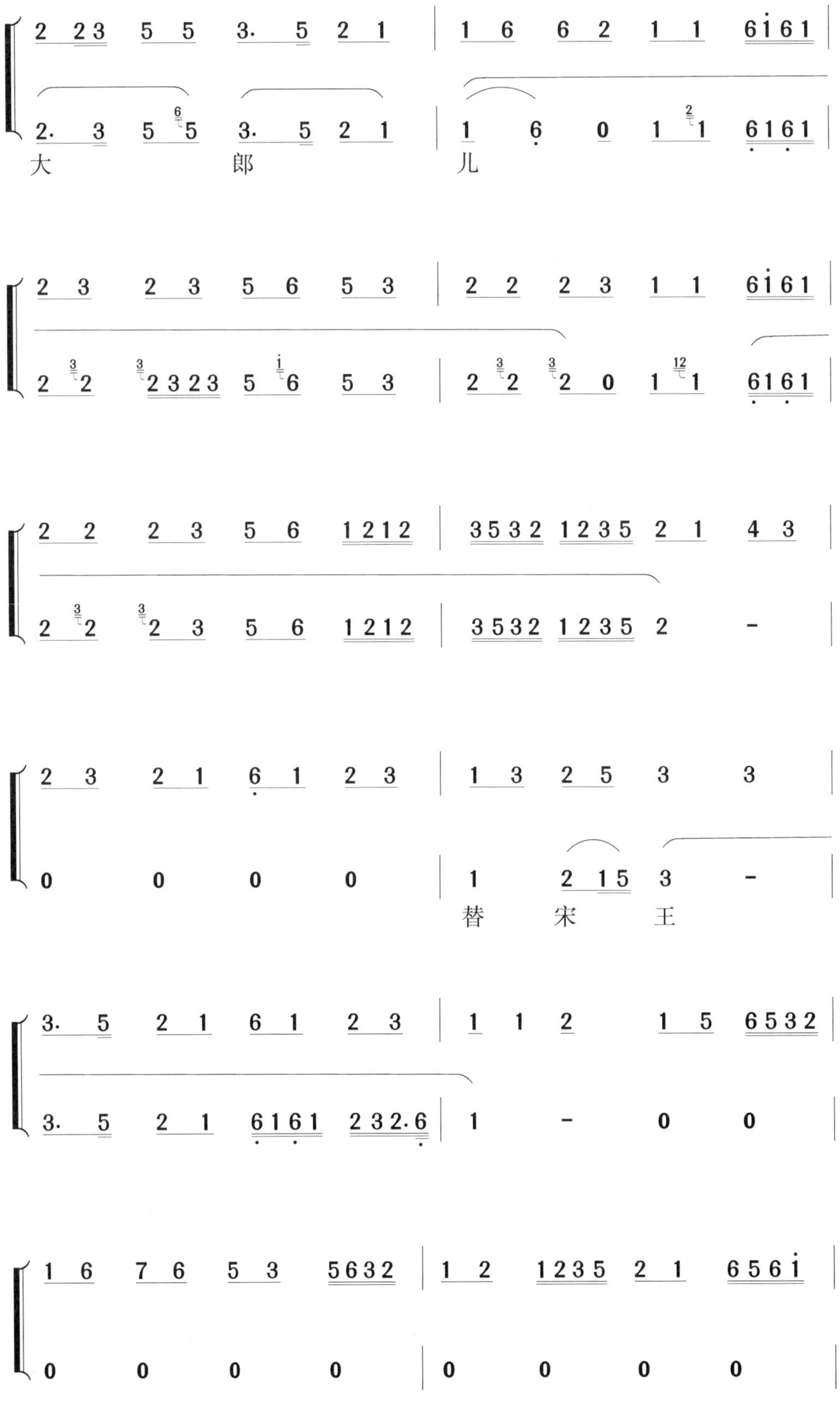
大
郎
儿
替
宋
王

碰　碑

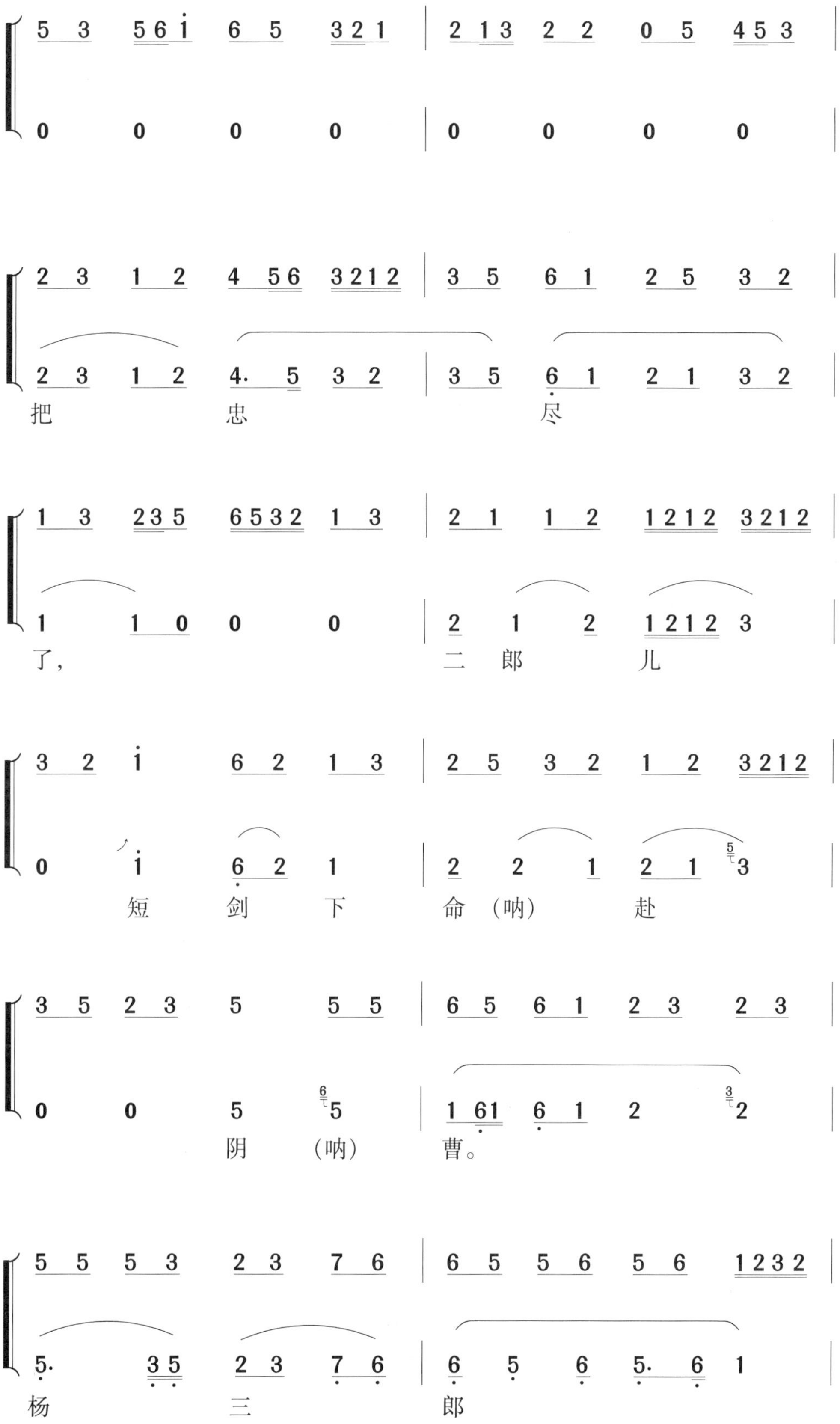

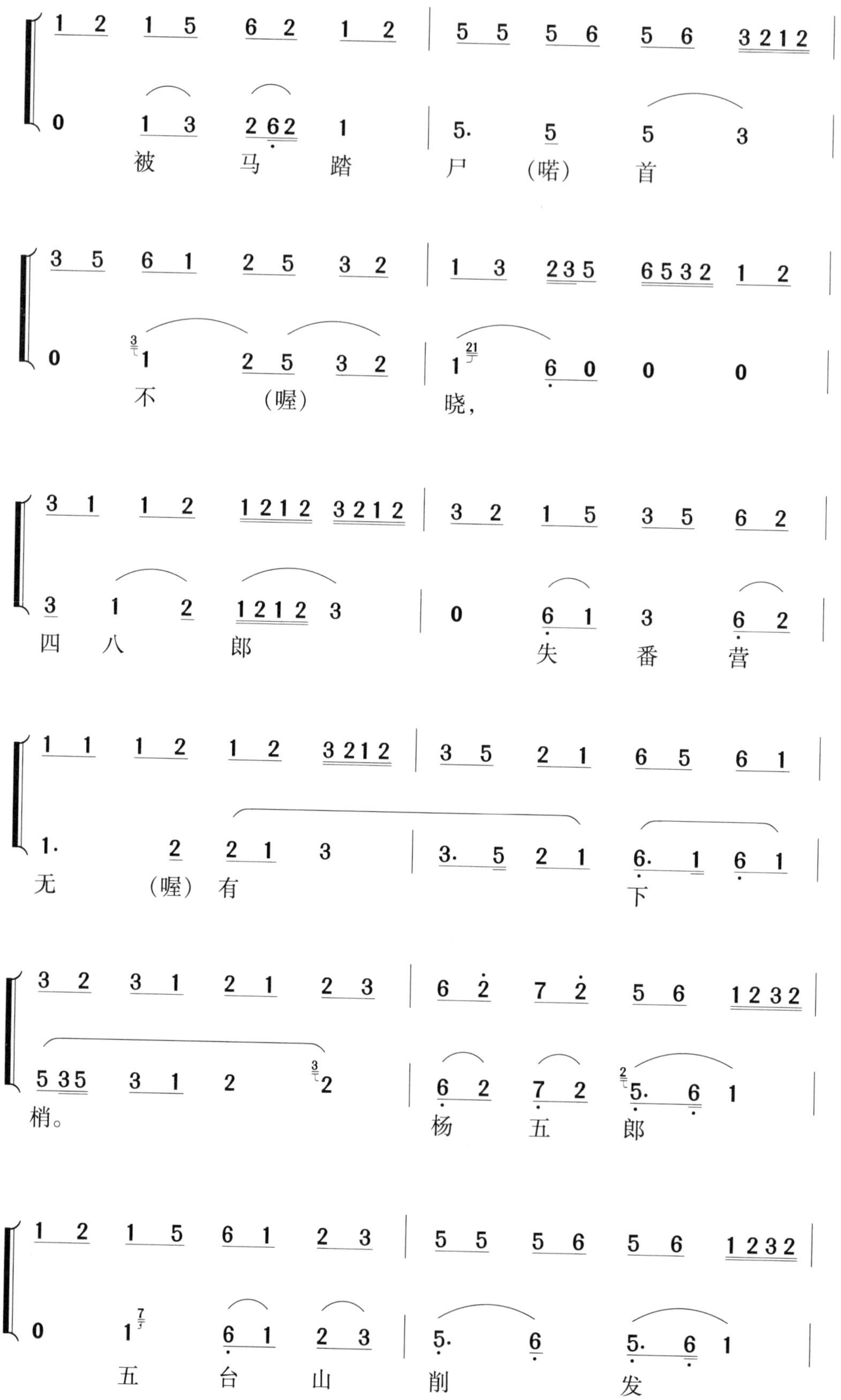
被 马 踏 尸 （喏） 首
不 （喔） 晓，
四 八 郎 失 番 营
无 （喔） 有 下
梢。 杨 五 郎
五 台 山 削 发

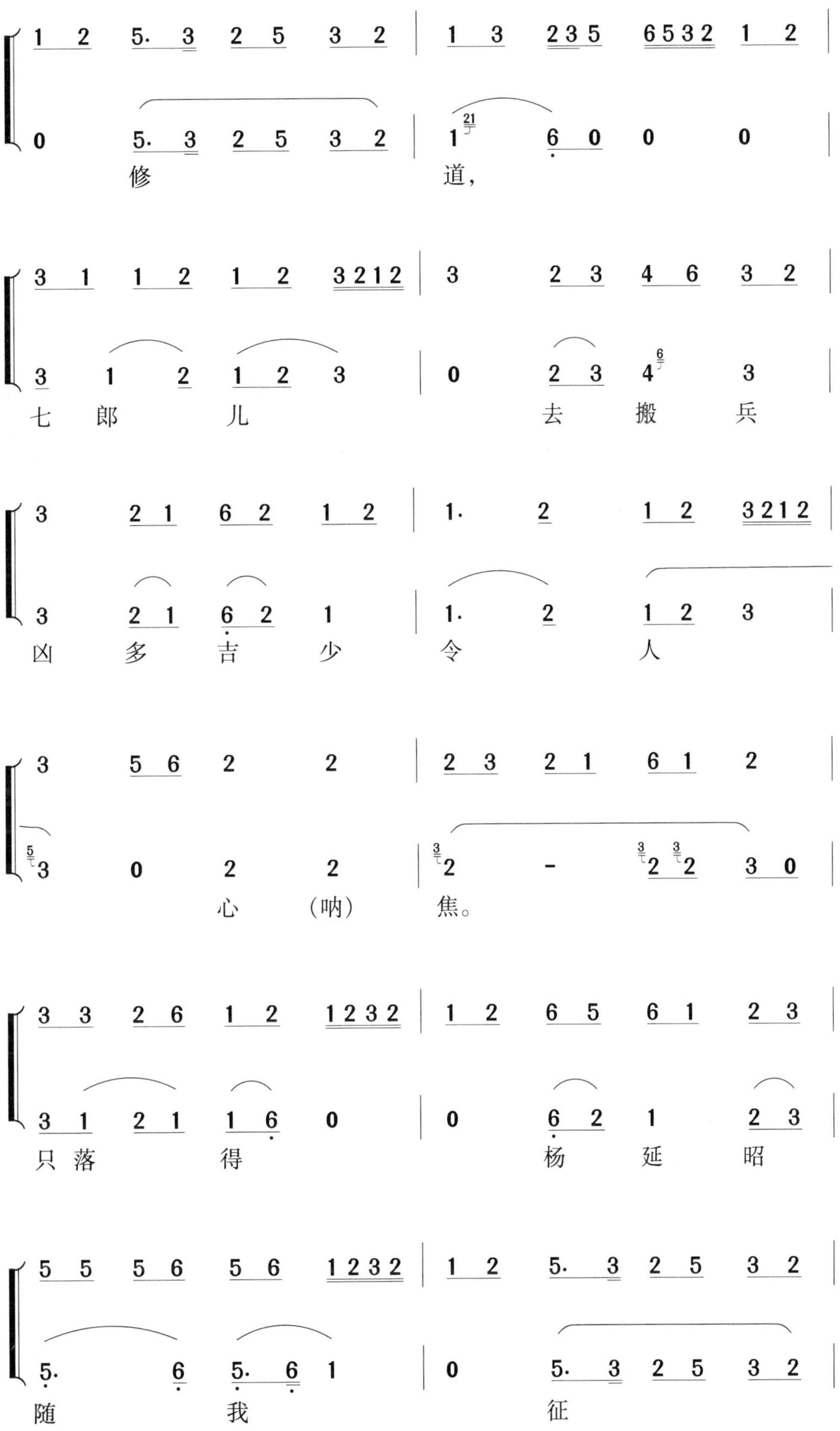
修 道，
七 郎 儿 去 搬 兵
凶 多 吉 少 令 人
心 （呐） 焦。
只 落 得 杨 延 昭
随 我 征

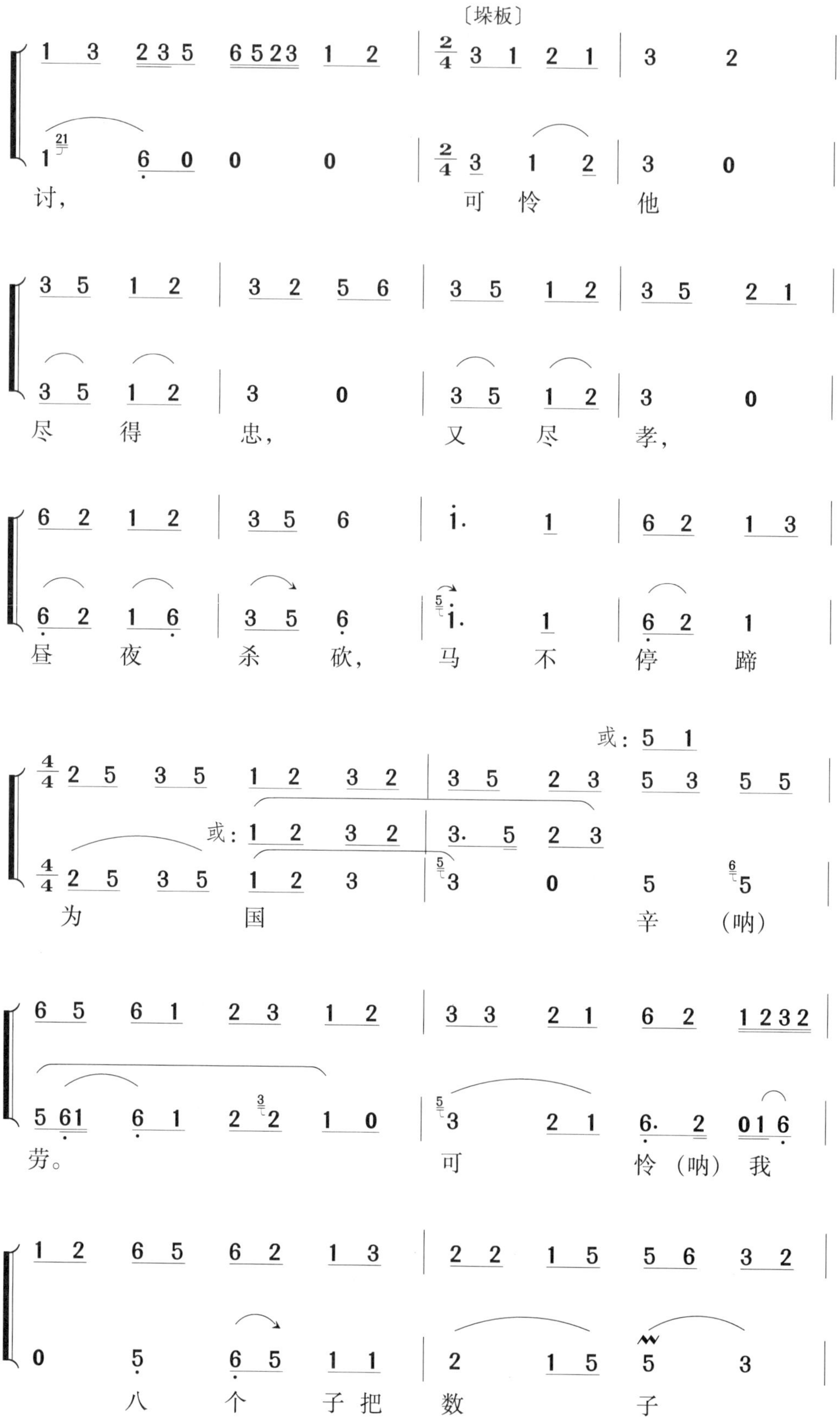
〔垛板〕
讨，可怜他
尽得忠，又尽孝，
昼夜杀砍，马不停蹄
或：
为国辛（呐）
劳。可怜（呐）我
八个子把数子

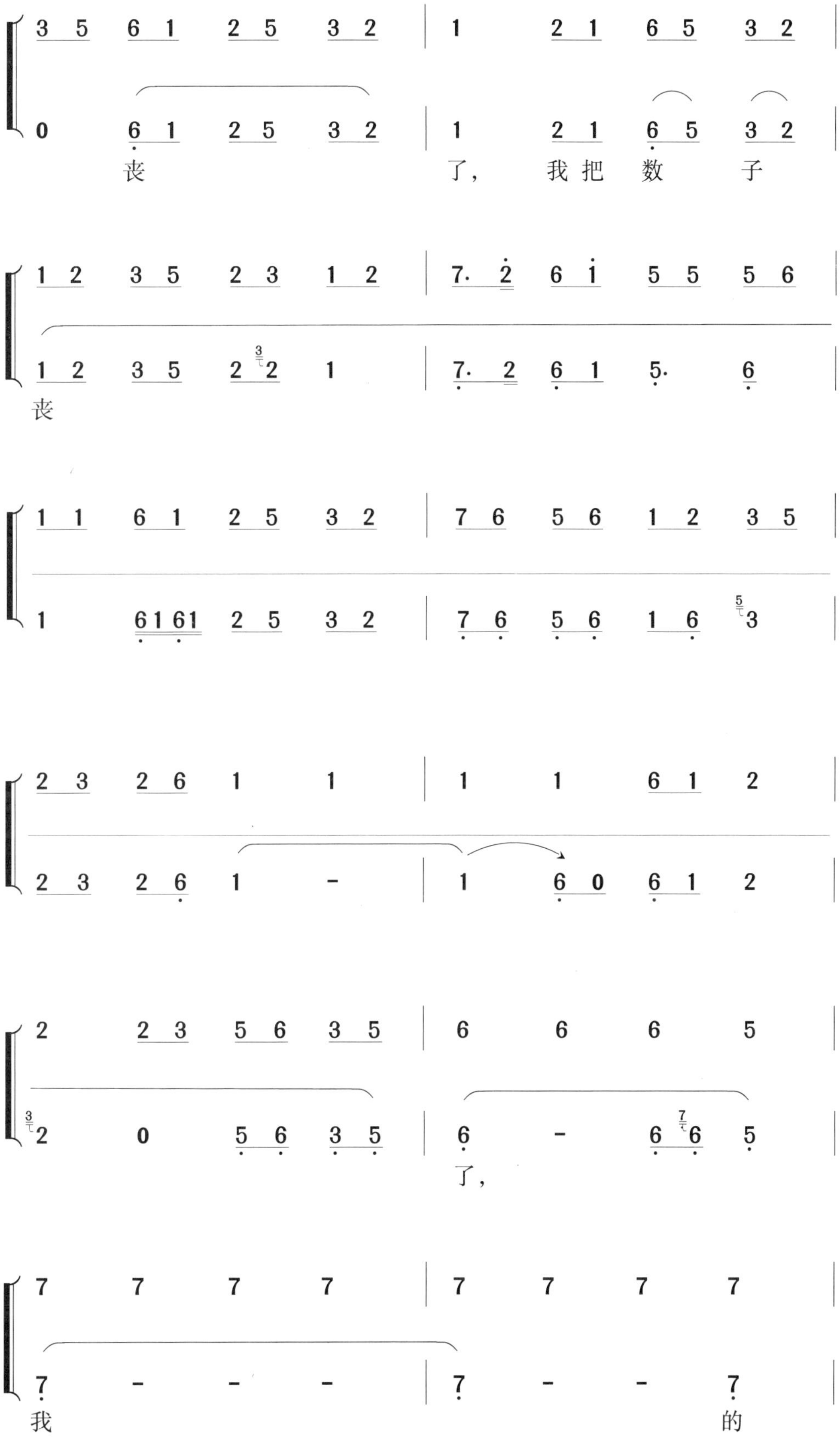
丧 了， 我 把 数 子
丧
了，
我 的

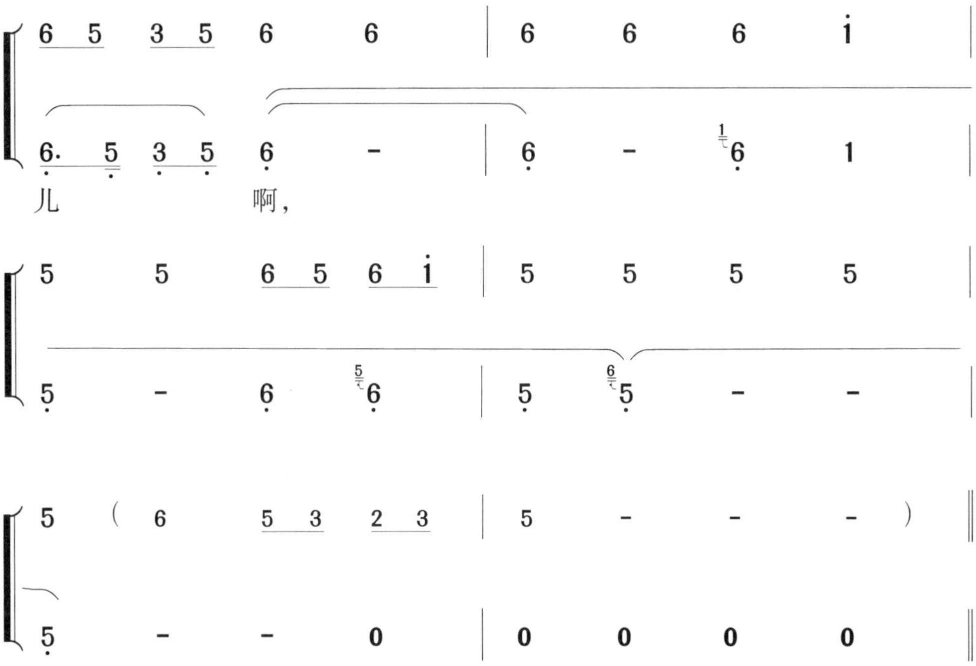

〔【大锣抽头】四老军仍坐地上，杨继业目光环顾老军，表以怜悯之情。又以手托起自己胡须（锣鼓切住）叹一声：“唉！”转【夺头】

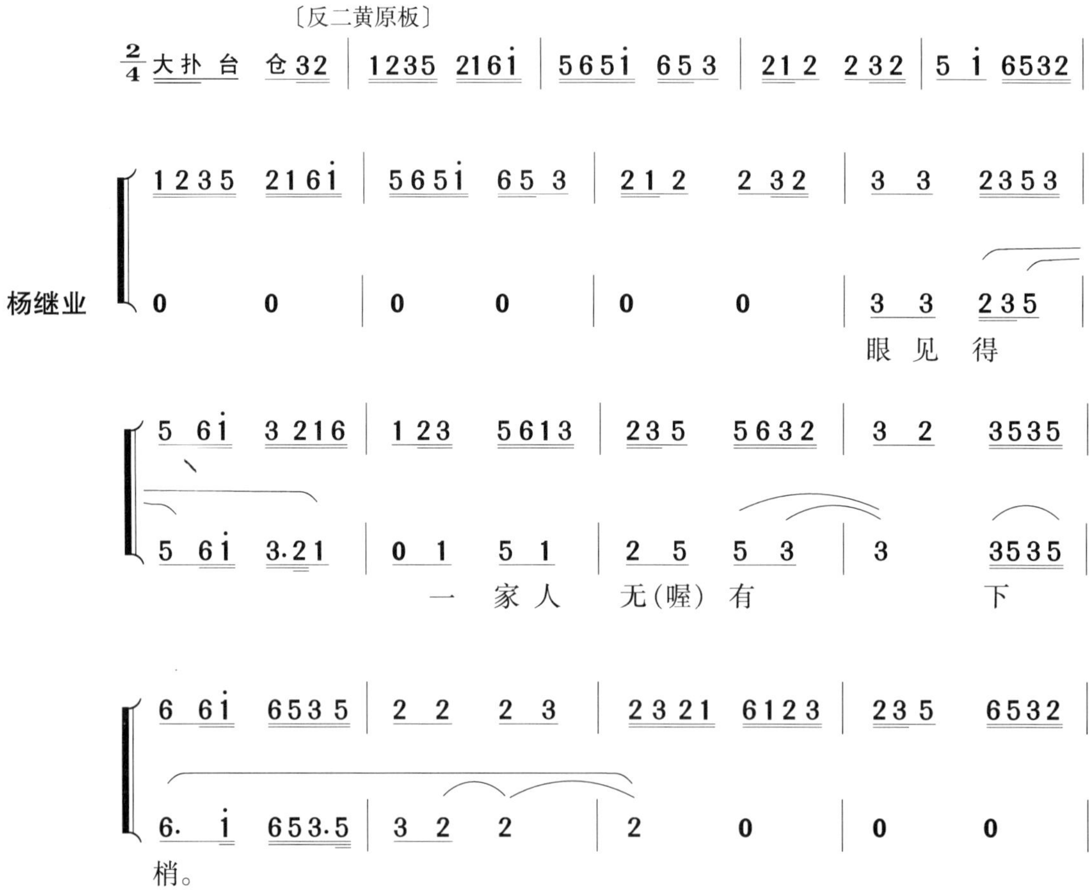

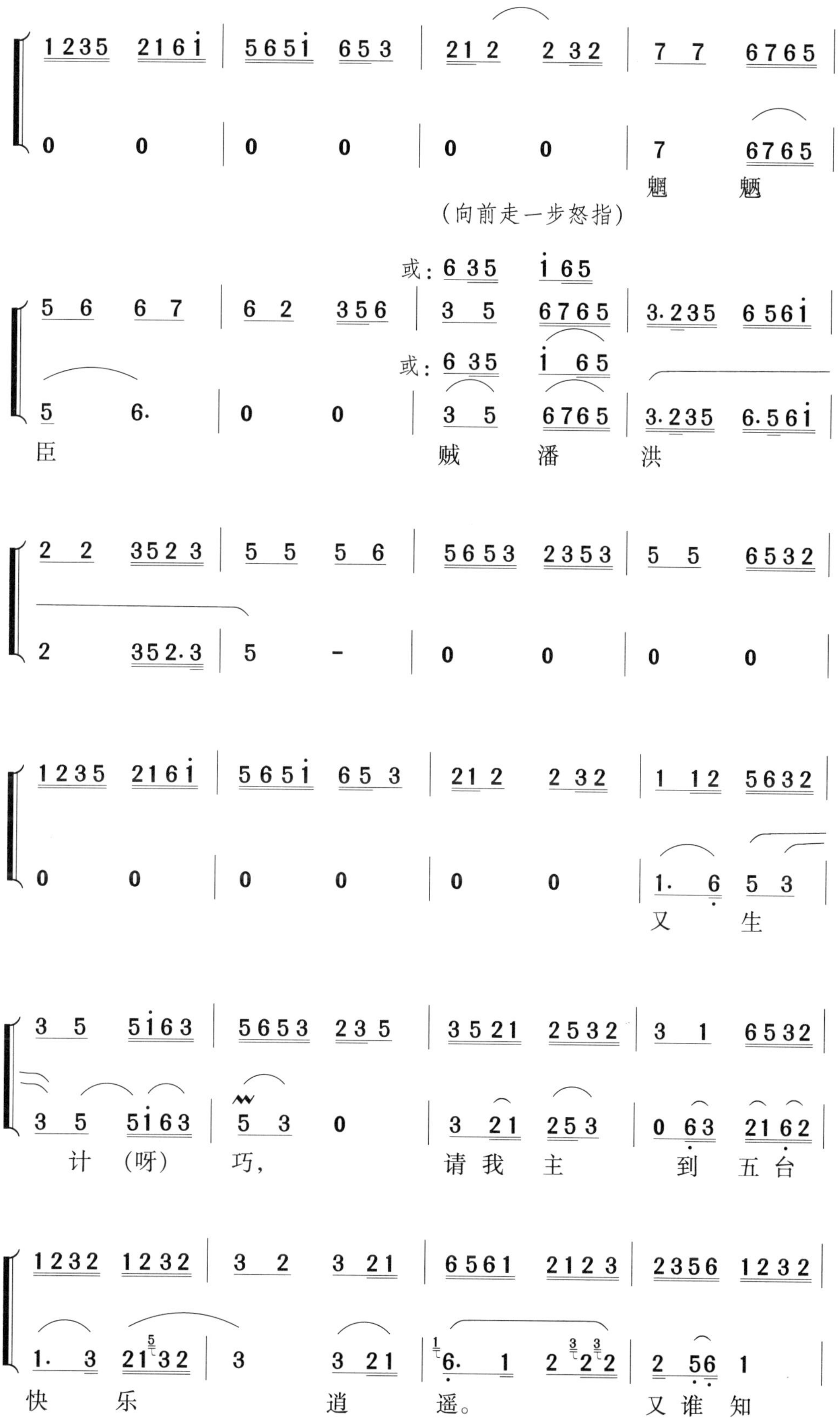
魍　魉
（向前走一步怒指）
或：
或：
臣　贼　潘　洪
又　生
计（呀）巧，请我主　到　五台
快　乐　逍　遥。又谁知

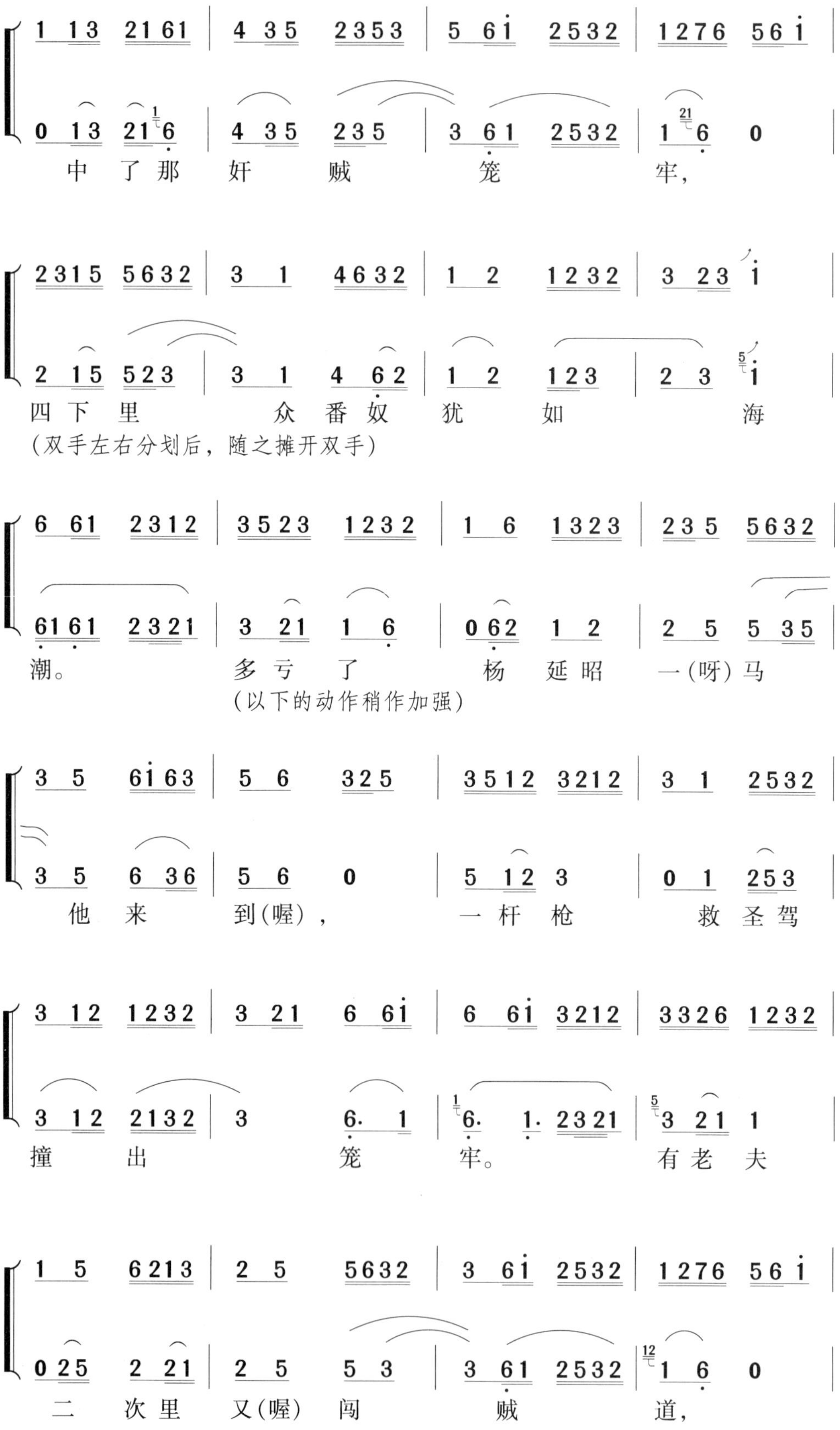

中了那奸贼笼牢，
四下里众番奴犹如海
（双手左右分划后，随之摊开双手）
潮。多亏了杨延昭一（呀）马
（以下的动作稍作加强）
他来到（喔），一杆枪救圣驾
撞出笼牢。有老夫
二次里又（喔）闯贼道，

碰碑

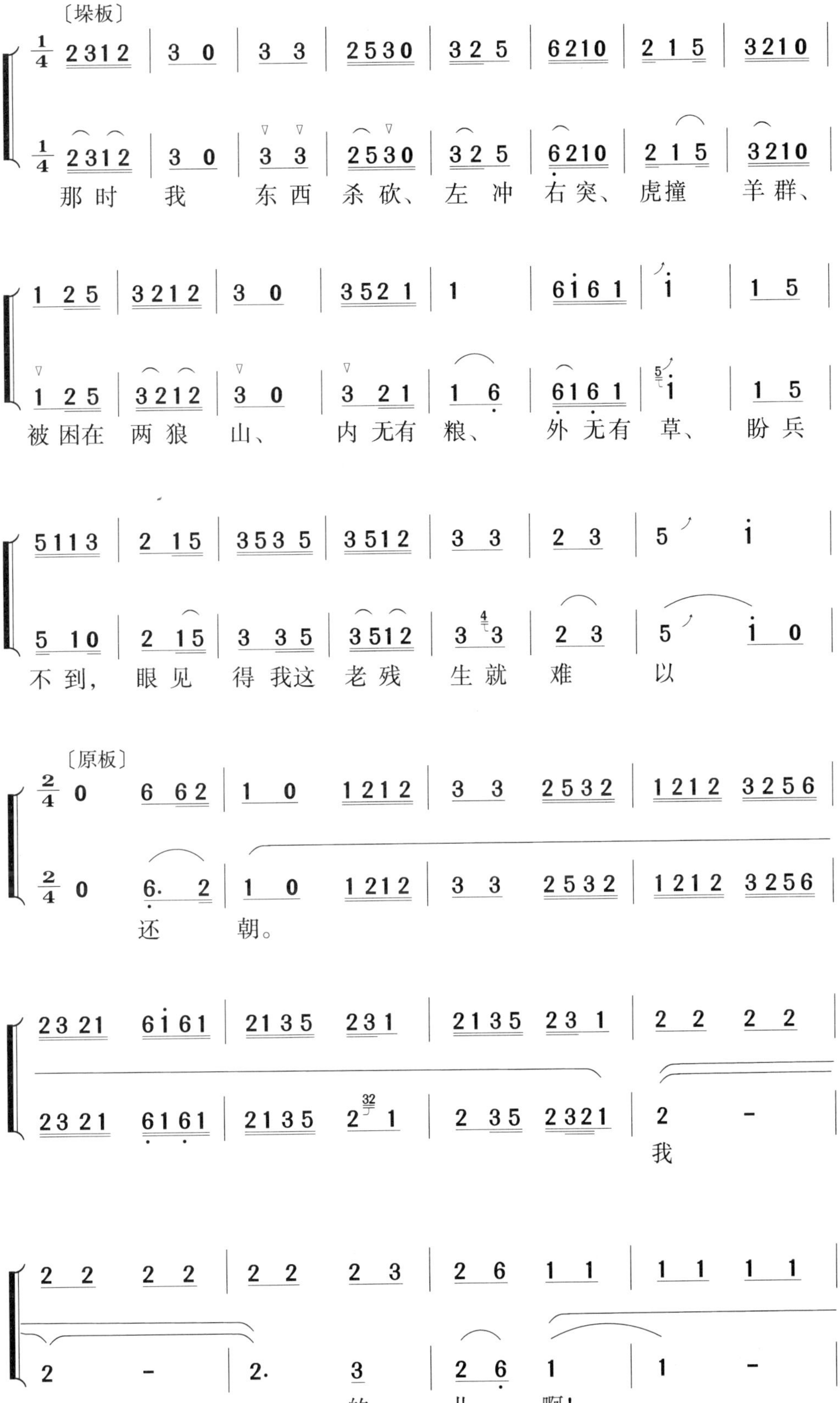
〔垛板〕
那时我 东西 杀砍、左冲 右突、虎撞 羊群、
被困在 两狼 山、 内无有 粮、 外无有 草、 盼兵
不到，眼见 得我这 老残 生就 难 以
〔原板〕
还 朝。
我
的 儿 啊！

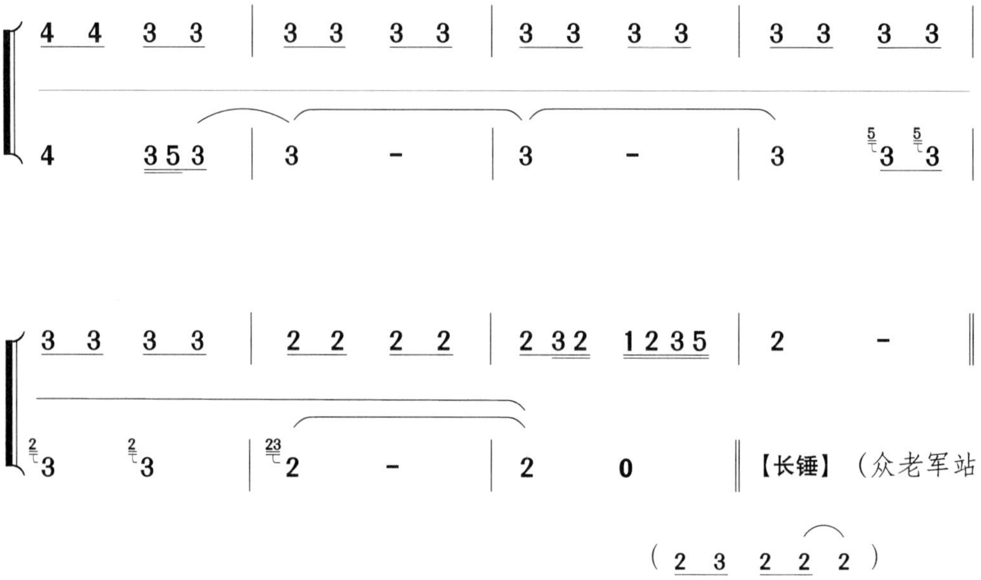

起，杨继业看老军感到伤心难过，（锣鼓切住）杨叹气）老军白："饿呀！"

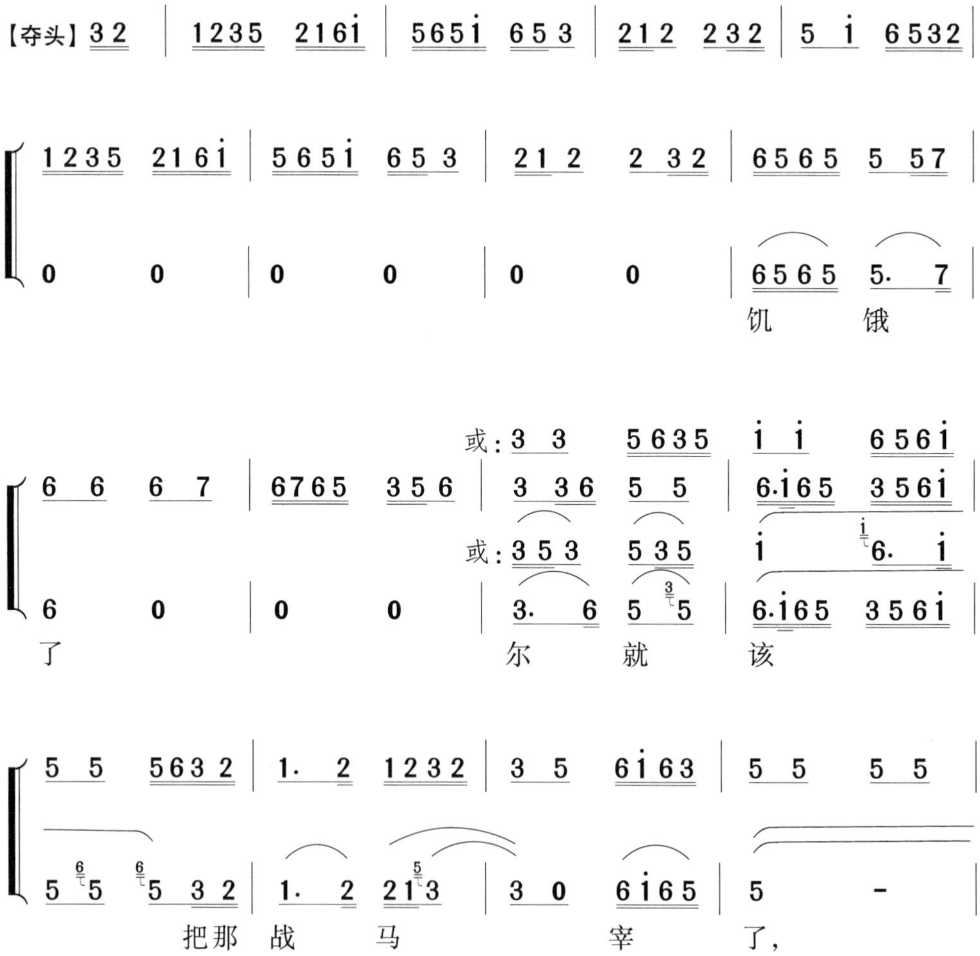

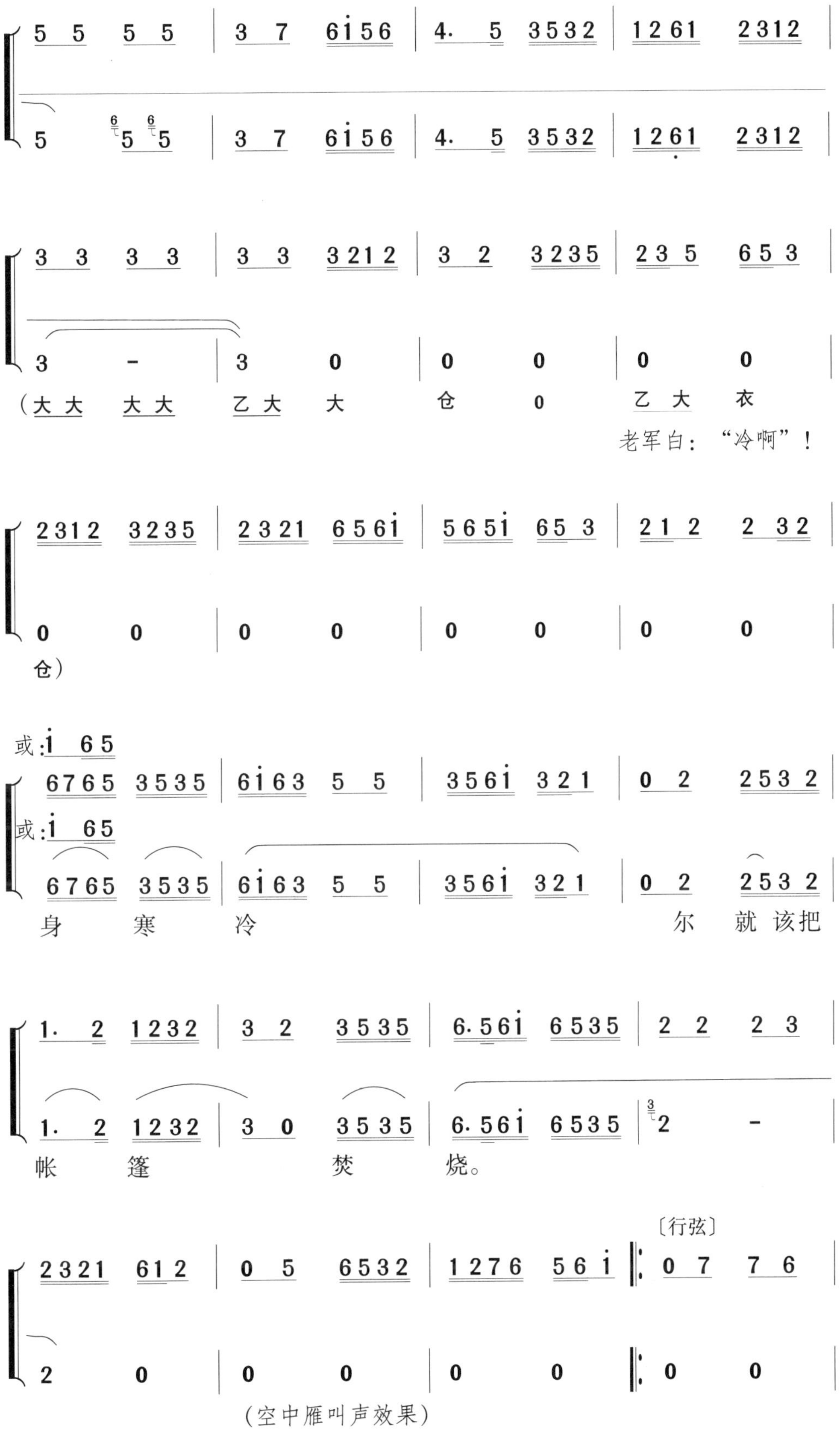
（大大 大大 乙大 大 仓 0 乙大 衣
老军白：“冷啊”！
仓）
或:
身 寒 冷 尔 就 该把
帐 篷 焚 烧。
〔行弦〕
（空中雁叫声效果）

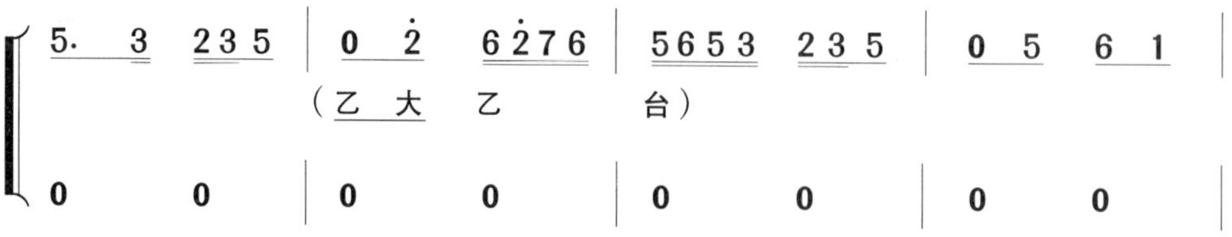

老军白:"雁来了，雁来了！" （杨继业看天上的雁

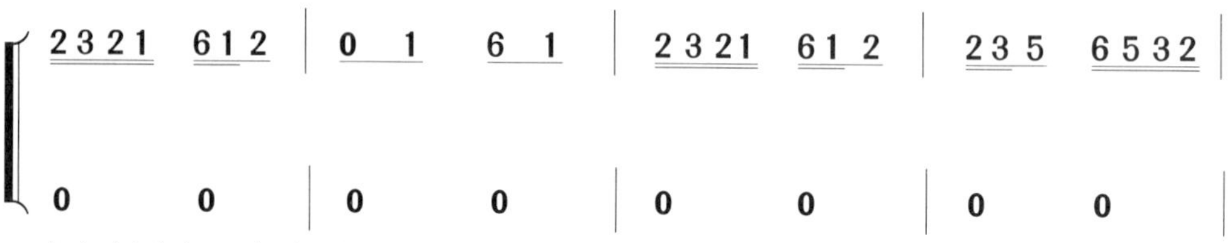

想打雁充饥，和老军要弓、要弹，揉眼睛、向天空中看。

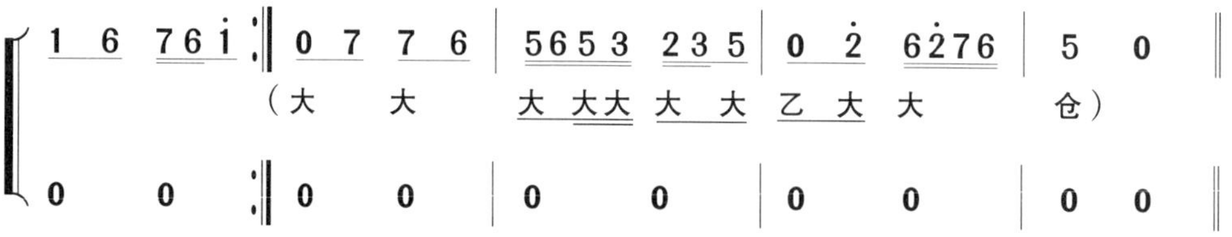

拉开弓用弹打雁，不想把弓拉断，身体斜着趔趄一下险些跌倒）

杨继业 唉！【大锣夺头】（扔去手中的弹丸，把弓交给老军）

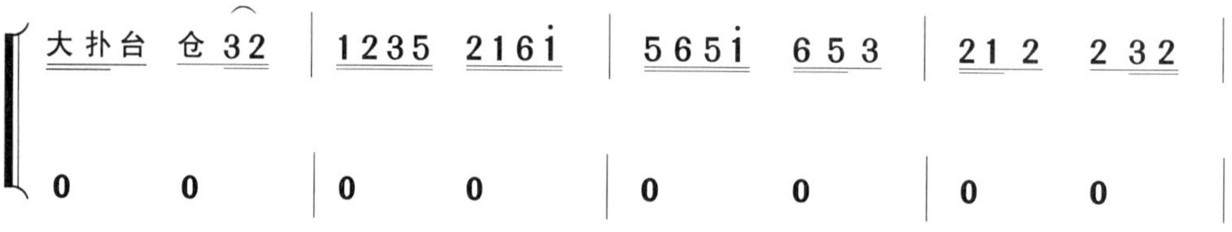

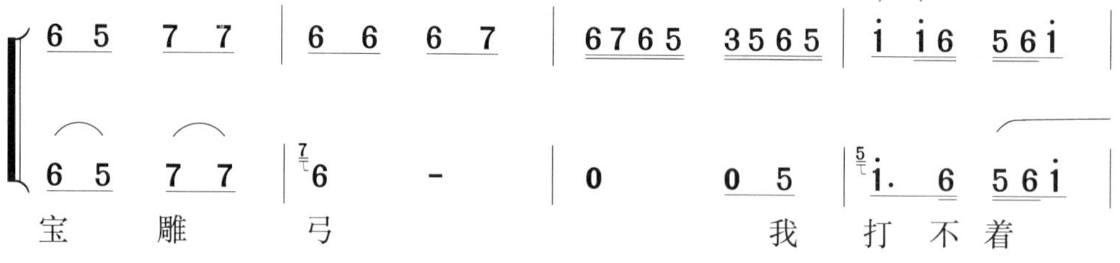

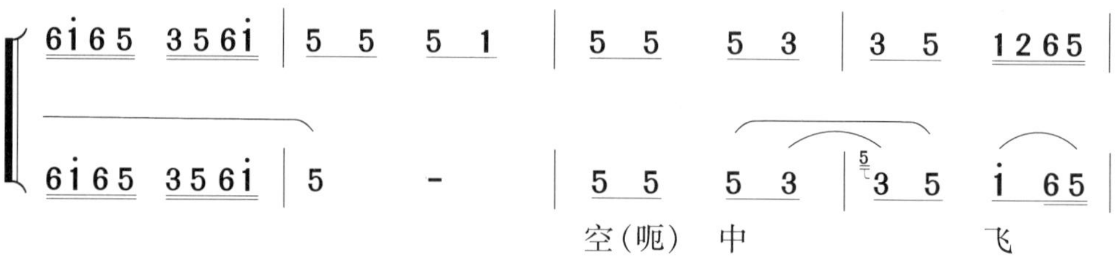

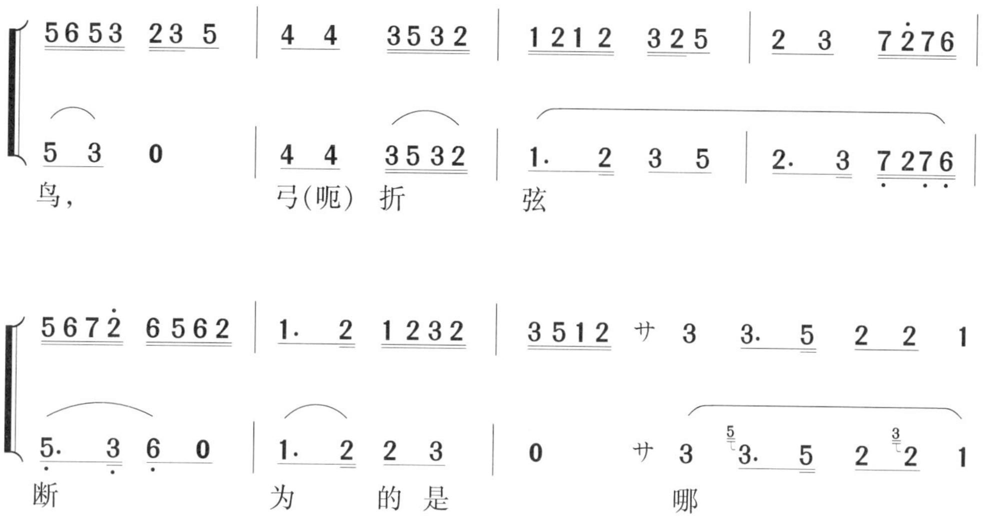

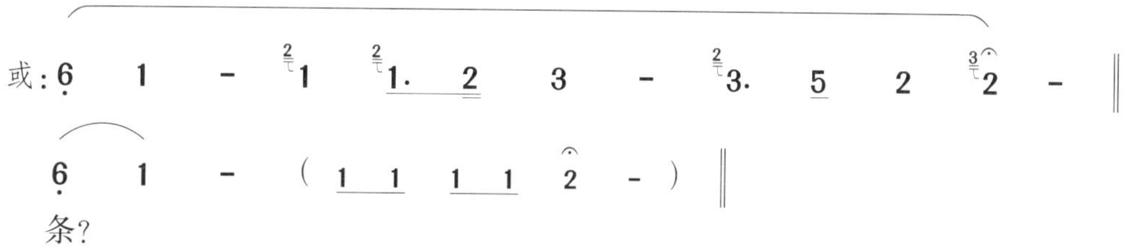

〔【慢冲头】一老军缓慢地“上场门”走上。

老　军　启爷，石虎将爷战马绞倒！（**八大仓**）【**撕边**】（杨继业震惊）

杨继业　再探！

（向左方慢行两步，搂髯指着）

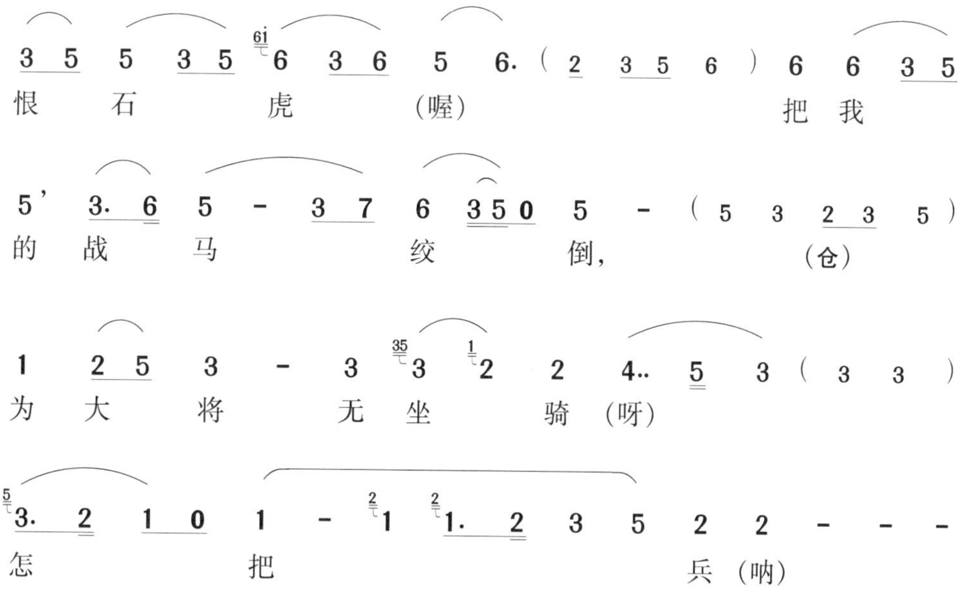

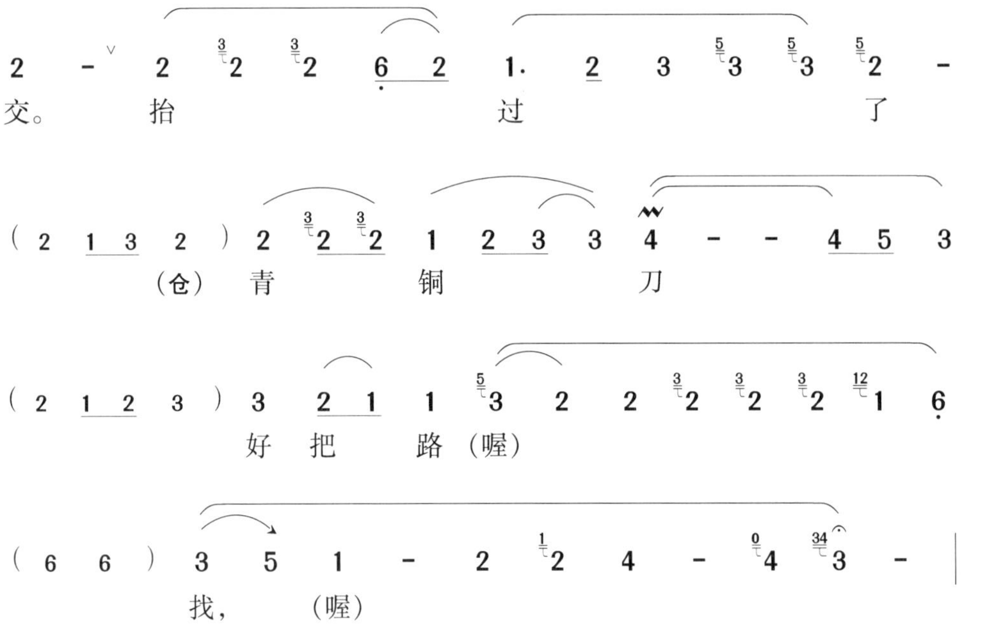

〔【带帽纽丝】四老军相继寻路而下。杨继业握刀手突感凉冷【乱锤】转【纽丝】杨继业拿刀奋力前行至“下场门”横刀亮式。

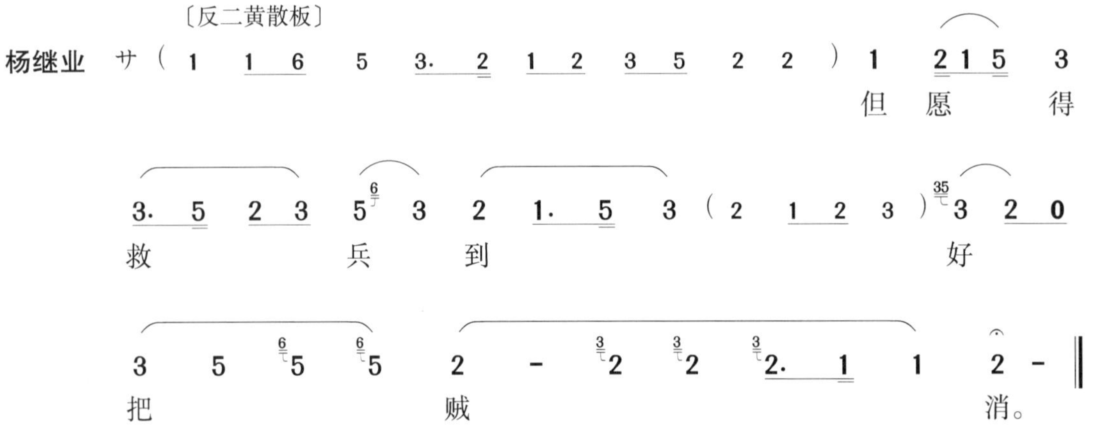

〔杨继业奋起神威【夺头】大刀花甩须立刀亮相。这时内喊杀声。【急急风】众辽兵上。杨继业用刀分开众兵，众“倒脱靴”下。韩昌上，里“盖”杨继业，用枪挑飞杨继业刀，众辽兵接刀，杨继业败下。

〔众辽兵、韩昌“下场门”追下。

第 四 场

〔杨继业前一场败下场之后，即卸去盔头、靠甲，着红龙箭衣、黄下甲，露出白发髻，表示战败后已然丢掉盔甲，故在进庙看碑文时不再作卸甲丢盔的表演。这是奚派的处理方式。

〔战鼓声，起【乱锤】杨继业败退而上。起【叫头】

杨继业　且住，适才与辽兵交战，一时失手，宝刀被他掳去(仓)这便如何是好?(嘟~~~仓)看前面有一庙宇，我不免去到那里暂避一时再做道理。(【水底鱼】小圆场至“上场门”外角，一看)苏武庙，(嘟~~~仓)想那苏武乃是汉朝大大的忠臣，他死亡之后，后人与他修庙，(嘟~~~仓)待我进庙观看。【五锤】(迈步进入一看)(嘟~~~仓)李陵碑，呀呀呸!【五锤】想那李陵乃是汉朝大大奸佞，他死之后，何人与他立的碑碣在此?(嘟~~~仓)看碑旁有几行小字，待我近前看来(用箭衣袖掸去尘去)【风声】庙是苏武庙，碑是李陵碑，令公来到此，卸甲又丢盔。(见碑文思索着后退)【叫头】且住，想我杨继业，被困两狼山盼兵兵不到，盼子子不归。若被辽邦掳去，我这一世英名，岂不付与流水。(仓)庙宇、碑文分明暗示与我尽忠报国。也罢!【五锤】我不免拜谢宋王爵禄之恩，碰死在李陵碑下。

〔唢呐吹奏<哭披>杨继业拜谢南朝，站起，一头向碑碰去，摔倒【乱锤】再起身，又扑向碑、再看，双手颤抖指碑后退，再一横心，抓双靠腿蹉步走向碑，猛碰三下(八大仓)(三个)，【软四击】(两番)左右倒步，左、右手先后下摔(八大仓)仰头身向后，【撕边一击】“僵尸”倒地而亡。

〔快起奏启半截<尾声>闭幕。

——剧　终

附　录　1963年前"恨石虎"一段唱词唱腔

（奚啸伯唱）

〔反二黄散板〕

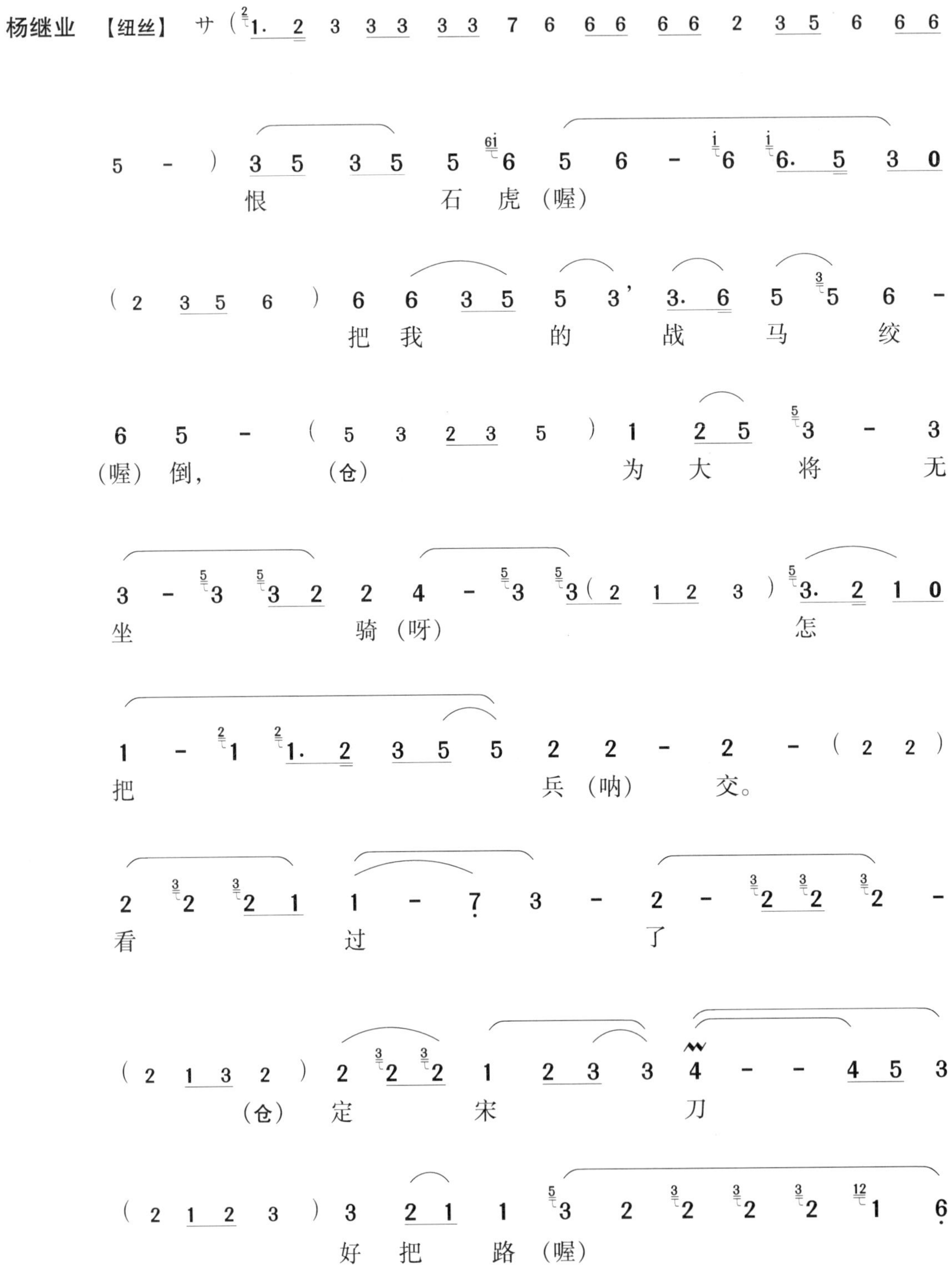

碰　碑

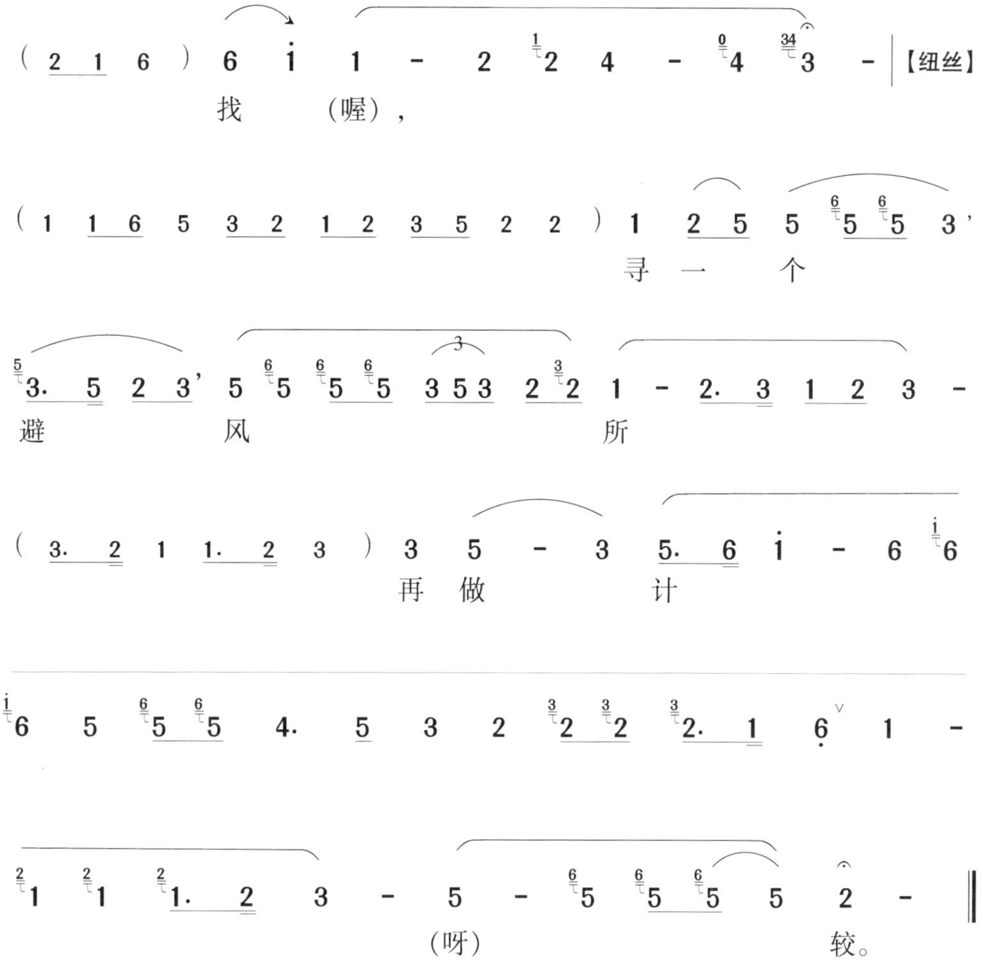

奚延宏 整理　　李淑贞 记谱

范进中举

奚啸伯 1965 年演出本

《范进中举》一剧取材于古典文学名著《儒林外史》第三回“周学道校士拔真才，胡屠户行凶闹捷报”。20 世纪 50 年代，由著名作家汪曾祺编剧、王雁导演、奚啸伯主演的《范进中举》在北京市的汇演中获一等奖。60 年代初，奚啸伯重排该剧，对重点场子、唱段做了进一步润色和加工，获河北省汇演一等奖。该剧遂成为奚派新编剧目中的代表作。

《范进中举》写的是书生范进，一心求取功名，年进半百才中秀才。虽穷困潦倒，受亲友奚落和白眼，但痴心不改，又考举人。中举后，大喜过望，竟至疯癫，后被岳父胡屠户一记耳光打得恢复了神智，却又端起了官老爷架子，忘却了根本。由此深刻揭露了封建科举制度对人的毒害和扭曲，塑造了一个由可怜、可悲发展到可气、可鄙的封建知识分子形象。我记得当初一听说奚啸伯先生排这出戏，就觉得太好了，以他的文化修养、儒雅气质和细腻委婉的艺术风格，堪称饰演范进的最佳人选。后来在天津新华戏院看到了奚先生的这出戏，果然不出所料，形神兼备，活灵活现，舞台上的形象正如我读原著时心里想象的范进，别人很难替代了。

奚啸伯先生曾经说过：“流派不但要有流派的艺术，而且要有自己独有的剧目，对自己不合适的别唱。因为唱了，要输给人家，对自己有误。……我瘦小枯干，白、苍对我合适。我唱《白帝城》就比唱《将相和》合适。《范进中举》我演着合适。这两出都是我的独有剧目，别人不演。所以，讲流派，剧目也很要紧。”这番话，确是老艺术家的经验之谈，每个人的自身条件和艺术特点不同，适于表演的人物和剧情也随之不同，各有各的优势，为此“四大须生”才各有自己的拿手戏和广受人们承认的人物角色。奚啸伯演范进，就是一位好演员遇上了适合于自己的戏和人物，可以尽展所长，成功自然就有了保证。

当然，把戏演好，仅凭主观条件又是不够的。奚啸伯先生反复研读《儒林外史》，不仅对内容烂熟于心，而且将有些生动的细节，直接化用到了戏里。例如，第一场范进为周学道送行，周起轿以后，别的秀才施礼后都走了，而范进深深地一鞠躬，目送轿子远去，站在那里往下场门看，过了一会儿，把头昂得更高，表示轿子越行越远，而他还遥望不舍，一副虔诚、恭敬的样子，此时无声胜有声，顿时让人感受到了范进对提拔他的考官的感激涕零，对科举的执迷。这段表演，就来自小说的相关描写，用得非常恰当、非常传神。

奚啸伯注重刻画人物的内心活动，表演细致入微，剧中有许多令人难忘的“点睛”之笔。范进为筹措进城赴试的盘费，走投无路，只得向平时最看不起他的岳父胡屠户张口，见了面想说又不敢说，半晌，才低声下气地说出：“寻找岳父，商议一事……”最后的一句，他语调颤颤地说：“不知岳父可肯借与我么？”胡屠户问借多少，范进有个先看自己的手的动作，用拇指和小指比划已有六钱银子，然后才战战兢兢地说出要借二两。这些地方的念、做，加上眼神，真是细致入微。

剧中的唱段也极有特色，声情并茂。其中的“琼林宴饮宴了恩赐御酒”和“我定下了文体叫八十股”两段，都对原剧本的唱词做了重大改动，更符合特定人物和特定情境。“琼林宴……”一段边唱边做，声腔深切感人，身段、神态演活了范进的疯痴情状；〔西皮二六〕的“我定下了……”，原词只有几句：“你与我考，你与我考，写了还要写，抄了还要抄。考你三年零六月，活活考死你命一条。”修改后扩充到十句，而且一连用了六个“考得你”，把人物内心积累的多年辛酸、怨恨，一旦得意竟要如法炮制、加倍报复他人的畸形心理表现得淋漓尽致，入木三分。在唱法上字斟句酌，六个“考”字均有变化，高低错落，起伏跌宕，全段听来又浑然一体，几近一气呵成，称得上是激情与韵味兼具的奚派精品。

《范进中举》的问世，是奚派艺术进一步升华的里程碑，在运用唱、念、做艺术手段揭示人物内心世界上有新的突破、新的创造，不仅丰富了奚派代表剧目，而且为京剧艺术宝库增添了一份财富。

刘连群

人物行当

范　进	生	顾　白	丑
范　母	老旦	报子甲	二武生
范　妻	青衣	报子乙	武丑
胡屠户	净	大中军	武二花
卜修文	生	举　子	小生
费学礼	方巾丑	船　夫	末
魏好古	末	书　吏	生
贾知书	小生	小院子	丑
张静斋	净	四青袍	杂
周学道	末	四校尉	杂
关　清	丑		

服装扮相

范　进　俊扮。古铜色豆包（豆包右上角有一深古铜色补丁）、黪三，浅米色褶子（两袖下面有长补丁，衣角有小补丁，都是深古铜色）、白边的黑色长坎肩（屁股处也有米黄色补丁）、小绦子，大袜，登云履。（中秀才后头上摘去豆包，换上浅古铜色软巾，上有人字形金边，不要飘带。中举后不戴巾子，只有发髻、绸条。）

范　母　俊扮。白发髻，老斗衣、腰包、腰巾子，彩裤，便鞋。

范　妻　俊扮。包大头，蓝褶子、白腰包，彩裤，便鞋。

胡屠户　赤红脸。毡帽头、白王八须，黑褶子、大带，大袜子、方口皂靴。

卜修文　俊扮。文生巾，皎月褶子，粉色大坎肩，软带，大袜子、登云履。（中举后，大红褶子，绣花红坎肩，其他不变。）

费学礼　勾小花脸。绿色方巾，绿褶子，大袜子、方口皂靴。

魏好古　俊扮。黑文生巾、黑三，素蓝褶子、黑坎肩、小绦子，靴子。

贾知书　俊扮（稍加描画）。粉桥梁巾，粉褶子，靴子。

张静斋　揉脸。员外巾、黪满，紫开氅，靴子。

周学道　俊扮。黑纱帽、黪三，红官衣，玉带，朝方靴。

关　清　勾小花脸。白毡帽头、白五嘴，白老斗衣、小腰包，大袜子、方口皂靴。

顾　白　勾小花脸。蓝毡帽头、黪八字吊搭，灰白褶子、小腰包，大袜子、方口皂靴。

报子甲　丑扮。红椒帽，蓝绸条、蓝布箭衣、小卒坎、腰巾子，黑彩裤，薄底靴。

报子乙	妆扮与报子甲一样。
大中军	元宝脸。大板巾、额子、黑扎、耳毛，紫箭衣、黑马褂、大带，红彩裤，靴子。
举　子	俊扮。文生巾，褶子，靴子。
船　夫	俊扮。草帽圈、白五嘴，老斗衣、小腰包，大袜子、草鞋。
书　吏	俊扮。黑罗帽，黑褶子，靴子。
小院子	勾小花脸。黑罗帽，黑褶子、小大带，大袜子、方口皂靴。
四青袍	俊扮。红椒帽，黑布褶子，薄底靴。
四校尉	俊扮。大板巾、小额子、牵巾，紫箭衣、黄马褂，红彩裤，薄底靴。

道具

母　鸡	一只	米口袋	一条（装有粮食）
腰　刀	五把	大红报帖	一个
猪肠子	一串	酒　壶	一把
驴鞭子	一根	猪　肉	半片
书	六本	银小钱	六枚
方白布	一块	食　盒	三个
考　篮	一个	老　酒	一坛
小　抄	数张	书　箱	一个
纹　银	一锭	马　鞭	数根
红　绸	数条	船　桨	两个
考试稿	数张	古铜色小帐（上有补丁）	一份
桌　子	三张	椅　子	六把
烟色桌围椅帔	一份	黑色桌围椅帔	两份

第　一　场

周学道起轿离县　众秀才长亭送别

〔开场锣鼓幕启。**【小锣原场】**魏好古“上场门”上，贾知书“下场门”上，**【小锣归位】**同整冠互拱手走向台中。

<点绛唇> 笛子伴奏 1=D

魏好古　5　5. 6　4 3　5　2　–（台　台）
孔　门　弟　子，

贾知书　2　2 1　2 1　6 1　5　–（台　另　台）
读　书　写　字。

〔“上、下场门”分别上费学礼、卜修文，二人同时走向台前。

费学礼　5　5 4　3 5　2（台　台）3. 2　1 2　5 6　5　–（台　另　台）
读　诗　书　春　秋　易　礼，

卜修文　6. i　5　6. i　5　2　2　1 2　6　1　5　–‖
学　而　时　习　之。

〔**【小锣住头】**四人站成小“八字”。

魏好古　啊列位年兄，今年县考我等侥幸取中，大家都是秀才了。

众　是呀，大家都是秀才了。

魏好古　今日宗师周大人离县，我等长亭相送。

众　请。（魏看介）（大　大~~~~大 0　台）看什么？

魏好古　为何不见范年兄？

卜修文　啊列位年兄，范年兄家境贫寒，想是今日又无米下锅，往亲友家中借贷去了，我们不要等他。

贾知书　我们长亭等他。

众　请。

〔**【小锣水底鱼】**从半圆场至正场台中，上三层台阶，站于长亭前接**【撕边一锣】**“上场门”范进上，接**【大锣半个水底鱼】**范进上台阶。

范　进　众位年兄。**【五锤】**（拱手）

众　年兄。

范　进　宗师可曾起轿？
魏好古　未曾起轿。
范　进　噢，这就是了。（空匡）
魏好古　前面鸣锣开道，想是宗师起轿，我等迎上前去。

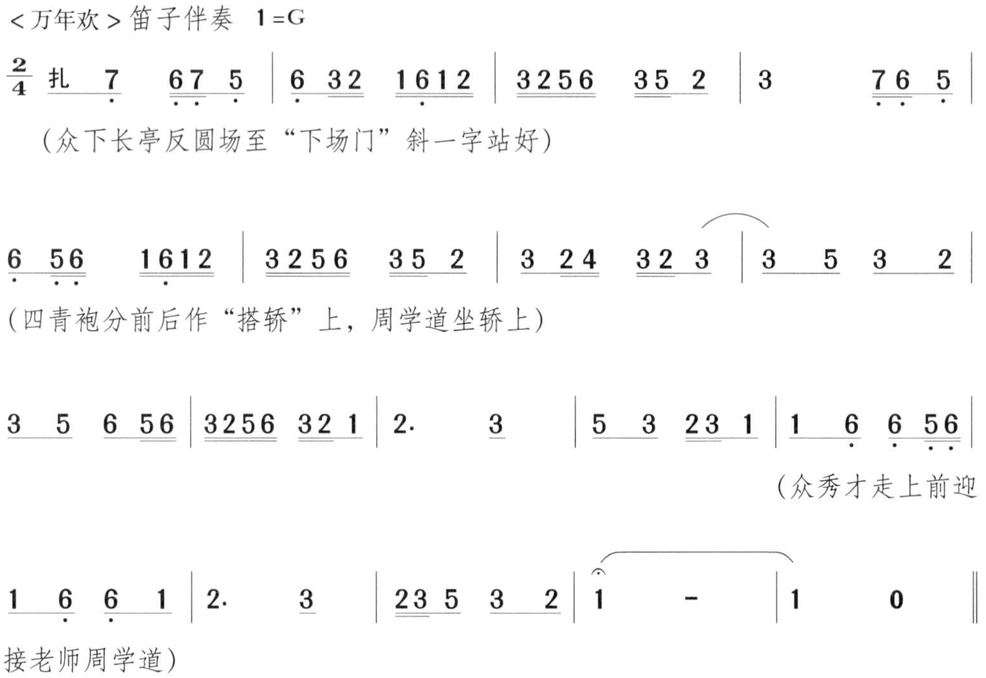

周学道　住轿。（大　大～～～大　0　台）（下轿）
魏好古　本城秀才魏好古。
贾知书　贾知书。
费学礼　费学礼。
卜修文　卜修文。
范　进　范……（卜修文抢一步，挡住范进）
众　恭送恩师大人。
周学道　众位贤契免礼。
众　谢恩师。
周学道　你等理应在家好好用心读书，何须远送。
众　门生等理应如此。
周学道　范贤契也来了？
范　进　恭候恩师。
周学道　啊范贤契你多大年纪了？
范　进　门生今年三十岁了。（众掩口一笑）（大大大台）门生名册上报的三十。今年已然五十四岁了。
周学道　本院看你须发苍白，但不知你应考多少年了？
范　进　门生自十六岁应考，如今整整考了三十八年。【小锣一击】

周学道 三十八年……啊范贤契，你交卷的时节，本道将你文章看了一遍，只觉得乱七八糟，不知说了些什么？

范　进 门生的文章本来是乱七八糟。

周学道 本院看你年纪大了，念你一番苦心，又将你的文章看了三遍，方才看出贤契文章是“起承转合”均有法度，抑扬顿挫，字字珠玑，可算是天下第一等的好文章，故而在你文章上面浓圈密点把你高高取中了。

范　进 多谢恩师提拔。

周学道 我看贤契文章火候已到，明春乡试必能高中。你等回去，用心攻读，想这功名举业全靠志诚忍耐，若是半途而废就要前功尽弃了。

众 多谢恩师指点。

周学道 顺轿。

接奏＜万年欢＞　1＝G

2/4 扎 5 3 2 | 3 5 6 56 | 3256 32 1 | 2. 3 |

（周学道上轿走向“下场门”，众举子走到“上场门”“一条鞭”）

5 3 23 1 | 1 6 6 56 | 1 6 6 1 | 2. 3 |

（众白“送恩师”，目送周下）

23 5 3523 | 1 7. 1 | 2321 61 5 | 5 56 32 1 |

2(ˆ) - | 2 0 ‖ 【小锣五锤】（众分左右站在台中）

魏好古 啊列位年兄。

众 年兄。

魏好古 周大人将范年兄的文章看了三遍真乃是有心之人。

卜修文 啊列位年兄，我看范年兄今科是一定要中的了。

众 却是为何？

卜修文 你们可知这位周大人也是五十多岁方才高中的。我们进场的时节，周大人坐在堂上点名，他那两只眼睛专往有胡须的脸上看，他看来看去就看到了范年兄的身上，想他二人一个姓周，一个姓范，有道是一粥一饭当思来之不易呀。哈……【小锣一击】

贾知书 取笑了。请！【小五锤】（众“上场门”下）

〔范进对卜修文一甩袖表示不满。【小锣一击】

范　进 唉！想我整整考了三十八年不曾得中，不想今年竟自中了，从今以后，我就是秀才了。（走向“上场门”处喊）范童生（做不好听的表示），（又走向“下场门”喊）范秀才，哈哈哈！（做满意表示），（走向正台口）唉呀呀这秀才比童生倒是好听得多呀！哈哈哈！【小锣一击】我不免回得家去将中秀才之事报与母亲娘子知道便了。

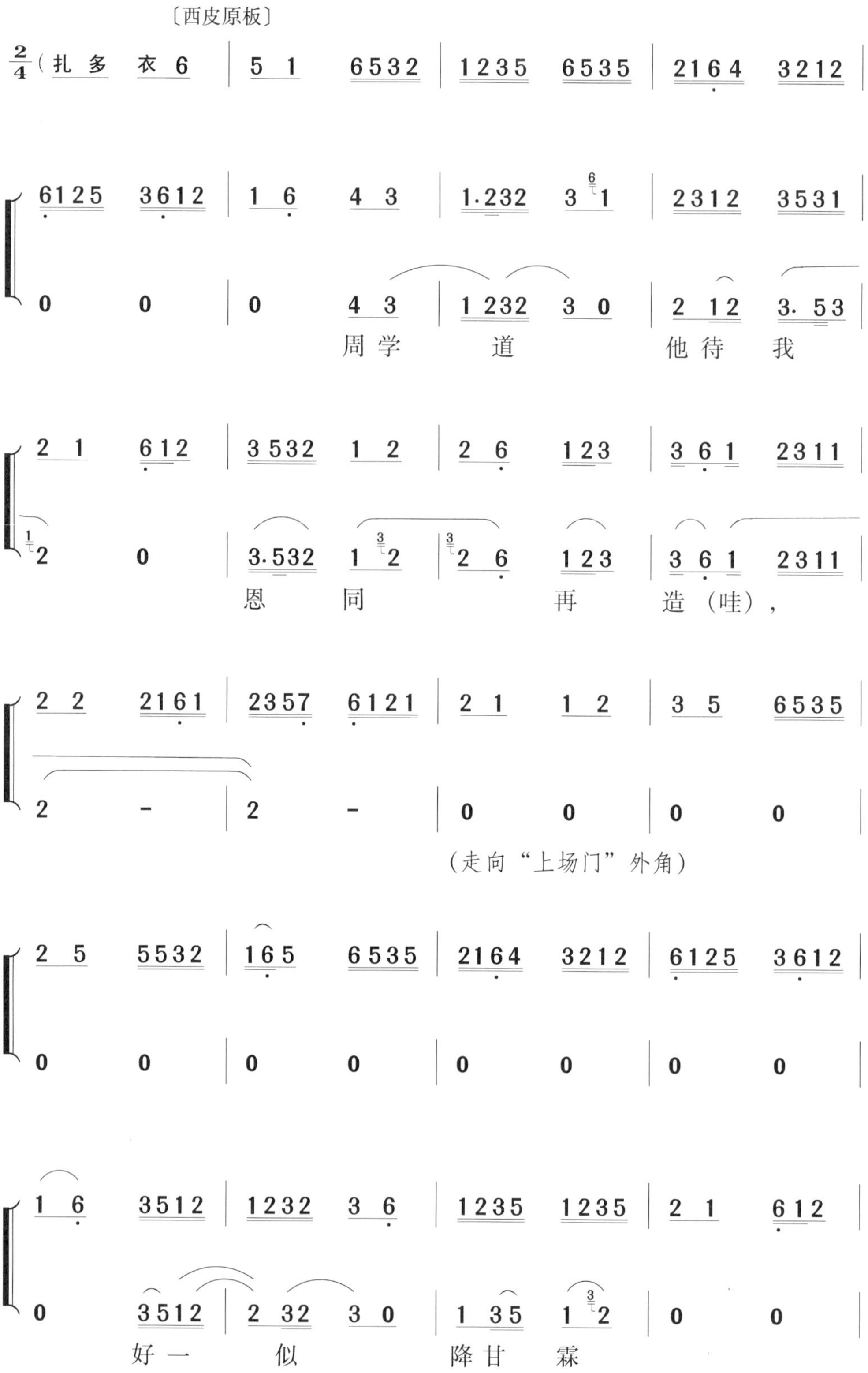

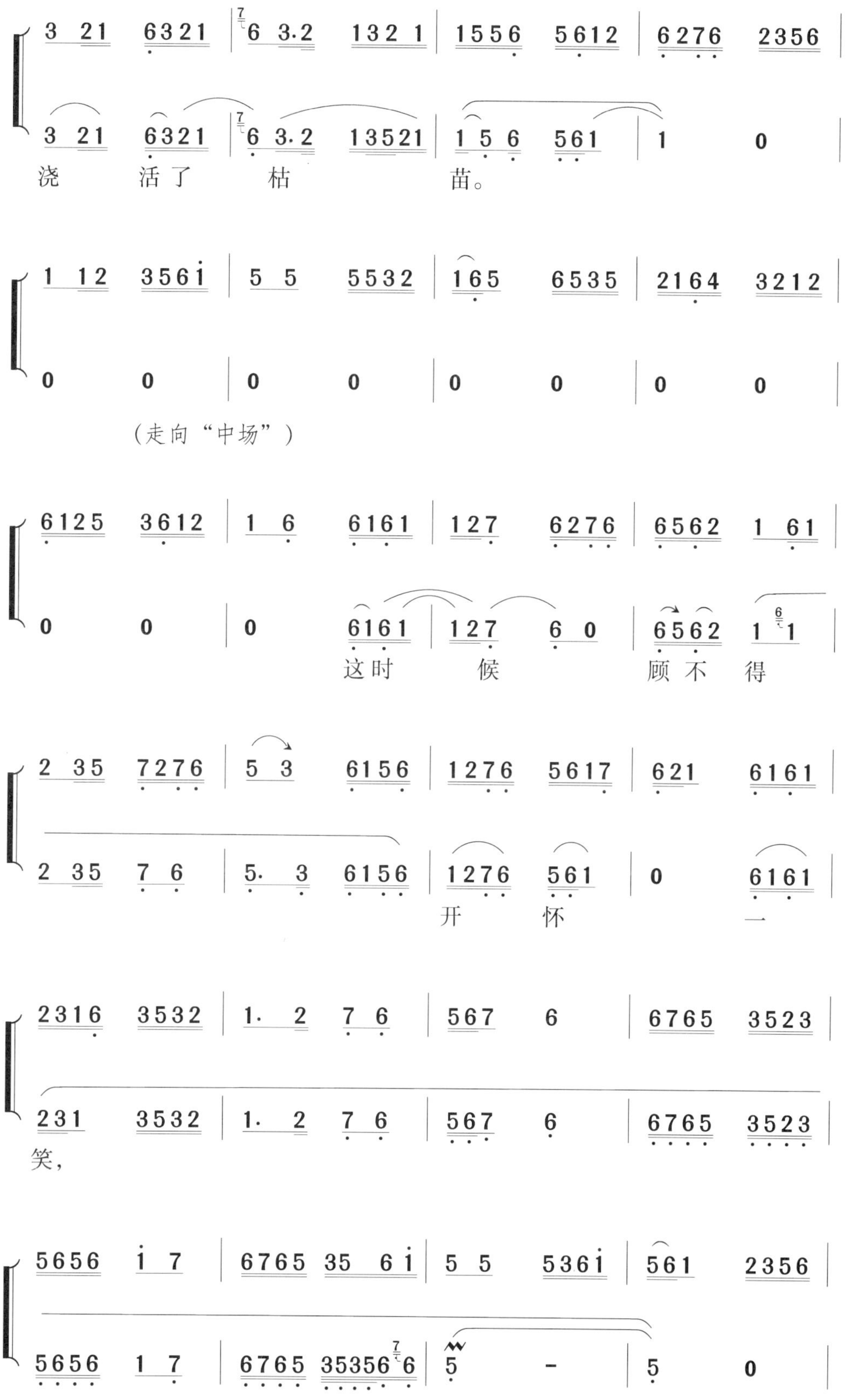
浇 活了 枯 苗。
（走向“中场”）
这时 候 顾不 得
开 怀 一
笑，

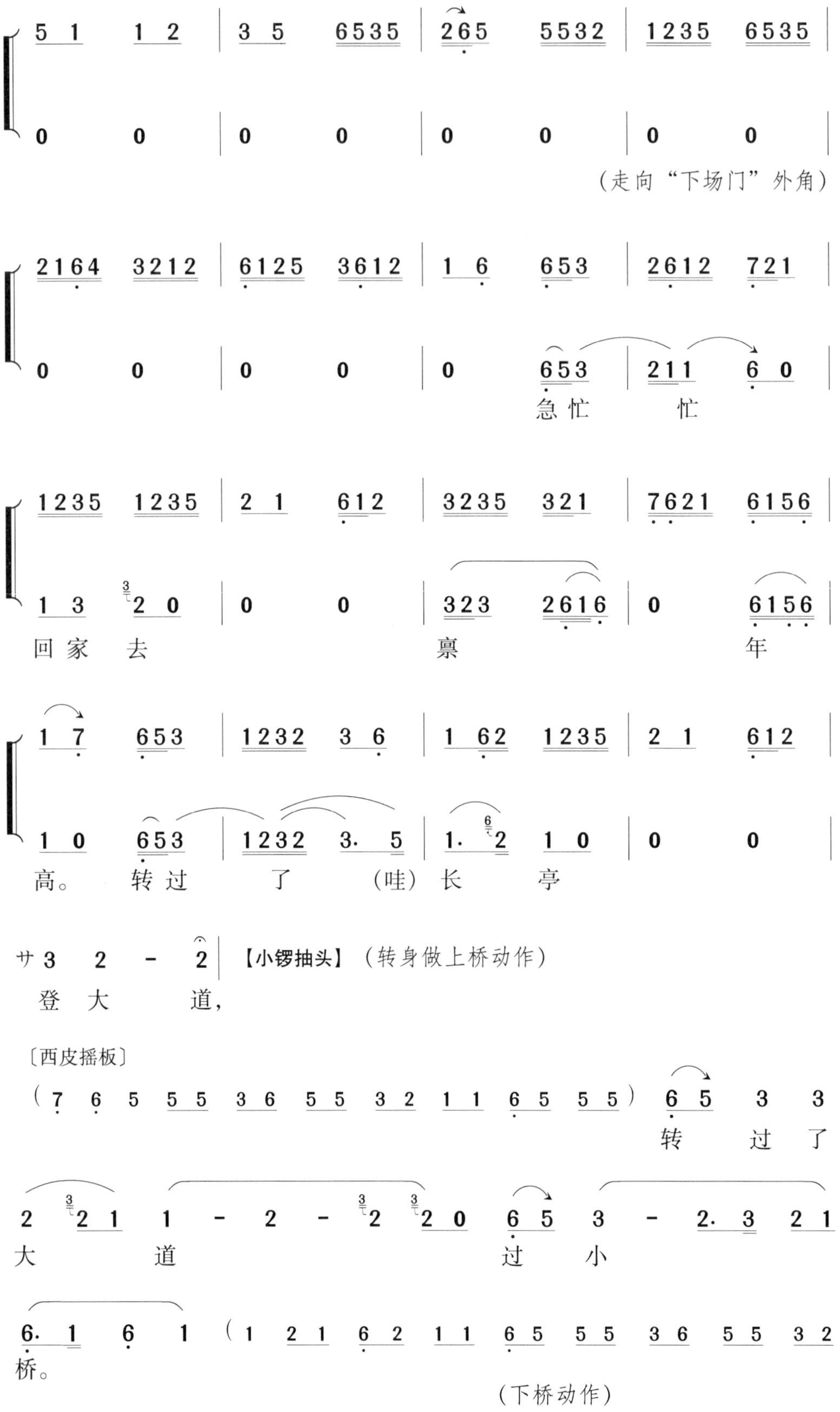

（走向“下场门”外角）
急忙 忙
回家 去 禀 年
高。 转过 了 （哇）长 亭
【小锣抽头】（转身做上桥动作）
登 大 道，
〔西皮摇板〕
转 过 了
大 道 过 小
桥。
（下桥动作）

1 1 6 5 5 5） 2 - 1 2' 3 - 1 2 3 - 2
我 这 里 敲 柴 扉

（3 3 2 2） 6 2 1 1 4 3. 2 3 0 |
一 声 高 叫——

（走至“上场门”外角）

范 进 娘子开门来。

〔摇板〕

【小锣抽头】 （7 6 5 5 5 3 6 5 5 3 2 1 1 6 5 5 5）

（范妻“下场门”上）

范 妻 3 3 6 5 5 3 3 5 6' i 5 6 6 5 6 6 5 - ‖
想 必 是 我 丈 夫 空 走 一 遭。（开门动作）

<碧步玉>弦乐伴奏 1＝D

大大 大大 大 大 | $\frac{2}{4}$台 5 3532 |: 1 1 2 | 2 32 1232 |
（范进急忙进门，向妻子稍作一望，直奔“下场门”而下。范妻不解其意）

1 5 3532 | 1 1 2 | 2 32 1232 | 1 6 5 3 |
（范进从“下场门”又急上，走到妻子面前）

5 6 3 2 | 1 2 765 | 6 1 | 1 2312 |
范进白：“娘子，你与我放在哪里了？”范妻白：“什么？”范进白：“三十八年

3 5. 6 | i 6 5 | 2312 3 | 2 1 1265 |
前与我买下的？噢……”（又急下，换上秀才巾上） 范妻白：“啊相公你莫非

3 5. 6 | i 6.i 565 | 0 5 3532 | 112 0 5 6 |
中了秀才了？”范进白：“我中了秀才了。”（范母从“上场门”上） 范母白：

i6i 0i65 | 4 3 5 | 5 2 3 2 | 1. 2 765 |
“儿呀，你中了秀才了？” 范进白：“是呀，孩儿中了秀才了。”

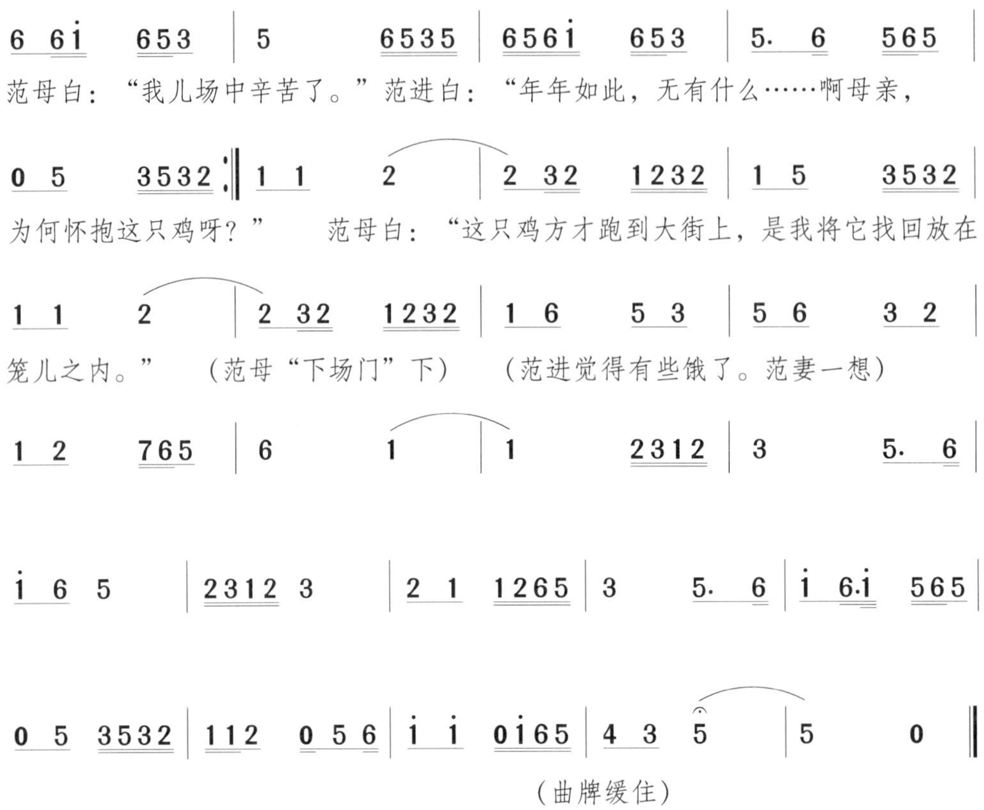

范　妻　相公可曾用饭？

范　进　这个？【小锣一击】

范　妻　待为妻前去借米。（欲出门）

〔关清、顾白“上场门”上。【小锣一击】

关　清
顾　白　那不是范大嫂吗？

范　妻　二位大哥。

关　清　范大嫂你交给我们那十双草鞋已经卖啦，给你换来二升米，拿去做饭吧。

范　妻　多谢二位大哥，请进。【小锣一击】（范母迎上，关清、顾白进门）

关　清
顾　白　老伯母，范大相公。

范　母　我儿他中了秀才了。

关　清　是呀，刚才我们在集上就听说啦，特来给您道喜来啦。

范　母　大家同喜。

范　妻　啊母亲，适才二位大哥送来的米，待儿媳前去做饭。（“下场门”下）

范　母　啊儿呀，昨日母鸡生了一个蛋，待为娘将他烹煮好了，为我儿贺喜。

范　进　唉呀，特破费了哇！

顾　白　费点费点吧。（**大大大台**）（范母“下场门”下，顾白走向“大边”）

关　清　范相公这就好啦，如今你中了秀才，赶明天找家“家馆”教教书，一年挣个十几两银子，日子可就好过得多了。

范　进　我那宗师对我言道，说我文章火候已到，叫我明年去应乡试。

关　清　听你一说，你要考回乡试，中个举人啦？（范进点头）你要是中了举人，那你就跟张静斋张大爷是一样的身份了，这么说你要——（多罗）（念）〔数板〕为官啦！

顾　白　做吏了，

关　清　买房了，

顾　白　置地了，

关　清　穿绸了，

顾　白　吃油了，

关　清　骑马了，（走向“下场门”）

顾　白　坐轿了，（走向“上场门”）

关　清　鸣锣了，（走向“上场门”）

顾　白　喝道了，（走向“下场门”）

关　清　你刻石碑了，

顾　白　你修祖坟了，

关　清　你拿板子，

顾　白　你打穷人了。哈……【小锣一击】

关　清　范相公，你别生气，我们跟你闹着玩哪。天不早啦，我们告辞了。别送啦，回去吧。

〔胡屠户拿着酒壶和一串肠子“上场门”上，和关清、顾白相碰。【小钹一击】

胡屠户　走道瞧着点，往哪撞啊，没长着眼睛吗？【小锣二击】

关　清　对不起，走走走。（二人“上场门”闪下）

范　进　（出门相迎）岳父。

胡屠户　唉！我真倒霉，把个女儿嫁给了你。也不知道我积了什么德，你才中了个秀才。打点酒，拿点肠子，恭喜你来啦。【小锣一击】

〔胡进门，范母迎上。

范　母　啊亲家来了。

胡屠户　来啦，亲家母也恭喜你啦。这是酒，这是肠子，见个开儿就得，我已经煮好啦，我知道你们家连酱油都没有。

范　母　（尴尬地）有劳亲家花钱。【小锣一击】（接酒食“下场门”下）

胡屠户　嗯！

范　进　岳父请坐。

胡屠户　（坐下）我说范进哪，如今你中了秀才，可就是有点身份的人啦，凡事都要立些体统，像门口那些种田的、拾粪的，不过是些平头百姓，你也跟他们拱手作揖、平起平坐的，那可就坏了学里头的规矩啦，再说对我的脸上也不好看哪。

范　进　岳父见教得是。

胡屠户　嗯！这些话我不得不教训你，过两天我给你找个家馆，教教书，一年挣个十几两银子，也好养活你那老不死的妈跟你老婆。

范　进　啊岳父，这馆么？（不敢说不）【小锣一击】（范妻“下场门”上）

范　妻　爹爹来了！

胡屠户　来了。

范　妻　爹爹、相公请到后面用饭。

胡屠户 你也来吃点。唉，我女儿自进了你们家门儿，连猪油都没吃过，真可怜哪。（对范进）你也来吃点吧，（走几步见范进还在想什么）快点呀，什么事都这么慢腾腾的。

「**【小锣原场】**屠户、范妻“下场门”先下，范进随后，边走边想慢步走下。

第 二 场

赴乡试川资难措 二乡邻送炭雪中

「魏好古书房。八字桌（“小边”桌两椅，“大边”桌三椅），黑色桌围、椅披。

「**【小锣归位】**魏好古“上场门”上。

魏好古 闻鸡当起舞，临阵要磨枪。去年取中之后，本城秀才在我家中开了几次文会，看今日天时不早，众位年兄想必来也。

「**【小锣打上】**魏好古出门接众秀才“上场门”上，众归坐看书。范进随上，在一边长叹。**【小锣一击】**

魏好古 范年兄，你因何背地呻吟？

范　进 只因乡试已近，我手中无有盘费，故而烦闷。

魏好古 列位年兄。

众 年兄。

魏好古 范年兄家境贫寒，此去省城少不得三两银子，我们大家……

卜修文 （抢说）帮凑帮凑。小弟这里有一钱银子，就送与范年兄。我家中有事告辞了。（出门不走）

费学礼 是呀，我也有一钱银子，也送与范年兄。我也告辞。（出门不走）

贾知书 我也敬助二钱。我也告辞了。（出门）

魏好古 列位年兄，（众急跑下）唉！小弟这里只有二钱银子，就送与范年兄吧。

范　进 这个…… **【小锣一击】**

魏好古 你可有什么亲戚故旧，何不向他们借贷一回。

范　进 这个！……

魏好古 什么这个那个，功名大事要紧，走走走！**【小锣水底鱼】**（圆场至“上场门”角）门上有人么？

小院子 （“下场门”上）**【小锣一击】**做什么的？

魏好古 本城秀才魏好古。

范　进 范进。

魏好古
范　进 （同白）求见张老爷。

小院子 怎么要见我们老爷，你看这府门口车来轿往的，官员甚多，这站着不成，那边那边！**【小锣一击】**（魏、范二人“上场门”退下）有请老爷。（面向“下场门”）

张静斋 （上）嗯呔！**【小锣上场】**（上唱）闲云野鹤体态，课花摘句生涯。何事？

小院子 本城秀才魏好古、范进求见老爷。

张静斋 魏好古、范进…… （**大 大 大0 台**）想是为借贷而来？

小院子 我看有那么点儿意思。

张静斋 对他们去说，我与陈大人去至望江楼上饮酒赋诗，不在家中。

小院子 是。（刚要出门）

张静斋 转来。胡屠户可曾来过?

小院子 来啦，正在厨房跟老王算账哪。

张静斋 对他去说，前者他送来的肉骨头甚多，年终结帐之时，扣他二斤肉钱。快去。【小锣一击】（“下场门”下）

小院子 （出门）唉，过来过来，（魏、范二人急上）我们老爷跟陈大人上望江楼饮酒赋诗去啦，没在家。【小锣一击】（胡屠户“下场门”上）唉胡屠户，上回送来的肉骨头太多年终算账，要扣你四斤肉钱。

胡屠户 没有骨头哇!

小院子 什么没有哇。【小锣一击】（急由“下场门”下）

胡屠户 唉!平白无故地扣了我四斤肉钱，唉!（出门）

范　进 （听见胡屠户在内故而等他并迎上前）岳父。（大　大　大 0　台）

胡屠户 你干什么来啦?是找我吗?

范　进 寻找岳父商议一事呀。

胡屠户 有什么事在这说吧。

范　进 （不好意思开口）只因乡试已近，小婿手中无有盘费，不知岳父可肯借我么?

胡屠户 要多少哇?

范　进 再有二两银子也就够了。

胡屠户 二两?呸!（大 0　台）得了吧，你刚中了秀才就癞蛤蟆想吃天鹅肉了!我听人说，你中了秀才还不是宗师大人看你老啦，才舍了你个秀才。怎么咋你就想中举人当老爷啦?那当老爷的都是天上文曲星。你看看这张府来往的官员，都是方面大耳的;你瞧瞧你，你瞧瞧你尖嘴猴腮的，也配当老爷?你呀死了这条心吧!【小锣一击】

范　进 啊，岳父。

胡屠户 这是怎么话说的。【小锣一击】（气愤地“上场门”下）

范　进 这是哪里说起（起风声）（范进做冷状）唉!

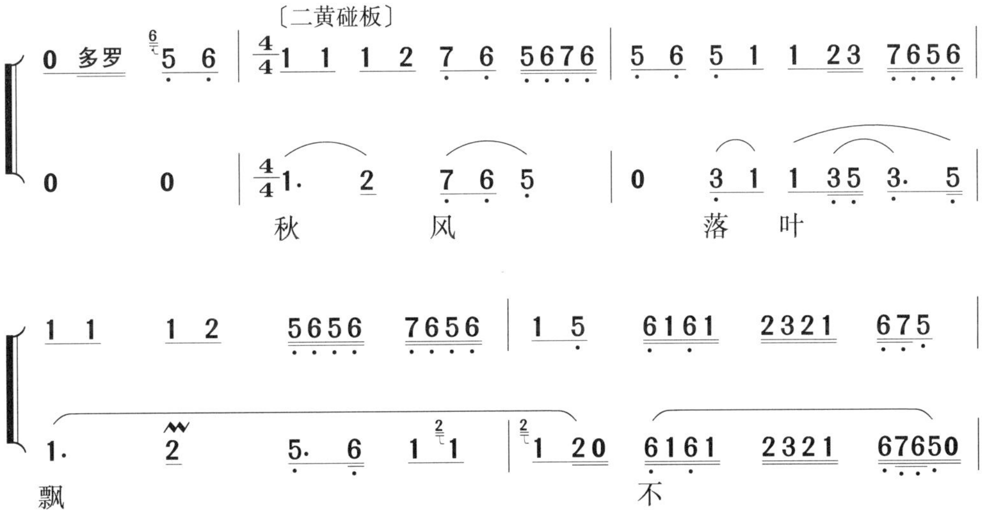

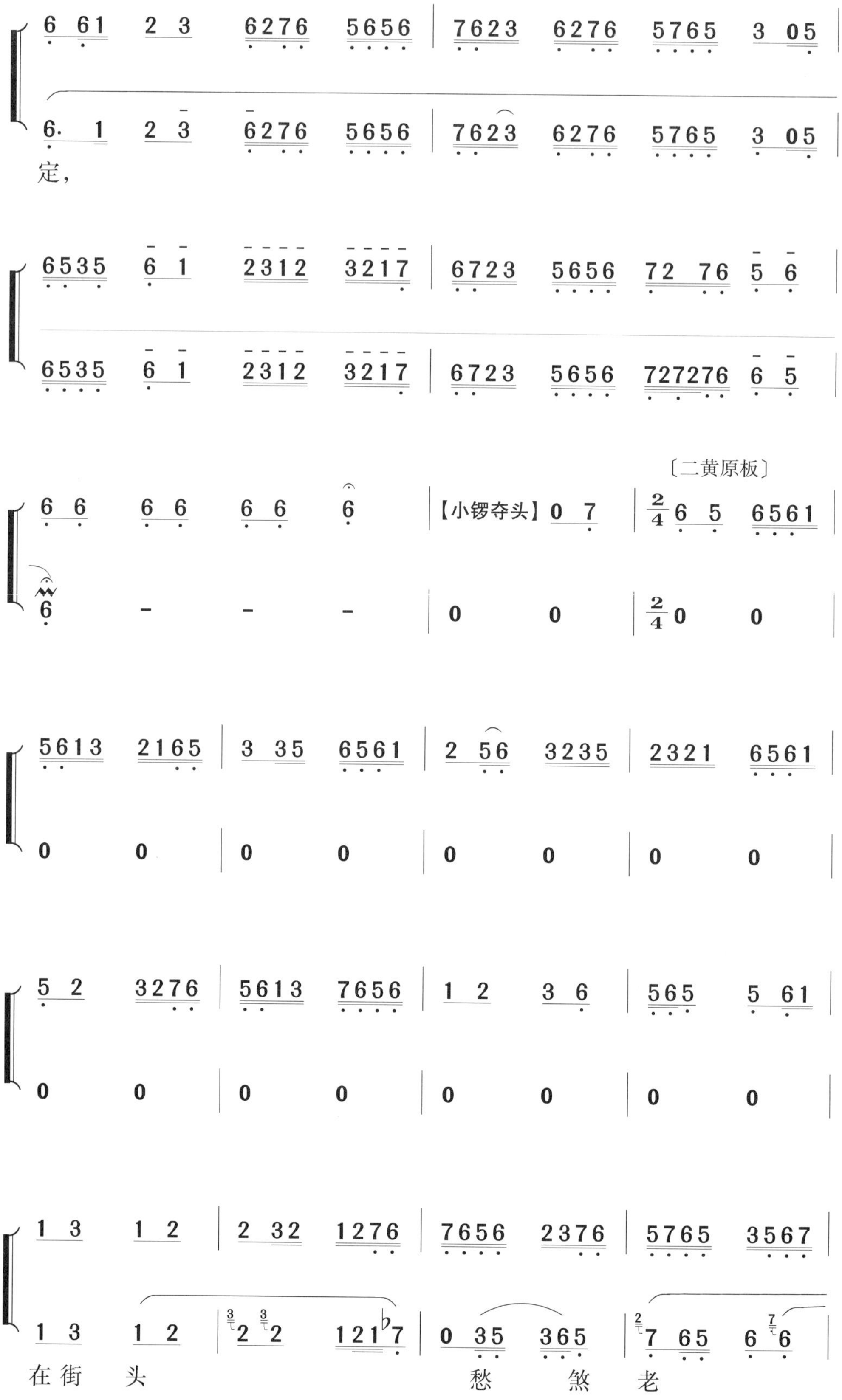
定，
〔二黄原板〕
【小锣夺头】
在街头
愁煞老

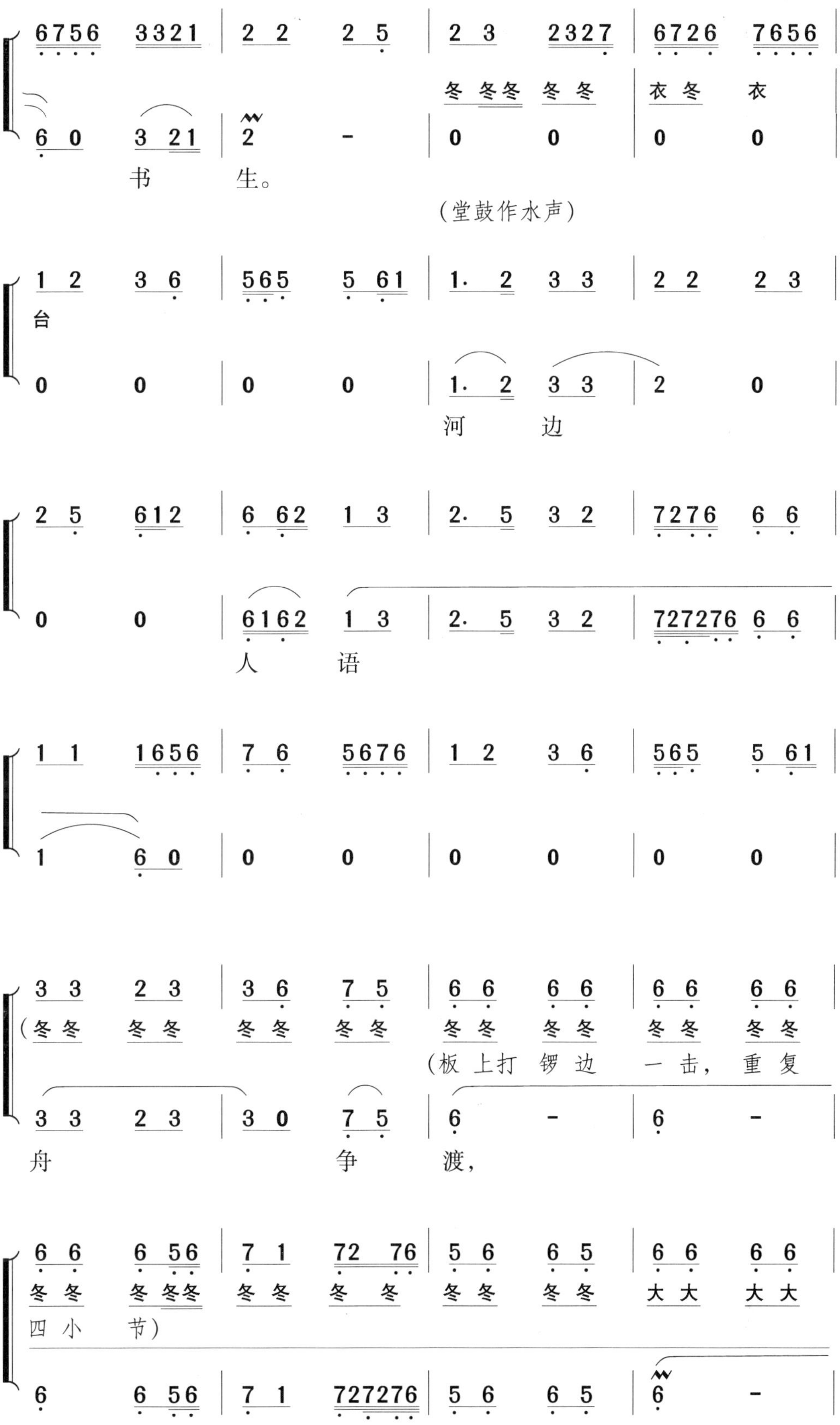
冬 冬冬 冬 冬
衣 冬 衣
书 生。
（堂鼓作水声）
台
河 边
人 语
（冬 冬 冬 冬 冬 冬 冬 冬 冬 冬 冬 冬 冬 冬 冬 冬
（板 上 打 锣 边 一 击，重 复
舟 争 渡，
冬 冬 冬 冬冬 冬 冬 冬 冬 冬 冬 冬 冬 大 大 大 大
四 小 节）

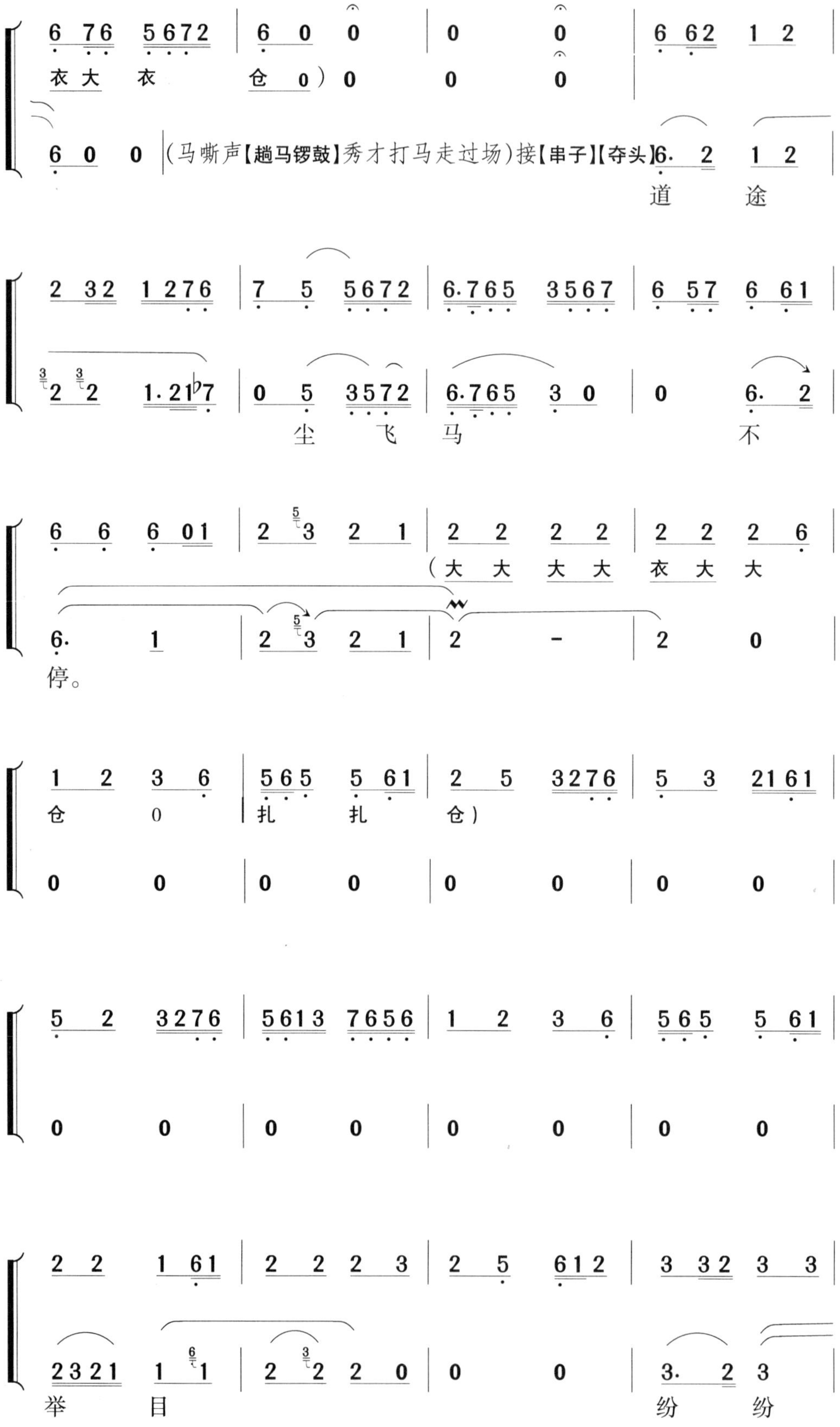
衣大 衣 仓 0）
（马嘶声【趟马锣鼓】秀才打马走过场）接【串子】【夺头】
道 途
尘 飞 马 不
停。
（大 大 大 大 衣 大 大
仓 0 扎 扎 仓）
举 目 纷 纷

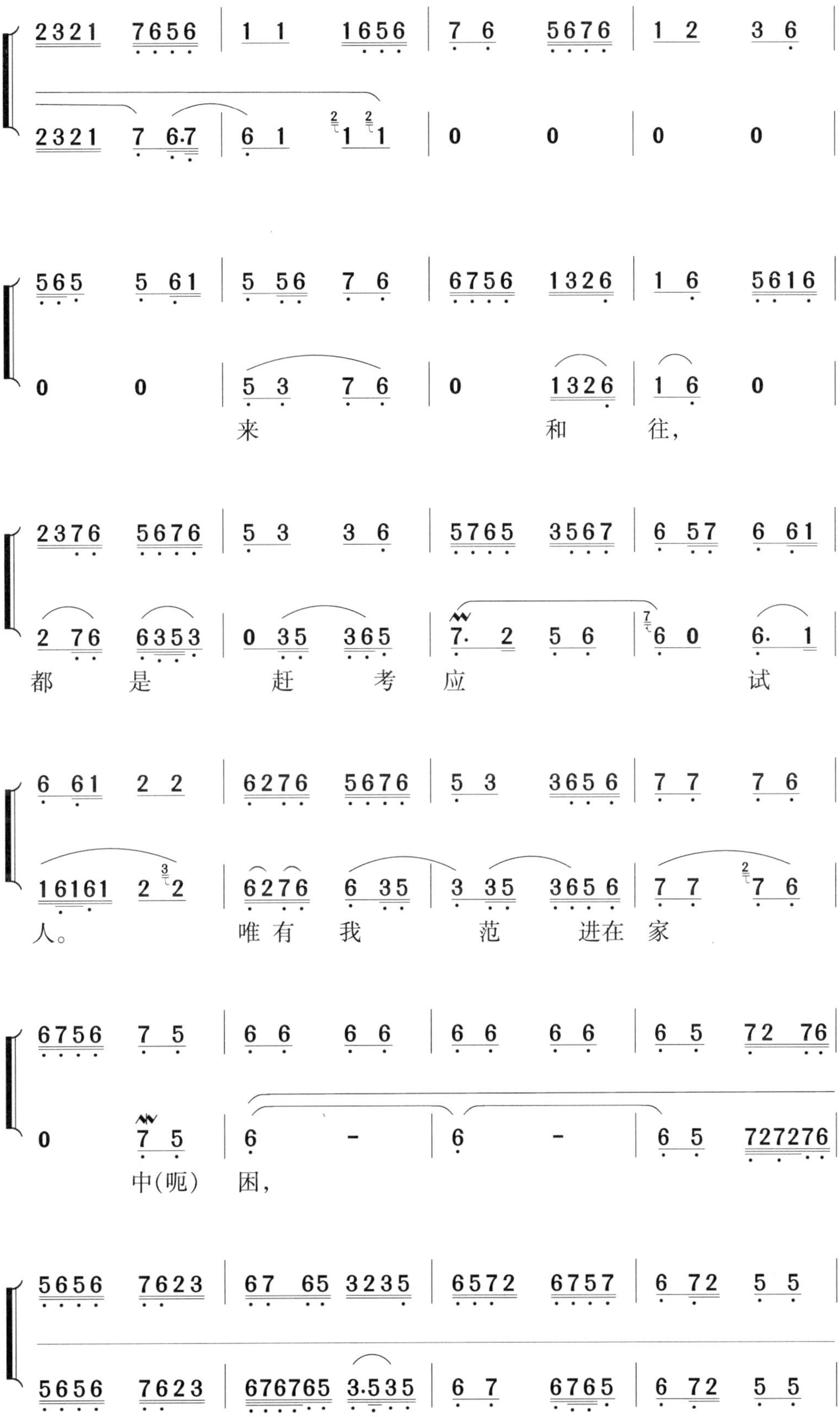
来 和 往，
都 是 赶 考 应 试
人。 唯有 我 范 进在 家
中(呃) 困，

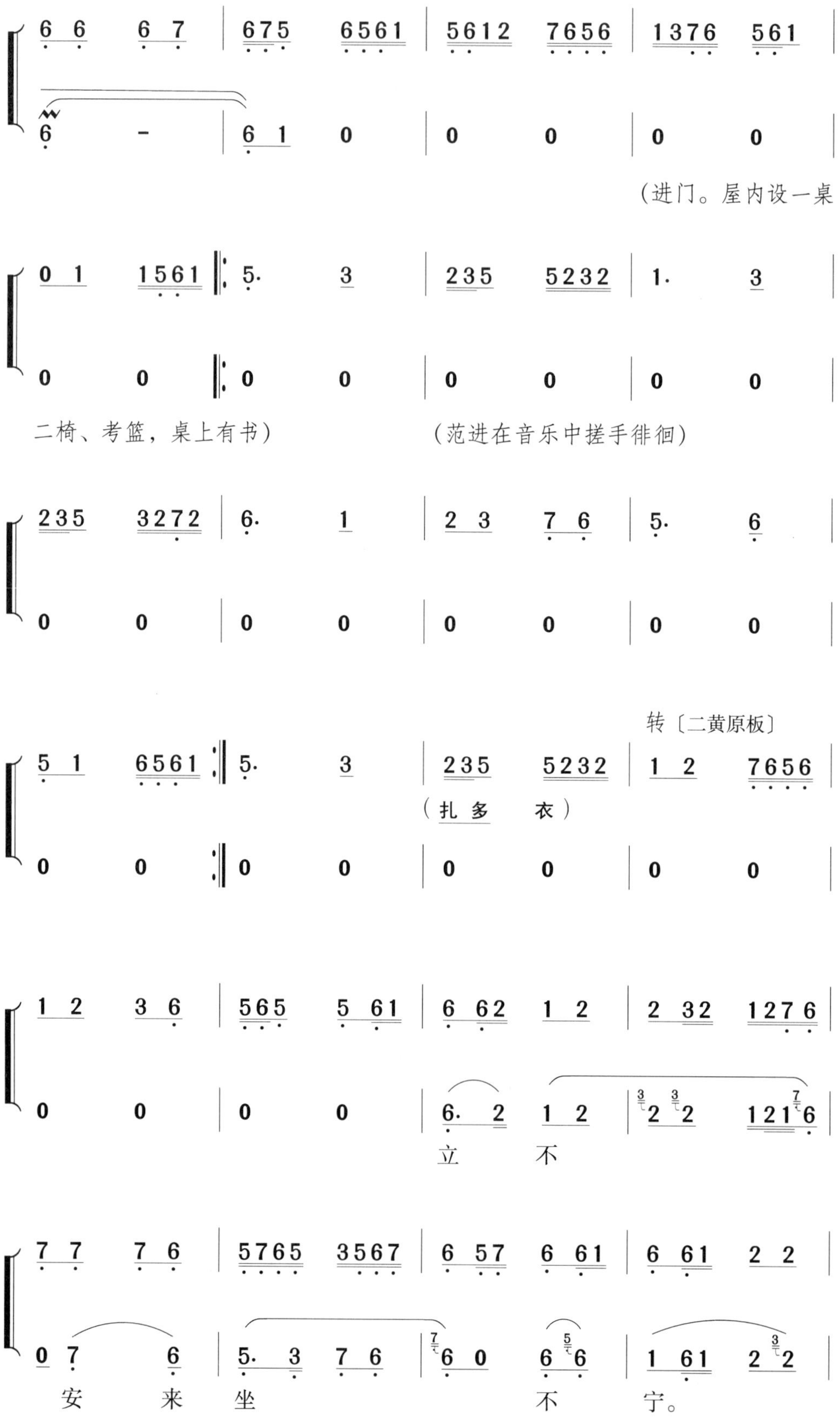

（进门。屋内设一桌
二椅、考篮，桌上有书）
（范进在音乐中搓手徘徊）
转〔二黄原板〕
（扎 多 衣）
立 不
安 来 坐
不 宁。

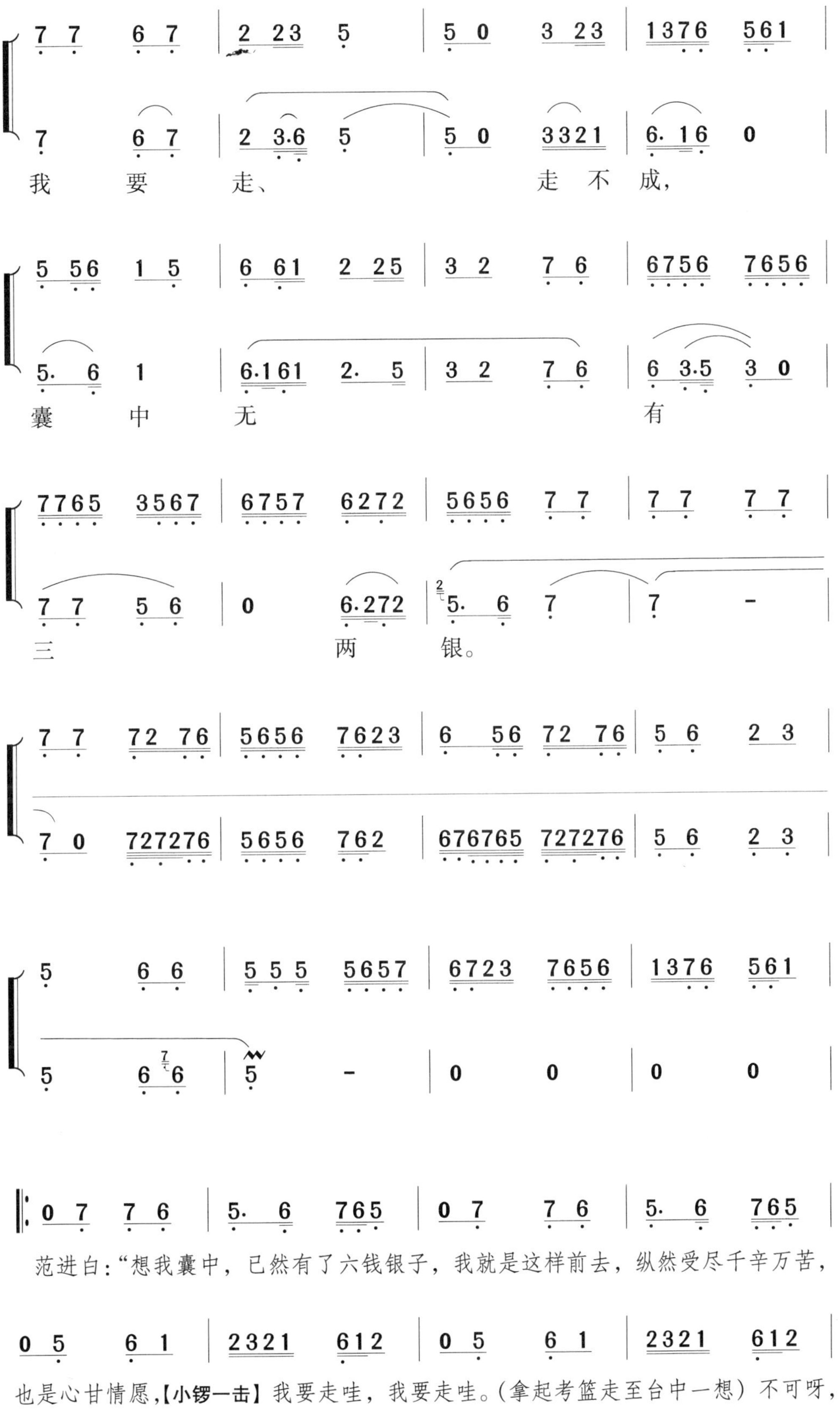
我 要 走、 走 不 成，
囊 中 无 有
三 两 银。
范进白：“想我囊中，已然有了六钱银子，我就是这样前去，纵然受尽千辛万苦，
也是心甘情愿，【小锣一击】我要走哇，我要走哇。（拿起考篮走至台中一想）不可呀，

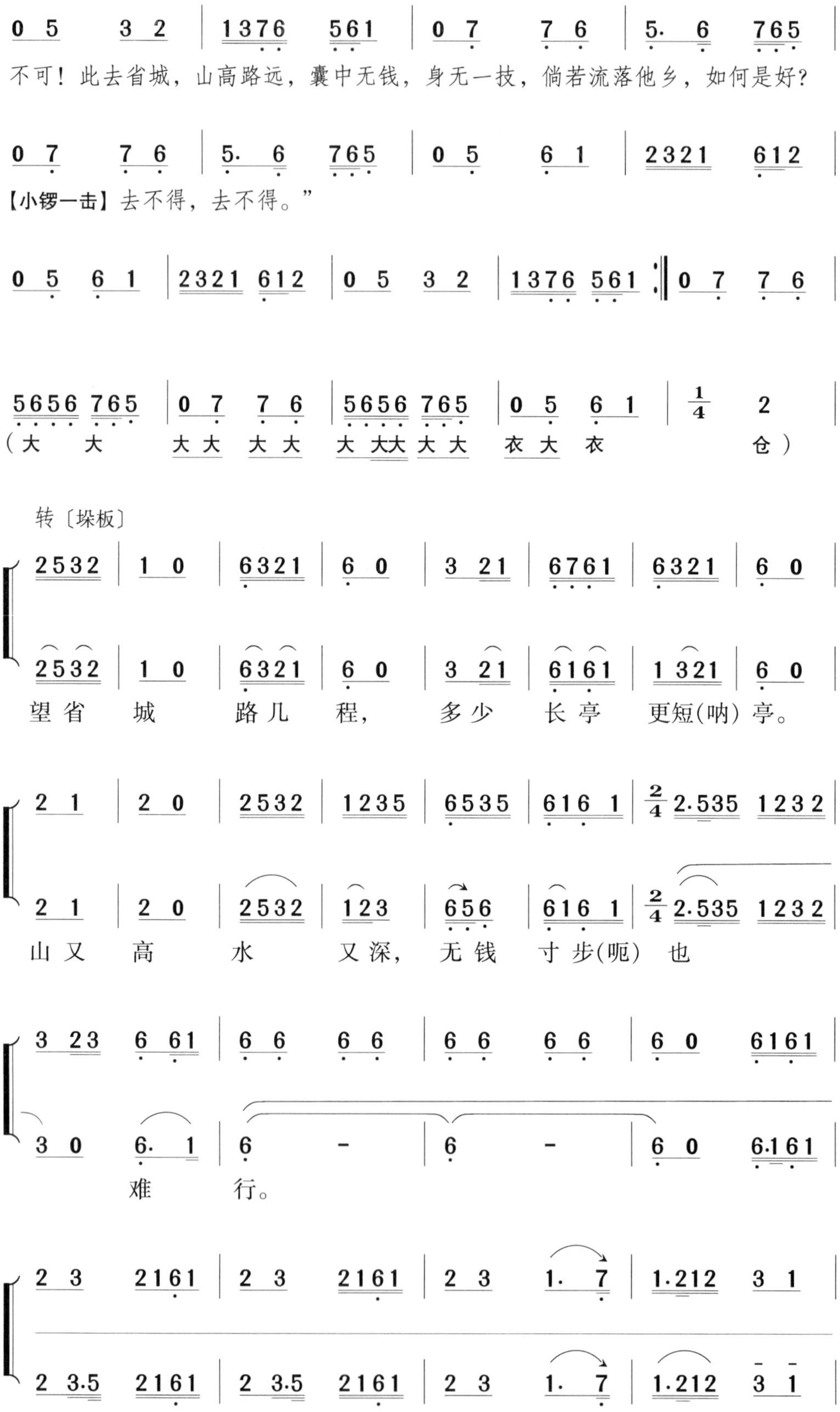
不可！此去省城，山高路远，囊中无钱，身无一技，倘若流落他乡，如何是好？
【小锣一击】去不得，去不得。”
（大 大 大大 大大 大 大大 大大 衣大 衣 仓）
转〔垛板〕
望省城路儿程，多少长亭更短(呐)亭。
山又高水又深，无钱寸步(呃)也
难行。

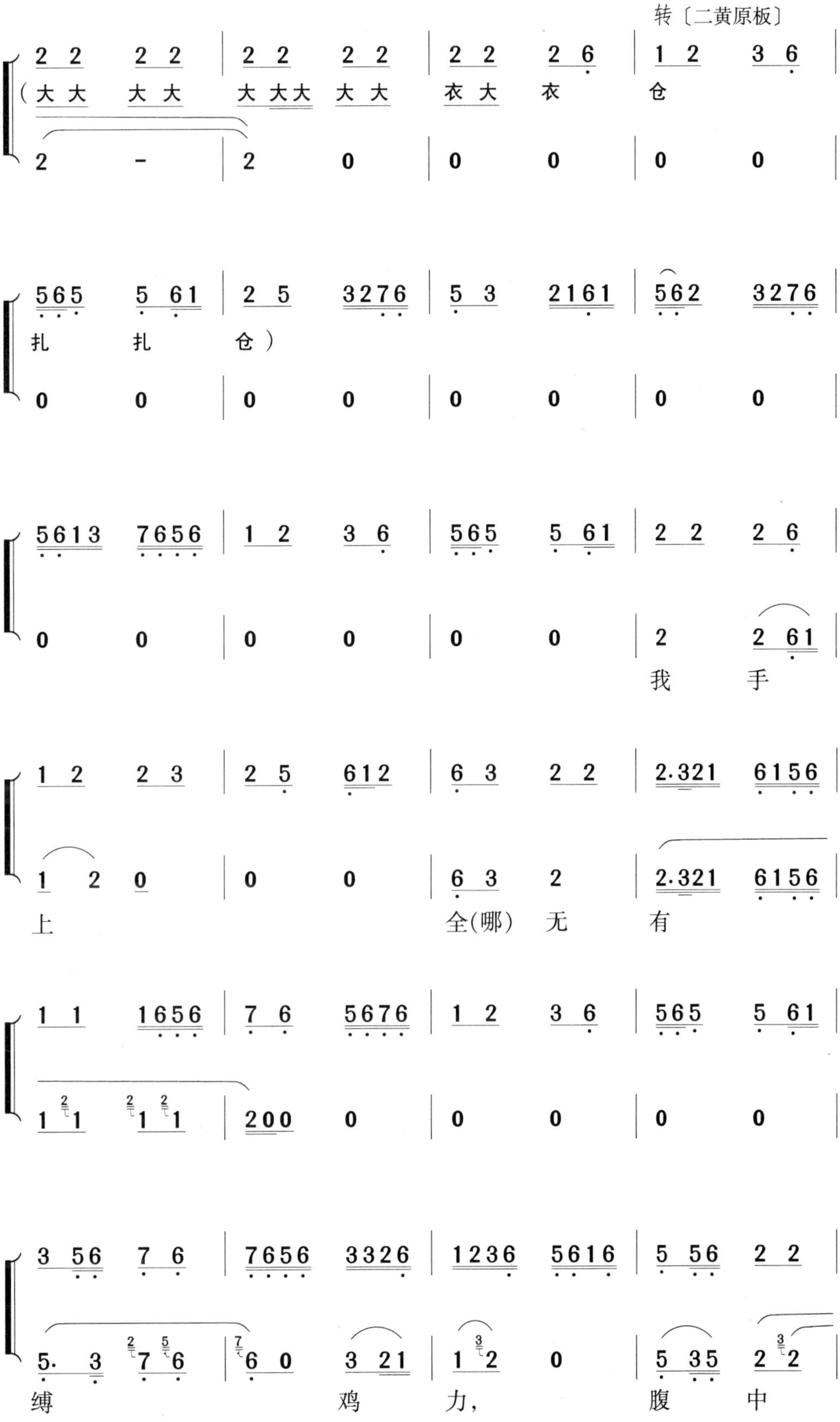
转〔二黄原板〕
（大大 大大 大大大 大大 衣大 衣 仓
扎 扎 仓）
我 手
上 全(哪) 无 有
缚 鸡 力， 腹 中

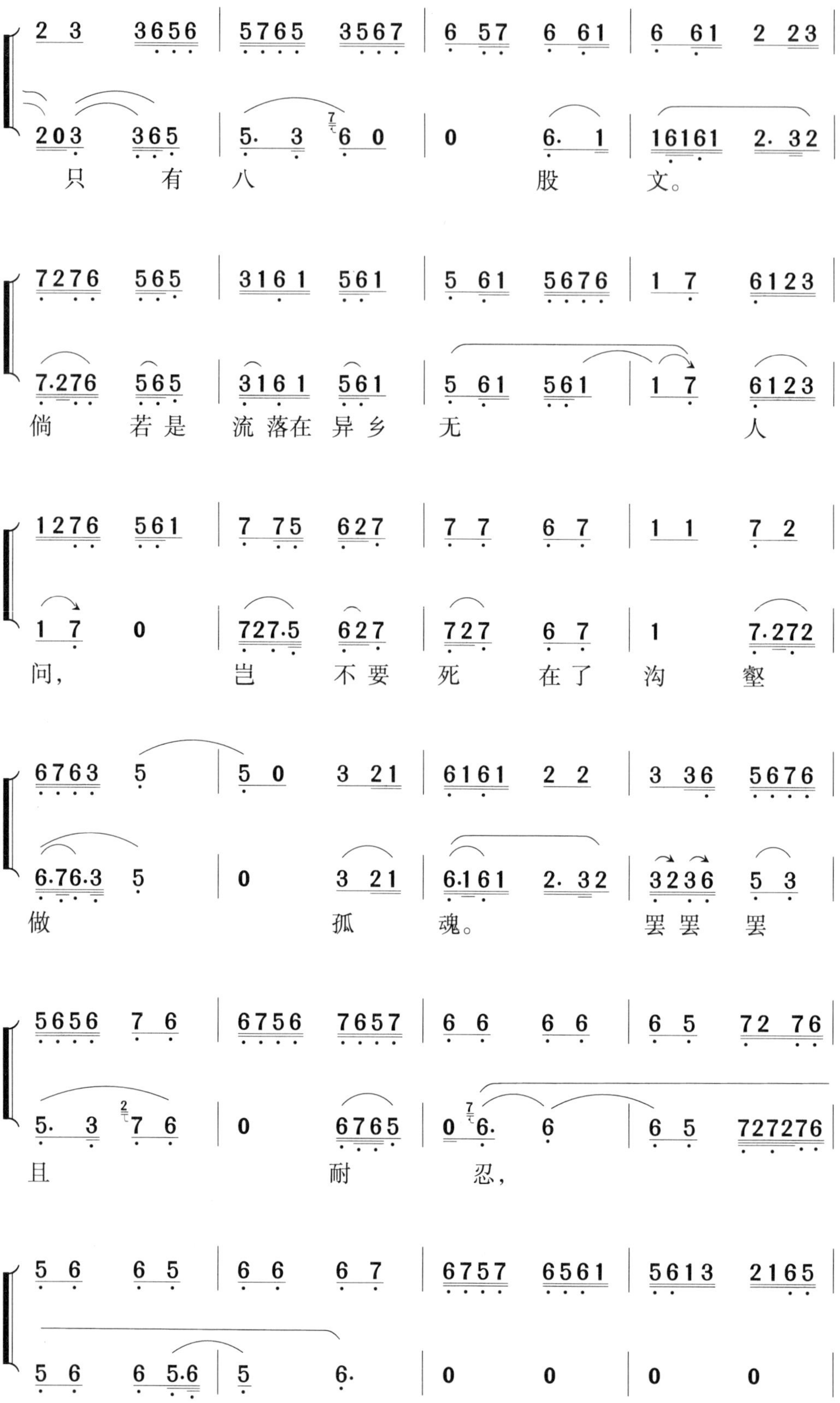
只 有 八 股 文。
倘 若是 流 落在 异 乡 无 人
问， 岂 不 要 死 在 了 沟 壑
做 孤 魂。 罢 罢 罢
且 耐 忍，

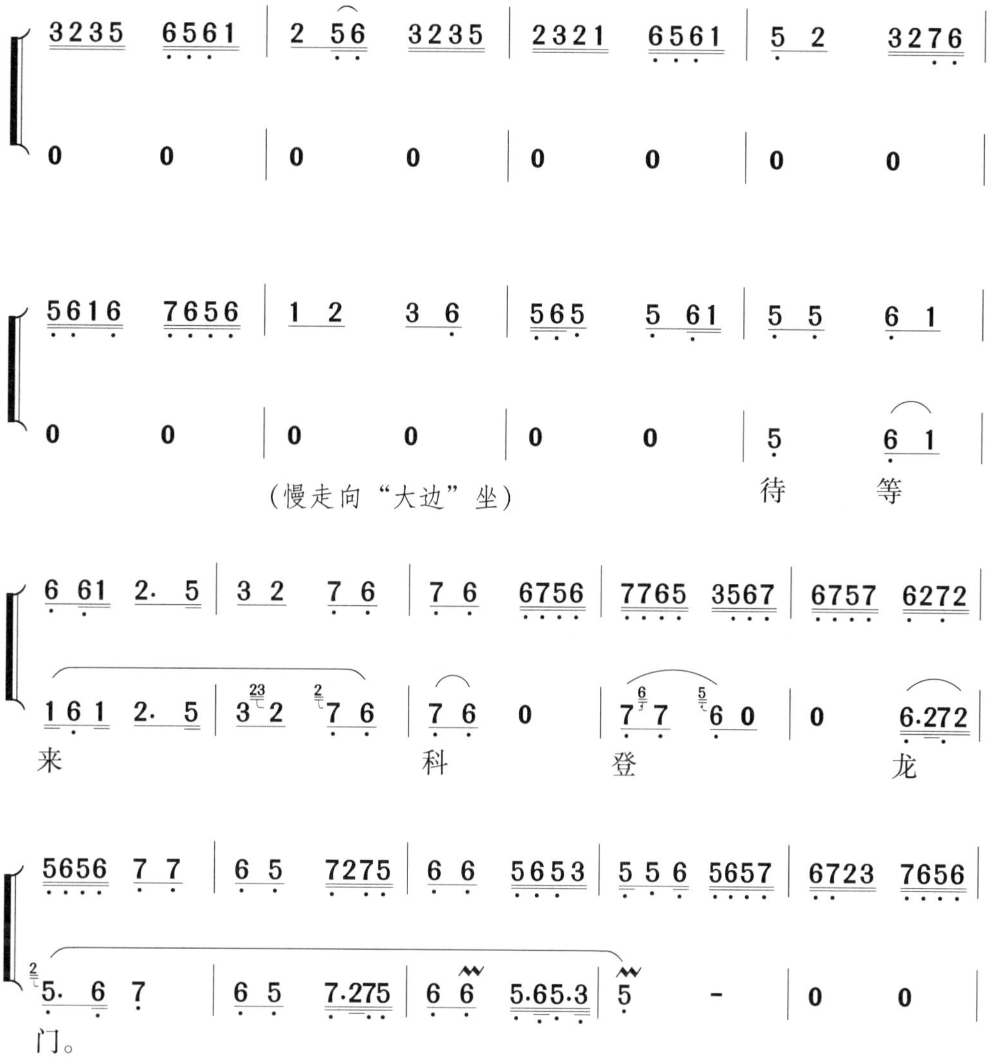

范进白：“囊中无钱，不可贸然前去，待等来科，我再去赶考，【小

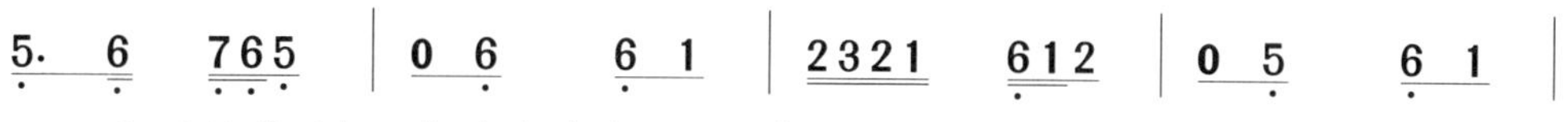

锣一击】不行哪不行。想这乡试大比，三年一科，我今年已是五十五岁了，还有几

个三年好等？（大台）难道说我就做一辈子的白头秀才?就是这样穷困潦倒、落魄

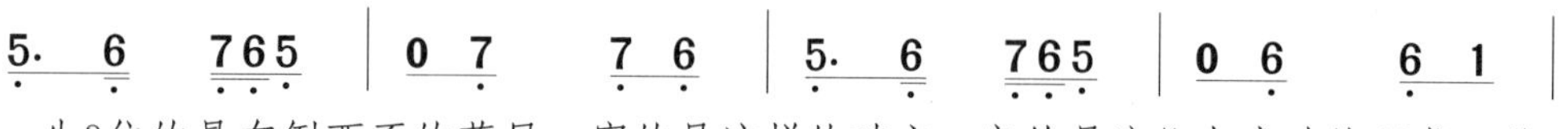

一生?住的是东倒西歪的茅屋，穿的是这样的破衣，守的是这几本残破的旧书。范

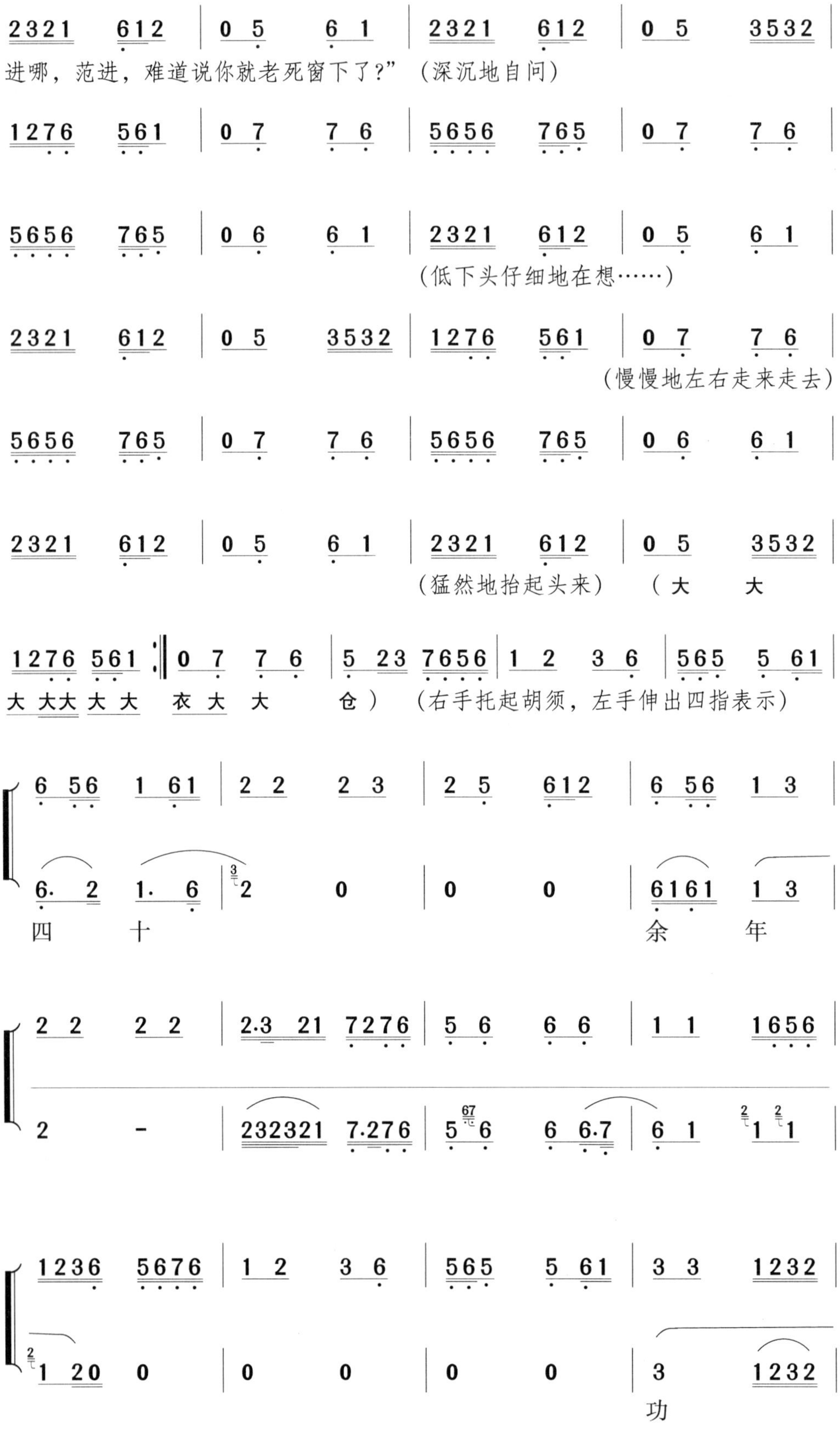

进哪，范进，难道说你就老死窗下了？”（深沉地自问）
（低下头仔细地在想……）
（慢慢地左右走来走去）
（猛然地抬起头来）（大 大
大 大大 大 大 衣 大 大 仓）（右手托起胡须，左手伸出四指表示）
四 十 余 年
功

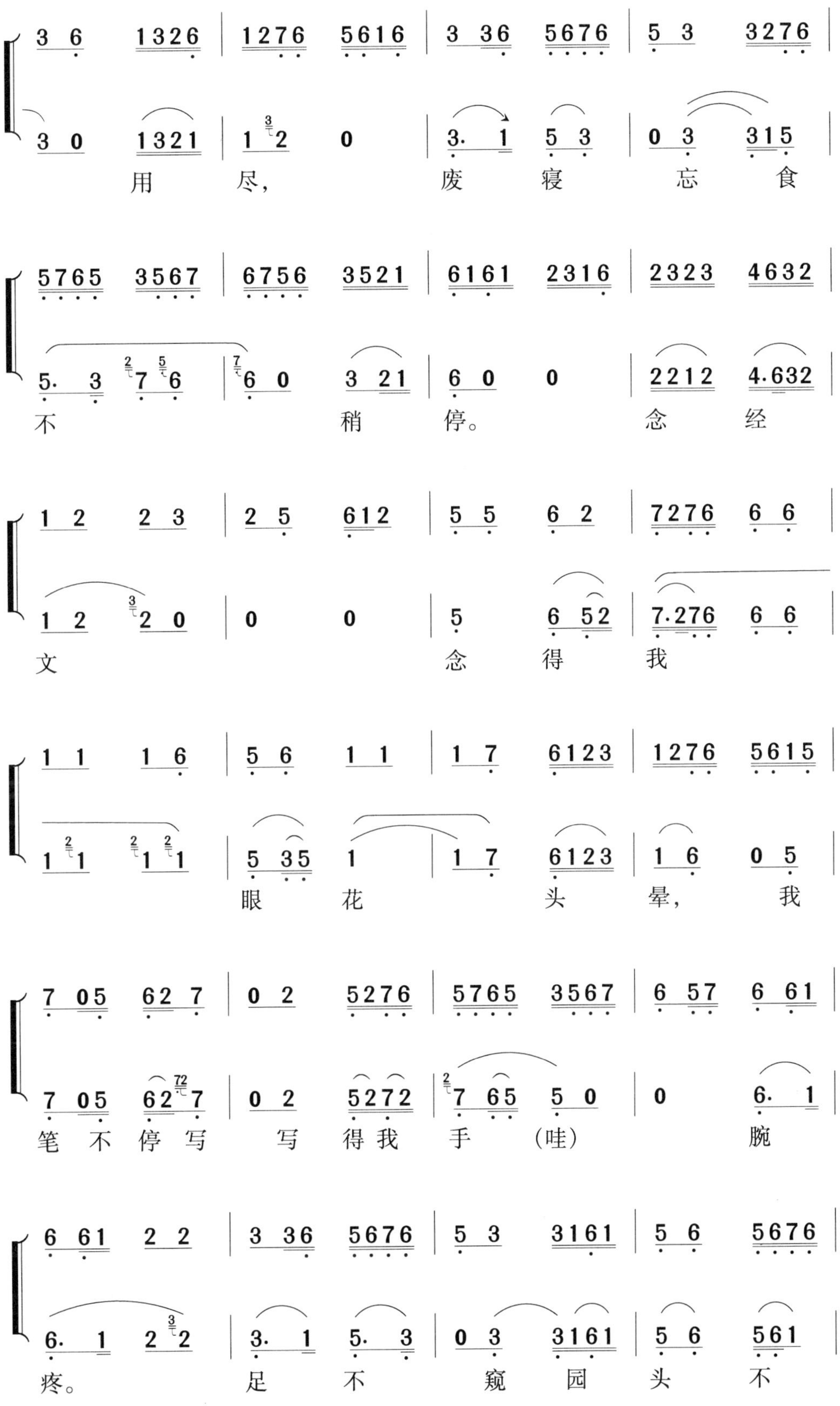
用 尽， 废 寝 忘 食
不 稍 停。 念 经
文 念 得 我
眼 花 头 晕， 我
笔 不 停 写 写 得我 手 （哇） 腕
疼。 足 不 窥 园 头 不

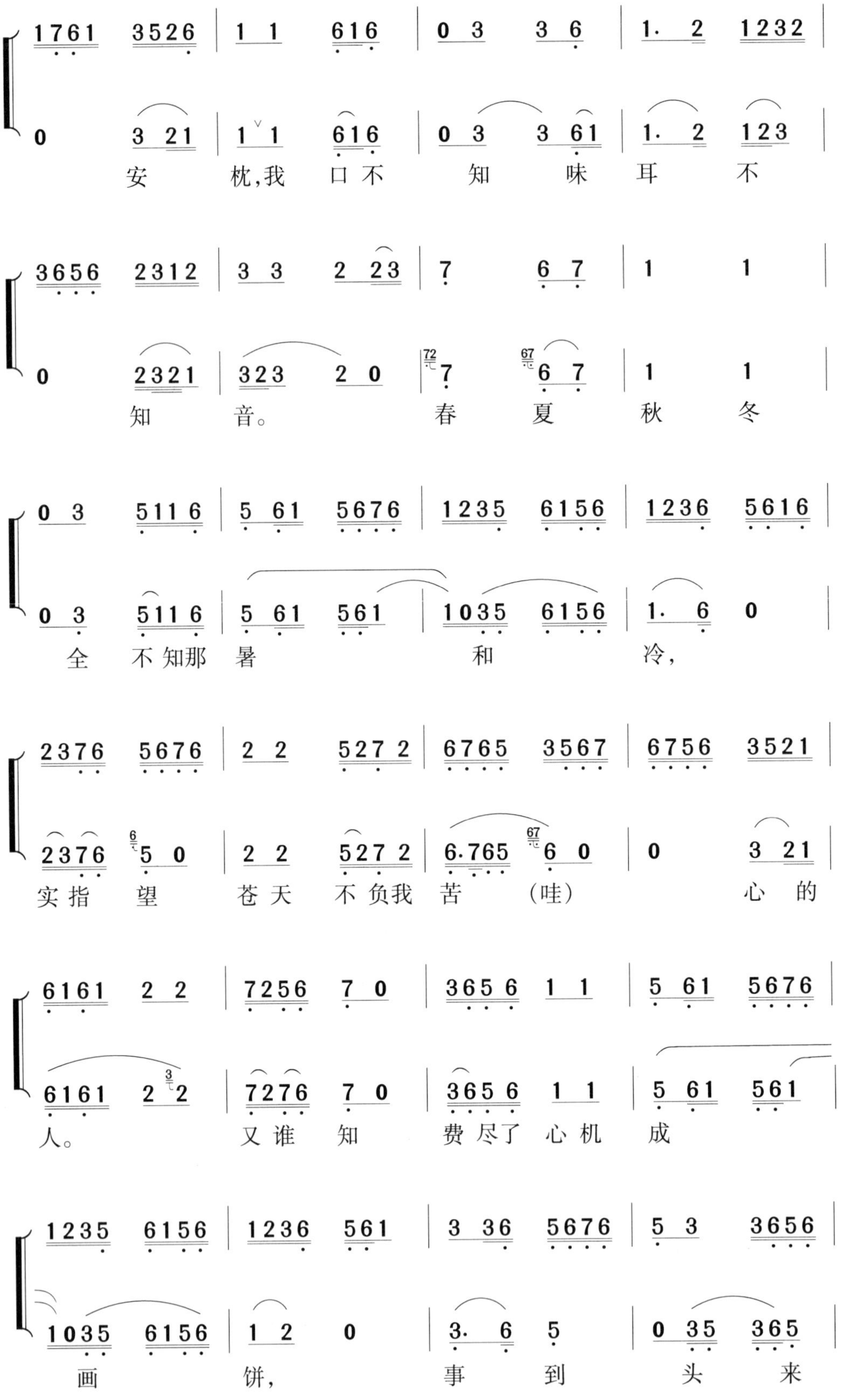

安 枕,我 口不 知 味 耳 不
知 音。 春 夏 秋 冬
全 不知那 暑 和 冷,
实指 望 苍天 不负我 苦 (哇) 心 的
人。 又谁 知 费尽了 心机 成
画 饼, 事 到 头 来

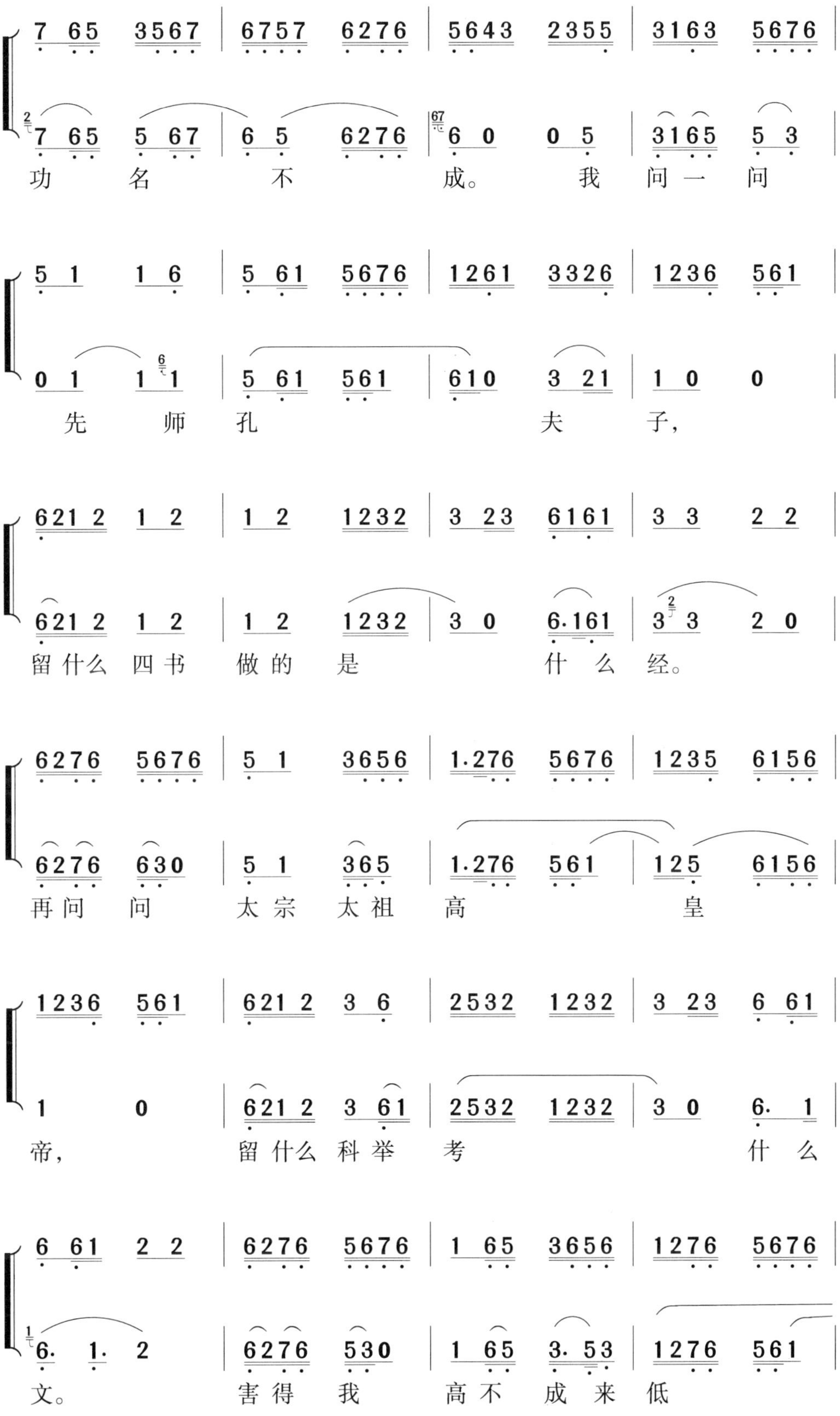
功 名 不 成。我 问一 问
先 师 孔 夫 子,
留什么 四书 做的 是 什 么 经。
再问 问 太宗 太祖 高 皇
帝, 留什么 科举 考 什 么
文。 害得 我 高不 成 来 低

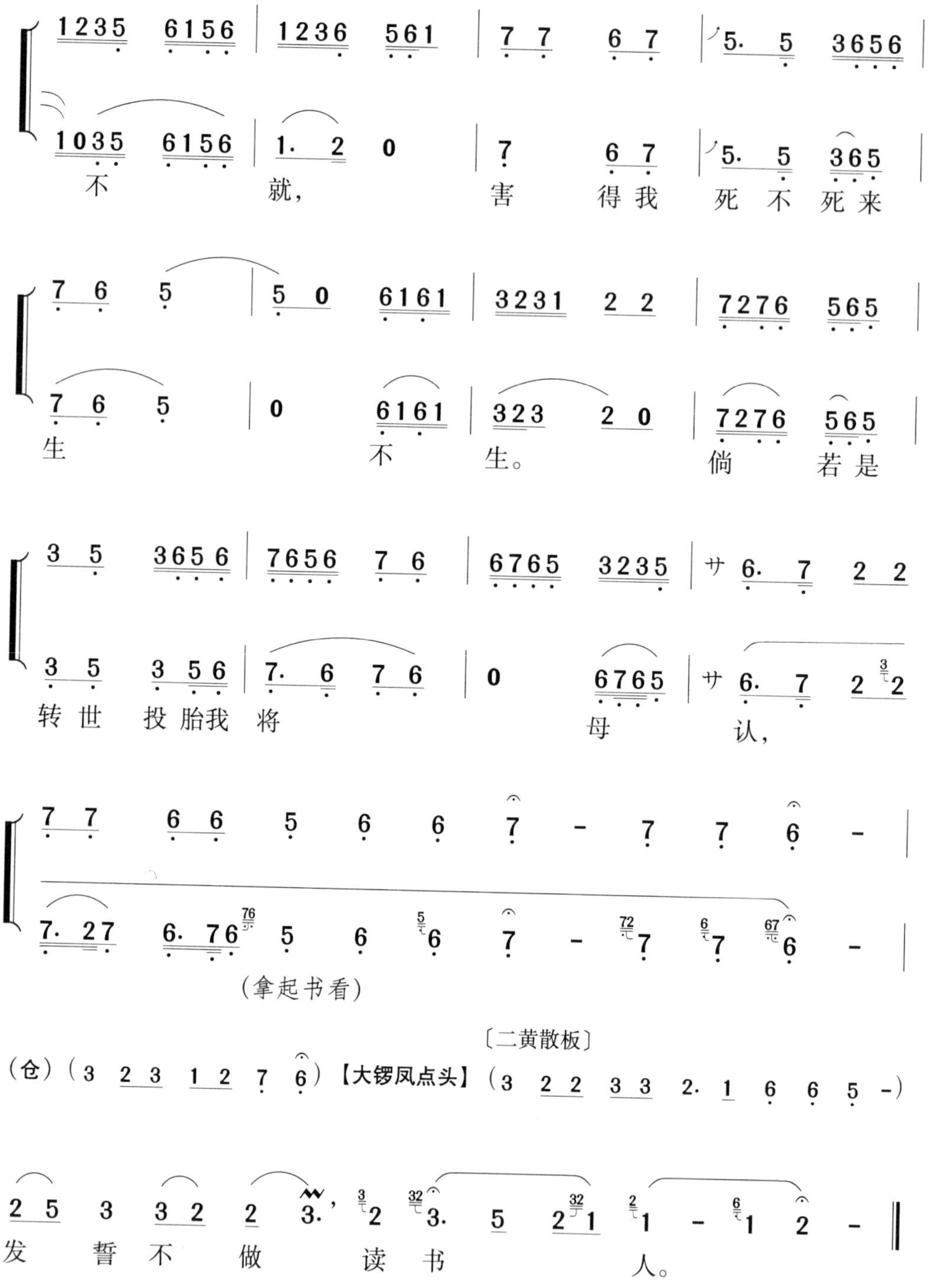

(嘟～～八仓)(举起书要扔掉又舍不得，然后轻放桌上，沉坐不语)

「关清、顾白【小锣抽头】“上场门”上。

〔二黄摇板〕

关 清

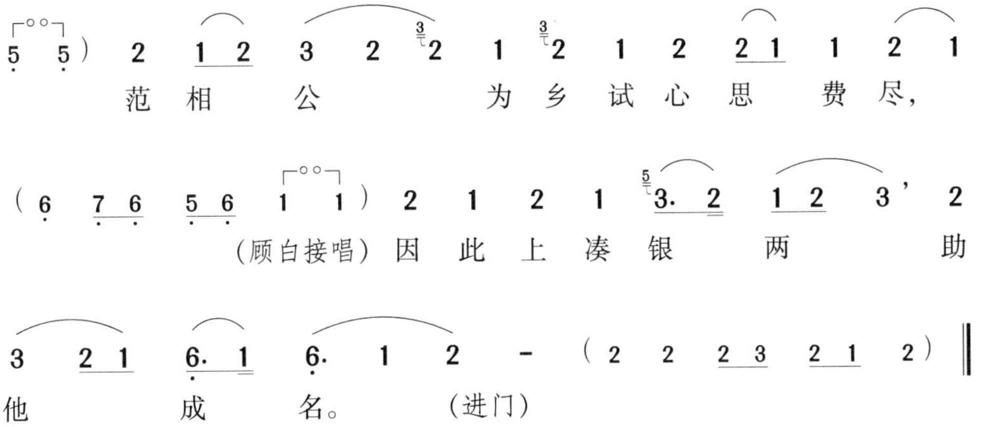

关 清　范相公，我们哥俩这几天看你失魂落魄愁眉不展的，你是不是要到省里考一回乡试呀？

范 进　无有盘费去不成了。

关 清　巧了，我们哥俩在城里请了一支会，凑了一两四五钱银子，你看够不够你一趟路费呀？（拿出银子）（**嘟~~~仓**）（**嘟~~~仓**）（**八仓**）（范看银子后做惊喜动作）

范 进　你二人真是我重生父母、再造爹娘！（**嘟仓**）（向前叩谢）

关 清
顾 白　范相公这可担当不起。（二人急扶起范进）

范 进　（向内高声）啊母亲，娘子，我有了银子了！（范母、范妻急上）

范 母　儿呀，你哪来的银子？

范 进　二位大哥送来的。

范 母
范 妻　（同）二位大哥请上，受我婆媳一拜！（**嘟~~~仓**）（同跪谢）

关 清　（拦住急扶起）老伯母，我们承受不起。范相公，天不早啦，该走啦。

范 进　告辞了。**【快纽丝】**（范妻给范进考篮，范接过来转身向众人）

〔二黄散板〕

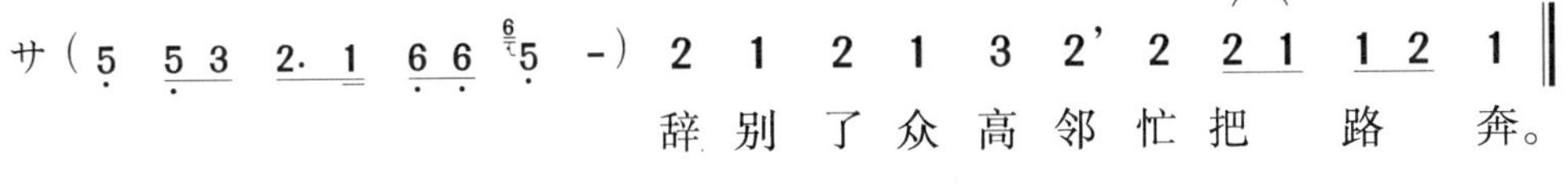

〖**【扫头】**范进出门后回身给老母请安急下。**【小回头】**众望范背影目送。闭幕。

第 三 场

入贡院三场考举　老范进受尽嘲讥

〖幕启。空场。**【大锣回头】**接**【五锤】**四校尉“站门”，大中军上，至台口停住。

大中军　跟随大主考，威风煞气高。**【小锣二击】**

秀才归棚号，解怀又搜腰。【住头】来！考场去者。【大锣水底鱼】（圆场到“下场门”站成“八字”）

众校卫 来到考场。

大中军 仔细搜查。

<斗蛐蛐>笛子伴奏 1=D

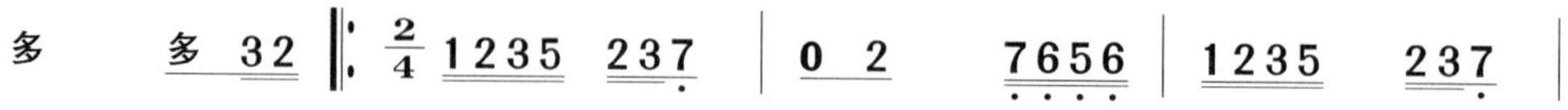

（众赶考举子依次由“上场门”上，待入考场。二校尉向各

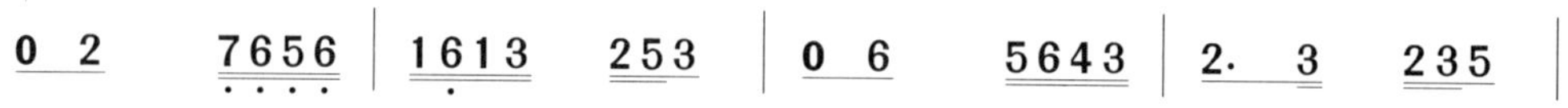

举子一一搜身。卜修文被搜出夹带的纸条，但没搜腿中袜子的小抄，他躲过校尉眼

睛，拿出小抄告诉费学礼，二人相视一点头后急速进入考场，“下场门”下）

众校卫 搜查已毕。（二声鼓响）

大中军 起过了。【五锤】倾刻时间到，镇门贴封条。

〔范进内白：“且慢！”“快冲头“上场门”上站台口，【叫头】

范　进 哎呀门官老爷呀！恕我一步来迟，你放我进去，没齿难忘。（嘟仓）（左跪）

大中军 不能进去！

范　进 感恩匪浅。（仓）（右跪）

大中军 不能进去！

范　进 放我进去，放我进去。（八大仓）（连续配合足步屈膝前行）

大中军 不能进去，不能进去！（嘟～～～八大仓）（一推范进）进去吧！

范　进 哎呀！（擦汗急“下场门”下【快冲头】收住，（冬冬冬））

大中军 呀！【大锣归位】冬冬三声炮，号棚静悄悄；【小锣二击】有人再迟到，神鬼也不饶。封门！

<风入松> 1=D 快速

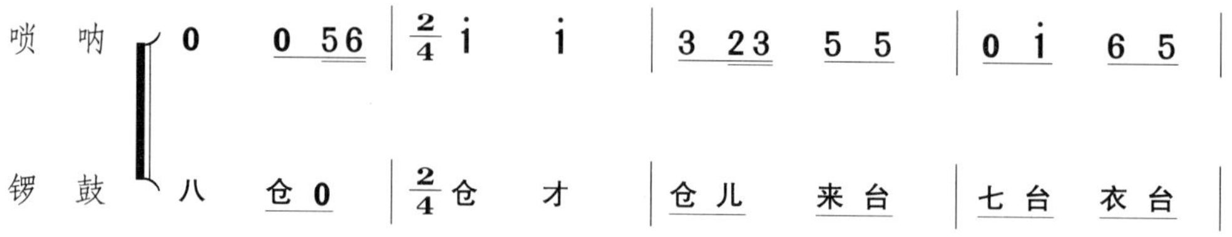

（众校尉关门，贴封条、上门栓，下）

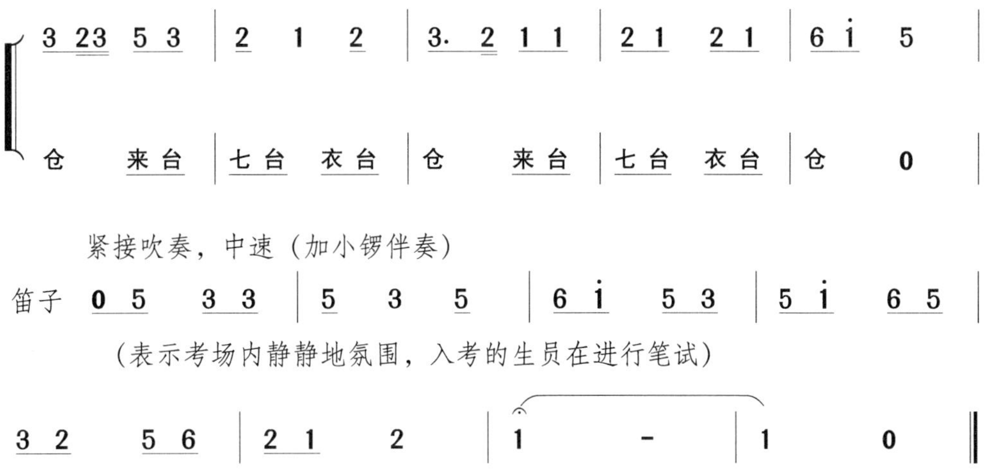

〔【五锤】大中军、众校尉复上。

大中军 三场已过，九日功成，起封拔锁，开了大门。

〔<金钱花牌子>众秀才相继“下场门”上，出考场。

费学礼 号棚狭小睡不安，累得我腰疼腿又酸。

卜修文 天天吃的夹生饭，顿顿五香豆腐干。

贾知书 黎明五鼓交了卷，且喜三场已考完。

魏好古 不知年官荐不荐，主考大人圈不圈。

〔【小锣住头】范进上。

魏好古 范年兄，你考得怎么样啊？

范　进 年兄，这是我的底稿，看看可有取中之望么？

卜修文 啊年兄，我们今科的主考大人与去年的县考周学道，是大不相同了。

众 怎见得？

卜修文 你们看，他二人一个高的，一个矮的；一个胖的，一个瘦的；一个是黑沉沉的长脸，一个是红通通的圆脸；一个是老花眼，一个近视眼；一个是满面的花白胡须，一个是溜光巴滑一根胡子也无有。看他二人年纪相貌既不相同，这看文章的眼力也就不一样。周大人所赏识称赞的，这位主考大人未必中意。范年兄我看……哈哈哈……

魏好古 中与不中此时焉能预料。卜年兄，你的文章想必是得意的了？

卜修文 哎呀年兄啊，这位主考大人出的题目出于何处哇？我在场内就找了这个夹带，怎么找不到哇？

费学礼 你再找上一找，（**大大大台**）唉，怎么这里短了一篇哪？

卜修文 （仔细看）正是短少一篇。我明白了，一定是我兄弟的奶妈把它撕下来擤了鼻涕了。这个老东西，把我一个好好的举人，叫他一擤就擤掉了。唉回去赶紧补上才是。

费学礼 再补也来不及了。

卜修文 你哪里晓得？今科不用，下科还是要用的。好了，好了，这几日我们的罪也受够了，连中秋节都耽误了，少时去到江边雇上一只大船，打上几斤好酒，炖上它两只肥鸡，我们去到船上，吃着，喝着，累了么就躺着，一帆风顺，平安到家，列位年兄你看如何？

众 就依年兄。

魏好古 范年兄你呢?
范　进 我只好步行而归。
卜修文 是呀，范年兄年纪大了，安步当车是稳当不过的了。
魏好古 如此我们先行一步。正是：功名成败未可知？（转身从“上场门”下）
贾知书 待等来日放榜时。
费学礼 不知举人落谁手？
卜修文 范年兄，你回安步以当车。**【小锣五锤】**（众“上场门”下）
范　进 听卜修文之言，今科我么又算无望了！

〔**【大锣回头】**范进回身看贡院无精打彩下。

第　四　场

归途中屡得谎报　家断炊母病卖鸡

<普天乐·合头>笛子吹奏　1＝D

（“上场门”船夫和四秀才坐船过场。“下场门”下）

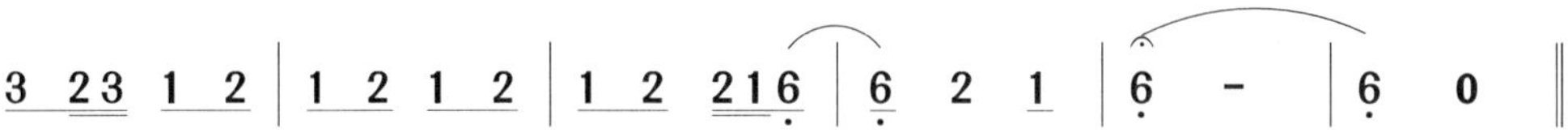

〔接**【大锣抽头】**范进疲惫地手提考篮“上场门”上至中场。

〔二黄散板〕

范　进

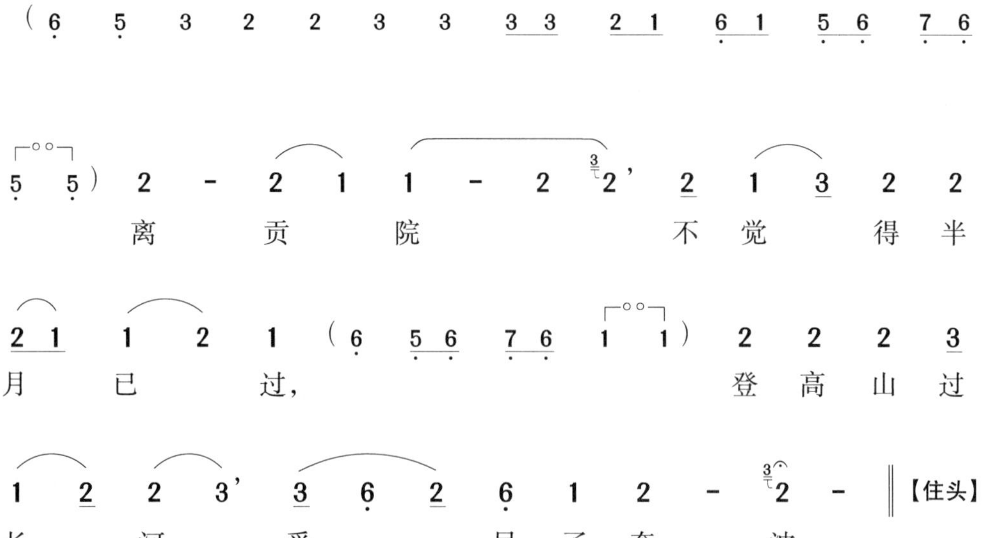

是我离了贡院不觉半月有余，适才腹内饥饿，用腰中仅有的三文钱买了两个面食馍馍充饥。听店家之言，本城秀才只有卜修文一人得中。此事难辨真假，不免回得家去，再做打探便了。

〔二黄散板〕

【单楗大锣凤点头】（6 5 3 2 2 3 3 3 3 2 1 6 1 5 6 7 6 5 5）

（半圆场走向“上场门”对角）

3 1. 2 2 2 1. 2 1 - 2 1（6 5 6 7 6 1 1）
适 才 与 店 家 一 番 话，

1 2 1. 2 3' 3 2 1 6 1 2 - ‖ **【水声】【小锣一击】**（范进望河岸）
急 急 忙 忙 回 到 家。

范　进　前面有一小河，我身无分文如何渡过？

〔艄翁内白：“啊！……”**【小锣一击】【水声】**

范　进　艄翁将船摆过来！**【水声】**（艄翁划船从“下场门”上）

艄　翁　过河么？

范　进　老丈，我要渡河回家，怎奈身无分文。不知老丈可肯渡我么？

艄　翁　客官说哪里话来？想你我俱是吃的这条河的水，说什么肯与不肯。上船来吧。

范　进　多谢了。

〔范进上船**【水声】**艄翁边划船边说（下面二人的对话）走小圆场。

艄　翁　客官，看你手提考篮，莫非是进者乡试回来的么？

范　进　是呀。

艄　翁　本城秀才早已到家，你怎么刚刚回来?听说省城已然发了榜了，街上么也有卖题名录的了，报子么也报过了。

范　进　老丈你可知本城秀才哪一个中了？

艄　翁　说卜修文一人得中，从今往后就要叫他老爷了。（**嘟～～～仓**）（范进一惊）

范　进　老丈可曾听见还有旁的秀才中了无有？

艄　翁　倒不曾听见。（范进听后一晕险些落水）**【水声】**

范　进　……（精神恍惚）（船至“下场门”前成“斜一字”）

艄　翁　船已到岸，下船去吧，呃下船去吧。

〔艄翁抬起船桨作搭扶手。范进稍作镇静，下船，**【水声】**艄翁下。

范　进　多谢了。**【快冲头】**转身接**【叫头】**且住！适才听老丈之言，卜修文一人得中是真的了。（**嘟仓**）想我落第而归，有何脸面见我母亲和我那岳父。（胡屠户内咳嗽声）**【撕边一锣】**哎呀，偏偏又碰上岳父了。哎呀这，这……

〔**【小锣五锤】**胡屠户“上场门”上。

胡屠户　（念〔数板〕）人要富，猪要肥，
人要捧，猪要吹。

人不富，是穷鬼。

猪不肥，腌火腿。【小锣一击】

范　进　啊岳父。

胡屠户　（突然变态度）这不是新科举人范进范大老爷吗！您可高中啦，家里头都准备好了，上等酒席，锦缎被褥，高楼瓦房，大骡子，大马，大叫驴，花猫，肥狗，胖丫头，就等着您回去享福哪！您把考篮交给我，我给你拿着。拿过来，范大老爷拿过来吧。（范进在迷惑中把考篮交给胡屠户，胡屠户突然变脸）呸！你个现世报，你个穷鬼，你胎里穷，命里穷，你根根头发都穷。我不叫你去赶考，你背着我又去了。好容易给你找个家馆，人家找不到你又吹啦，这你往后还得吃累我吧。哼哼，我早打听过了，省城里也登了榜了，街上么也有卖题名录的了，报子也来过啦，咱们城里头就是卜老爷一个人中了。人家张老爷、卜老爷，那都是天上的文曲星，都有万贯家财，年年买我的猪肉，就得买个千八百斤的。你瞧瞧你，这么尖嘴猴腮的，也配当老爷?你叫我说你什么好！我简直没工夫跟你费话了，我还得宰我的猪去哪。【撕边一锣】（欲走又回）你呀回去瞧瞧吧，你妈都快饿死啦！

〔二黄散板〕

范　进　（嘟～～～八仓）サ

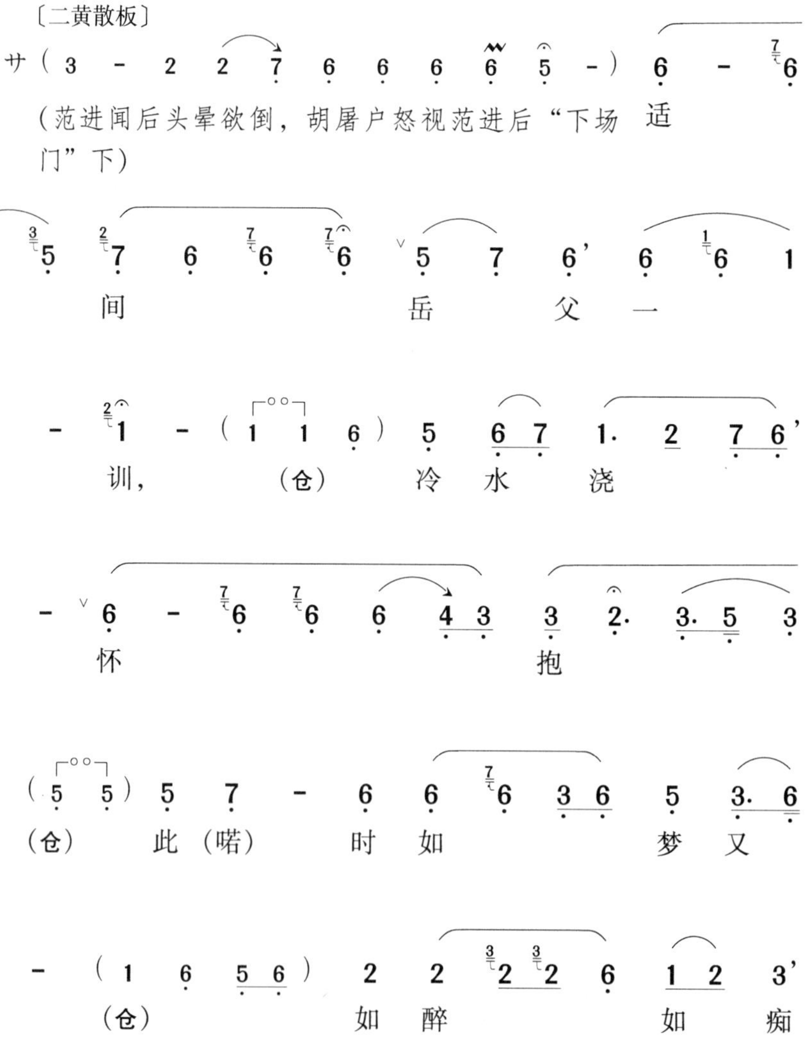

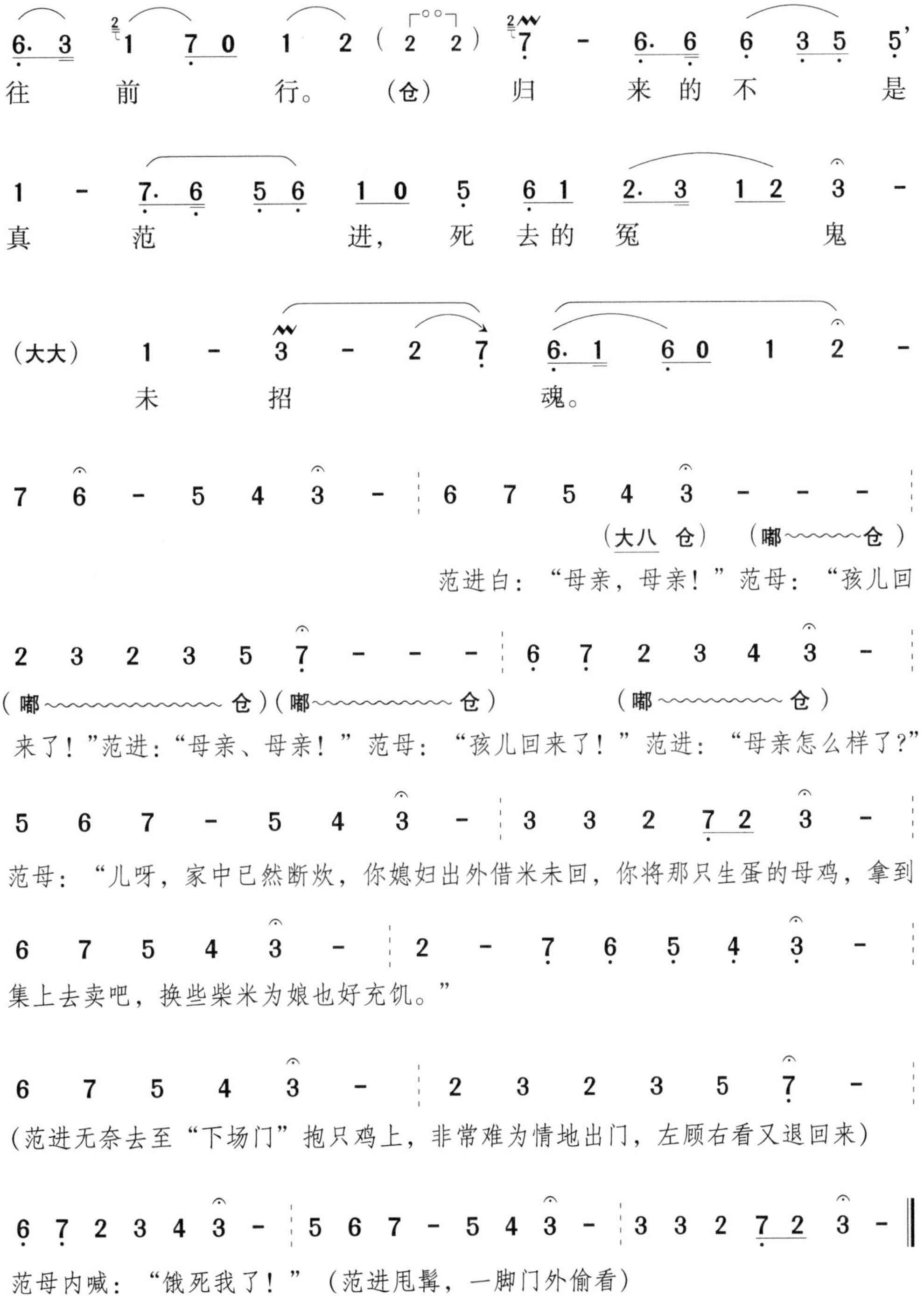

〔**【撕边一击】**范进又左看**【撕边一击】**又右看**【撕边】**然后迈步出门用袖挡脸小跑下。**【小回头】**闭幕。

第　五　场

老范进乡试中举　报录人传送捷音

〔内“马嘶声”效果。二报录差役骑马上。**【滚头子】**中加有骑马动作。

报　甲　报子报喜马如飞、马如飞。**【滚头子】**（“跨腿”“转身”“越坡”动作）

报　乙　报喜一声响如雷、响如雷。**【滚头子】**（“蹉步”“打马”动作）

报　甲　昨日贫寒今富贵，

报　乙　几家欢乐**【收头】**几家悲。**【住头】**

报　甲　伙计请了。

报　乙　请了。

报　甲　今有新科举人范进范大老爷得中乡试第七名亚元，你我前去报喜。来到三岔路口，咱们走哪条道呐？（**嘟～～～仓**）

报　乙　我也没来过。

〔樵夫内白：“噢……啊。”

报　乙　唉，那边有个樵夫，问问他。**【大锣五锤】**（樵夫背柴手持斧上）

报　甲　樵哥请啦。

樵　夫　请了。

报　甲　借问一声范进家住在哪呀？

樵　夫　顺着大道，过了集镇，绕过小桥，他门前有棵秃槐树，那就是范进的家。

报　甲　多谢了。伙计听清了吧，上马快走吧。

〔**【急急风】**二人上马，加鞭，**【急急风】**住。二人里转身（**嘟～～～八大仓**）勒马动作，**【冲头】**回身打马（**八大仓**）两下，接**【四击头】**跨腿踢腿勒马（**八大仓**）打马**【急急风】**下。

第　六　场

众学友闻报贺喜　世炎凉前倨后恭

〔转**【撤锣】**

〔魏好古、贾知书内白：“哈哈哈！”

〔**【小锣抽头】**二人“上场门”上。

〔二黄散板〕

魏好古　（7̣　6̣5　55　36　55　32　11　6̣5　55）6̣2
省

1　3　³2　3　1　2　（3　21　6̣1　21　6̣5　55）
城　乡　试　发　了　榜，

1 2 3 2 21 3 1 (1 21 62 11 65
范 进 高 中 美 名 扬。 (贾知

55) i 5 7 6 3·6 56 7· 2 6 - |
书接唱) 从 今 以 后 要 敬 仰,

〔费学礼内白:“年兄慢走哇!”

〔摇板〕
魏好古 【小锣凤点头】(过门同前) 62 1 1 2 1 21 6 1 - ‖
又 见 费 兄 走 慌 忙。

费学礼 (大 大 大 大大 衣 衣 台大 另 台) | 1/4 12 | 3(5 |
(费学礼“上场门”上) 范 进

3)5 | 32 | 35 | 32 | 3(2 | 3)3 | 23 | 1 |
今 年 官 星 旺, 好 似 太

2(1) | 25 | 32 | 1(2 | 1)1 | 12 | 12 | 35 |
公 遇 文 王。 凑 凑 热

23 | 21 | 61 | 61 | 25 | 31 | 2 | 2 |
闹 我 就 捧 捧 场, (大大 大大

2 | 0 | 0 | 0 | 0 | 62 | 1(2) |
大大大 大大 衣大 大 台) 锦 上

35 | 21 | 1 | 6 | 61 | 2 ³2 | 10 ‖
添 花 理(呀) 应 当。

二位年兄,敢是与范年兄贺喜去么?

魏好古
贾知书 正是。

费学礼 好,我们一同前往。

众 请。

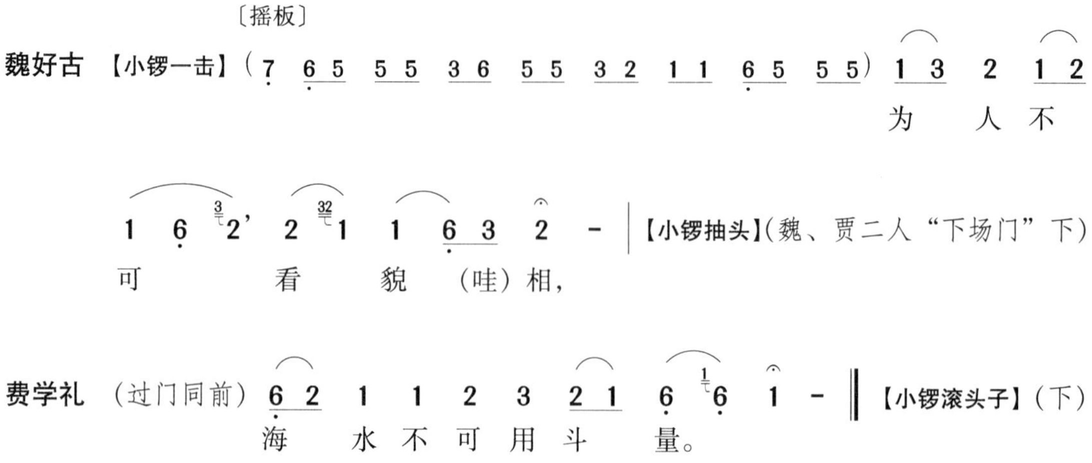

第七场

势利人趋炎贺喜　卜修文锦上添花

〔【快长锤】卜修文带一书童挑着礼物，骑着马洋洋得意“上场门”上。

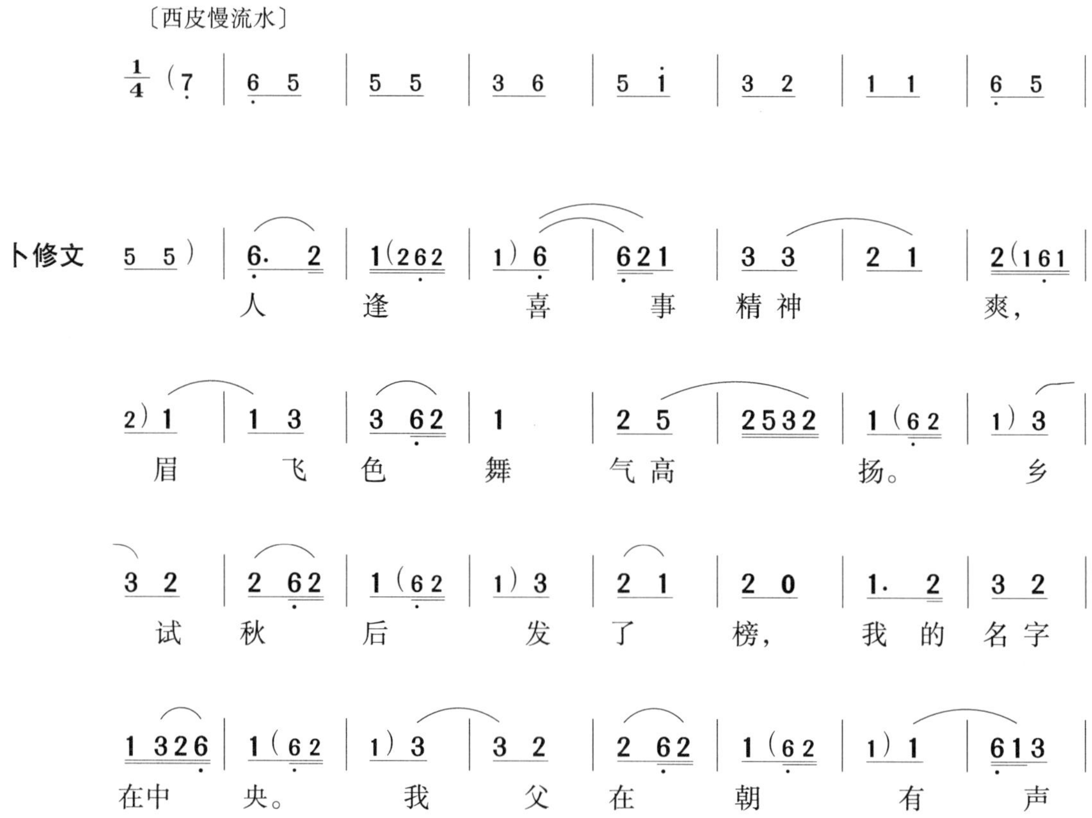

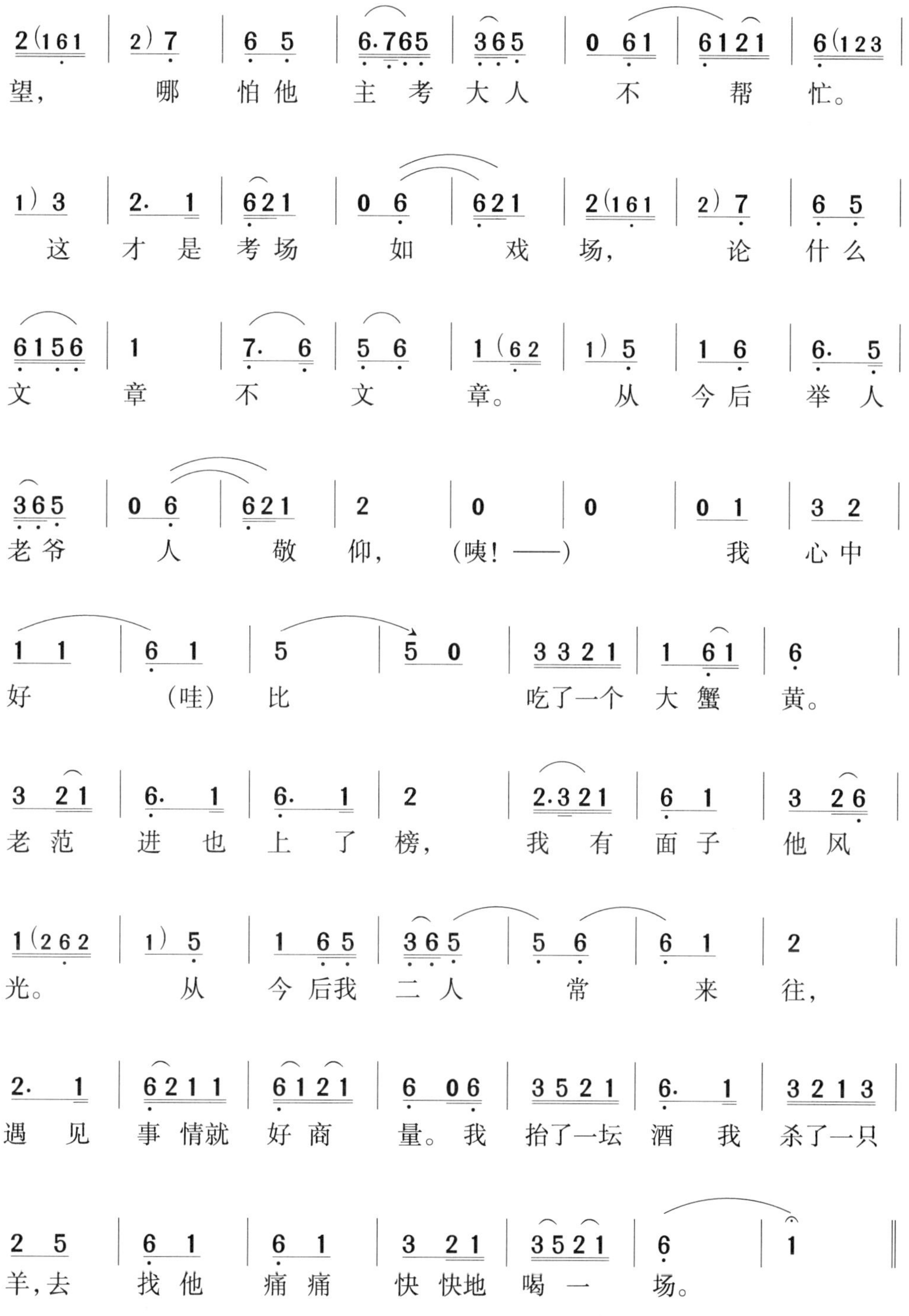

〔【长锤】魏好古、贾知书、费学礼从“上场门”上站“一条鞭”。

卜修文

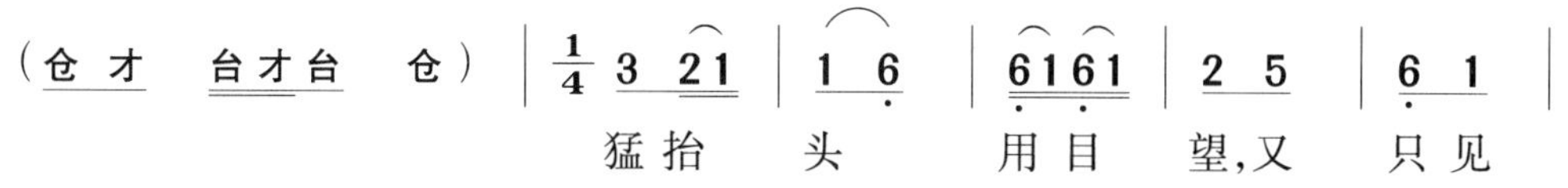

3 2 | 163 | 2312 | 7656 | 1 02 | 7· 6 | 762 |
三 位 秀 才 他 站 在 道

5· 6 | 1（61 | 2321 | 6123 | 1 0）‖
旁。

魏好古
贾知书 参见卜老先生。
费学礼
卜修文 罢了三位秀才。
魏好古
贾知书 卜老先生。
费学礼
卜修文 你们今欲何往?
魏好古
贾知书 我等前去与范老先生贺喜。
费学礼
卜修文 如此请来先行。
魏好古
贾知书 不敢，还是卜老先生先行。
费学礼
卜修文 好，就先行一步了。

〔西皮摇板〕

【大锣凤点头】（7 65 55 36 5i 32 11 65 55）

1 3 3 3 - 2' 63 1 - 73 2 - |
得 意 洋 洋 头 前 （呐） 进，

〔**【长锤】**张静斋骑马带小院子上。**【长锤收住】**（4 3 2）
（到下场角住）

〔西皮摇板〕

张静斋 **【大锣凤点头】**（过门同前）3 3 2 62 1 2 2' 2· 5 3 2 62 1 ‖**【住头】**
三 位 秀 才 一 举 人。

卜修文　张仁兄。
张静斋　卜仁兄、三位秀才。
魏好古
贾知书　张老先生。
费学礼
张静斋　卜仁兄带这厚礼敢是与范仁兄贺喜的么?
卜修文　正是。
张静斋　卜仁兄请来先行。
卜修文　不敢，张仁兄请。
张静斋　如此得罪了。
　　　　〔【带锣转大回头】众相继“下场门”下。

过　场　戏

胡屠户知婿中举　变前态附势殷勤

〔胡屠户背半片猪肉，骑驴贺喜“上场门”上。

嘟~~~ | 八　大 | 才　0 | 匝匝　匝匝 | 匝匝　匝匝 | 衣匝　衣嘟 |

胡上场勒驴亮住。　　　　打驴走“小圆场”前行，动作一直到中场中，

‖: 才台　才台 :‖ 才台　才大八 | 才才　令才 | 八　　大 |

驴突然不走，胡一前倾，看着驴感到纳闷又生气。

才　　0　‖: 才个　来台 | 七台　衣台 :‖ 才个　另台 |

衣才　衣 | 0 大八　才 | 0 大八　才 | 0 大八　才 |

　　　　打驴屁股，　　打驴、　　打驴，

才个　来才 | 衣才　衣 | 才台　　（转【滚头子】）

驴跃起来，胡加鞭后“下场门”下。

过　场　戏

为易粮售鸡集上　含羞愧空走街头

〔【阴锣】范进抱鸡羞愧地从“上场门”上，又从“下场门”下。

第　八　场

贺喜人盈屋满室　老范进狂喜成疯

〔中桌，小座，上有小帐杆。【撤锣】后【小锣打上】范母、范妻从“上场门”上。

范　母　我儿不得第，

范　妻　集上去卖鸡。（归坐）

报　甲　（在【长尖】中上）（一看）秃槐树，伙计下马。【大五锤】（二人下马看门）

报　乙　是这儿，咱报喜。（二人打身上尘土后大喊）报！（猛跑进范进家中）【小锣一击】

〔范母、范妻一惊跑下，二报子跑屋内桌中报喜。

报　甲　捷报贵府，范大老爷进，取中乡试第七名亚元，明日金榜题名。

报　乙　状元及第。

报　甲　高官得坐。

报　乙　骏马任骑。

报　甲　报子不远千里，

报　乙　马不停蹄。

报　甲　老爷欢欢喜喜，

报　乙　多加赏赐。

报　甲　报喜啦！

报　乙　报录啦！（一看人没了，二人站起）

报　甲　唉，怎么人不见啦？

报　乙　刚才有个老太太，

报　甲　是呀，咱们找找。【小锣一击】（这时正是范母在“下场门”内外看）

报　甲　那儿有个老太太，（指“下场门”）老太太您请出来吧，（范母范妻上）今有新科举人范进范大老爷高中了。

范　母　啊我儿他得中了？

报　甲　唉哟是，老太太，我们给您磕头了！您快接报帖。好我们给您挂在中堂吧。

〔【小锣一击】小院子“上场门”上，报子把报帖挂在“小帐子”正中。

小院子　到了。（进门）您是范老太太吧?张静斋张老爷、卜修文卜老爷，同众位秀才给您贺喜来啦。

报　甲　老太太快说有请吧。

范　母　有请。**【冲头】**（众相继而上）
张静斋　伯母！
卜修文　伯母！
魏好古　伯母！
贾知书　伯母！
费学礼　老伯母！（众进门。张静斋、卜修文等站“大边”，范母、范妻随进。（**台.大 台**））
张静斋　恭喜伯母，范仁兄高中了。
卜修文　是呀！我们大家贺喜来了。
范　母　大家同喜，请坐。**【小锣一击】**（因屋内只有一座位，众人无法坐下，都很难为情）
张静斋　啊伯母，范仁兄往哪里去了？
范　母　他到集上卖鸡去了。
卜修文　可怜得狠哪！
张静斋　啊伯母，快些将他找回，我们大家也好与他贺喜。
众　人　是啊。
范　母　好，待我将他找回。（出门，“上场门”下，范妻随下）
张静斋
卜修文　（出门）送伯母。**【小锣一击】**（二人又进门归中间，卜修文“大边”，众秀才“小边”）
张静斋　啊卜仁兄。
卜修文　张仁兄。
张静斋　此番范仁兄高中，乃桑梓之福、乡里之光。如今他的文章已被万家所诵，但不知你们见着他的稿底无有？
卜修文　范仁兄的文章真乃是起承转合，均有法度，抑扬顿挫，声调铿锵，可算是天下第一等的好文章，小弟我十分佩服，佩服得很呢！
张静斋　卜仁兄一番议论，足见高明，故而今科你也高中了。
卜修文　夸奖了。
张静斋　三位秀才，你等要将范仁兄的文章多多揣摩才是。
魏好古
贾知书　我等正要拜求窗稿，早晚也好揣摩诵读。
费学礼

〔**【小锣一击】**范母、范妻“上场门”上，进门。
范　母　我儿他回来了。（关清、顾白扶范进随同上）
范　进　我乃伤心之人，你们不要骗我呀。
关　清　谁骗你呀，你看秃槐树上，拴着这些马。
顾　白　贺喜的全部来啦，你进去看看吧。（**嘟～～～仓**）（范进被推进门内）
张静斋　范仁兄你高中了！
众　是呀，我们大家贺喜来了。
报　甲　报！（**嘟仓**）捷报贵府范大老爷高中乡试第七名亚元，报帖我们已然给您悬挂中堂了！**【撕边一锣】**（众人均向内看）

<报喜>笛子吹奏 1=D

（报子指红报帖，范进抓水袖向里看帖，看后高兴，走看报帖，猛然走上椅子）

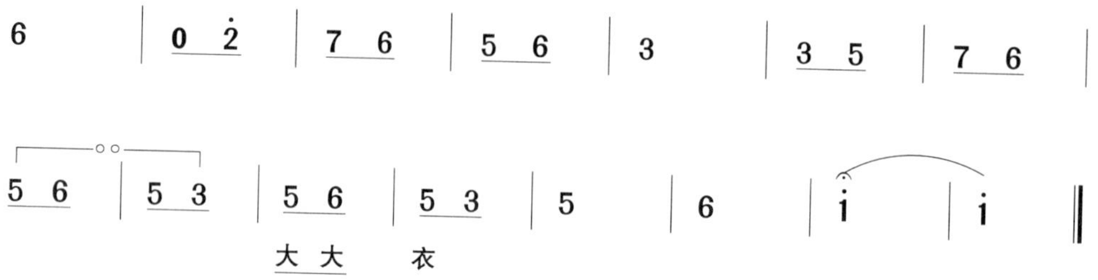

〔【撕边一锣】范进拿下报帖，站在椅子上，看报帖。

范　进　捷报贵府范进取中乡试第七名亚元，（嘟仓）哈哈，（顷仓）哈哈，（顷仓）哈……（昏厥过去）（嘟~~~~仓）（众扶住）

众　范仁兄！范仁兄！

范　母　儿呀，你怎么样了？（嘟~~~~仓）（范进苏醒）

张静斋　范仁兄你高中了。

卜修文　我们贺喜来了。

范　进　（站起问张静斋）我中了？（嘟~~~~仓）

张静斋　中了。

魏好古
费学礼　我等拜求窗稿，早晚诵读。
贾知书

范　进　（问众秀才）我中了？（嘟~~~~仓）

报　甲　范老爷您赏我们喜钱，我们好走哇。（嘟~~~~仓）（范进怕报帖被抢，捂住报帖）

报　乙　是呀，赏我们喜钱，我们好走哇。（嘟八仓）（范进同上动作）

〔范进痴呆地向前走，左右看众人，迈一步（仓）又迈一步（仓）再迈一步（仓）。这时范进看众人，（嘟~~~~八仓）范进捂住报帖，突然跳下椅子跑下。接【小回头】一些人相继追下。

关　清　唉，这是怎么啦？

顾　白　快追。【冲头】（关清、顾白也追下）

张静斋　看样儿好像是疯了，我们大家快赶上前去。

〔【一锤锣】报录甲、乙“下场门”下，小院子、张静斋随下。

第九场

疯癫人胡言乱语　热情人顾白关清

〔范进幕内唱〔西皮导板〕

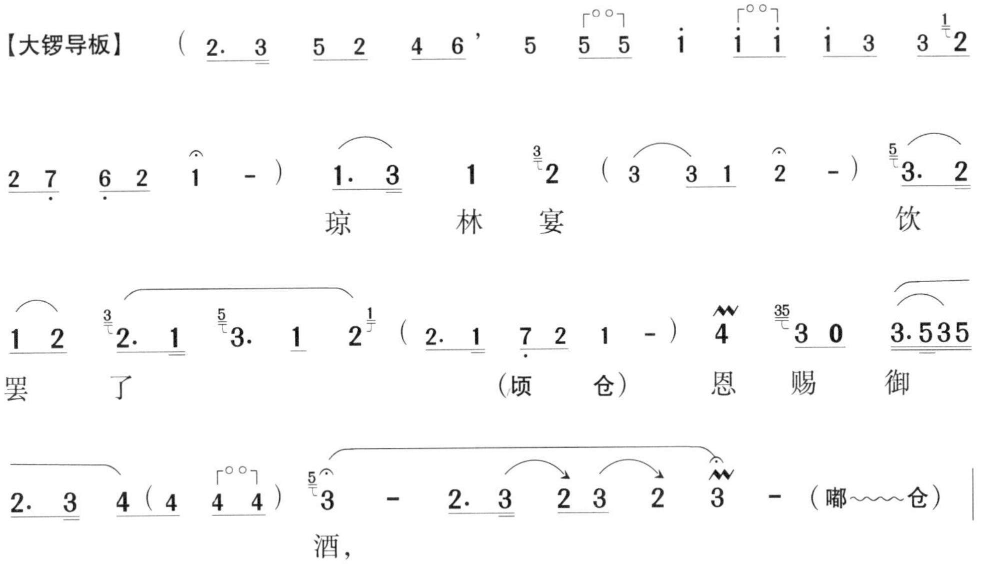

（随着唱由“上场门”上，走至台口，关清、顾白二人紧随上前扶住）

关　清　范相公，你这是怎么啦？（八仓）

范　进　（抓住关清）你是关清？

顾　白　范相公，你这是怎么了？（八仓）

范　进　（抓住顾白）你是顾白？

关　清
顾　白　这不都认识吗？

范　进　嘿！（【四击头】甩开关清、顾白手，里转身翻水袖，双手叉腰外看）

〔西皮三眼〕中速稍快

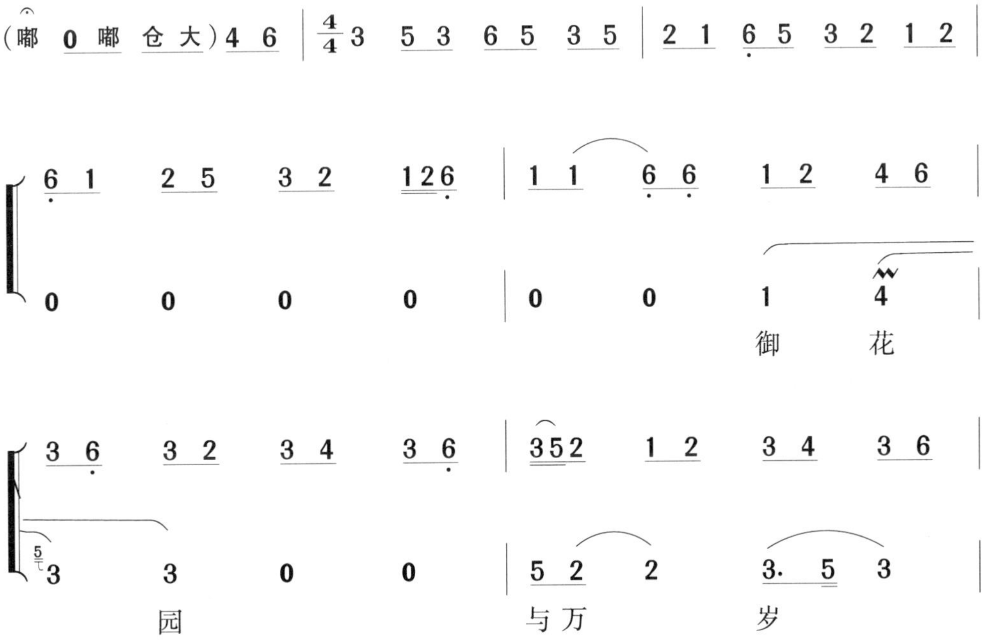

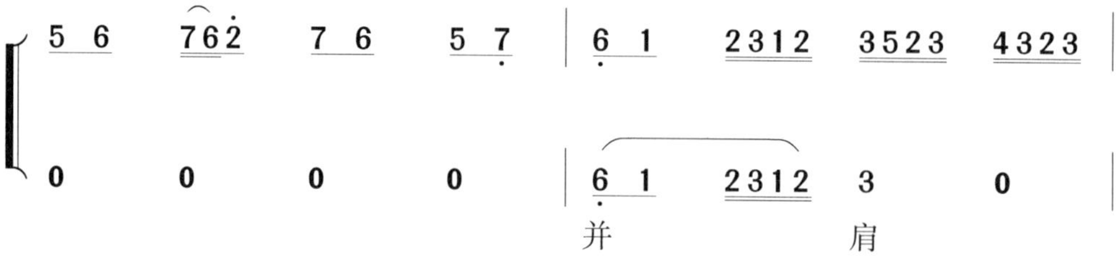

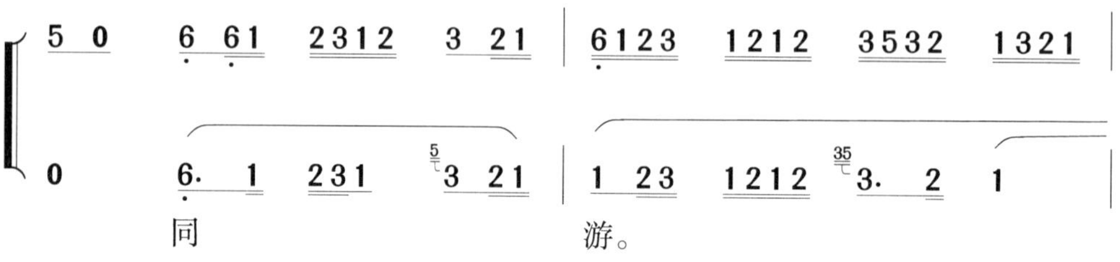

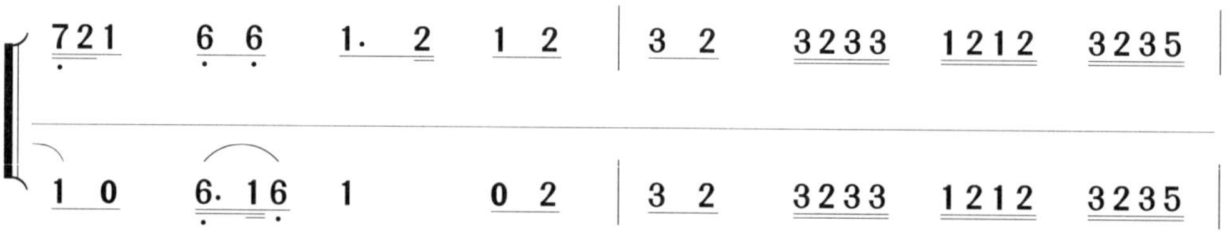

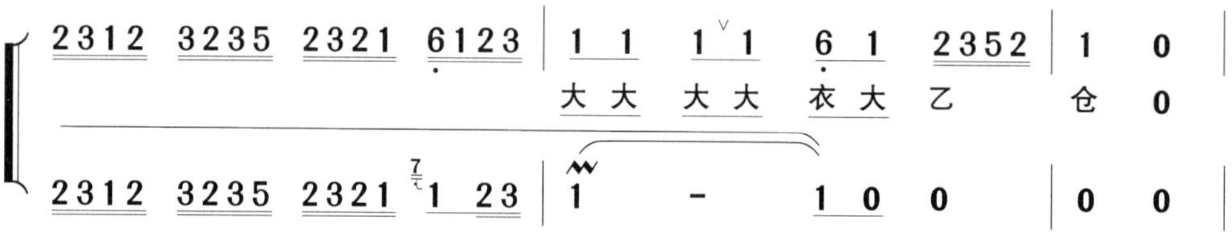

［范进退到“下场门”里角，一手抓住关清，一手抓住顾白，迈四方步，前走，似忽见皇上，扔开关清顾白。【夺头】范抢上前去与万岁叩头。

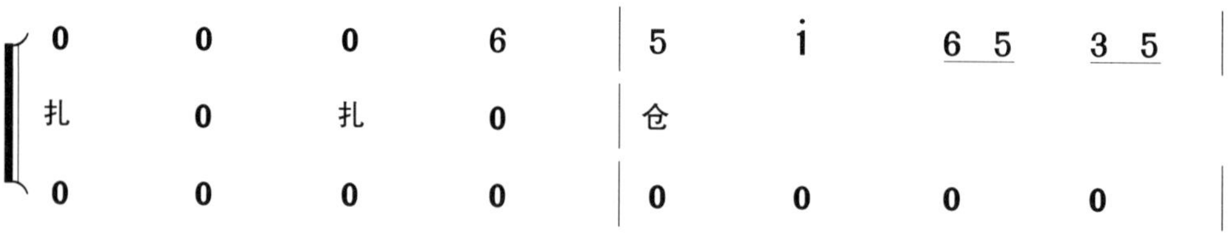

（甩须，指着文章表示）

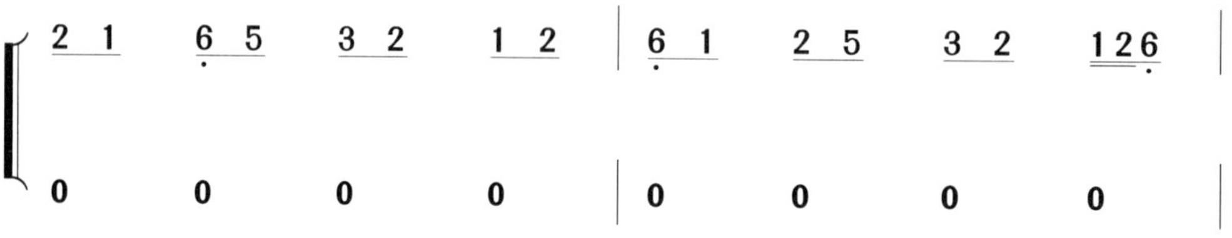

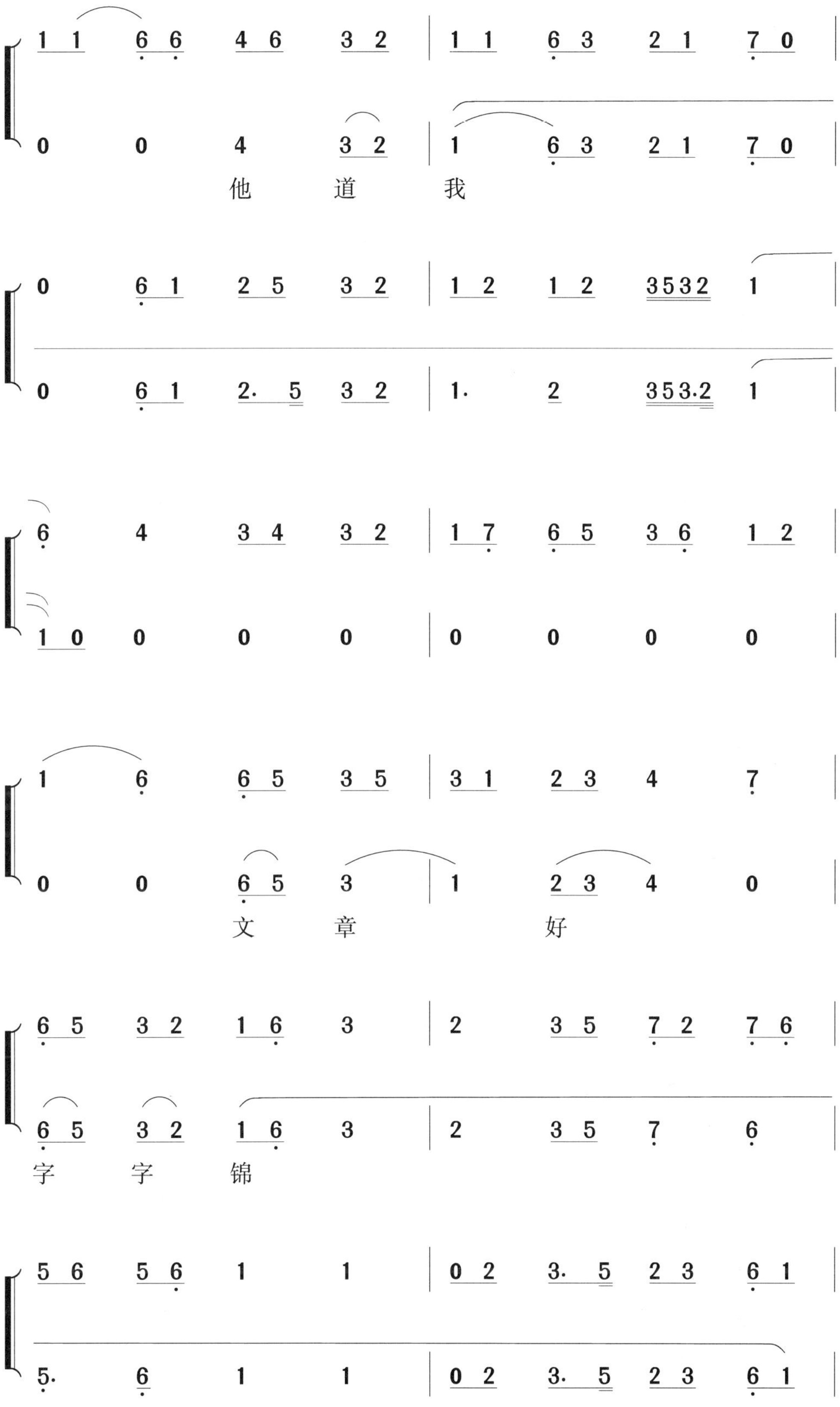
他道我
文章好
字字锦

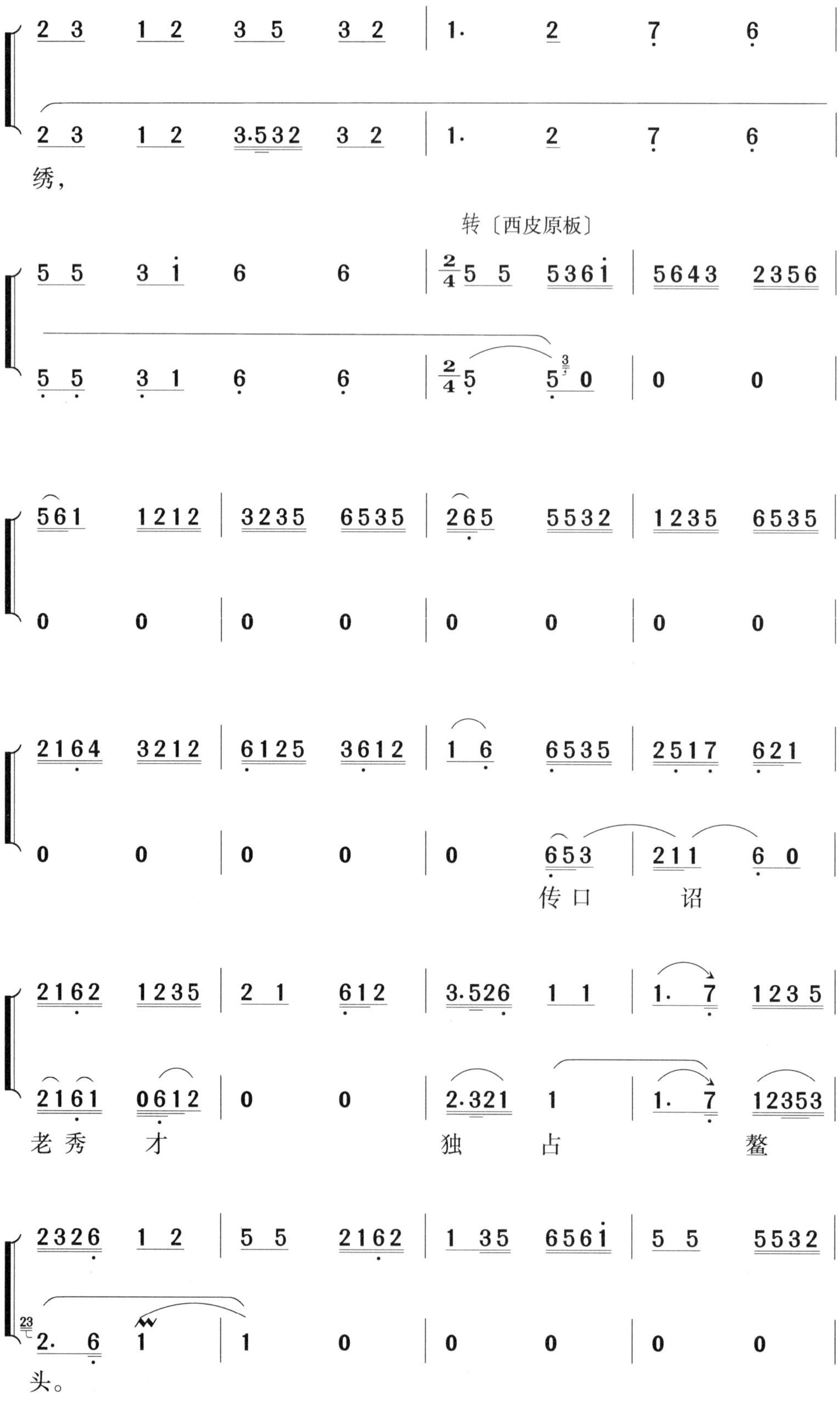

关清白："真是疯言疯语。"

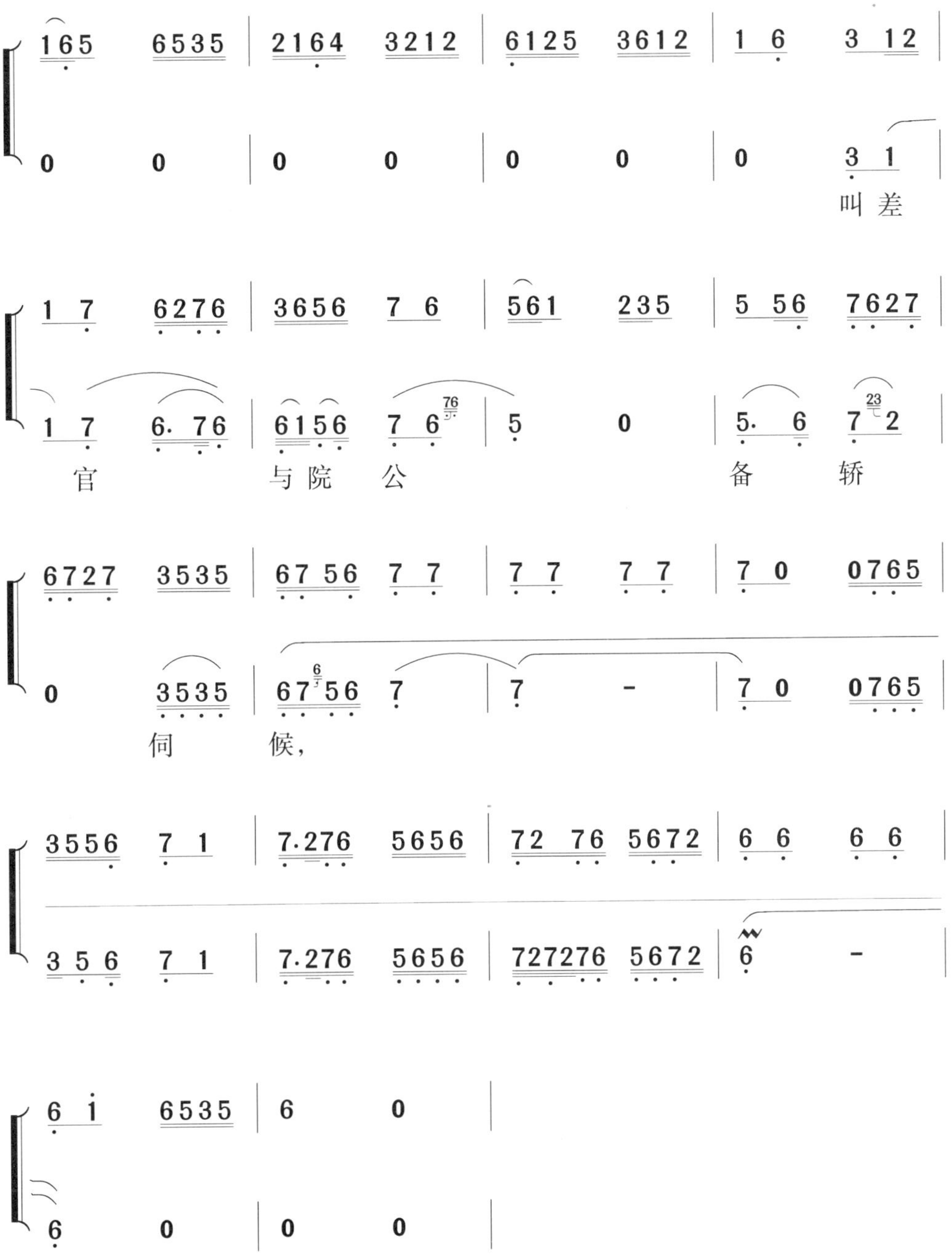

关清白：“我成了差官。”顾白白：“我成了院公。”

【长锤】范进上轿动作。关清白：“上轿啦。”顾白白：“又下轿啦。”【夺头】

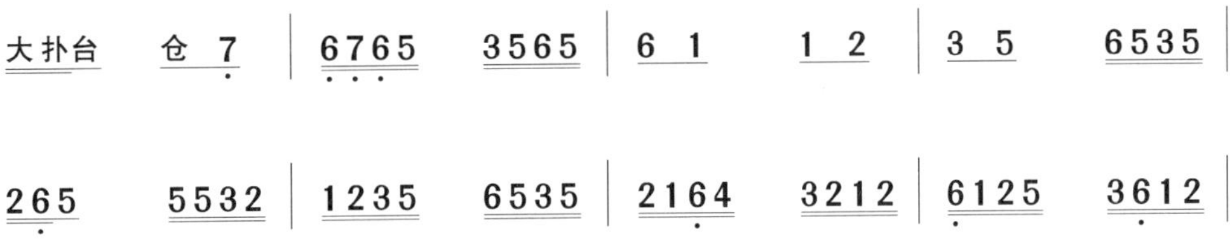

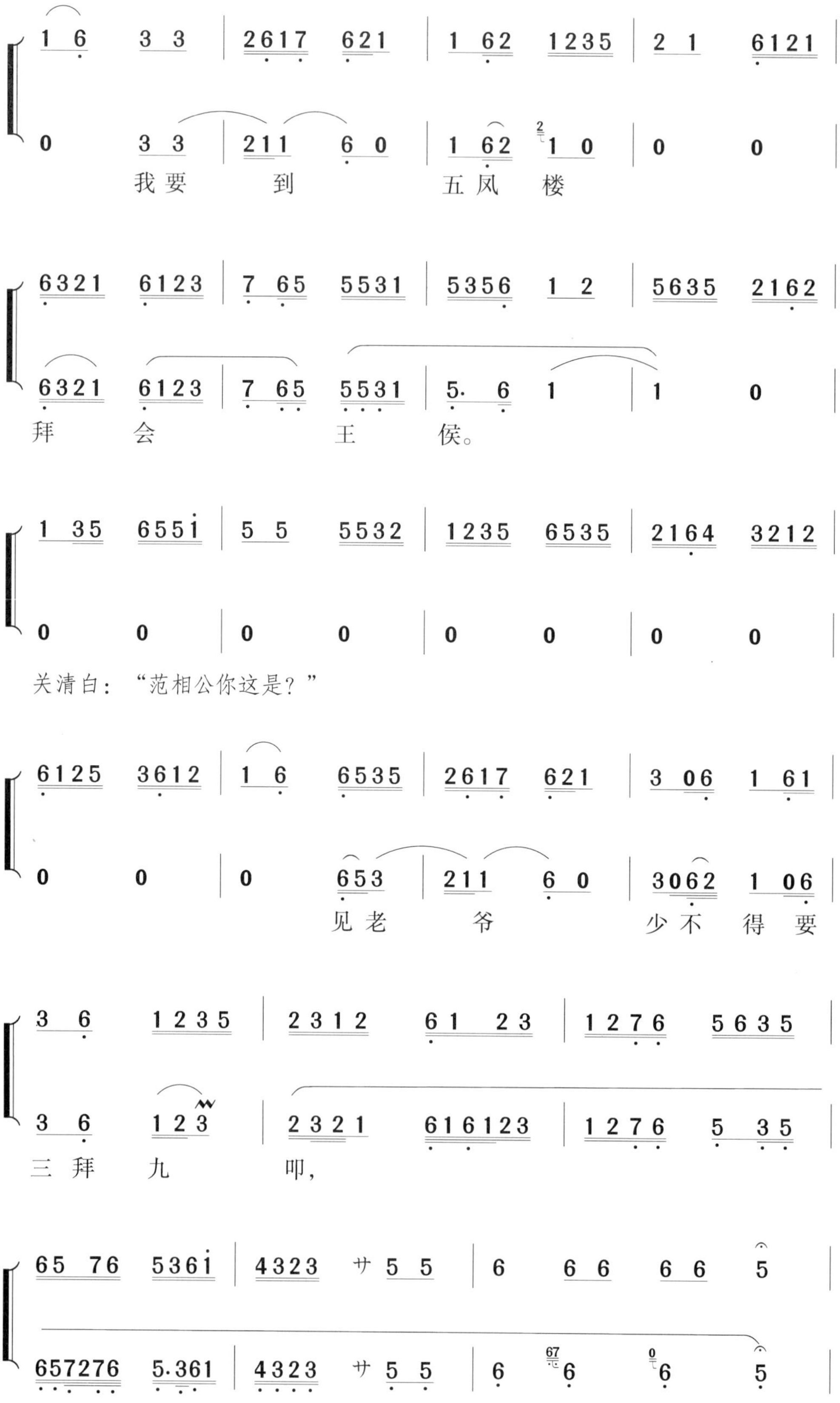
我要 到 五凤 楼
拜 会 王 侯。
关清白：“范相公你这是？”
见老 爷 少不 得 要
三 拜 九 叩，

顾　白　这倒他也摆起官架子来啦。

范　进　嗯——

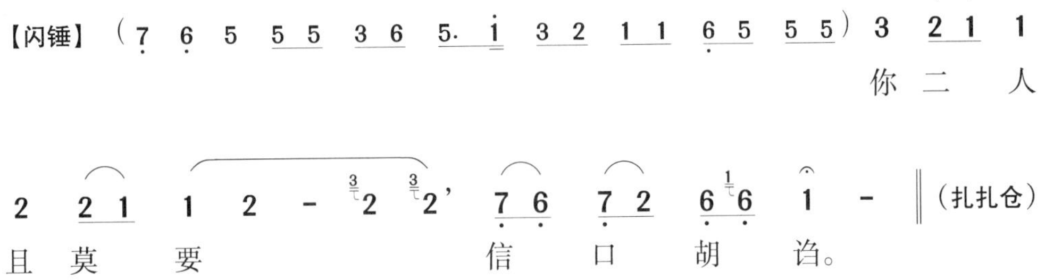

顾　白　我说关大哥，他怎么净是疯言疯语呀？

关　清　八成是真疯啦。

范　进　大胆！

〔西皮散板〕

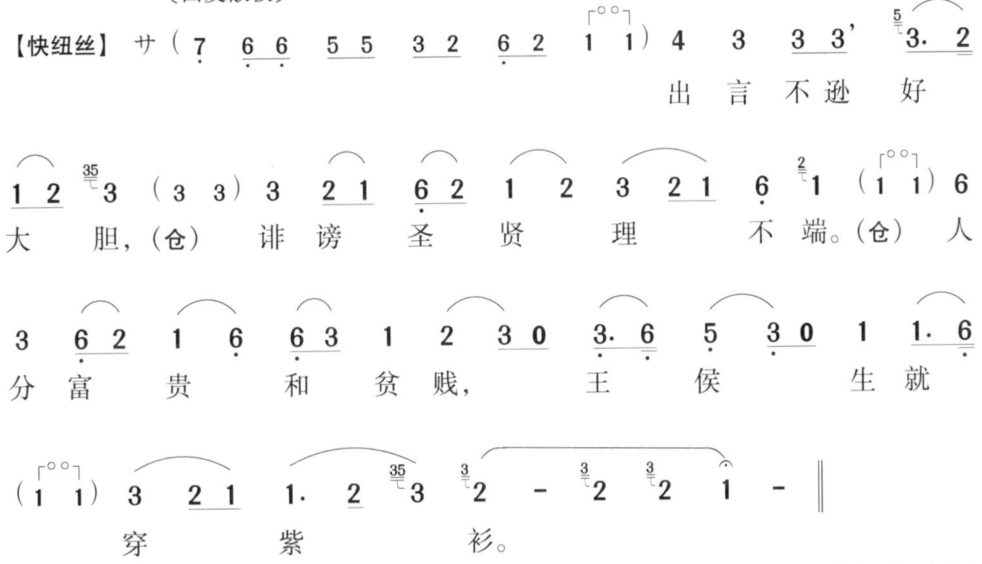

（走向“下场门”外角）

〔西皮散板〕

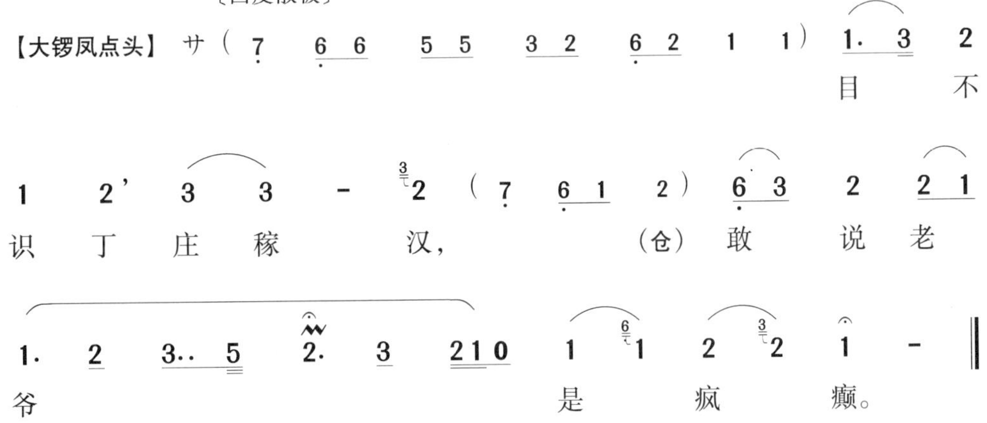

〔【扫头】范进步履踉跄地跑下。

关 清 他又跑啦?

顾 白 快追。【快原场】（二人追下）

第 十 场

医疯症束手无策 报录人巧献良方

〔范母内白：“阿牛。”【乱锤】上，摔倒，众随上扶起。（嘟~~~~仓）

范 母 真真命苦，刚刚中了个举人，他就疯了。

张静斋 是呀，刚刚中了，他就疯了。

卜修文 真真命苦。【小锣一击】（胡屠户跑上）

胡屠户 亲家母，我听说姑老爷中了，我正宰猪哪，扔下刀我就来啦。唉！他怎么又疯了哪?张老爷、卜老爷。

张静斋 你们哪个有治疯病的主意?

魏好古 不如与他念上一段易经吧。

张静斋 他又不是被妖魔鬼怪迷住，念的什么易经呀。

卜修文 莫若灌他点大粪吧。

张静斋 他又不是吃了砒霜，灌的什么大粪呢。

报 甲 列位老爷，我倒有个主意，不知使得使不得?

张静斋
卜修文 （同）快快讲来。

报 甲 范老爷听说高中，一高兴，上来一口痰迷了心窍。现在只是找他平时最怕的人，过去跟他说：“范进，就凭你，也配中举人，你也配！”过去给他个大嘴巴，他一害怕，痰一下去就好啦。

张静斋 此计甚好。啊伯母，但不知他平时最怕何人?

范 母 他最怕的么……

胡屠户 怕谁呀?

范 母 最怕的就是亲翁你呀。

胡屠户 怕我?唉！那可不成，他虽然是我的女婿，如今他中了举人，他就是老爷啦。我听人说，这举人老爷都是天上的文曲星，谁要打了天上的文曲星，谁死了以后，阎王爷要打他一百铁棍，罚在十八层地狱永不超生。我可不敢，我可不敢。

小院子 胡屠户，你每天杀猪，白刀子进去红刀子出来，阎王爷要打你多少百铁棍呀!

胡屠户 那可不一样啊。

范 母 亲翁，你要救他一救。

范 妻 是呀，爹爹你要救他一救。

胡屠户 不行，打不得。

卜修文 胡胖子，范老爷得了疯病，你若是不打他，上司怪罪下来，我就拿你是问。

胡屠户 那我也是不敢哪。

张静斋 胡屠户，你若打他，他的病就好了，他么就是老爷了。你若是不打，他的病不好，你的富贵也就无有了。

卜修文 是呀，富贵要紧哪。

众 打一下吧。

胡屠户 好，我打！（要走又停住）不成，【小锣一击】我得来口酒喝，壮壮胆。（小院子取酒，胡喝酒，喝完，挽袖）走！

众 走。

〔【大锣回头】众相继随“下场门”下。

第十一场

老范进忘本变质　登仕途随波逐流

〔【纽丝】范进摇摆晃步。“上场门”上，至台口。

〔西皮散板〕

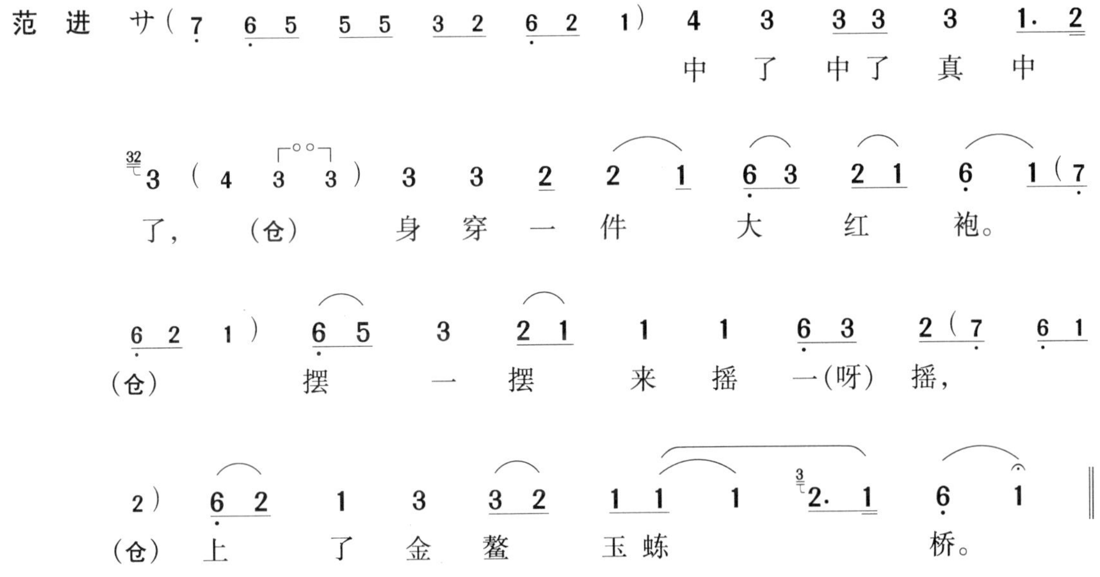

〔【冲头】众上，范进登上小土坡，关清、顾白、众人追上。卜修文让胡屠户打范进，范进突然喊“嘿！”众惊退。

〔西皮快板〕

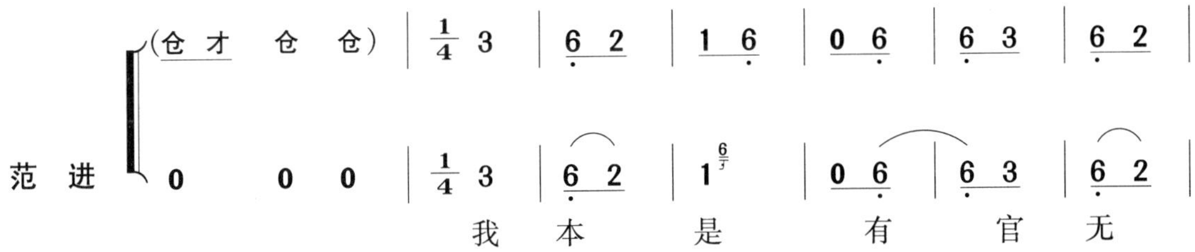

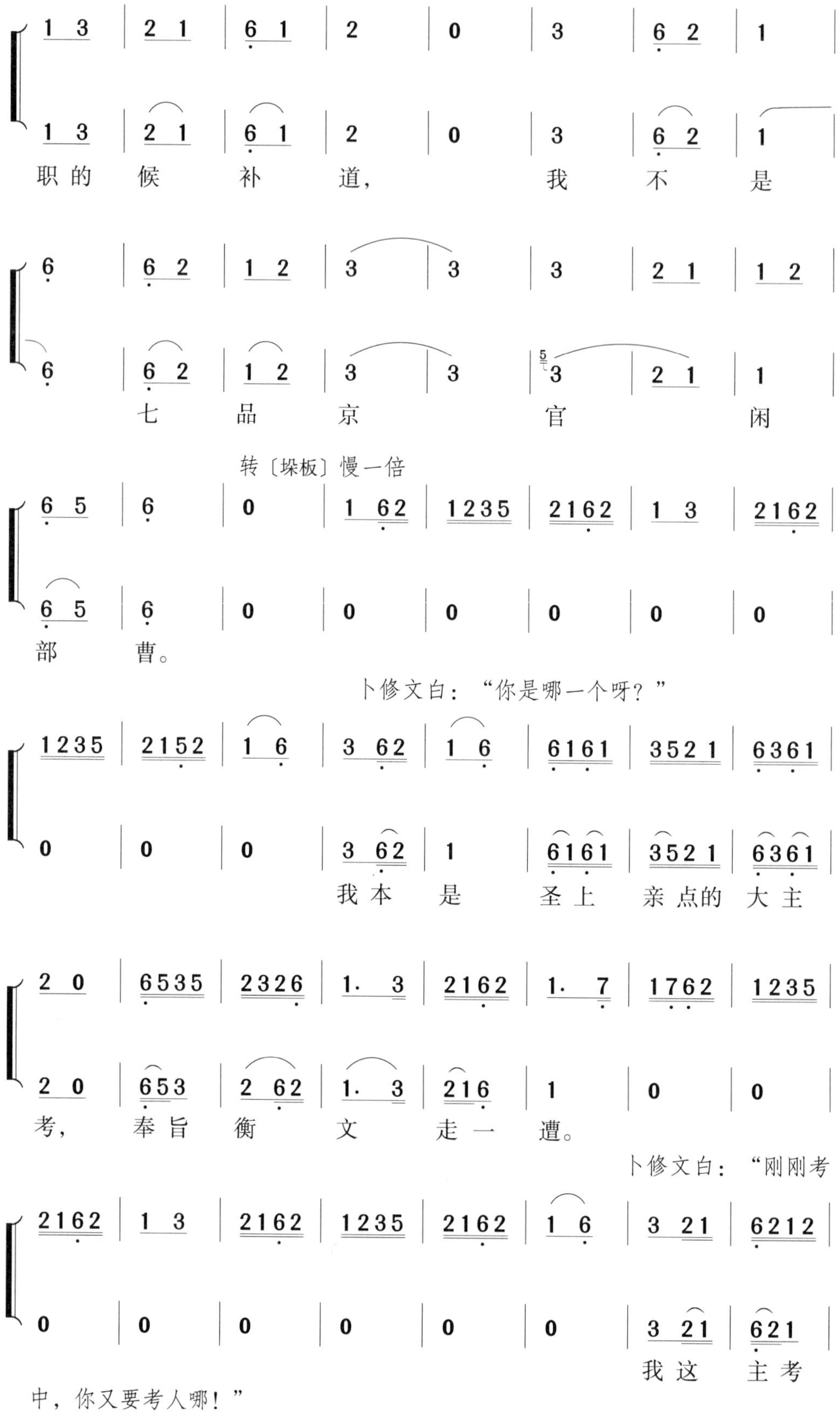

职的候补道，我不是
七品京官闲
转〔垛板〕慢一倍
部曹。
卜修文白：“你是哪一个呀？”
我本是圣上亲点的大主
考，奉旨衡文走一遭。
卜修文白：“刚刚考
我这主考
中，你又要考人哪！”

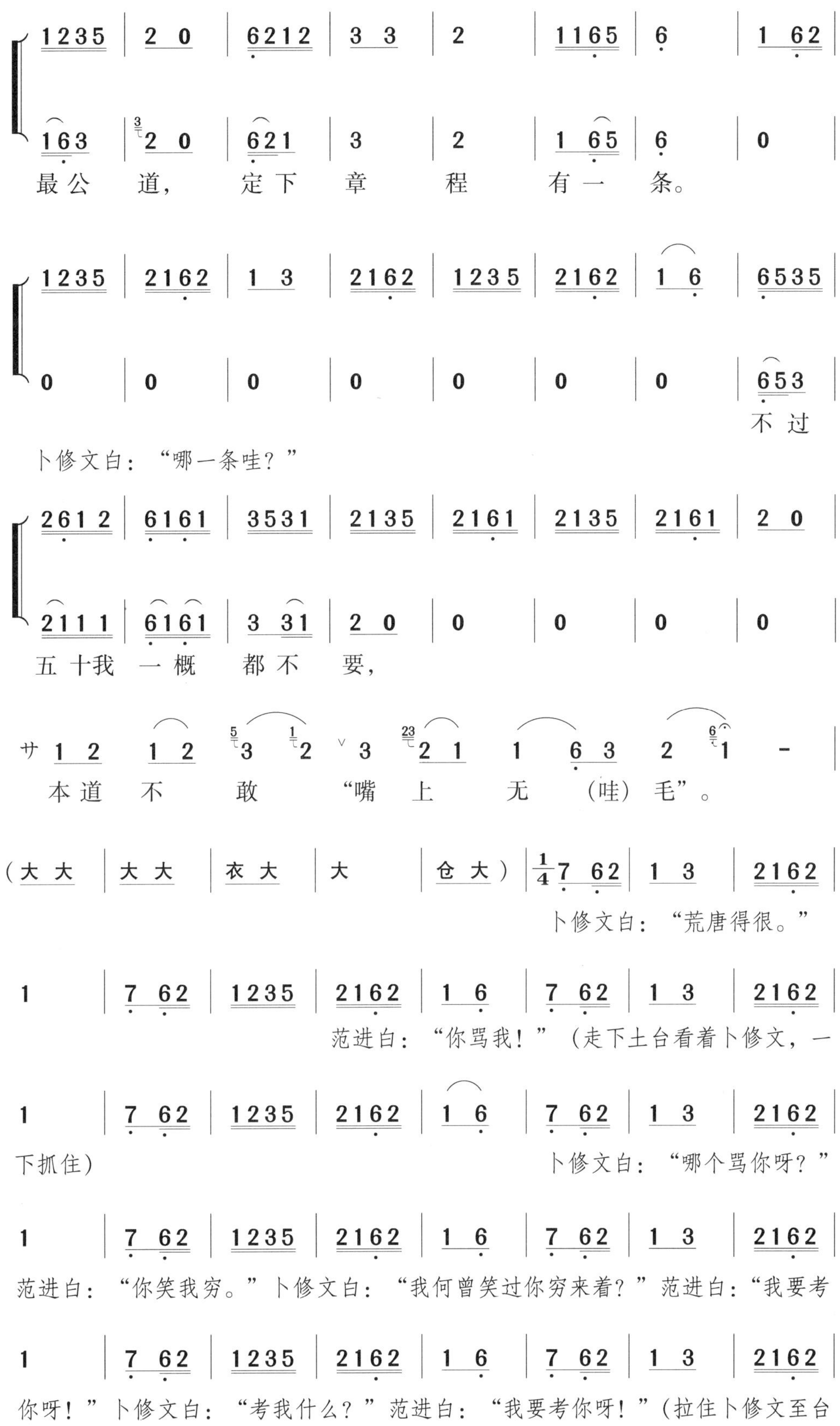
最公道，定下章程有一条。
不过
卜修文白：“哪一条哇？”
五十我一概都不要，
本道不敢“嘴上无（哇）毛”。
（大 大 大 大 衣 大 大 仓 大）
卜修文白：“荒唐得很。”
范进白：“你骂我！”（走下土台看着卜修文，一
下抓住）
卜修文白：“哪个骂你呀？”
范进白：“你笑我穷。”卜修文白：“我何曾笑过你穷来着？”范进白：“我要考
你呀！”卜修文白：“考我什么？”范进白：“我要考你呀！”（拉住卜修文至台

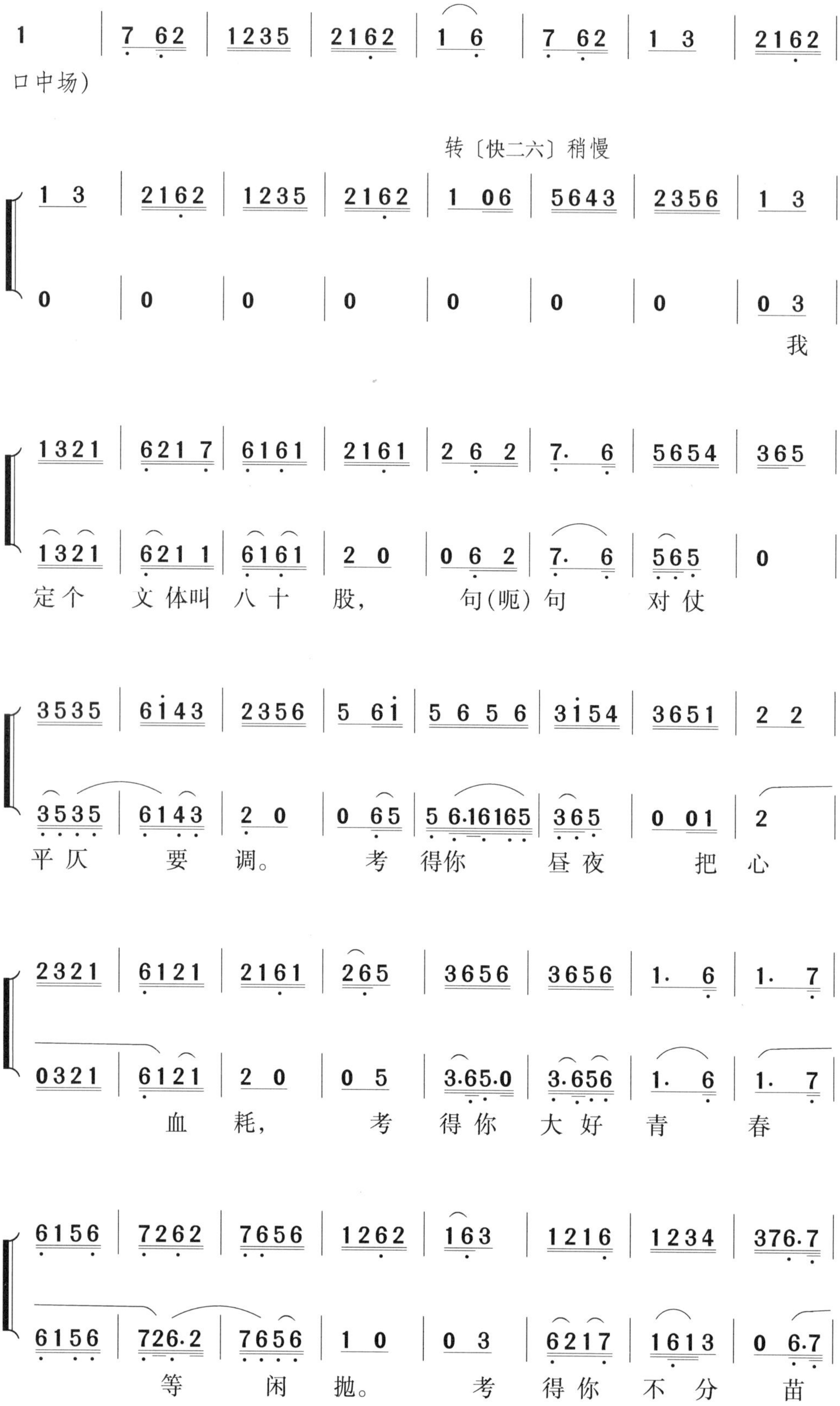
口中场)
转〔快二六〕稍慢
我
定个 文体叫 八十 股， 句(呃)句 对仗
平仄 要 调。 考 得你 昼夜 把 心
血 耗， 考 得你 大好 青 春
等 闲 抛。 考 得你 不 分 苗

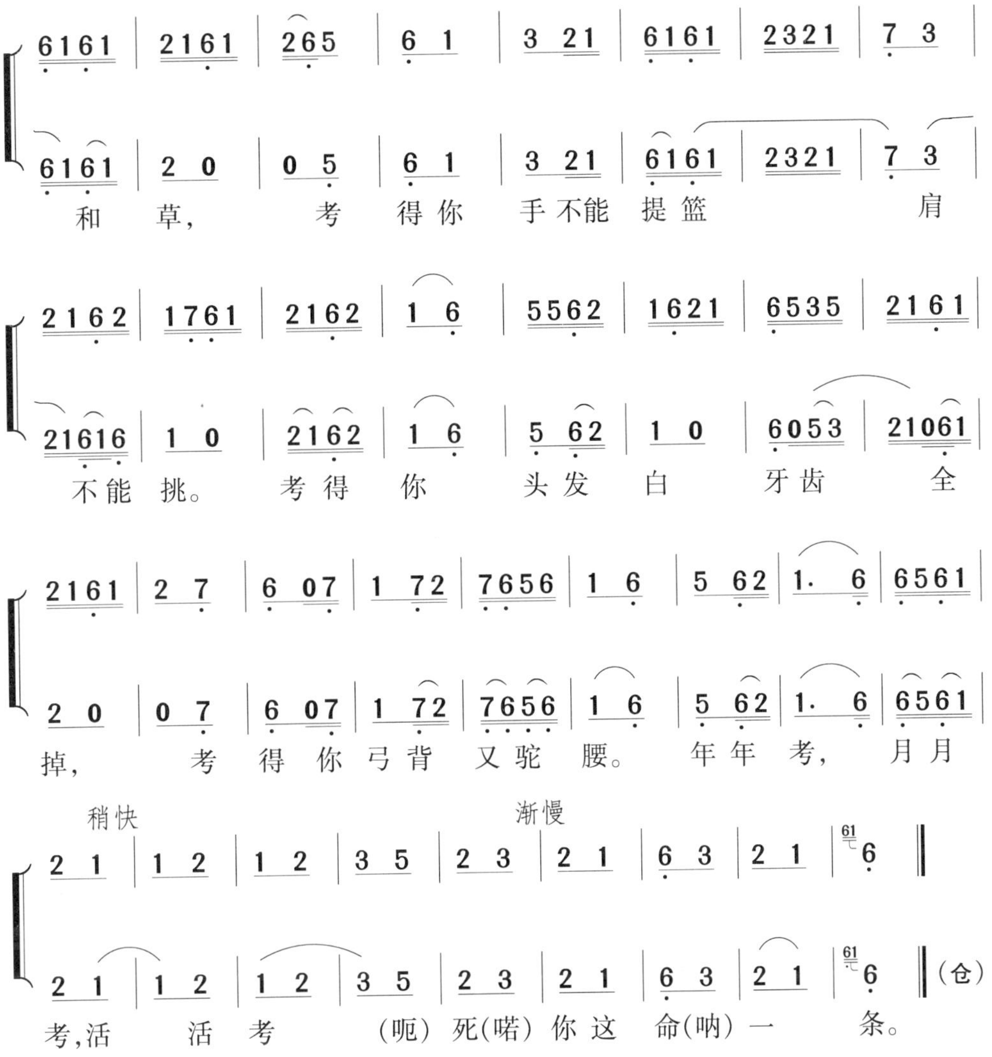

卜修文 胡胖子救命。（仓）（胡屠户被卜修文推到范进对面相视）

胡屠户 （壮着胆子）畜生！（嘟仓）你中了什么?你别给我丢人现眼了！（猛打范进嘴巴）（八大仓）唉哟唉哟！【乱锤】（范进跌倒，胡屠户手不能动了）【乱锤】（住）

报　甲 怎么啦?

胡屠户 我说打不得，你看动不了啦。（指手）

报　甲 不要紧，我给您活动活动。（给胡屠户活动手）

〔众呼喊范进："范老爷醒来！"

〔西皮小导板〕

范　进 【大锣导板头】

1 2　2　3'　3　-　3　3　2　-　-　(7　6 1　2　-)
神　魂　清　醒，　　　　　　　　　（仓）

众　范仁兄！【凤点头】（范进站起笑对众人）

〔西皮散板〕

范　进　サ(7 6 6 5 5 3 2 6 2 1 -) 2 1 2 1 3 2 1 2. 1 6 1 - ‖【住头】
又只见众高邻面前　存。

张静斋　范仁兄你高中了！
卜修文　我们大家贺喜来了。
范　进　多谢了。
报　甲　范大爷您的病也好了，赏我们喜钱我们该走啦。
范　进　这——（无钱给）
张静斋　这有纹银一两，赏与你们吧。
报　甲　跟了半天才一两，走吧，唉。（下）（**大台**）
胡屠户　贤婿老爷，不是我要打您，是老太太让我给您治病来着。
卜修文　小弟备得酒席，与仁兄贺喜。
张静斋　小弟送空房一所，良田百亩，乃关清、顾白等所种。关清、顾白！
关　清
顾　白　张老爷！
张静斋　你等租种我的田地，如今送与范老爷了，还不向前见过范老爷。
关　清
顾　白　范老爷！（**大台**）（范进要还礼，张静斋拦住，范进也变态度）
范　进　罢了。
关　清
顾　白　怎么一会儿他也端起来了。
张静斋　来。
小院子　有。
张静斋　与范老爷更衣。
小院子　是。

<更衣乐曲>笛子伴奏　1=D

2/4 (扎)5 6 5 | 3123 5 | 5 5 6 5 | 3257 6i56 |
（小院子帮助范进摘下秀才头巾交给张静斋。范进扶母亲与

i. 2 i 7 | 6535 6235 | 6572 6 | 2. 3 2312 |
妻子走向“上场门”下。张静斋将头巾交与卜修文。卜修文一想，摇头，扔给费学

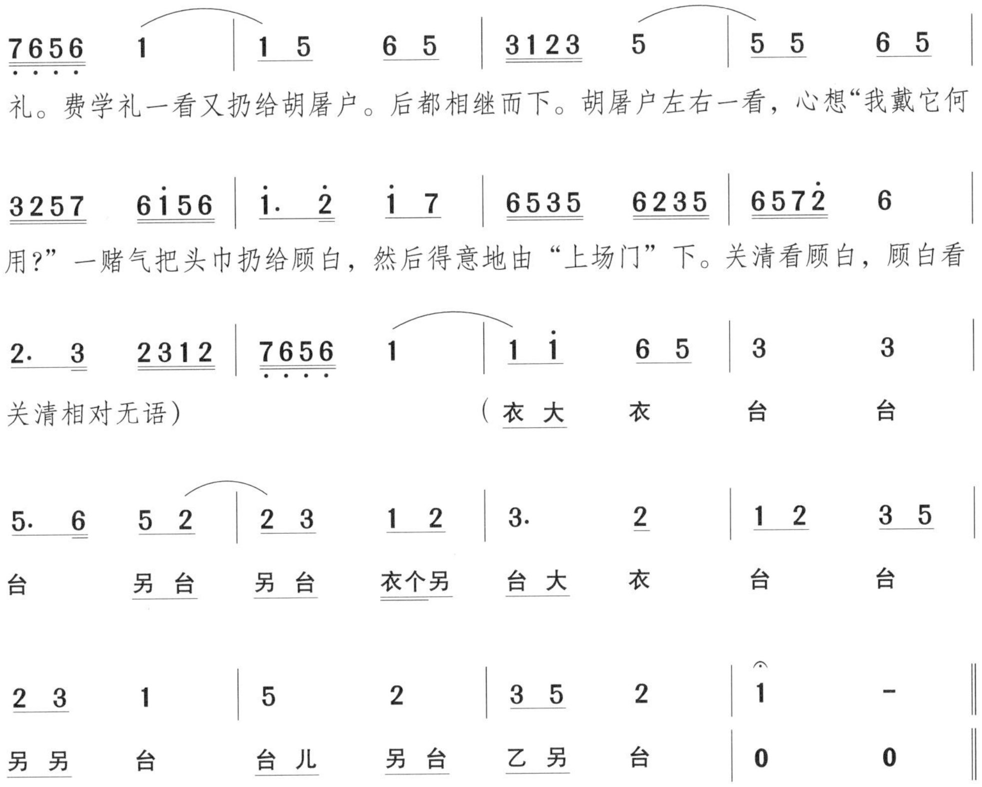

顾　白　他们都不要，扔给咱们，我也不要，去你的吧！（把范进头巾扔掉，转身走向“上场门”）

关　清　唉回来，回来，那边走的都是老爷，咱哥俩得走这边。（指“下场门”）

顾　白　对咱走这边！

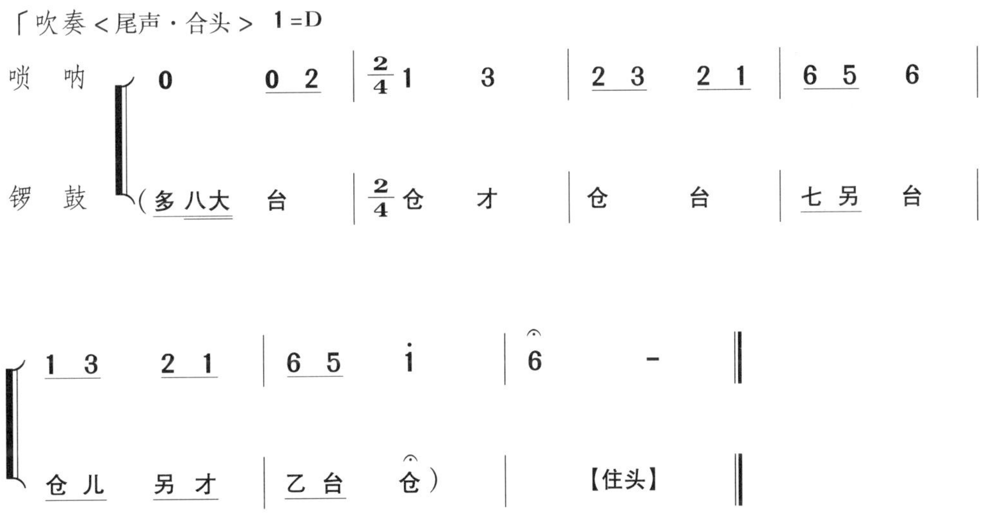

——剧终